LA BÊTE NOIRE

Collection dirigée par Glenn Tavennec

L'AUTEUR

Grand voyageur et globe-trotter, Alain Decker a vécu aux États-Unis et étudié à l'université de San Diego (Californie). Après un tour du monde de deux ans, il est revenu s'installer en France il y a une vingtaine d'années et vit aujourd'hui en Normandie, où il travaille dans l'univers de l'enseignement supérieur et du tourisme. *Jours de ténèbres* est son premier roman.

JURY DU GRAND PRIX DES ENQUÊTEURS 2023

Patrick BAUDOT (secrétaire)
Commandant divisionnaire fonctionnel
Ancien chef d'état-major de la brigade criminelle

Philippe BILGER
Magistrat honoraire
Président de l'Institut de la parole
Chroniqueur CNews et Sud Radio

Philippe BLANCHET
Chroniqueur polar *Le Figaro Magazine*

Robert BOUDJEMADI
Grand libraire, enseignes CULTURA

Maryvonne CHAPALAIN
Ancienne chef de groupe BRB
Spécialiste française des violences faites aux femmes

Rémi COSTAGLIOLA DI POLIDORI
Médecin légiste
Expert près la cour d'appel de Toulouse
Agréé par la Cour de cassation

Didier DECOIN
Président de l'académie Goncourt
Écrivain, scénariste

Jean-Jacques DELEMARLE
Chef de l'amphithéâtre de l'Institut médico-légal de Paris
Expert en restauration d'empreintes digitales

Janine DRAI
Magistrate
Conseiller honoraire à la chambre criminelle
de la Cour de cassation
Présidente de la commission d'instruction
de la Cour de justice de la République

Pierre-Louis DURAND
Ancien procédurier de la brigade criminelle
Ancien chef d'état-major à la DRPJ
A participé à la mise en œuvre
de la police scientifique et technique

Maître Léon Lef FORSTER
Avocat pénaliste honoraire

Patrice GEORGES-ZIMMERMANN
Archéologue à l'Inrap
Expert judiciaire près la cour d'appel de Toulouse
Expert près la Cour pénale internationale

Maître Julie GRANIER
Avocate au barreau de Paris

Olivier MARCHAL
Ancien inspecteur au SRPJ de Versailles
Acteur, scénariste et réalisateur

Colette OPER
Présidente de la chambre de l'instruction honoraire

Docteur Olivier PASCAL
Expert agréé par la cour d'appel
Directeur général de l'Institut français
des empreintes génétiques

Mathieu SIMONÉ
Commandant de police fonctionnel
Ancien chef de groupe de la brigade
de la répression du proxénétisme

Alain Vasquez
Commandant de police fonctionnel
Ancien chef de groupe à la brigade criminelle

Membre d'honneur :
Guy SAVOY
Cuisinier

ALAIN DECKER

JOURS DE TÉNÈBRES

LE FIGARO MAGAZINE

LA BÊTE NOIRE

Robert Laffont

Avec la participation du restaurant Guy Savoy

ISSN 2431-6385
ISBN 978-2-221-27135-3

Dépôt légal : septembre 2023
Éditions Robert Laffont – 92, avenue de France, 75013 Paris

Ne pas voir le brouillard sur le chemin, c'est oublier ce qu'est l'homme, oublier qui nous sommes nous-mêmes...

Milan Kundera, *Les Testaments trahis*

À Laetitia

DIMANCHE 12 MAI

1.

J'en avais admiré, dans ma vie, des couchers de soleil. Des magnifiques. Des grandioses. Des indescriptibles. Des bouleversants, aussi : au nord du Wyoming en particulier, dans ce coin perdu du grand Ouest américain, où des souvenirs d'enfance d'un ciel rouge sang qui se déchire au goutte-à-goutte pour virer au noir dans une inexorable coagulation sont à jamais gravés dans ma mémoire. Mais, ce soir de mai, je devais reconnaître que la nature s'était surpassée. Le contexte m'était favorable, puisque cette fin de semaine m'avait entraîné, accompagné de Sue, ma compagne, du côté du sud-est de la Californie, là où les cactus géants semblent vous narguer du haut de leur imposante stature pendant que la silhouette arrondie des « collines de chocolat » – comme les premiers pionniers de la ruée vers l'or avaient baptisé les montagnes environnantes – vous invite à des rêves gourmands. Nous venions de passer trois jours hors du temps, dans un petit village perdu nommé Rockwood, au cœur d'un désert aux teintes ocre. En dehors des douze mètres carrés de notre chambre d'hôtel (le seul du coin à posséder l'essentiel, à savoir : un lit double, des draps propres, une salle de bains avec l'eau courante et une climatisation à peu près silencieuse), nos rares escapades nous avaient entraînés de l'autre côté de la frontière mexicaine toute proche, le temps d'avaler quelques *tamales* et d'acheter, pour Sue, une paire de boots noires en lézard. Le paradis, ou presque... Perdu dans mes pensées, je jouissais béatement du spectacle du soleil disparaissant peu à peu derrière ce paysage aride, moucheté de traînées orange, tout en veillant à ne pas trop brusquer le moteur de ma vieille Coccinelle cabriolet jaune citron, millésime 1971, qui nous ramenait tranquillement vers San Diego. Cette voiture était le seul objet de valeur ayant trouvé grâce à mes yeux et mon côté maniaque était le meilleur ange gardien pour prolonger son exceptionnelle longévité. Sue, en revanche, ne semblait pas plus absorbée que ça par le côté grandiose de la nature, puisqu'elle tentait depuis plusieurs minutes de retirer ses baskets en se contorsionnant sur son siège.

— Je l'aime bien ta voiture, Elvis, mais, sincèrement, on y est vraiment trop serré.

— Tu peux toujours aller t'allonger sur la banquette arrière, si tu préfères, rétorquai-je en souriant, tout en me demandant en mon for intérieur si je plaisantais réellement.

Avec Sue, j'avais appris à manier l'humour avec précaution, et j'étais très souvent obligé de m'en tenir à certaines limites. Une grimace narquoise me répondit, prouvant que je n'avais pas trop dépassé les bornes, suivie quelques secondes plus tard d'un gros soupir de soulagement. Presque aussitôt, son pied gauche enfin nu et libéré se mit à venir dangereusement jouer sur ma Converse droite. Sans chercher à me défendre, je dressai néanmoins mentalement une liste de répliques destinées à calmer ses dangereuses ardeurs quand une musique électronique déchira mes tympans. Par une chance monumentale, c'était la première fois, depuis le début de notre week-end, que le téléphone portable de Sue se mettait à sonner. Ma compagne, journaliste au *San Diego Union Tribune*, avait réussi à s'arracher pendant près de soixante-douze heures à la tyrannie de sa vie professionnelle. La seule concession qu'elle m'avait cependant supplié de lui accorder était de pouvoir emporter avec elle son satané téléphone. Quant au mien, il était resté prisonnier dans un tiroir de mon bureau, sans lui laisser la moindre chance de salut, en ce week-end sacré. L'esclavagisme électronique se devait d'être aboli. Telle était ma fumeuse théorie. Mais à présent que nous venions d'attaquer le cinquième mois de notre rencontre, j'avais définitivement abandonné l'idée de guérir Sue de sa nomophobie, comme disent les pseudo-psys des médias quand ils parlent de notre addiction au téléphone portable. D'autant plus qu'elle enfonça le clou en me tendant son appareil.

— Tu ne devines pas qui c'est ? C'est pour toi !

Instinctivement, je ralentis et portai à mon oreille, à contrecœur, ce vulgaire assemblage de métal et de plastique. En réprimant un bâillement, je marmonnai mon nom, sans conviction, tout en garant la Cox dans un nuage de poussière ocre, teinté par les derniers rayons orangés du soleil.

— Cochran, j'écoute ?

— Waouh, j'y crois pas, me répondit une voix familière, je parle dans un téléphone portable au seul flic du pays qui arrive à s'en passer ! Je ne te dérange pas, au moins, rassure-moi ?

En règle générale, mon partenaire habituel, le lieutenant Alex Craddock, pilier du SDPD, le San Diego Police Department, était un type bourré de joie de vivre et d'humour, qui essayait d'ajouter dans chacun des mots qu'il prononçait un « quelque chose » qui faisait qu'on se sentait immédiatement à l'aise en l'écoutant. Dans ce cas précis, même si la forme y était, je voyais bien que le fond dérapait un peu ; il y avait près d'un an que nous étions coéquipiers, et je commençais à bien cerner l'animal ; je sentis instinctivement que l'ami Alex n'avait pas composé le numéro de Sue pour me demander la recette du chili con carne. Je l'invitai immédiatement à entrer dans le vif du sujet.

— T'inquiète, grizzli (je peux rarement m'empêcher cette petite familiarité sur son physique, en rapport direct avec le quintal de graisse que trimballe mon coéquipier). Vas-y, je t'écoute. Que me vaut l'honneur de ton appel ?

— Tu situes l'université internationale, sur Pomerado Road ?

— Évidemment, c'est à quelques blocs de chez moi. Pourquoi ?

— Je veux dire, tu connais l'endroit ? Tu y es déjà allé ?

— Jamais mis les pieds. Tu cherches une cavalière pour le bal de fin d'année ?

La suite me fit aussitôt regretter ce mauvais trait d'esprit. La voix soudainement mal assurée, Alex Craddock poursuivit, dans un souffle :

— Oui, eh bien, il y en a une qui n'ira pas à ton bal, ni plus jamais à aucun autre. On a découvert son corps dans les toilettes du campus, il y a quelques heures à peine. Lena Johannsson, qu'elle s'appelait, la gamine. Suédoise, vingt et un ans, blonde évidemment. Jolie fille, aussi, probablement.

Le silence qui conclut cette dernière remarque me laissa deviner sans aucun mal les phrases qui allaient suivre. Suspendue à mes lèvres, Sue se passait nerveusement la main dans ses longs cheveux auburn ; sa bouche n'était plus qu'un léger fil sombre et ses yeux verts brillaient avec l'insistance obsessionnelle que je lui connaissais trop bien. Son pied ne cherchait plus mon contact et avait prudemment battu en retraite. Je savais que l'instinct journalistique, qu'elle avait réussi à endormir le temps de notre parenthèse de repos, venait brutalement de se réveiller. D'un mot, j'invitai Alex à poursuivre le récit.

— Probablement ?

— Oui, c'est ce que laissent imaginer ses yeux bleus. On les a retrouvés dans la piscine du campus. Arrachés, sans doute à l'aide d'une cuillère ou un truc comme ça. La langue n'était pas loin non plus. Tranchée à vif.

Je pris conscience tout à coup de la température extérieure, qui devait frôler les trente degrés. Je sentais la sueur dégouliner lentement le long de ma colonne vertébrale en un fin sillon moite, humectant ma chemise en lin kaki jusqu'au dernier pli. J'imaginai qu'au moment où ma Cox venait de sortir d'une quelconque usine mexicaine ou brésilienne, son premier propriétaire n'avait pas jugé bon de choisir la climatisation en option. De toute façon, je n'étais même pas certain qu'à cette époque, ce genre de gadget existât déjà. C'est dingue, les pensées futiles qui peuvent vous traverser l'esprit dans de tels moments. Ravalant ma salive – ou ma transpiration, je ne savais plus – je tentai de m'éclaircir l'esprit en calculant la distance qui me séparait du lieu du crime.

— Bon… Il me semble qu'on vient de dépasser Plaster City. Ça doit représenter une bonne centaine de kilomètres à avaler, au maximum. Laisse-moi une grosse heure, j'arrive.

— OK, vieux. Ne traîne pas, on a besoin de toi ici.

Un bip désagréable m'apprit que Craddock était déjà retourné à sa soumission de flic et n'attendait aucune réponse à cette prière. Je soupirai bruyamment et lançai un regard en coin à Sue. Elle n'avait capté que des bribes de conversation, et aurait vendu l'un de ses reins pour savoir ce qui se tramait soudain dans sa bonne ville de San Diego. Je renonçai finalement à affronter son regard et, les yeux fixés sur la ligne d'horizon, je remis le contact et écrasai l'accélérateur, dans un violent crissement de pneus.

2.

Moins d'une heure et demie plus tard, je déposai Sue en coup de vent en bas de chez moi. Mon appartement, un vaste trois-pièces que je louais à San Diego depuis mon installation en Californie, il y a un an, était niché sous les combles d'une maison victorienne de Gold Coast Drive, sur les hauteurs de Mira Mesa, tout au nord de la ville. Je savais que, dans moins de trente secondes, ma journaliste de compagne allait mettre à sac ce doux nid d'amour, à la recherche de ses clés de voiture, son ordinateur portable, son appareil photo numérique et autres accessoires du même genre ; elle allait revêtir sa panoplie préférée, celle de reporter, et son pouls devait déjà dépasser le rythme habituel d'une femme de son âge normalement constituée. Malgré mon devoir de réserve, la nature de ma relation avec Sue faisait allégrement exploser les remparts entre nos deux professions, si proches et si différentes cependant. Tout au long du trajet, Sue m'avait soumis à un feu nourri de questions dont j'ignorais, pour la plupart, les réponses. J'avais néanmoins tenté de lui répéter au mieux ce que l'ami Alex m'avait annoncé au téléphone, tout en gardant pour moi mes premières réflexions. Un natif du Wyoming fera toujours preuve d'une certaine distance, en toutes circonstances : les pieds ne décollent jamais vraiment de la poussière et réciproquement. C'est ce que mon grand-père paternel m'avait, plus d'une fois, expliqué, et je n'avais eu, jusqu'à présent, aucune raison de le contredire.

La nuit était tombée, à présent, sa chape de noirceur semblant écraser de tout son poids cette soirée de dimanche qui s'annonçait tragique. Descendant rapidement Gold Coast Drive, je bifurquai ensuite vers la droite pour rejoindre Black Mountain Road. Le quartier résidentiel de Mira Mesa avait été bâti sur les pentes d'un canyon naturel baptisé Los Peñasquitos, ce qui avait pour effet de rendre les rues et avenues incroyablement étroites et tortueuses. Au bout de Black Mountain Road, j'engageai ma Coccinelle sur le pont de la Freeway 15, la grande autoroute urbaine qui traversait la cité du nord au sud. J'aboutis enfin à Pomerado Road, où se situait l'université d'État, la United States International University, ou USIU pour faire plus simple. L'entrée du campus était localisée au numéro 10455. Ralentissant un peu l'allure, mes phares ne tardèrent pas à éclairer un énorme panneau en béton, du plus pur style éléphantesque, installé à droite de la chaussée. Les quatre lettres *U*, *S*, *I*, *U* y étaient gravées en énormes bâtons sombres, assortis d'une flèche lumineuse pointant en direction d'une allée goudronnée qui grimpait à droite, vers une colline boisée. Bien qu'étant quasiment un voisin de quartier, je n'avais jamais eu l'occasion de venir en ce lieu. D'ailleurs, à vrai dire, je n'aurais jamais imaginé y être appelé un jour : le peu que j'en savais, c'était que ce campus était surtout fréquenté par de riches étudiants américains et étrangers, et offrait un enseignement haut de gamme à ses hôtes. Et ce public, en général, n'était pas de celui qui hantait les couloirs des tribunaux ou peuplait les prisons de l'État. Progressant tant bien que mal sous les frondaisons, ma voiture était freinée à chaque tour de roue par d'imposants ralentisseurs, destinés à assurer quiétude et sécurité aux heureux étudiants. Quelques centaines de mètres et deux ou trois grincements de moteur plus loin, je passai devant un petit poste de garde qui semblait déserté. Presque au même moment, l'ombre d'un imposant bâtiment se dressa devant moi, faiblement éclairé par d'antiques lampadaires à gaz.

— Ils n'ont pas installé l'électricité là-haut ? m'interrogeai-je stupidement en murmurant, comme si la nuit allait me répondre.

En tout cas, pour une scène de crime récente, tout semblait étrangement calme. J'en étais presque à me demander si je ne m'étais pas trompé d'endroit quand une ombre surgie de nulle part se dessina dans la lumière de mes phares et s'approcha de ma fenêtre, une lampe torche à la main. Sans laisser le temps à la silhouette d'ouvrir la bouche, j'extirpai ma plaque de police de la poche intérieure de ma veste et la lui brandis sous le nez.

— Police de San Diego. À qui ai-je l'honneur ?

— Ah, vous êtes aussi de la police ? me répondit l'ombre.

— Non, je suis Marilyn Monroe et je viens tondre la pelouse. Je répète : à qui ai-je l'honneur ?

— Fenwick. Arthur Fenwick. Je suis le veilleur de nuit de l'université. C'est arrivé là-bas, à la piscine, expliqua-t-il en tendant vaguement le bras en direction de la nuit, insensible à ma malheureuse tentative d'humour.

— Lieutenant Cochran, me présentai-je à mon tour. Venez, montez avec moi. Vous allez m'emmener sur place.

La soixantaine bien entamée, le dos légèrement voûté, Arthur Fenwick était vêtu d'un costume marron qui semblait sortir tout droit du pressing et arborait fièrement une casquette sur laquelle je distinguai une étoile argentée. Une sorte de shérif très local, en quelque sorte. D'une voix tendue, mon guide m'invita à contourner le bâtiment principal pour emprunter une petite allée qui descendait en douceur vers l'autre versant de la colline, où était implanté le site universitaire. Un peu plus loin, le terrain redevenait plat. Au milieu de ce plateau naturel

avoir été assez troublé par sa remarque et c'est d'une voix atone que je m'adressai au coroner :

— Bonsoir, Marco. Dis-moi juste ce que je dois voir et où ça se passe.

— Salut, Elvis, répondit-il, sans se retourner ni interrompre son travail. Je crois qu'on a finalement tout retrouvé. Je veux dire, toutes les parties du corps de la fille.

— Parce qu'il y a d'autres pièces dans ce puzzle ?

Je prononçai ces mots presque par réflexe, alors qu'une méchante boule commençait à jouer à l'ascenseur quelque part entre mon diaphragme et mon estomac. Parce que moi, j'en étais naïvement encore resté au descriptif sommaire d'Alex, enregistré mentalement lors de notre dialogue sur le portable de Sue. Je connaissais Di Mucci depuis mon arrivée à San Diego et savais par expérience qu'il avait horreur d'être dérangé dans son travail, encore plus sur la scène d'un crime. En particulier pour ne pas délivrer des conclusions trop hâtives qui pourraient influencer négativement l'enquête. Je me penchai donc prudemment par-dessus son épaule, pour voir l'objet qu'il manipulait délicatement entre ses doigts. Serrant les dents malgré moi, je m'efforçai de paraître le plus détaché possible, mais le doute n'était pas permis. On distinguait nettement l'ongle, encore recouvert d'une fine pellicule nacrée, puis la première, la deuxième et enfin la troisième phalange, parfaitement sectionnée au niveau du premier tendon, qu'il était en train d'examiner avec la froideur qu'imposait son titre de médecin légiste. Di Mucci étudiait tranquillement un pouce. Un pouce orphelin des quatre autres doigts de la main.

Le pouce de Lena Johannsson, sans aucun doute.

Sentant soudain un souffle chaud contre ma nuque, je me retournai vivement. Alex Craddock me collait littéralement au train. D'un bref signe de tête, il m'indiqua un petit bâtiment qui jouxtait la piscine, surveillé par deux officiers en tenue.

— Viens par-là, vieux, me murmura-t-il, t'as pas encore tout vu.

Laissant le coroner à ses macabres examens, je me dirigeai donc vers l'endroit en question ; des hommes en combinaison blanche, appartenant à l'équipe médico-légale de Di Mucci, entraient et sortaient du lieu en discutant à voix basse, tels les membres d'une mystérieuse secte aux rites séculaires. Il s'agissait en fait d'un local qui servait à la fois de vestiaire pour les usagers de la piscine, mais aussi de buanderie, puisqu'une batterie de lave-linge était alignée le long du mur de droite. À peine y avais-je pénétré que l'odeur caractéristique du sang, étrange alchimie âcre et épaisse aux relents métalliques, me sauta aux narines. Presque aussitôt, je distinguai une immense bâche d'un blanc éclatant qui avait été déployée sur le sol carrelé et sur laquelle les techniciens de la morgue avaient soigneusement entrepris de reconstituer le sinistre puzzle de ce qui, quelques heures plus tôt, était encore un être humain. Devant moi s'étalait un véritable inventaire de boucherie. Quelqu'un s'en était donné à cœur joie. Les extrémités du corps de Lena Johannsson avaient été découpées méthodiquement : les mains avaient été amputées de leurs pouces et les pieds de leurs gros orteils. Mon regard embrassa la scène et remonta le long du corps de la victime, encore vêtu d'un jean sombre et d'une veste de survêtement vert pomme, souillée de taches sanguinolentes. La tête, dont les cheveux blonds brillaient ironiquement sous la lumière blanche des néons du vestiaire, avait, elle aussi, été détachée, en grande partie, du reste du corps, sectionnée juste en dessous de la mâchoire inférieure. C'était cette blessure-là qui avait provoqué la mort par hémorragie, à moins que la victime n'ait été étranglée auparavant. Comme me l'avait annoncé Alex Craddock au téléphone, les orbites étaient vides. Enfin, l'absence obscène du muscle de la langue défi-

gurait davantage encore ce visage qui avait dû pourtant être si séduisant. La voix d'Alex Craddock, debout sur le pas de la porte, me tira soudain de ce cauchemar et me fit sursauter.

— Les techniciens du labo ont presque fini de bosser, Elvis. À nous de jouer.

Évidemment, étant donné le temps que j'avais mis pour revenir à San Diego et foncer vers l'université, je ne pouvais espérer trouver une scène de crime vierge de toute intervention post-criminelle. Au contraire, vu le contexte du lieu et de la foule que j'avais déploré en arrivant, il avait été urgent d'agir extrêmement rapidement, avant que l'endroit ne se transforme en foire aux bestiaux. Néanmoins, j'éprouvai une légitime frustration à débarquer ici avec un gros train de retard par rapport à mes collègues dont les différents rapports, aussi bien rédigés et documentés soient-ils, seraient à présent ma principale base de travail pour cette enquête.

— Est-on vraiment certain que le meurtre a bien été commis ici ? insistai-je quand même, un peu pour la forme.

— Viens, suis-moi, m'invita Craddock. Si tu n'es pas encore convaincu, tu vas vite comprendre, amigo.

Au ton condescendant de sa voix, je n'aurais pas été autrement surpris qu'il me prenne par la main pour m'emmener avec lui. Heureusement, il n'en fit rien et je me contentai de le suivre, sans broncher, de l'autre côté de la pièce, vers la partie « vestiaire ». Du doigt, Alex me désigna une porte sur laquelle on pouvait lire l'inscription *Toilettes – Réservées aux handicapés.*

— Vas-y, entre, articula-t-il dans un murmure. Je te laisse. J'en ai déjà trop vu.

Moi qui pensais avoir atteint un sommet dans l'ignoble avec la vision du corps lacéré de la jeune Suédoise, je me rendis immédiatement compte que je venais, à l'instant même, de franchir un nouveau palier.

3.

Je n'avais pas immédiatement saisi la valeur – si je puis dire – de l'appel téléphonique d'Alex, quelques heures plus tôt. En effet, même si nous avions l'habitude de travailler en duo, il nous arrivait de nous retrouver séparés, selon les contraintes de chacun et les différents plannings élaborés par notre supérieur hiérarchique direct, le capitaine John Kaulana. Ce dernier mettait toujours un point d'honneur à associer le lieutenant principal que j'étais à un second lieutenant… qui s'avérait être très souvent l'ami Craddock. Ce week-end-là, précisément, c'était Alex qui s'était retrouvé de permanence à la brigade, pendant que je filais à l'anglaise profiter de la douce compagnie de Sue. Et c'est lui qui, après avoir été informé du meurtre sauvage perpétré sur le campus, avait pris l'initiative de me prévenir et de me permettre ainsi d'être présent, au plus vite, sur la scène de crime. Même si mon affectation à cette enquête n'aurait été qu'une question d'heures, en raison de mes qualifications professionnelles pour ce type d'homicide, j'appréciais à sa juste mesure le geste de mon coéquipier. En fait, je touchais concrètement du doigt ce que j'étais venu chercher en devenant flic. Je vivais pour cela : je l'avais ressenti dès mes premiers pas, timides et incertains, de jeune stagiaire dans la police de Cheyenne, tout au sud de mon Wyoming natal, jusqu'à ma nomination ici en Californie. Entre-temps, il y avait eu Chicago. Ma première affectation. Ma première désillusion, aussi. Une ville sans fin, une mégalopole insaisissable, une bête que je n'avais jamais réussi à dompter et encore moins à caresser. J'y avais découvert tout ce que je détestais depuis toujours : le vent, la foule, la pollution. Et l'autorité, inévitablement. La discipline quasi militaire, les petits chefs, sans oublier la police scientifique au rabais et les *profilers* de second ordre, qui auraient plombé le plus mauvais scénario de la plus minable des séries TV. J'avais vomi encore longtemps Chicago. Mais ces considérations appartenaient aujourd'hui au passé. Ma demande de mutation pour la Californie avait été immédiatement acceptée. Mon dossier s'était retrouvé au sommet de la bonne pile, appuyé comme il le fallait en récompense de mes états de service plus que corrects. Et, à présent, le moment était idéal pour justifier — professionnellement parlant – ma venue ici à San Diego. Un tel meurtre sanglant constituait un fait exceptionnel dans la vie de cette paisible cité balnéaire. Deuxième ville californienne par son nombre d'habitants, San Diego est cependant loin de détenir les statistiques criminelles de Los Angeles, sa proche voisine. Même au niveau américain – et sans être allé vérifier les chiffres –, j'étais certain que San Diego ne devait pas être très loin de la lanterne rouge des villes du pays, question insécurité. En réalité, San Diego était une grosse cité paisible, prisée des retraités nord-américains pour son ensoleillement légendaire, ses plages interminables, sa superbe marina et, de manière générale, sa qualité de vie, qui avaient été autant de critères de choix dans ma demande de mutation, quand je m'étais mis en tête de quitter Chicago : une sorte de préretraite dorée qui commençait à me peser un peu, je me devais de le reconnaître. Ramenant mes pensées au décor sordide qui m'entourait, je respirai profondément par la bouche, en fermant les yeux, pour les rouvrir presque aussitôt sur cette couleur vive, brûlante et paradoxalement presque vivante, qui m'agressait à m'en faire mal.

Un rouge profond. Un rouge sang.

Un sang à présent séché, qui tapissait les murs, le sol, le plafond, la cuvette des toilettes et celle du lavabo de grotesques arabesques. Instinctivement, je fis un pas en arrière pour permettre à mon cerveau d'enregistrer le moindre détail de l'ensemble de ce tableau morbide. La pièce devait mesurer près de trois fois la taille normale, du fait de son accessibilité aux fauteuils roulants. Mon regard fut immédiatement attiré par une tache plus large et plus sombre que les autres, au pied de la cuvette en faïence. Sans aucun doute l'endroit où le meurtrier avait détaché la tête du reste du corps. Je m'attardai un peu plus longuement sur les projections de sang, visibles sur les murs, l'arrière de la porte et sur le distributeur de papier, qui semblaient plus étendues elles aussi et témoignaient des soubresauts de la veine jugulaire. Je hochai la tête, en soupirant : il allait falloir faire appel à un véritable expert pour essayer de tirer quelques conclusions de cette boucherie sans nom. Repassant la tête par la porte, je hélai Stan Taylor, l'un des techniciens de la police scientifique avec qui j'avais déjà eu l'occasion de travailler, pour qu'il me passe une paire de gants et de protections pour chaussures en latex bleu isolant.

— Dis-moi, Stan, vous avez prélevé les échantillons qu'il vous faut ? m'enquis-je en veillant à bien fixer mes protections autour des chevilles.

— Non, lieutenant, c'est la dernière chose qu'il nous reste à faire ici ce soir. On a tout photographié et on allait en terminer avec les prélèvements quand on vous a vus débarquer, et on s'est dit qu'on allait quand même vous garder une petite part du gâteau.

Le cynisme et l'humour noir dont faisaient preuve en toutes circonstances les techniciens comme Taylor m'avaient toujours fasciné. Ces types étaient imperméables à tout, blindés comme un fourgon de la Brink's.

— Merci, Stan, j'apprécie.

En fait, je tenais particulièrement à m'imprégner un peu plus longtemps de ce lieu et à analyser, à mon rythme, tout ce que mes sens pouvaient capter. Mon cerveau, dopé à l'adrénaline que je devais sécréter par wagons entiers, carburait à cent à l'heure, pour affronter dans les meilleures conditions le fantôme de Lena Johannsson.

À première vue, le tueur l'avait entraînée là, à l'abri des regards, à la faveur de l'obscurité naissante. Aucune trace de sang n'était visible en dehors du local de la piscine. Le campus devait probablement être quasi désert, en ce dimanche soir. Affublé de mon équipement isolant, je déambulai lentement au milieu de cet enfer écarlate, mon esprit passant en revue toutes les hypothèses que j'échafaudai les unes après les autres. À commencer par la première question que tout enquêteur se pose en pareil cas : pourquoi cette jeune femme ? Pourquoi elle, précisément ? Le crime était-il lié à sa personne ? Ou bien avait-elle été là au mauvais moment ? Je ne pouvais croire à cette dernière hypothèse. Une telle sauvagerie, une signature aussi barbare que l'amputation des extrémités du corps, des yeux et de la langue témoignaient d'une mise en scène conçue par un esprit à la fois pervers et pourtant cartésien, par ailleurs, j'en étais certain. Alors pourquoi cet acharnement effroyable ? Pourquoi pas un classique coup de couteau, ou encore un étranglement bien propre, si j'osais dire ? À quelle pulsion la victime avait-elle été offerte, en guise de réponse ? M'approchant du cadavre étendu sur le sol, je soulevai légèrement la veste de survêtement ; elle était zippée jusqu'en haut. En dessous, Lena avait revêtu un tee-shirt blanc. Le jean, qu'elle portait très serré, était encore boutonné et ne semblait pas avoir été touché, lui non plus. Autrement dit, j'étais presque certain qu'il n'y avait pas eu viol. Prenant garde à ne pas poser de genou à terre, j'abaissai mon regard vers les pieds de la victime et m'accroupis pour étudier de plus près la coupure des deux orteils. Une coupure nette, précise, sans être chirurgicale, pour autant. À première vue, j'aurais opté pour un gros sécateur de jardin ou bien un outil de boucher – je devais reconnaître que je n'étais pas expert en la matière. Les doigts de pied voisins portaient également des traces de griffures, certes plus légères, mais visibles à l'œil nu. Je me relevai et m'approchai ensuite des mains. Mon constat était le même : les pouces avaient été sectionnés sèchement, même si l'os avait dû opposer une légère résistance, que l'on devinait au niveau des jointures. J'attendais avec impatience de pouvoir visualiser les photos de la scène du crime. Alex m'avait parlé des yeux et de la langue qui avaient été retrouvés dans la piscine, mais n'avait pas mentionné les pouces ni les orteils. Avaient-ils également été jetés au même endroit ? Et où étaient passées les chaussures et les chaussettes ? Je voulais en avoir le cœur net et décidai de rejoindre mon associé et l'équipe technique, qui devaient m'attendre religieusement de l'autre côté de la porte. Je m'apprêtai donc à me relever pour filer en direction de la sortie quand je les vis.

Elles étaient trois. Presque à la hauteur de mes yeux. De loin, on aurait pu les prendre pour des traînées de sang séché, un sang qui aurait dessiné sur la porte un infâme tableau surréaliste. Cependant, de près, nul doute n'était permis. Fasciné, je m'approchai de ma découverte, presque à quatre pattes, le souffle coupé. En bas, à droite de la porte, presque à toucher le sol, je distinguai trois lettres, de la taille d'une allumette. Des lettres écrites avec le sang. Le sang de Lena Johannsson.

Je déchiffrai sans peine un *F*, un *O* et enfin un *G*.

F, *O*, *G*. *Fog*. Le brouillard.

Un brouillard qui venait d'envahir San Diego et qui n'était pas près de se dissiper.

LUNDI 13 MAI

4.

Il était à présent six heures du matin et un soleil timide commençait à chasser les dernières ombres de la nuit. Vers l'ouest, on devinait les courbes régulières et rassurantes de l'océan Pacifique, à peine dissimulées par une légère brume printanière. Le siège du San Diego Police Department était situé sur Broadway, aux abords de Balboa Park, l'immense espace vert du cœur de la cité californienne, et occupait entièrement un building ultramoderne de cinq étages, mélange globalement réussi d'acier blanc nacré et de verre bleu nuit. Des conditions de travail idéales, loin de celles que j'avais connues dans l'Illinois. À cette heure matinale, un calme relatif régnait dans les bureaux. Laissant ma Coccinelle garée sur son emplacement réservé, dans le parking souterrain de l'immeuble, j'avais emprunté l'ascenseur qui menait directement au second étage, siège de la brigade criminelle. Prostré devant le distributeur de boissons, j'introduisis pour la troisième fois une pièce de vingt-cinq cents dans la fente de l'engin. Comme lors des deux essais précédents, l'appareil ingurgita la pièce, mais resta désespérément inactif. Le coup de pied que je choisis de lui assener eut au moins le mérite de réveiller complètement les quelques officiers présents, moi y compris. Après cette nuit blanche, le narcoleptique que j'étais n'aurait pas craché sur un café bien serré, même en poudre, même sans sucre. Je me rabattis sans conviction sur un Cherry Coke et, plongé dans mes réflexions, je pris doucement la direction de mon bureau. Les premières investigations de la veille avaient été du genre rapide : personne n'avait rien vu ni entendu. Impossible de faire plus simple. En parallèle, un appel à témoins avait été lancé, mais l'enquête nocturne n'avait pour l'heure donné aucun résultat. Le bref entretien que j'avais eu avec Arthur Fenwick, le veilleur de nuit, ne m'avait pas été d'un grand secours non plus. Tout ce qu'il avait réussi à m'apprendre d'original, c'est que les réverbères à gaz situés devant le bâtiment principal étaient destinés à donner un cachet historique à l'ensemble du site : le genre de détail extrêmement utile pour mon enquête… Quant aux douze caméras de surveillance de l'université, réparties à différents endroits soi-disant stratégiques du campus, leurs enregistrements numériques avaient été saisis, mais je savais déjà qu'aucune d'entre elles ne balayait le secteur de la piscine. En fait, la dernière personne à avoir aperçu la victime vivante était, jusqu'à preuve du contraire et en dehors de l'assassin lui-même, le chauffeur du minibus qui avait conduit Lena Johannsson de l'aéroport au campus. C'était là l'une des clés de l'enquête : la jeune Suédoise avait été assassinée quelques heures à peine après avoir posé le pied sur le sol américain. Elle avait atterri sur le tarmac du San Diego International Airport aux alentours de seize heures, en provenance de Stockholm, après une escale à Salt Lake City. Lena Johannsson était attendue à un stage d'anglais intensif d'une durée de plusieurs semaines, qui devait démarrer aujourd'hui même, lundi. C'est ce que m'avait annoncé mon coéquipier Alex cette nuit, après avoir réussi à joindre l'un des responsables de l'université. Quant au mobile du crime, il n'en devenait, par là même, que plus opaque. Pourtant, plus que jamais, je me refusais à croire à un acte isolé et gratuit. Ce meurtre était trop soigné, trop théâtral pour qu'une vulgaire pulsion en soit le principal scénariste. Il y avait autre chose de dissimulé par ce... ce brouillard.

Les jambes croisées, solidement posées sur mon bureau, le buste légèrement penché en arrière et les mains supportant ma nuque, j'aurais volontiers fermé l'œil dix minutes, histoire de m'éclaircir un peu les idées. C'est à ce moment que le large visage rougeaud d'Alex Craddock apparut derrière la porte entrouverte.

— Salut, Elvis ! annonça-t-il, la mine à peine plus fraîche qu'une baleine qui se serait échouée sur Ocean Beach. Alors, bien dormi, chef ? Madame va bien ? Tu sais que ta bien-aimée a saturé ma boîte vocale de messages toute la nuit ?

Le soupir fatigué que je lui adressai en guise de réponse dut s'entendre jusqu'à San Francisco.

— L'opérateur téléphonique vient de m'appeler, il est d'accord pour soutenir ma plainte pour harcèlement, poursuivit mon adjoint, tout content d'avoir fait baisser d'un cran la tension palpable qui planait au-dessus de nos têtes.

Craddock tira vers lui l'un des sièges qui faisaient face à mon fauteuil de cuir (que j'appréciais encore davantage ce matin à sa juste valeur) et se laissa tomber lourdement en faisant craquer ses jointures, tout en me décrochant un bâillement monumental.

— Du nouveau depuis tout à l'heure ? parvint-il toutefois à marmonner.

J'entrepris de lui raconter la fin de ma nuit. J'avais quitté mon adjoint trois heures plus tôt. Il devait être à ce moment-là aux alentours de quatre heures du matin. En bon époux respectable, Alex avait filé rejoindre son domicile conjugal de Chula Vista, au sud de la ville, à un jet de pierre de la frontière mexicaine. Probablement avait-il réussi à voler une heure de sommeil à cette nuit qui n'en finissait plus. Je le soupçonnais même d'avoir eu le temps de prendre une douche, sans toutefois avoir pris la peine de se raser. Pour ma part, je savais qu'il était hors de question de tenter de fermer l'œil après le macabre spectacle de l'université, d'autant plus que ma journaliste préférée n'aurait pas manqué de m'interroger sans relâche sur cette affaire qui allait, sans nul doute, secouer toute la ville dès qu'elle serait ébruitée ; une question d'heures, à présent. Préférant éviter l'interrogatoire dans le lit conjugal, c'est un peu lâchement, je l'avoue, que j'avais décidé de finir la nuit dans l'un des rares endroits de San Diego ouverts vingt-quatre heures sur vingt-quatre : le Babcock and Story Bar, le bar de l'Hotel del Coronado, situé sur la presqu'île du même nom. Pendant que je traversais l'immense pont quasiment au ralenti, les phares de ma vieille Cox faisaient péniblement miroiter l'océan Pacifique, juste en contrebas. J'avais l'impression que l'écume, épuisée par un long et éprouvant voyage, n'avait même plus la force de se jeter sur le rivage, choisissant de se laisser glisser doucement sur la plage pour y mourir en paix. C'est dans les mêmes dispositions d'esprit que je franchis le seuil de cet établissement légendaire où Billy Wilder avait, dans un autre siècle, filmé l'immortelle Marilyn Monroe et le phénoménal Tony Curtis dans *Certains l'aiment chaud*. M'écroulant sur le premier tabouret venu, c'est devant un verre de V8 glacé (un breuvage qui se voulait *healthy*, où légumes et vitamines se disputaient un combat acharné) que j'avais tenté de digérer les premières secousses de ce meurtrier séisme.

— Tu aurais mieux fait d'aller retrouver ton matelas, amigo ! grogna Alex Craddock en refrénant un nouveau décrochement de mâchoires. Ta propre mère ne te reconnaîtrait pas, si elle débarquait dans ce foutu bureau. Bon, quel est le programme de la journée ?

— On retourne sur le lieu du crime. J'ai besoin de revoir tout ça à la lumière du jour. Tu me suis ?

— Je suis payé pour ça et j'ai surtout une saloperie d'arrière-goût en bouche que j'aimerais dissiper vite fait, si tu vois ce que je veux dire, soupira mon adjoint en tentant de s'arracher à son fauteuil, qui en couina de plaisir. Je ne sais pas quel monstre a pu faire ça, mais il va falloir le retrouver rapidos, *hermano*. Sinon…

— Sinon ?

— Sinon, Lena Johannsson ne sera que la première d'une longue série. Et tu le sais aussi bien que moi.

5.

Objectivement, il fallait reconnaître que les architectes avaient eu la main heureuse. L'université internationale de San Diego était une réussite, tout au moins sur le plan artistique. L'étroite route qui partait de Pomerado Road était bordée de parterres de fleurs de roche qui alternaient avec de curieux palmiers nains. Elle débouchait sur une immense grille de fer forgé – probablement vieillie artificiellement, mais mon expertise en la matière n'était pas mondialement établie – qui marquait l'entrée effective du campus. Comme me l'avait appris le veilleur de nuit, celle-ci demeurait ouverte vingt-quatre heures sur vingt-quatre, en raison du va-et-vient constant des étudiants. Un nouveau cerbère en uniforme se tenait assis dans la petite cabane en bois blanc qui faisait office de poste de garde et de centre de contrôle névralgique. Se levant à notre approche, il se dirigea tranquillement vers notre voiture. Il m'arrivait, généralement, de conserver ma Coccinelle pendant mon service, pourtant, ce matin-là, c'est au volant d'une Chevrolet rutilante, aux couleurs du SDPD, que je débarquai à l'université. Certainement pas par hasard : un vieux réflexe de pudeur, avant tout. Après avoir décliné notre identité et présenté nos plaques, je me garai devant le building principal de l'université, sur un emplacement marqué *Livraisons*, les autres places étant saturées de véhicules. D'inspiration Art déco, mariage esthétique de formes carrées et rectangulaires, le bâtiment couleur abricot était bordé de larges baies vitrées en verre fumé. Mais c'était surtout son toit qui surprenait au premier regard : ses courbes ondulées évoquaient ostensiblement les vagues de l'océan. La construction principale occupait la quasi-totalité de la colline, les élégants bungalows en bois couleur acajou des étudiants étant disséminés aux alentours, au milieu d'un immense parc peuplé de hauts cyprès et d'eucalyptus parfumés. Les salles de cours semblaient, d'après le fléchage, être réparties dans l'impressionnant bâtiment, qui devait également accueillir les locaux administratifs. Un peu plus loin, une autre construction massive, aux tons pastel, abritait une cafétéria dont la majestueuse terrasse en bois brut, large comme un terrain de soccer, offrait une vue panoramique sur un complexe sportif ultra-équipé aux heureux étudiants de ce paradis pour riches héritiers. Enfin, toujours entourée de rubans jaunes et gardée par deux policiers de service, la tache bleue de la piscine s'étalait indécemment en contrebas, évidemment désertée, et pourtant si présente. Il était presque huit heures du matin, probablement l'heure des premiers cours de la journée, car des centaines d'étudiants allaient et venaient en tous sens. Beaucoup discutaient bruyamment, par petits groupes. Le meurtre de la veille était sur toutes les lèvres, amplifié et déformé.

— On aurait pu penser que les cours allaient être annulés, après ce qui s'est passé cette nuit, non ? me demanda Alex.

— Je ne crois pas que ce soit le genre de la maison. J'ai l'impression que, vu le standing de l'endroit, ça fait déjà un sacré désordre, ce meurtre, alors autant ne pas en rajouter.

Tout en discutant, nous avions pénétré à l'intérieur du bâtiment principal. Une jeune hôtesse en tailleur lilas, assise derrière un bureau en acajou sur lequel était posée une plaquette marquée *Accueil – Information*, nous reçut avec un sourire légèrement forcé, me sembla-t-il, mais resta imperturbable quand je déclinai notre identité.

— Lieutenants Cochran et Craddock, police de San Diego, énonçai-je instinctivement à voix basse, comme pour mieux me fondre dans ce décor feutré. Peut-on rencontrer le directeur de l'université ?

Sans nous quitter des yeux, notre interlocutrice décrocha un combiné téléphonique pour prévenir son supérieur hiérarchique de notre visite. Regardant autour de moi, je constatai que l'intérieur du bâtiment valait largement l'extérieur. Le sol du hall d'accueil était en marbre blanc ivoire. Une douzaine de tableaux modernes, signés par des artistes californiens dont j'avais vaguement entendu parler par l'intermédiaire de Sue, ornaient fièrement les murs recouverts de toile japonaise jaune paille. Dans un angle de la pièce, de confortables fauteuils en cuir bordeaux invitaient les visiteurs à patienter. Enfin, quelques discrets panneaux indiquaient la direction des salles de cours, de la bibliothèque et des laboratoires numériques. L'ensemble dégageait une impression à la fois douce et studieuse, imprégnée d'un parfum de luxe et d'opulence.

— Bonjour messieurs, prononça soudain dans notre dos une voix féminine, saupoudrée d'un délicieux accent français, qui me cloua littéralement sur place.

Comme deux danseurs à la chorégraphie rodée, Alex et moi nous retournâmes aussitôt, tombant nez à nez avec une jeune femme d'une trentaine d'années, aux cheveux châtains, longs et soyeux, retenus par une discrète barrette d'argent. Elle portait un tailleur-pantalon couleur sable, que j'imaginais dessiné par un grand couturier italien ou français, mais là encore ma *fashion culture* affichait ses limites. Un collier de perles fines (véritables, j'en étais certain en revanche) illuminait son cou. Cependant, son visage à peine maquillé, d'une beauté de madone botticellienne, exprimait un sentiment qu'il était difficile de dissimuler : la peur. Ses yeux clairs, aux reflets cristallins, nous dévisageaient profondément comme pour y chercher un signe de réconfort. Pétrifié par cette apparition, je balbutiai un vague et maladroit salut. Quant à mon coéquipier, il s'était instantanément transformé en statue de cire.

— Je me présente, continua la créature en nous tendant une main de velours : Anne Beaulieu. Je suis la directrice de l'université, annonça-t-elle en toute simplicité.

— Lieutenant Elvis Cochran, du SDPD. Voici mon collègue, le lieutenant Alex Craddock, réussis-je enfin à articuler.

— Enchantée, messieurs. Je voudrais avant tout vous dire que je suis très heureuse de vous recevoir, poursuivit Anne Beaulieu. Et ce malgré les circonstances. Ce qui s'est produit hier est si... monstrueux... Venez, suivez-moi, proposa-t-elle en nous guidant jusqu'aux fauteuils. Nous serons mieux ici pour discuter. Dans mon bureau, le téléphone ne cesse de sonner, je crois que je vais devenir folle ! Comment une telle chose a-t-elle pu se passer, ici, chez moi... chez nous ?

— En premier lieu, parlez-moi de Lena Johannsson, attaquai-je sans prêter attention à cette question qui n'appelait, de toute manière, aucune réponse. Elle venait d'atterrir en Californie, hier dimanche, n'est-ce pas ?

— En effet. Comme on a dû vous l'expliquer hier soir, elle était censée débuter les cours ce lundi matin. Nous avons un service d'accueil des étudiants à l'aéroport et notre chauffeur est allé la chercher comme convenu, autour de seize heures.

— Nos équipes sont en train de vérifier les horaires exacts de l'arrivée de Mlle Johannsson aux États-Unis, en collaboration avec la police de l'aéroport, précisa Craddock. Ce qui nous intéresse pour l'instant, madame Beaulieu, c'est l'emploi du temps de la victime, depuis ses premiers pas sur le sol américain jusqu'au moment de sa mort. Là, c'est vous qui pouvez nous aider.

— Malheureusement, le lundi est le jour de congé de notre chauffeur et ma secrétaire n'a pas encore réussi à le joindre.

— Vous nous laisserez les coordonnées de cette personne, nous allons nous en occuper, la rassurai-je. Lena Johannsson était donc censée entreprendre un cycle d'études ici, si j'ai bien noté ?

— Oui, nous organisons des stages d'anglais intensifs pour les étudiants étrangers. Nous accueillons ainsi, de mai à septembre, des centaines de jeunes gens venus du monde entier. Notre université possède une excellente réputation, précisa Anne Beaulieu en réprimant un sourire de fierté.

— Je n'en doute pas un instant. Lena Johannsson devait donc loger sur le campus, c'est bien ça ?

— Effectivement. Chaque étudiant partage un bungalow avec un autre colocataire. J'ai vérifié dans son dossier : nous lui avions attribué le numéro 68, mais sa future colocataire ne devait arriver qu'en fin de semaine prochaine. Elle était donc seule, hier soir.

— Un bungalow situé non loin de la piscine…, murmura Alex.

— C'est bien ça. Je vous remettrai un plan du campus, si vous le souhaitez.

— Ça me semble indispensable, la remerciai-je. Mais reprenons le fil du récit. Donc, votre chauffeur attend l'étudiante à l'aéroport et la conduit jusqu'à l'université. Y avait-il d'autres étudiants ou d'autres personnes avec elle, pour ce transfert ?

— J'ai contrôlé la feuille de route, et il est vrai que notre chauffeur a également conduit ici un autre étudiant, un certain Walter Brun, qui venait de Suisse. Il a probablement été déposé avant Lena Johannsson, puisqu'il a hérité du bungalow 19.

— Le chauffeur a donc certainement terminé son trajet seul avec elle. Et ensuite ?

— Ensuite ?

— Oui, votre chauffeur, que fait-il de ses passagers, une fois arrivé ici ?

— Il les dépose devant leur bungalow et leur remet la clé de la porte, accompagnée d'une pochette d'accueil.

— C'est-à-dire ?

— Un document qui contient toutes les informations utiles pour bien entamer leur séjour chez nous : règlement intérieur, emploi du temps, plan des lieux, code wifi, adresses utiles et autres renseignements du même ordre. Le document est rédigé à la fois dans la langue maternelle de l'étudiant et en anglais, bien entendu, ne put-elle s'empêcher d'ajouter.

— Les étudiants se retrouvent donc ensuite livrés à eux-mêmes ?

— En quelque sorte. Nous leur laissons le temps de s'installer, de prendre une douche, de se reposer un peu de leur voyage, de découvrir leur nouvel univers. Puis nous les accueillons plus « officiellement » le soir de leur arrivée, autour d'un cocktail de bienvenue.

Un désagréable bourdonnement électronique interrompit soudain notre dialogue. Farfouillant dans son blouson usé, mon adjoint extirpa d'une poche intérieure son minuscule téléphone portable et le porta à son oreille :

— Craddock, j'écoute ?

Un long silence suivit ces trois mots, puis un léger sourire se dessina entre ses énormes joues hérissées de poils rebelles. Il marmonna un vague au revoir et mit un terme à sa courte conversation.

— Amigo, roucoula-t-il en se penchant vers moi, l'œil moqueur, une certaine Sue Baker t'attend de pied ferme à l'entrée du campus. Paraîtrait même qu'elle te connaît intimement et qu'elle menace de s'immoler par le feu dans les trente secondes si tu ne viens pas à sa rencontre.

Je réprimai une grimace et foudroyai mon coéquipier du regard. J'avais discrètement coupé mon téléphone portable avant d'interroger Anne Beaulieu et j'en voulus mentalement à Alex de ne pas en avoir fait autant. Dépité, je réussis à balbutier :

— Je suis sincèrement désolé, madame Beaulieu, mais un événement indépendant de ma volonté m'oblige à vous quitter momentanément. Je vous abandonne en compagnie de mon coéquipier et je vous reverrai probablement dans la journée, si vous n'y voyez pas d'inconvénient.

Et, sans attendre de réponse et sans me retourner, je disparus d'un pas que je tentai de rendre le plus naturel possible.

6.

Un vent nerveux de printemps faisait flotter ses cheveux châtains autour de ses yeux, sans pour autant perturber son regard d'acier dont j'étais la cible. Ses lèvres serrées et son visage impassible en disaient plus long que n'importe quel discours. Nous nous fréquentions depuis quelques mois seulement, mais nous nous connaissions comme si nous avions été élevés au même sein – ce qui n'est pas forcément la meilleure définition de la complicité, même si c'est celle qui me vient le plus souvent à l'esprit. Certains couples passent leur existence à se côtoyer, sans étincelles et encore moins de flammes. J'avais, de mon côté, l'impression d'avoir déjà vécu plusieurs vies avec Sue, endossant tour à tour la panoplie du pompier et celle du pyromane. Avec une réelle préférence pour cette dernière, il fallait l'avouer. Nous nous étions croisés pour la première fois début janvier, lors du traditionnel cocktail offert par la municipalité pour célébrer la nouvelle année. Le genre de cérémonie que, d'instinct, je fuyais aussi sûrement qu'un congrès de républicains texans. Je n'avais jamais compris, ni même admis, cette espèce d'hystérie collective qui s'abattait sur mes concitoyens la nuit du trente et un décembre. Quant à cette coutume ancestrale d'échanges de vœux de bonheur en début d'année, je la considérais comme une hypocrisie sans nom. Mais, pour une fois, j'avais mis mes vieux principes de côté, et ce pour deux raisons particulières : la première était professionnelle, puisque ce genre de cérémonie me permettait, sans grand effort si ce n'est celui de m'asseoir momentanément sur mes convictions, de découvrir et de visualiser tout ce que cette bonne ville de San Diego hébergeait comme notables, ou prétendus tels : politiciens, artistes, intellectuels, sportifs ou industriels, ce qui faisait un sacré paquet de crânes couronnés autour du buffet municipal. La seconde raison de ma présence à la fiesta de notre maire bien-aimé était plus altruiste, puisque je m'étais laissé convaincre d'accompagner Alex à ces réjouissances et, surtout, engagé à le ramener à peu près intact chez lui ensuite. Dolly, son épouse, m'avait appelé quelques jours auparavant pour me demander ce service. Je n'avais pas pu résister à ses prières, elle-même ayant renoncé depuis la fin de ses grossesses multiples à enrayer la terrible machine à ingurgiter tout ce qui, de près ou de loin, était liquide et solide, qu'était aujourd'hui devenu son mari.

C'est donc à la fois en Bon Samaritain doublé d'un flic modèle que je débarquai au City Hall, le soir de la réception, mon carton d'invitation en poche et mon collègue en guise d'*escort boy*. L'hôtesse de service, constatant que nos deux noms avaient bien été couchés sur la liste des VIP tolérés ce soir-là, nous autorisa à entrer sans un regard pour ma tenue de sortie. Vêtu de mon éternel ensemble noir – polo-jean-veste à col Mao – qui me donnait l'air d'un prêtre défroqué, je pénétrai d'un pas résigné dans l'immense et glaciale salle de réception où trônait une estrade bardée de micros, tandis que mon acolyte filait, sans perdre la moindre seconde, à l'assaut du colossal buffet qui occupait tout le mur du fond. Je le laissai aller se détruire et me mis à déambuler au milieu de cette faune vertueuse, tel un promeneur du dimanche visitant le zoo de Balboa Park. Je mesurai immédiatement le travail qui m'attendait avant de pouvoir prétendre me sentir véritablement intégré dans cette riante cité : si certains visages m'étaient familiers, la grande majorité des convives m'était totalement inconnue. Un verre de *ginger ale* à la main, happé à la volée sur un plateau, je m'évertuai à dénicher un poste d'observation discret, entre une immense plante grasse qui devait regretter amèrement son désert mexicain natal et une statue de bronze hideuse qui représentait un oiseau obèse aux ailes atrophiées et à la queue surdimensionnée. Je formulai intérieurement une série d'insultes à destination de l'artiste qui avait réussi à fourguer une telle horreur à la municipalité. Peut-être, d'ailleurs, l'imposteur faisait-il partie des invités ce soir ?

— Vous appréciez l'art moderne ?

Je sursautai, pris au piège de mes divagations intellectuelles. Cette question m'était adressée, sans aucun doute. Et la jeune femme qui me l'avait envoyée en pâture méritait une réponse, ne serait-ce que pour la remercier de l'éclat particulier de son regard. Ne voulant pas immédiatement trahir mes pensées, je bafouillai une réplique très formatée :

— Étonnant, n'est-ce pas ? J'en reste sans voix ! lançai-je hypocritement.

Puis, sans laisser le temps à mon interlocutrice de commenter ma réponse, je choisis d'enchaîner sur le registre de l'humour :

— J'espère cependant que le modèle qui a posé n'a pas trop souffert.

Le sourire qui me parvint en retour fit tomber un à un tous mes bastions.

— Je connais personnellement Ian Pagan, le sculpteur, et je peux vous garantir qu'il adore les animaux, me lança la jeune femme en riant de bon cœur. Sue Baker, enchantée !

J'agrippai ses doigts tendus et malaxai maladroitement ses phalanges.

— Elvis Cochran, très heureux !

— Elvis Cochran... J'ai lu votre nom dans le journal. Lieutenant au SDPD, n'est-ce pas ?

— On ne peut rien vous cacher, mademoiselle Baker. Et vous-même ?

— Appelez-moi Sue, me coupa-t-elle pendant que le maire montait sur l'estrade, sous une salve d'applaudissements qui obligèrent mon interlocutrice à se pencher vers moi pour me parler, m'offrant la caresse de son parfum, où se mêlaient des fragrances à la fois douces et épicées. Je travaille au *San Diego Union Tribune,* rubrique « Culture ». C'est pour ça.

— Pour ça ?

— Oui, c'est pour ça que je connais Ian Pagan. Vous me suivez ? fit-elle en appuyant encore davantage son sourire qui, je le savais à présent, n'avait pas d'équivalent dans cette partie-là de l'univers.

De son côté, le premier magistrat déployait également, à sa façon, toutes ses armes de séduction massives. D'une oreille discrète, j'enregistrai les premiers mots de son discours insipide et lénifiant : « … je suis fier de servir San Diego. J'aime cette ville autant que vous, mes chers concitoyens, vous qui en avez fait la ville préférée des Américains et de notre Amérique, cette Amérique que je porte en mon cœur et que… ». Le reste de sa soupe démagogique se noya à jamais dans les limbes de mes souvenirs.

Contrairement à Sue.

Elle venait de pénétrer de plain-pied dans ma vie et j'étais certain qu'elle n'allait pas tarder à y prolonger son séjour. Du moins jusqu'à aujourd'hui. Car c'était bien elle qui me faisait face, les bras croisés, légèrement adossée à la guérite du poste d'entrée de l'université. Et j'allais devoir payer cher mon silence radio de ces dernières heures. Très cher, même.

Je pensais humblement, certains jours en tout cas, être devenu un bon flic. Un mélange indéfinissable d'expérience, d'instinct et de chance. Et de courage, certainement. Or, ce matin, un sentiment étrange m'avait peu à peu envahi, telle une odeur nauséabonde qui collait à chaque pore de ma peau et dont je ne parvenais pas à me débarrasser. Ce meurtre m'avait bouleversé, bien au-delà de la « normale », si tant est que ce mot puisse s'adapter à un tel déferlement de violence, mais aussi d'incohérence. Pourquoi cette mise en scène monstrueuse et cette accumulation de sang et de mutilations ? Mais, pour l'instant, il me fallait ouvrir une nouvelle parenthèse. Elle était bien là, devant moi, en chair, en os et en nerfs. Clignant légèrement des yeux sous l'effet du soleil de midi, je détournai un instant mon regard de celui de Sue.

— Ne cherche surtout pas à t'excuser, marmonna enfin Sue sans desserrer pour autant les lèvres.

— C'est toi qui devrais demander pardon pour avoir enfreint mes recommandations. Je croyais avoir signifié que je ne voulais pas de journalistes sur le campus, jusqu'à nouvel ordre.

— Oui, c'est effectivement ce que m'ont indiqué tes collègues, en bas.

— Mais ils ont décidé de fermer les yeux pour miss Baker, c'est bien ça ?

— Pas du tout ! Au contraire, ils ont été plutôt fermes sur la question, tu pourras les en féliciter.

— OK, promis, on les invite tous chez nous samedi soir pour un barbecue.

Le gardien de service, qui s'était discrètement retiré dans son cabanon, venait de réapparaître sur le seuil, sa casquette à la main. Probablement ne voulait-il pas perdre une bribe de notre brillante conversation. Je tentai d'en finir avec cette situation ridicule.

— Sue, je te retrouve à vingt heures au Bella Luna.

Le Bella Luna était notre restaurant de prédilection. Nous y avions dîné le premier soir de notre rencontre, après que je m'étais acquitté de la lourde tâche de ramener Alex, ou ce qui restait de son épave, chez lui, au terme de la sauterie municipale. Depuis, le Bella Luna, sans conteste la meilleure trattoria de la ville, avait abrité nos rares moments de tête-à-tête volés à nos emplois du temps destructeurs. Des heures tendres. Des instants de tension, aussi. Des larmes, plus rarement. Des réconciliations, ensuite, forcément.

J'enchaînai, sans laisser à ma compagne le temps de refuser la main tendue.

— Dans l'intervalle, s'il te plaît, essaye de comprendre que j'ai une enquête sur les bras. Et une Suédoise de vingt ans à la morgue, ajoutai-je cyniquement.

— Tu as oublié une chose, Elvis.

— J'ai surtout oublié de t'enfermer à clé dans l'appartement hier soir.

— J'ai un métier, moi aussi. Et un papier à écrire, continua Sue, imperturbable.

— Parce qu'il y a un rapport entre ce meurtre et ta chronique culturelle ?

Un voile noir traversa le regard de Sue. Je regrettai immédiatement ma dernière remarque. La réponse tomba, brutale et tranchante comme la lame d'un coupe-coupe :

— Oui, murmura-t-elle dans un souffle. Moi.

Sue m'aurait envoyé un direct du droit dans l'estomac que je n'aurais pas été plus assommé par les mots qu'elle venait de prononcer.

— Que veux-tu dire par là ?

— Que je suis la journaliste idéale pour mener cette enquête.

— Je ne te suis toujours pas, capitulai-je.

Réprimant un soupir que je sentais monter du plus profond de son être, Sue enchaîna, d'un ton sibyllin :

— Hier soir, quand Alex t'a annoncé le meurtre au téléphone, il t'a demandé si tu connaissais l'université, n'est-ce pas ?

— Oui, et alors ?

— Moi, personne ne m'a rien demandé.

— Qu'est-ce que tu insinues ? Que tu connais les lieux ? répliquai-je en balayant instinctivement le campus du regard.

— C'est fou ce que tu comprends vite ! J'ai travaillé dans cette université, si tu veux tout savoir.

Je me devais de reconnaître que je ne maîtrisais pas totalement le curriculum vitae de ma journaliste préférée. Ce dernier comportait probablement des zones d'ombre dont je me moquais comme de ma première paire de menottes. Jusqu'à aujourd'hui.

— Continue, l'invitai-je en lui faisant signe de m'emboîter le pas.

J'éprouvai soudain le besoin impérieux de me mouvoir. Mon cerveau embrumé avait besoin d'oxygène pour ventiler toutes ces informations nouvelles.

— Pour faire court, j'ai longtemps enseigné ici, juste après mon cursus universitaire, poursuivit Sue en se décidant à me suivre. Je sortais de l'école de journalisme, mais j'avais tout d'abord étudié l'histoire de l'art, pendant trois ans. J'avais déjà mis un pied à l'*Union Tribune*, mais simplement en tant que pigiste. Et les honoraires des pigistes… Tu vois ce que je veux dire !

— Je ne voudrais pas être vexant, avançai-je prudemment, mais j'ignorais qu'on pouvait enseigner dans ce genre d'établissement avec un bagage, disons, léger…

Un regard glacial me parvint en retour, et je réalisai aussitôt la maladresse de mes propos. Je tentai tant bien que mal de me justifier :

— Je pensais que les professeurs étaient triés sur le volet, dans une structure aussi recherchée et qu'à moins de sortir d'Harvard ou de Berkeley, on pouvait tout au plus prétendre ici à une place de surveillant d'internat.

— Vous faites erreur, lieutenant Cochran. Tu as raison en ce qui concerne les étudiants américains, je te l'accorde. Ces derniers suivent le cursus normal des futures élites de notre pays. Mais, pour enseigner aux étudiants étrangers, il suffit de posséder de bonnes références universitaires pour décrocher un job de prof à soixante dollars l'heure.

— Et qu'est-ce que tu faisais ici, pour mériter ce salaire ?

— J'essayais d'inculquer à mes étudiants quelques notions d'art contemporain américain. En particulier le pop art : Andy Warhol, Jasper Johns ou encore George Segal, par exemple.

— La directrice de l'université m'a surtout parlé de stages intensifs d'anglais, pas d'histoire de l'art.

— Tu as donc rencontré Anne Beaulieu ? Bravo, tu n'as pas perdu de temps, je vois que ton enquête progresse à grands pas ! J'espère que tu t'es montré sous ton meilleur jour, ironisa ma douce compagne.

Je décidai de ne pas relever la pique et laissai Sue poursuivre la conversation. Il était inutile de souffler sur ces braises-là.

— Étudier une langue étrangère, mon cher Elvis, ce n'est pas seulement apprendre un vocabulaire et acquérir une grammaire, enchaîna-t-elle d'un ton devenu naturellement professoral. C'est aussi s'immerger dans un autre mode de vie, une culture différente, une histoire particulière : c'est un tout. Et l'art fait partie de cet ensemble. C'est une façon de…

Sue s'interrompit soudain, le regard braqué vers l'extrémité de l'allée où nous déambulions comme un vieux couple pathétique. Une ombre éléphantesque se dressait devant nous, nous interdisant le passage. La main de Sue se referma sur la mienne et me broya les jointures en même temps qu'un torrent d'adrénaline inondait mes artères.

7.

— Impressionnante, la liste des étudiants, commenta l'ombre gigantesque en s'adressant à nous sans préambule. Ils viennent des quatre coins du monde : Brésil, France, Japon, Finlande, Mexique et j'en passe. J'ai même découvert des pays que je ne connaissais pas ! Je me demande s'ils ne m'ont pas refilé la liste des athlètes des derniers Jeux olympiques. En tout, il y a ici près de neuf cents étudiants, originaires de trente-sept pays différents. Elle est pas belle, la mondialisation ?

— Tu n'as pas tort, l'interrompis-je, ce n'est plus une enquête que l'on va mener, c'est un véritable échange scolaire ! Ce n'est pas une raison pour effrayer madame, rajoutai-je en serrant légèrement Sue contre moi, furieuse de n'avoir pas immédiatement reconnu mon vieux complice Alex et vexée de dévoiler ainsi ses émotions. Moi-même, l'espace d'un instant, j'avais senti quelques poils se dresser et je me rendais compte que cette enquête commençait déjà à nous porter sur les nerfs, alors qu'elle ne faisait pourtant que débuter.

Sentant mon coéquipier d'une humeur causante, je l'invitai à poursuivre, tout en l'observant à la dérobée. Sa personnalité continuait à me fasciner, même un an après notre rencontre. Alex Craddock était, je l'avais sincèrement pensé dès notre première poignée de main, une gigantesque erreur de casting, la victime d'un affreux malentendu ou alors un imposteur de génie. Ou peut-être les trois à la fois. Sous son immense carcasse, il avait réussi le miracle de faire cohabiter un physique de joueur de football dopé à l'EPO, une sensibilité de première communiante et le quotient intellectuel d'un Prix Nobel. Trois particularités qui n'appartiennent pas à la panoplie du flic moyen, loin de là. Et pourtant, cette espèce d'anomalie de la nature, ce chaînon manquant, cette œuvre rare avait décidé de choisir le chemin sinueux et incertain qui menait à l'École de police, alors que des centaines d'autres routes bien plus sûres et mieux balisées l'attendaient. Je ne lui avais jamais demandé les raisons de ce choix. Il ne m'avait jamais interrogé sur les miennes. C'est pourquoi nous étions devenus, presque immédiatement, inséparables.

Sue demeurait toujours muette comme une tombe, ce qui encouragea Alex à poursuivre son monologue. Il nous raconta s'être usé les yeux à parcourir la pile de paperasses qu'il tenait à bout de bras et qui contenait la liste des étudiants et du personnel de l'université, un document que lui avait confié Anne Beaulieu en personne, annonça-t-il tout en me balançant un clin d'œil complice qui n'échappa pas à ma compagne. Mais je savais que Sue venait de revêtir, de nouveau, sa panoplie de journaliste, reléguant au second plan notre couple et ses préoccupations sentimentales ; d'un geste du menton, j'invitai Alex à poursuivre.

— Les profs, en revanche, semblent être tous originaires de San Diego ou des environs, enchaîna mon adjoint avec sa verve habituelle. Pareil pour les employés. Ils sont quatre-vingt-cinq à temps plein et une quarantaine à temps partiel. On va être obligés d'interroger tout le monde, de vérifier chaque emploi du temps et de se taper des tonnes de comptes rendus d'enquête. Que du bonheur, amigo !

— Tu soupçonnes l'assassin de la Suédoise de faire partie de la maison : prof ou étudiant ?

Sans laisser à mon partenaire le temps de répondre, Sue sortit soudain de sa torpeur et assena :

— Si vous voulez mon avis, messieurs, le meurtrier pourrait tout aussi bien être une personne venue de l'extérieur. Cette université est un véritable moulin, on entre ici et on en sort comme on veut. Regardez, je suis là, entre vous deux, alors que les journalistes sont interdits de séjour sur le campus.

Cette dernière remarque me frappa soudain, comme une piqûre de rappel à mon manque de professionnalisme, et je pris conscience que j'avais largement négligé cette évidence. Devançant ma question, elle précisa aussitôt :

— L'entrée principale est gardée jour et nuit par un vigile. Plus ou moins bien, certes. Et il y a quand même des caméras de surveillance placées à chaque endroit stratégique.

— J'ai fait récupérer les enregistrements vidéo hier soir, en effet, lui précisai-je.

— Il y a tout de même autre chose : la configuration de ces lieux est pour le moins étonnante. L'université est bâtie sur une colline, vous avez probablement remarqué cette caractéristique singulière, martela-t-elle de ce ton ironique que je ne lui connaissais que trop bien. Une colline boisée, arborée, entourée de forêts d'eucalyptus et de cyprès et parsemée de petites clairières et de buissons épars.

— J'ignorais ta passion pour la botanique. Je t'offrirai un herbier à Noël, promis.

Ignorant ma remarque, Sue poursuivit :

— Et, autour du campus, des zones pavillonnaires ont été implantées. De plus en plus nombreuses. Des lotissements flambant neuf sont sortis de terre et également des centres commerciaux, tels que Mira Mesa ou Scripps Ranch, par exemple.

— Où veux-tu en venir ? marmonna Alex. Tu as l'air de bien connaître le coin.

— Elvis t'expliquera, éluda-t-elle, sibylline. Je veux simplement vous raconter, mes chers amis, que, dans un premier temps, l'université était plutôt isolée, sur sa colline. Mais l'urbanisation galopante de San Diego a transformé le paysage de cette zone, créé de nouvelles envies, développé de nouveaux besoins de consommation. Autour du campus, mais également en son sein.

— Continue, l'invitai-je, de plus en plus intéressé par son exposé.

— C'est bien simple : il y a encore quelques années, les étudiants vivaient ici en vase clos et ne sortaient finalement que très peu du campus. Aujourd'hui, avec le développement des commerces et autres zones de loisirs autour de l'université, le campus est devenu très ouvert. Et, ajouta-t-elle en enfonçant le clou, les étudiants ne passent plus par l'entrée principale pour aller se balader à Mira Mesa ou à Scripps Ranch et y faire un bowling ou acheter un pack de bière : ils tracent à travers les bois, tout simplement. Vous pourrez aller vérifier, messieurs, il y a de véritables sentiers de randonnée qui sillonnent à présent la colline !

— Ce qui veut dire ? murmura Alex, lui aussi sous le charme de Sue.

— Que si moi, j'étais à votre place, j'irais me promener vite fait dans les sous-bois qui entourent la piscine. Votre meurtrier, s'il vient de l'extérieur, est probablement arrivé et reparti par là.

Brutalement, l'atroce sonnerie du téléphone d'Alex déchira nos tympans. Il décrocha et s'éloigna de quelques pas, en traînant les pieds. Les joues flasques et la lèvre pendante, mon partenaire se contentait d'émettre une série de borborygmes incompréhensibles tout en me fixant d'un regard vide. Malgré tout, je connaissais suffisamment l'animal pour comprendre qu'il brûlait d'envie de raccrocher et de me faire le compte rendu de sa conversation. Après un dernier hochement de tête, il finit par refermer le clapet de son engin et se tourna vers nous. La seconde de silence qui suivit sembla durer des siècles. Enfin, il daigna nous déclamer, en prenant le soin de peser chaque mot :

— On a un témoin. Bruce Aquino, qu'il s'appelle. C'est le chauffeur du minibus qui a conduit la Suédoise à l'université. Il dit avoir aperçu « un truc bizarre », je cite. En fait, il n'a pas l'air sûr de lui, si tu veux mon avis. Mais…

— Mais ?

— Il veut nous voir. Tout de suite. Parce que…

— Alex, je te hais. Parce que ?

— Parce qu'il a peur. Il crève de trouille.

8.

« *Take me home, country roads, to the place I belong…* » Je soupirai, résigné. J'avais abandonné Sue sur le campus en lui rappelant notre rendez-vous du soir au Bella Luna. Je n'osais même pas imaginer où elle avait filé au moment où Alex et moi avions sauté dans notre voiture de fonction. Tapotant des doigts sur le volant au rythme de sa musique fétiche, Alex n'avait rien trouvé de mieux que de caler le tuner de l'autoradio sur KSON-FM, la station country des bouseux de la région, dont il était probablement le plus fidèle auditeur. Pendant que John Denver faisait pleurer sa voix et sa guitare dans les haut-parleurs de la Chevrolet, je m'efforçai de garder les idées claires. Un détail me poursuivait depuis ce matin, hantant mon esprit sans que je parvienne à saisir ce qui me dérangeait ainsi. Je me repassais, inlassablement, la scène du meurtre en Technicolor sur l'écran de ma mémoire. Trois lettres surnageaient dans ce fatras : *F*, *O*, *G*. Un brouillard écrit en lettres rouge sang. Trois lettres qui m'avaient accaparé et empêché de m'imprégner totalement de la scène du crime, trop excité que j'étais de ma découverte. J'étais de plus en plus persuadé que cette signature étrange ne désignait pas forcément l'assassin lui-même. C'était trop gros pour être vrai, un peu comme dans une mauvaise série de HBO. Non, cette marque faisait partie du « tableau » que le meurtrier de Lena Johannsson voulait que nous découvrions dans la buanderie du campus. Une mise en scène macabre, où chaque détail avait son importance. Et, justement, c'était l'un de ces détails qui me perturbait.

— Accélère, gros, ordonnai-je soudain tout en déclenchant la sirène d'urgence, qui se mit aussitôt à clouer le bec à John Denver et à son choriste dans un hululement d'enfer.

— Qu'est-ce qui te prend ? brailla mon cow-boy de carnaval, surpris de ce changement de rythme.

— Une intuition. Je te raconterai. Fonce !

J'éprouvai soudain l'envie irrépressible de voir les clichés pris sur les lieux du meurtre par l'équipe spécialisée. Une intuition brutale et violente. Ou peut-être rien, mais je voulais en avoir le cœur net. Immédiatement. Bruce Aquino, le chauffeur du minibus, allait devoir patienter un peu. Ma brusque montée d'adrénaline était contagieuse. À côté de moi, Alex se trémoussait sur son siège tout en se frayant habilement un chemin au milieu du flot de voitures qui envahissait les artères de San Diego en cette heure de midi.

— Si ça se trouve, jubilait-il, ce Bruce Aquino et l'assassin ne font qu'un : il a eu des remords, il vient donc chez nous se confesser, et nous, on le boucle en même temps que le dossier. Et avant la tombée de la nuit, en plus. Emballez, c'est pesé !

— Tu devrais arrêter les drogues dures, gros, soupirai-je en baissant la vitre côté passager pour m'aider à m'éclaircir les idées. Tant qu'à faire, tu ne veux pas le brancher directement sur la chaise électrique pendant sa déclaration, tout à l'heure ? On gagnerait un temps précieux !

Toutes sirènes hurlantes, la Chevrolet avalait les kilomètres sur la Freeway 15. Alex connaissait la ville par cœur. Il était né ici, en pleine période post-maccarthysme, et n'avait jamais quitté la Californie. J'en étais même à me demander s'il lui était déjà arrivé de franchir la frontière de l'État. Juste après avoir dépassé la zone commerciale d'El Cajon, il bifurqua sur Wabash Boulevard, qui marquait l'entrée de la vieille ville. Les bâtisses hispaniques aux murs pastel alternaient avec de nobles demeures victoriennes aux jardins fleuris rehaussés d'un gazon très britannique. Il n'était pas rare d'y voir la bannière étoilée flotter fièrement sur le devant des vérandas. Enfin, après deux ou trois feux rouges grillés négligemment et plusieurs virages serrés qui laissèrent sur le bitume californien un ou deux millimètres de gomme, la Chevrolet pila net sur Broadway, devant le siège de la police, légèrement essoufflée par le rythme endiablé que lui avait imposé son chauffeur.

— Tu as eu raison de laisser ta Coccinelle au vestiaire aujourd'hui, gloussa Alex en tentant d'extirper sa carcasse de l'habitacle. Elle n'aurait pas supporté mon traitement !

— Abrège et suis-moi, lui lançai-je en franchissant au pas de course la grande porte en verre fumé du hall d'entrée. Une jeune auxiliaire de police se précipita aussitôt vers moi, me salua timidement et me désigna un homme de type asiatique à l'âge indéfinissable, vêtu d'un costume sombre à rayures beiges, assis sur l'un des bancs de la vaste pièce qui faisait office de salle d'attente, à droite de l'entrée.

— Lieutenant Cochran, me lança-t-elle d'une voix monocorde et détachée, le témoin est là. Voulez-vous que je le conduise à votre bureau ?

— Pas tout de suite, faites-le patienter, je m'occuperai de lui dans quelques instants.

— À vos ordres, lieutenant.

Je la remerciai d'un pouce levé et continuai mon sprint jusqu'à mon bureau, au deuxième étage. Alex ne me suivit pas. Il avait déjà disparu, probablement pour aller dévaliser le distributeur de barres chocolatées et autres cochonneries auxquelles il était irrémédiablement accro. Poussant la porte de mon antre, je bondis sur mon téléphone et composai immédiatement le numéro de la police scientifique, installée au dernier étage de l'immeuble. On décrocha à la deuxième sonnerie. Je reconnus la voix traînante du sudiste de l'équipe, Peter Jones.

— Peter, lançai-je sans préliminaires inutiles, c'est Elvis. Il me faut rapidement les photos d'hier soir, à l'université. J'en ai besoin, là, tout de suite.

— OK, mais on n'a pas encore imprimé les agrandissements et…

— Pas grave, balance-moi les photos en intranet. Je verrai les tirages papier plus tard.

— Comme vous voulez, lieutenant. Le temps de vous connecter et vous pourrez les visionner.

L'informatique prenait une place de plus en plus importante dans la société et mon boulot de flic n'y échappait pas. En appuyant sur le bouton « On » de mon PC, je repensai avec une certaine nostalgie à l'événement qu'avait constitué l'arrivée du premier ordinateur digne de ce nom à la brigade de police de Cheyenne. J'avais tout juste vingt ans et j'avais instinctivement éprouvé une méfiance naturelle envers ce cube de verre, de plastique et d'aluminium qui devait, nous disait-on, devenir notre plus précieux auxiliaire dans notre lutte contre le crime. Malgré mes réticences, j'avais été obligé de sauter à pieds joints dans le train du progrès technologique et je devais reconnaître que, sous certains aspects, cette science numérique savait se montrer indispensable. La preuve : deux ou trois clics de souris plus tard et les photos tant attendues engorgeaient ma messagerie. Je me levai rapidement pour baisser les stores et plonger la pièce dans la pénombre. J'ouvris ensuite le logiciel de visionnage d'images et le réglai en position *slide show* afin de faire défiler, une à une, les photos du meurtre sur les vingt-cinq pouces de mon écran. À la première vue qui éclaboussa mon écran de millions de pixels rouges, l'horreur de la scène me reprit immédiatement aux tripes. Je fis défiler les images le plus lentement possible pour tenter de repérer le détail qui me travaillait. La première dizaine de photos ne m'apprit rien. Ou plus exactement, on n'y apercevait pas le détail que je recherchais. Une autre dizaine suivit, puis une autre encore. Je commençais à me demander si mon imagination n'avait pas décidé de me trahir quand, soudain, sur la photo nommée DCSF 028, elle apparut.

Comme une évidence.

Étouffant un juron, je cliquai sur l'image pour l'agrandir, passant automatiquement en mode « Retouche ». Puis, puisant dans la palette d'outils virtuels que me proposait le logiciel, je choisis la loupe et zoomai immédiatement sur une partie bien précise de l'image. Impossible de se tromper. On y distinguait nettement le corps de Lena Johannsson, plus particulièrement la partie gauche de celui-ci. Et, plus nettement encore, son bras. Son bras gauche.

J'avais vu juste. L'assassin avait là aussi signé son crime.

9.

L'imprimante laser couleur reliée à mon PC se mit à ronronner doucement. J'avais pris le soin d'y glisser un papier photo de très haute qualité, car je tenais à immortaliser au mieux ma découverte. Quelques secondes plus tard, ma précieuse image entre les mains, je fonçai à travers le dédale des couloirs et des escaliers du bâtiment, à la recherche de mon acolyte. Mon instinct ne m'avait pas trompé : je localisai l'ami Alex dans notre salle de repos, où trônait en bonne place le distributeur à saletés. Je déboulai devant lui et l'assemblée des autres flics, réunis en nombre à cette heure du déjeuner, quelque peu essoufflé par mon sprint. J'avais l'impression que tous essayaient de lire dans mon regard la raison de mon agitation. Tous sauf un. La bouche pleine d'une infâme substance chocolatée, Alex se contenta de me saluer d'un vague geste de la main, le regard brillant de plaisir.

— T'as vu l'heure qu'il est ? me lança-t-il tout en farfouillant dans son porte-monnaie. Il est déjà tard et on n'a pas encore déjeuné ! Tu ferais mieux de prendre un truc avec moi plutôt que de t'exciter comme ça ! Qu'est-ce qui te ferait plaisir ?

Cet homme était vraiment exceptionnel. Au sens premier du terme. Un autre que moi l'aurait probablement renvoyé dans les cordes. Je me contentai d'ignorer sa remarque et lui posai délicatement la main sur l'épaule en l'attirant vers moi.

— Mon Alex, articulai-je doucement en reprenant mon souffle. Suis-moi gentiment, tu ne vas pas être déçu.

Je ne tenais pas, pour le moment, à ébruiter ma découverte et ne voulais la partager qu'avec mon coéquipier. Il serait toujours temps, ensuite, de mobiliser les troupes.

— Tu m'invites au restaurant ? gloussa-t-il, tout sourire, en constatant que je l'entraînais vers la sortie, en direction du parking.

— Je veux surtout être à l'abri des regards indiscrets, abruti. Allez, monte !

— Comme tu veux, amigo, soupira Alex en s'écroulant sur son siège. Bon, dis-moi tout. Je te connais comme si je t'avais mis au monde, alors vas-y, accouche !

Je m'assurai du coin de l'œil que nous n'avions pas été suivis. La vue du parking désert me rassura. J'avais veillé à glisser mon cliché dans une banale enveloppe de papier kraft que je tendis solennellement à Alex.

— Ouvre. Et dis-moi ce que tu vois.

— À vos ordres, señor, grommela Alex en décachetant l'enveloppe de ses gros doigts boudinés.

Dire que je guettais sa réaction avec impatience est un euphémisme. La respiration suspendue, j'étais au supplice sur mon siège. Enfin, au bout d'une éternité qui dura à peu près trente secondes, il se décida à émettre un grognement :

— Putain…

— Tu la vois, toi aussi ? Elle te saute aux yeux, n'est-ce pas ?

— Mouais. J'avoue que j'y avais pas plus fait attention que ça, hier soir sur le campus.

— Moi non plus, c'est pourquoi je voulais en avoir le cœur net. C'est lui qui l'a attachée, j'en suis certain.

— Toi, tu penses qu'elle ne pouvait pas l'avoir déjà sur elle à son arrivée à San Diego ? ronchonna Alex, la moue sceptique.

— Impossible, gros ! Regarde la photo, bon Dieu ! Regarde le corps, regarde le bras de Lena Johannsson, regarde le sol !

— Ouais, y a du sang partout. Une putain de couleur rouge.

— Partout, oui ! Tout est maculé d'hémoglobine, ses mains, ses doigts, son jean, tout, sauf...

— Sauf ?

— Sauf sa montre, Alex : il n'y a pas une seule goutte de sang dessus ! J'ai zoomé, j'ai examiné la photo dans ses moindres détails, elle est vierge de toute éclaboussure ! Prends ton temps, et regarde-la bien, cette foutue montre. Dis-moi ce que tu en penses.

— Elle est énorme. Et elle est belle ! Ça coûte un max, un bijou pareil. Je la verrais bien à mon poignet, si c'est ça que tu...

Interrompant Alex, je m'exclamai, enthousiaste :

— Exactement, mon vieux, c'est tout à fait ça ! C'est une montre d'homme. Elle est bien trop grosse pour une femme ! Observe l'épaisseur du bracelet et le diamètre du cadran : je te dis que Lena ne portait pas ce bijou sur elle quand elle a débarqué à l'aéroport !

Ne tenant plus en place, je ne pensais à présent qu'à une chose : filer au plus vite à l'institut médico-légal pour vérifier de visu la théorie que je venais d'échafauder. Et en profiter pour prendre connaissance du rapport d'autopsie, que le coroner Di Mucci devait être en train d'achever, à l'heure qu'il était. Tournant la clé de contact, j'allai démarrer sur les chapeaux de roue en direction de la morgue quand la vigoureuse poigne de l'ami Craddock s'abattit sur mon bras.

— Tu oublies une chose, chef...

— Je t'écoute, fis-je, surpris par la réaction de mon adjoint.

— Bruce Aquino. Tu l'as déjà enterré ? C'est, je te le rappelle, notre témoin principal : le chauffeur du minibus. Je me permets de te signaler qu'il nous attend depuis deux heures dans le hall. À mon avis, on pourrait quand même trouver un quart d'heure pour entendre son témoignage, non ?

Je me sentis soudain très fatigué. Épuisé. Et ma nuit blanche n'était pas la seule responsable de cet accablement. Résigné, je m'extirpai de l'habitacle et repris la direction du hall d'accueil de la brigade, Alex pendu à mes baskets. Aquino était toujours rivé à la même place, prêt à prendre racine. Je le saluai en me présentant, ainsi que mon collègue ; il nous retourna une poignée de main d'une rare mollesse.

— Vous êtes donc le chauffeur de l'université, c'est bien ça ?

L'extrême banalité de ma question était affligeante, mais dans mon état, je ne pouvais pas faire mieux. Du reste, Bruce Aquino ne se formalisa pas pour si peu. La tête baissée, le souffle court, il émanait de sa personne une angoisse infinie. Ce type transpirait la trouille par tous les pores de sa peau. D'un geste que je souhaitais rassurant, je lui proposai de me suivre dans mon bureau, serré de près par Alex qui ne voulait rien rater de cette entrevue. De mon côté, je tâchai de rester concentré sur notre témoin. Mon esprit était rivé à la découverte de la montre et je m'en voulais presque de perdre de précieuses minutes à écouter ce type. En même temps, je me refusais de déléguer à quiconque la mission d'interroger Bruce Aquino. Même à mon coéquipier. Même à ma propre mère. Une vieille habitude, le souci de vouloir maîtriser tous les paramètres d'une enquête. Une sale manie qui m'avait longuement été reprochée, dans une vie antérieure. Là-bas, au nord, du côté de Chicago, sur les bords du lac Michigan. Ramenant mon esprit vagabond sur le territoire californien, j'invitai notre témoin à prendre place sur l'un des fauteuils du bureau, pendant qu'Alex choisissait, à mon grand étonnement, de se tenir debout derrière moi. Aquino ne répondit pas immédiatement à ma première question. Sondant les poches de sa veste sombre, il en extirpa une feuille pliée en quatre qu'il me tendit d'une main légèrement tremblante.

— Tenez, c'est ma feuille de route pour la journée d'hier. En fait, je ne suis pas le seul chauffeur de l'université. Nous sommes cinq et…

— C'est quoi, une feuille de route ? l'interrompit Alex de sa voix caverneuse.

Je parcourus rapidement le fameux document, puis le tendis à mon coéquipier. Il s'agissait, en fait, du planning du chauffeur pour la journée du dimanche : navette entre le campus et l'aéroport, entre le campus et le *downtown* de San Diego, entre le campus et les plages, etc. Un véritable service de taxi collectif, en quelque sorte. C'était d'ailleurs ce qu'expliquait notre témoin à Alex, qui s'enthousiasma en découvrant les privilèges dont bénéficiaient les étudiants.

— Si j'ai bien compris, la fille qui veut aller piquer une petite tête dans l'océan Pacifique, elle vous appelle et, hop, vous déboulez, et vous l'emmenez où elle veut ? Mais c'est la belle vie, ce bahut, dites donc !

— Pas tout à fait, se permit de corriger Bruce Aquino d'une voix chantante, mâtinée d'un fort accent. Les étudiants doivent être, au minimum, au nombre de quatre et les destinations des navettes sont fixes et ne varient jamais : aéroport, plages, cinémas, bowlings…

— Au moins quatre étudiants par trajet ? fis-je soudain. Anne Beaulieu m'a dit que la jeune Suédoise avait voyagé avec un Suisse. Ce qui ne fait donc que deux personnes.

— Sauf pour l'accueil des étudiants à l'aéroport, précisa immédiatement le chauffeur. Là, même pour une seule personne, on y va. Pour le standing de l'université. Mme Beaulieu y tient tout particulièrement.

Cette dernière phrase, débitée d'un ton plus ferme, sembla lui avoir redonné de l'assurance. Je décidai d'en profiter pour attaquer :

— C'est très bien, monsieur Aquino, merci, mais racontez-nous plutôt votre fin d'après-midi de la journée d'hier, s'il vous plaît.

Le chauffeur se redressa un peu dans son fauteuil et se frotta les paumes des mains contre le revers de son pantalon. Il commença, en cherchant ses mots :

— Hier après-midi, j'étais donc... disons... missionné... pour aller chercher un groupe d'étudiants étrangers à l'aéroport. Comme... comme vous pouvez le lire, fit-il en désignant du menton la feuille que je tenais toujours à la main, je devais être à l'arrivée du vol... euh... Delta Airlines en provenance de Salt Lake City. L'arrivée était prévue vers... vers seize heures.

— Atterrissage du vol DL 8080 programmé à seize heures zéro sept, en provenance de l'aéroport de Salt Lake City, Utah, déclamai-je en lisant la feuille de route.

— C'est ça. Donc, comme toujours, je prévois un délai suffisamment large pour être sûr d'être à l'heure.

— À quelle heure êtes-vous arrivé à l'aéroport ?

— Vers seize heures, pas plus tard. Je me souviens avoir écouté le début du flash d'information, à la radio, en me garant sur le parking.

— Vous empruntez toujours la même route, pour vous rendre à l'aéroport ?

Bruce Aquino sembla surpris par ma question. L'air de plus en plus hébété, il se mit à débiter son texte comme une machine bien huilée :

— Euh... Oui... Mira Mesa Boulevard, puis la Freeway 808, State Park, Pacific Highway et enfin North Harbour Drive.

— La routine, quoi..., ironisa Alex dans mon dos.

À ces mots, Bruce Aquino se redressa soudain sur son siège. Il parut hésiter un instant, ses yeux semblant chercher un soutien dans nos regards. Il se décida finalement à articuler, d'une voix plus blanche que jamais :

— Non. Pas tout à fait. Il s'est passé un truc bizarre. Très bizarre, même. Au moment du retour.

Je détestais la climatisation, pourtant omniprésente ici en Californie dans chaque bâtiment, dans chaque voiture, dans la moindre boutique. L'air en conserve, très peu pour moi. Suspendu aux lèvres de Bruce Aquino, j'éprouvai pourtant une envie irrépressible de tourner le bouton du climatiseur de mon bureau jusqu'à « Maximum » pour repousser cette vague de chaleur que je sentais monter, diffuse et invisible. Car notre témoin avait gardé son plus bel atout dans sa manche et nous le balança violemment au visage :

— J'ai écrasé un bébé, en repartant. Sur le parking de l'aéroport.

10.

— Un bébé en plastique. Une poupée. Un jouet, si vous préférez.

Dans mon dos, je sentis soudain le corps d'Alex s'affaisser lourdement. Je craignis, l'espace d'un instant, que la sensibilité exacerbée de mon acolyte ne lui ait été fatale. Il n'en était heureusement rien car l'ami Alex, bousculant mon fauteuil d'un monstrueux coup de reins, se redressa presque immédiatement et bafouilla :

— C'est quoi, ces conneries ? Un bébé en plastique ?

— Oui, comme celui que les petites filles trimballent avec elles. Un... jouet... Une poupée, je viens de vous le dire.

Mon esprit embourbé tentait de contenir ce nouveau flux d'informations que me livrait en pâture Bruce Aquino. M'efforçant de garder les idées claires, je tâchai de comprendre ce que pouvait bien signifier cette histoire de bébé en plastique.

— Attendez, monsieur Aquino, restons calmes, dites-nous exactement ce qui vous est arrivé.

— Bon... À l'aéroport, comme toujours, je me suis garé sur le parking « Visiteurs », celui qui ne coûte que quatre dollars si on reste moins d'une heure. Il est tout petit, à peine cinquante places.

— Les faits, seulement les faits..., le pria Alex.

— OK... Donc, j'ai pris mes pancartes pour l'accueil, avec le nom des étudiants dessus, et j'ai filé vers le terminal 2, celui des arrivées des vols Delta Airlines. L'avion s'est posé pile à l'heure. Une demi-heure plus tard, j'ai récupéré mes passagers et on est montés dans la Toyota.

— C'est un van, votre véhicule ? questionna Alex, les yeux plissés.

— Oui, un minibus de neuf places. Un engin très pratique pour…

— Alex, si tu t'y mets aussi, on n'y arrivera pas, articulai-je d'un ton las.

— C'est au moment de repartir que ça s'est produit, accoucha enfin Aquino. J'ai senti comme une résistance sous la roue arrière gauche au moment de démarrer et, juste après, un craquement sec. J'ai cru qu'on avait roulé sur une bouteille en verre et j'ai eu peur d'avoir abîmé le pneu. Je suis donc sorti du van et…

— Et ? firent nos deux bouches de flics à l'unisson.

— J'ai vu ce… cette poupée. Écrasée, sur le bitume. Sous la roue arrière gauche.

— C'est peut-être un jouet qui a été perdu par un gamin qui partait en vacances ? suggérai-je, sans trop croire à cette hypothèse.

La réponse du chauffeur fusa immédiatement, catégorique.

— Impossible, lieutenant. Je l'aurais remarquée en arrivant, cette poupée, ou bien je l'aurais écrasée en me garant. En plus, le parking était presque désert, hier soir.

— Pas de voiture stationnée à proximité ?

— Personne, j'en suis certain. Je pourrais le jurer devant un tribunal.

— Je ne vous en demande pas tant. Pas encore, du moins. Dites-moi, monsieur Aquino, cette poupée, elle était comment ? Grande ? Petite ? Habillée ?

— Non, toute rose, en plastique, sans vêtements, juste avec ses faux cheveux. Une poupée normale, je ne sais pas quoi vous dire, moi… de la taille d'un vrai bébé, si vous préférez.

Je n'osai poser la question suivante, qui me brûlait pourtant les lèvres. Je craignais la réponse, je la devinais déjà, je pouvais presque la lire sur les traits tirés de notre témoin. Alex se chargea donc d'en remettre une couche à ma place, s'appropriant mes pensées.

— Cette poupée… Vous l'avez gardée ?

Baissant les yeux vers ses chaussures, Aquino admit d'une voix à peine audible ce que nous craignions d'entendre :

— Pourquoi la ramasser ? Pour en faire quoi ? Non, je l'ai laissée sur le parking. Je ne pouvais pas imaginer que… Enfin, je veux dire, c'est quand j'ai appris le meurtre que je me suis dit…

— … que ce détail pouvait avoir son importance, c'est ça ?

— Oui. Si seulement j'avais su, d'autant plus que…

— D'autant plus que ?

— Cette poupée… Je l'ai revue, peu de temps après. Je veux dire, la même, mais intacte.

Je ressentais la désagréable sensation d'être trimballé dans un grand huit, plongeant, puis remontant la pente au fur et à mesure du témoignage de notre chauffeur. Alex n'en menait pas large, lui non plus.

— Accouche, bordel ! Qu'est-ce que tu veux dire ?

— En rejoignant Pomerado Road, la route qui mène à l'université. Juste avant la bifurcation vers l'entrée du campus. Il y avait une voiture, garée le long de la chaussée et un homme assis derrière le volant, qui téléphonait avec son portable.

— La poupée, nom de Dieu, la poupée ! jura Alex, les poings crispés.

— Dans le coffre de son pick-up. Il y avait un carton, à moitié ouvert. Rempli de poupées. Pareilles que celle du parking.

Cette fois-ci, je me redressai pour de bon et enclenchai l'air conditionné.

Il était près de quinze heures quand, les yeux au bord de l'implosion et les jambes plus lourdes que la dette extérieure des États-Unis, je retrouvai sans plaisir notre Chevrolet, l'estomac plombé de quelques douceurs mexicaines qu'Alex était allé dénicher dans un fast-food du coin. Mon partenaire attitré n'avait pas meilleure mine et contenait avec peine de monstrueux bâillements. La poursuite de l'interrogatoire de Bruce Aquino n'avait pas été d'une grande richesse, notre précieux témoin n'ayant pas été en mesure de nous fournir un portrait-robot précis du conducteur du pick-up aux poupées. Un homme, la peau blanche ou claire, entre deux âges, casquette de base-ball vissée sur la tête et lunettes de soleil sur le nez : c'était à peu près tout ce que nous avions pu extirper du chauffeur. Des détails suffisamment précis pour inculper la moitié de la population masculine de la ville, ou presque. Quant au pick-up, de couleur noire ou marron foncé selon Aquino qui n'en était pas trop sûr, autant ne pas perdre trop de temps avec ce genre de description : un conducteur américain sur trois devait probablement être en possession de ce type de véhicule. Autant dire que l'enquête allait très vite tourner en rond. Du moins de ce côté-là. Il demeurait, heureusement, d'autres pistes à explorer, à commencer par tous ces indices que notre assassin laissait derrière lui, comme pour nous inviter à lui emboîter le pas : les mutilations sur le corps de Lena Johannsson, les lettres sanglantes *F*, *O*, *G*, la montre et à présent la poupée du parking de l'aéroport. J'avais immédiatement envoyé une équipe sur place, pour tenter de retrouver les morceaux du jouet, aidée par Bruce Aquino qui s'était spontanément proposé de servir de guide. De mon côté, j'avais de nouveau cédé le volant à Alex, me murant dans un silence que j'espérais productif. Avant de me caler sur mon siège, je lui avais signifié l'interdiction formelle de nous remettre une louche de soupe country entre les oreilles, sous peine d'appuyer sans réserve sa mutation immédiate dans l'Iowa ou l'Arkansas. Pour le moment, je brûlais de filer à l'institut médico-légal, où le rapport d'autopsie de l'étudiante suédoise devait à présent m'attendre.

Alex rallia l'est de San Diego, laissant derrière nous les quartiers historiques hispano-mexicains pour nous plonger au cœur des immenses zones pavillonnaires de la ville, là où la moyenne d'âge des résidents faisait passer les membres du Congrès pour des adolescents. La Chevrolet déboula sur Delevan Drive, où s'alignait un nombre impressionnant de plaques de médecins et autres gériatres sur les portes de ces élégantes maisons en stuc et en brique rouge. J'avais toujours trouvé ironique que la morgue de San Diego soit installée en plein milieu de ces quartiers où l'espérance de vie devait battre tous les records nationaux. La Chevrolet cracha ses dernières volutes de gasoil et freina enfin devant le 5050, Federal Boulevard, terme de notre trajet. L'institut médico-légal du comté occupait un discret immeuble ancien, de couleur sable, haut de trois étages et bordé par d'immenses palmiers royaux dont la cime semblait se perdre dans le ciel californien, seule touche de vie au milieu de cette zone figée dans le temps. Je n'avais pas pris la peine de prévenir Di Mucci de notre arrivée, mais je savais qu'il nous attendait, là, derrière ces murs austères.

— Putain de bouffe mexicaine, me lança Alex en réprimant un énième renvoi. La prochaine fois, on se fera des sushis. C'est moins lourd à digérer, la cuisine japonaise.

— Tu n'étais pas non plus obligé de t'enfiler trois tacos et quatre burritos.

— … Cinq burrito*s*, señor Cochran, cinq…, soupira-t-il en refermant sa portière à regret.

Je savais, par expérience, que mon coéquipier ne ressentait pas un enthousiasme débordant à la perspective de traverser les salles et les couloirs de ce triste bâtiment où flottait en permanence une pestilentielle odeur de formol et de désinfectant. En fait, il avait une sainte horreur de cet endroit. Lors de l'une de mes premières visites à la morgue, pour récupérer le rapport d'autopsie d'un SDF décédé dans une bagarre de rue, Alex m'avait même fait l'honneur d'un bel évanouissement. Nous n'avions pas été trop de cinq flics et toubibs pour porter le pauvre malheureux, qui avait tourné de l'œil, jusqu'au premier sofa et l'y allonger.

— Allez, courage, gros, prononçai-je d'une voix que je tentai de rendre la plus douce possible, comme si je m'adressais à un enfant de huit ans. Pense à la petite suédoise.

Me forçant un peu pour hâter le pas, je gravis en bondissant l'escalier monumental qui menait à l'institut. Avant de pousser les portes colossales, je marquai néanmoins une pause pour serrer les dents et me pincer le nez, presque par réflexe. Moi-même, je détestais cette atmosphère de mort qui flottait en permanence dans les couloirs de cette antichambre de l'enfer ou du paradis, c'est selon. Pourtant, c'est un surprenant parfum de tabac qui me caressa doucettement les narines au moment où je franchissais le seuil de cette bâtisse séculaire. Debout dans le hall d'entrée, vêtu de son indémodable blouse blanche, le Dr Di Mucci faisait les cent pas en fumant avec délectation un fin cigarillo cubain, au mépris des règles élémentaires de sécurité et d'hygiène en vigueur dans un tel lieu. Mauvais signe, pensai-je aussitôt. Je n'avais jamais vu notre médecin légiste se laisser aller à enfreindre la loi, aussi souple soit-elle en cet espace où il régnait en maître. Dissimulant ma surprise, je me contentai de saluer le plus naturellement possible mon hôte. Comme je le pressentais, Di Mucci ne sembla pas plus étonné que ça de me voir débouler.

— Toujours pressé, Elvis ! s'exclama-t-il en me serrant chaleureusement la main, malgré l'atmosphère épaisse qui hantait l'endroit. Mais, tu sais, mes clients quittent rarement l'établissement de leur plein gré.

— C'est vrai que ta compagnie est si agréable et que dans ton cinq-étoiles le service, le confort et l'accueil sont de première qualité, renchérit Alex, qui venait d'arriver sur mes talons.

Je percevais une tension dans la froideur impersonnelle de ce hall d'entrée et la bonne humeur feinte et déplacée de mes deux acolytes n'arrangeait pas les choses, loin de là. Les yeux brillants, Di Mucci plongea son regard dans le mien, mêlant son haleine tabagique à ma respiration.

— L'autopsie est terminée, me souffla au visage le coroner. Le rapport t'attend là-haut, ajouta-t-il en désignant du menton l'imposant escalier qui menait à son bureau. Mais… promets-moi une chose, Elvis.

— Dis toujours, Marco.

— Trouve-le vite. Très vite. Il y en aura d'autres. Il y aura d'autres victimes. D'autres meurtres.

— Qu'est-ce qui te fait dire ça ?

— Lui. Il l'a écrit. Sur le corps de sa victime.

11.

Marco Di Mucci venait de dépasser le demi-siècle, mais le temps semblait glisser sur lui aussi sûrement que son scalpel sur la peau d'un de ses clients de l'institut médico-légal. Né dans une famille modeste de South Central, l'un des quartiers chauds de Los Angeles, d'un père italien et d'une mère afro-américaine, Di Mucci avait gravi un à un les échelons de la réussite sociale pour devenir une véritable référence dans son domaine de prédilection. Il occupait son poste à San Diego depuis près de vingt ans et était à présent indéboulonnable. Autrement dit, il était considéré par l'ensemble de la profession comme un légiste expérimenté et qualifié qui savait se mettre à la place de nous autres, enquêteurs criminels, et évitait de se complaire, comme certains de ses confrères, dans d'interminables descriptions à la fois macabres et inutiles. Il émanait de sa personne une fantaisie latine enveloppée dans un blindage impressionnant de rigueur et de froideur. Pourtant, cet après-midi, je sentais l'ami Marco perturbé, assez en tout cas pour que je le remarque. Posant la main sur le bras du légiste, je lui fis part de ma requête immédiate :

— Je veux revoir le corps, Marco. Tout de suite. Tu me remettras ton rapport ensuite.

— OK, Elvis, comme tu voudras. C'est toi le chef.

D'un geste vif, tout en envoyant le mégot de son cigarillo s'écraser dans le bac en céramique d'un malheureux oranger déplumé, Di Mucci sortit un téléphone portable de sa blouse, composa un numéro et demanda à son interlocuteur anonyme l'ordre de préparer le corps de la jeune Suédoise pour notre visite. Puis il nous invita à lui emboîter le pas pour aller rejoindre la salle d'autopsie. Traversant le grand hall, notre hôte nous entraîna jusqu'à l'un des ascenseurs qui nous déposa presque immédiatement deux étages plus bas. Aussitôt, l'odeur âcre et écœurante qui flottait dans l'air depuis notre arrivée à l'institut s'amplifia et chercha à s'engouffrer par tous les pores de notre peau. Réprimant une grimace, je m'efforçai d'oublier ce mélange d'alcool, d'éther, de formol et autres effluves que je préférais éviter d'identifier. À mes côtés, Alex n'en menait pas large non plus ; je soupçonnais fortement son déjeuner mexicain de tenter de quitter au plus vite l'immense estomac dans lequel il était piégé. Nous nous trouvions à présent dans une petite pièce puissamment éclairée de rampes de néon blanc, carrelée du sol au plafond et entourée de plans de travail en acier inoxydable sur lesquels reposaient quantité d'outils chirurgicaux et de bassines du même métal. Un gigantesque évier, large comme une baignoire, occupait tout le mur du fond. À droite, une porte s'ouvrit brusquement sur un chariot masqué par un drap, poussé par un jeune homme en blouse verte, la bouche recouverte d'un masque de protection et le crâne orné d'un bonnet chirurgical. Di Mucci fit les présentations :

— Messieurs, je vous présente Don Horman, stagiaire compétent et efficace, comme vous pouvez le constater. Don, voici les lieutenants Cochran et Craddock.

Alex l'accueillit avec un regard vide tandis que je lançai un vague salut, les yeux rivés sur la forme humaine dissimulée par le drap. D'un geste solennel, le stagiaire fit glisser la pièce de tissu, nous dévoilant le corps nu et mutilé de la jeune Suédoise. Son visage, à présent lavé du sang coagulé qui le maculait il y avait quelques heures à peine, me frappa immédiatement par sa beauté typiquement scandinave. La blondeur de ses cheveux, légèrement ondulés et ramenés en arrière sur sa tête pour cacher l'incision crânienne effectuée par Di Mucci lors de l'autopsie, tranchait avec la blancheur immaculée de sa peau. Les paupières closes et la bouche fermée dissimulaient l'atrocité de ses mutilations, faisant presque oublier la terrible absence des yeux et de la langue. Quant à sa gorge tranchée, seule une légère cicatrice noirâtre subsistait encore. À vrai dire, ce qui m'intéressait en premier lieu, ce n'était pas le corps de Lena Johannsson lui-même, mais plutôt les parties qui en avaient été prélevées par son assassin. Lisant dans mes pensées, Di Mucci me désigna le dessous du chariot, sur lequel étaient posés différents récipients contenant chacun un petit sac en plastique fermé hermétiquement, rempli d'une masse indéfinissable.

— Tu trouveras ce qui manque sur le corps là-dedans, m'expliqua-t-il. Si tu veux également voir ses vêtements et ses autres effets personnels, ils sont là-haut, dans mon bureau. Les équipes du labo vont les récupérer ensuite pour les analyser.

— Et sa montre ? articulai-je, le cœur serré.

— Oui, elle portait effectivement une montre. Elle t'attend là-haut, elle aussi.

Rassuré, je laissai de nouveau mon regard glisser le long du corps de Lena Johannsson, passant rapidement sur le thorax, incisé en Y pour les besoins de l'autopsie, avec prélèvement habituel des organes internes et autres contenus gastriques. Voyant que je m'attardais un peu plus longtemps sur la pâle blondeur de son triangle pubien, Di Mucci anticipa pour la seconde fois la réponse à la question que je m'apprêtais à formuler :

— Il n'y a pas eu viol, ni même de tentative. Ni devant ni derrière, crut-il bon de préciser. Pas de trace de sperme sur le corps ou autour. Pas d'autres fluides corporels non plus.

— Je m'en doutais. Je n'avais pas l'impression que ses vêtements avaient été… comment dire… dérangés. Rien d'autre ?

— Non, hormis quelques légères traces de talc, à certains endroits du corps, preuve que votre meurtrier portait des gants de chirurgien. Le genre de gants qu'on peut acheter par paquet de cinquante dans n'importe quel drugstore. Pas de quoi s'exciter là-dessus, je vous le dis tout de suite. Et pas de traces de peau ni de cheveux sous les ongles, ni d'autre substance. Aucun indice conséquent pour le moment. Toutes les fibres prélevées sur la fille ont déjà été envoyées au laboratoire.

S'extirpant enfin de son inquiétante torpeur, Alex se décida à intervenir à son tour :

— Elle est morte à quelle heure ? questionna-t-il.

— Aux alentours de dix-neuf heures, hier soir. Je suis formel, il n'y a aucun doute possible.

— Quant aux causes de son décès, j'imagine qu'elles sont également indubitables ? ajoutai-je.

— Effectivement. Elle a été égorgée. L'artère carotide a été sectionnée par un objet extrêmement tranchant, type lame de rasoir ou scalpel. Elle s'est vidée de son sang en quelques minutes. Ce qui, dans un sens, est finalement rassurant.

— Tu plaisantes ? balbutia Alex.

— Réfléchis un peu, Alex, expliqua Di Mucci en prenant un ton légèrement professoral. Au contraire, ça signifie que les yeux, la langue, les pouces et les gros orteils de la victime ont été prélevés après sa mort.

— Pas de traces de coups ? Pas de marques de strangulation ? interrogea de nouveau mon coéquipier.

— Non, aucune lésion des tissus musculaires, aucun hématome, aucune fracture, aucun indice qui laisserait à penser que…

— Attends, Marco, le coupai-je brusquement. Il n'y a aucune marque, aucune inscription sur le corps ? Tu viens de nous dire que l'assassin a écrit sur la victime qu'il y aurait d'autres meurtres, non ?

Un voile noir passa dans le regard de Di Mucci. Il se baissa et attrapa l'un des petits sacs en plastique qui se trouvaient sous le chariot et me le tendit du bout des doigts, presque avec dégoût :

— Ouvre, Elvis, tu comprendras.

12.

Je mis, en réalité, de longues minutes à réaliser. Les néons ternes qui se reflétaient dans la froideur glacée de l'acier du chariot mortuaire produisaient sur moi l'effet inverse à celui recherché. Il me fallut longtemps cligner les yeux avant de distinguer le sachet que me tendait le légiste. Soudain, je vis.

Et je compris.

Le paquet sanguinolent que m'avait remis Marco Di Mucci m'avait projeté encore un peu plus haut sur le palier de l'horreur. D'une main que je m'efforçais de ne pas voir trembler, j'avais soulevé l'emballage en plastique au niveau de mon visage pour mieux contempler la masse de chair rosâtre qu'il abritait. Une sorte de grosse boursouflure, large comme une tranche de bacon et souillée de taches rouge sombre. La langue de Lena Johannsson. Le muscle avait été sectionné juste au-dessus du larynx, dans la partie antérieure du cou, à la base du palais. Une coupure nette, propre, quasi chirurgicale. Puis, dans ce que je pensais tout d'abord n'être qu'une illusion d'optique, je les distinguai, les uns après les autres. Trois signes, grossièrement tracés au feutre noir sur la surface de la langue. Levant les yeux vers Di Mucci, je cherchai dans son regard un soutien silencieux ; il daigna simplement cligner des paupières en guise d'assentiment. Alex, quant à lui, semblait totalement hypnotisé par ce bout de chair arraché au corps de la victime. Je pouvais sentir l'odeur âcre de la sueur de mon coéquipier se mêler aux pestilences de cette cave étouffante et je tâchai de serrer les dents, à m'en faire éclater la mâchoire, pour ne pas cracher la bile qui remuait au plus profond de moi. Trois signes. C'est sur eux que je focalisai mon attention pour ne pas craquer. Un chiffre et deux lettres :

1ST. *First.*

— Ce n'est pas une signature, cette fois-ci. C'est un avertissement. Une promesse. Un rendez-vous…

— Ça y est, c'est parti : le lieutenant Cochran mène l'enquête !

L'ironie de la voix d'Alex me fit sursauter. Perdu dans mes pensées, je ne m'étais pas rendu compte que je rabâchais à haute voix mes réflexions. Nous venions de quitter le sous-sol de l'institut médico-légal pour remonter deux étages plus haut. À présent, nous étions installés dans le bureau de Marco Di Mucci, cocon idéal pour recharger autant que possible nos batteries défaillantes. Notre hôte était parti hanter les couloirs du bâtiment à la recherche d'un hypothétique café, tandis que mon coéquipier respirait goulûment de grosses bouffées d'air conditionné, tout heureux d'avoir réussi à préserver le cours normal de sa digestion. Vautré dans un profond fauteuil en cuir couleur tabac, je tentais de trier les dernières informations qui menaçaient d'encombrer mon cerveau, déjà bien embrumé. La porte du bureau claqua de nouveau et Di Mucci réapparut, les bras encombrés de gobelets en carton fumants et de dosettes de crème qu'il déposa soigneusement sur un coin de son bureau.

— Servez-vous, messieurs, nous lança-t-il en montrant l'exemple.

Puis il se tourna vers moi, me transperçant de son regard sombre.

— Dis-moi, Elvis, qu'est-ce que tu penses de… de tout ça ?

J'avais mis Di Mucci au courant du témoignage du chauffeur de l'université, car je savais que ses compétences dépassaient largement le périmètre de son champ médical. C'est pourquoi je tenais à ce que l'enquête n'ait aucun secret pour lui. Attrapant l'un des cafés, j'avalai une gorgée de liquide brûlant tout en poursuivant à haute voix mon analyse :

— Ce type… Fog… appelons-le ainsi pour le moment, il veut que nous entrions dans son jeu. Il s'est mis en tête de nous entraîner dans son sillage. Ce que je veux dire, c'est qu'il a tué cette étudiante, mais qu'il s'est aussi amusé, avant, pendant et après le meurtre, à nous laisser volontairement des traces. À nous inviter à le suivre.

— Ou à le devancer, murmura Alex, en hochant doucement la tête. Merde, j'ai jamais aimé jouer à « Attrape-moi si tu peux » !

— J'en ai passé l'âge, moi aussi. Non, à mon avis, cette succession d'indices, ces signes ostentatoires laissés par notre meurtrier sont paradoxalement élaborés. Des lettres de sang, une poupée, les inscriptions sur la langue, les mutilations… Ça respire le mauvais scénario de série B. Il doit quand même y avoir une cohérence au milieu de tout ça, c'est certain.

— Si tu arrives à distinguer quelque chose dans ce bordel, bravo ! Moi, je laisse tomber, je préfère reprendre à zéro l'enquête sur l'assassinat de Kennedy, ce sera plus facile, bougonna Craddock en se massant les tempes avec application.

— Il y a pourtant une concordance. Le meurtre de Lena Johannsson s'inscrit forcément dans une logique.

L'air sombre, Di Mucci intervint de nouveau :

— Tu avais l'air de tenir particulièrement à la montre de la fille, je me trompe ?

La remarque du coroner eut l'effet sur moi d'une douche glacée. Je me mordis les lèvres, vexé d'avoir été capable d'oublier, l'espace d'un instant, l'importance de la découverte de ce bijou au poignet de la victime. À mon âge, l'accumulation de nuits blanches et d'émotions devenait-elle déconseillée ?

L'objet était d'une rare élégance. Même à travers la pellicule de plastique qui l'emballait pour le protéger et le préserver d'éventuelles empreintes digitales – ce à quoi je ne croyais pas une seconde, mais c'était la procédure obligatoire –, j'éprouvais un plaisir coupable à caresser sous mes doigts la souplesse du cuir fauve finement piqué du bracelet. Le boîtier en acier, quant à lui, respirait la sobriété ; les heures se déclinaient en douze chiffres romains sur un fond crème, orné en son centre d'une ellipse dorée. Enfin, les fines aiguilles noires des heures et des minutes se terminaient chacune par une minuscule boucle noire, tandis que la trotteuse, presque invisible, apportait la touche finale à ce merveilleux bijou.

— Très jolie, ta montre, Elvis, commenta Alex pendant que je soupesais l'objet et l'examinait sous tous les angles, mais qu'est-ce qu'elle vient faire dans le tableau ?

La fin de l'après-midi s'annonçait déjà et le ciel californien se chargeait, doucement mais sûrement, de lourds nuages sombres, précurseurs d'orage. Nous venions de quitter l'institut médico-légal pour reprendre la route du SDPD, lestés de la montre et des autres effets personnels retrouvés sur le corps de Lena Johannsson, ainsi que de ses baskets et ses chaussettes de sport, qui avaient été dispersées en vrac dans un coin de la buanderie.

— Oui, un bel objet, fis-je rêveusement. Dis-moi, gros, tu n'aurais pas une loupe sur toi, par le plus grand des hasards ?

— Et pourquoi pas une pince à épiler ou un tube de rouge à lèvres ? Fouille dans mon sac à main, tu verras bien !

— J'ai l'impression qu'il y a quand même un petit truc qui cloche, sur le boîtier, poursuivis-je sans relever. On dirait… comment dire… que la marque de la montre a été effacée ou, plus exactement, grattée.

— Il n'y a pas de marque visible, tu veux dire ?

— C'est ça. Pourtant, vu la qualité de la montre que nous avons là, je peux te garantir que ce genre de bijou est labellisé, et plutôt deux fois qu'une.

La Chevrolet venait de s'engager sur la Martin Luther King Jr. Freeway, déjà bien encombrée en cette heure de sortie des bureaux.

— Parce que tu t'y connais en montres, toi ? me lança Alex, ironique, tout en se curant l'oreille distraitement.

— Pas plus qu'en physique nucléaire, mais j'ai toujours aimé les belles mécaniques, avouai-je tout en jetant un bref coup d'œil sur ma vieille Movado, soudée à mon poignet gauche.

— Ne te casse pas la tête, Elvis : on va bien finir par dégoter un expert en montres, au SDPD, renchérit Alex. L'an dernier, ils ont même déniché un type spécialisé dans les différentes sortes de goudron. Un jeune *redneck*, qui sortait de Quantico et qui avait trouvé le moyen de pondre une thèse là-dessus. Faut être un peu tordu, non ?!

— Oui, il y a des pervers partout, même parmi les flics, me moquai-je.

L'entrée principale de Balboa Park apparut enfin, dominée par la silhouette longiligne et caractéristique du California Building, le monument phare de ce poumon vert, installé au cœur de la vieille ville de San Diego. Un dernier virage sur Broadway, et le bâtiment de la police se matérialisa devant nous.

— Pourquoi tu crois que notre… que Fog a gratté la marque de la montre ? questionna Alex, tout en se garant sur l'un des emplacements réservés.

— C'est ce que je disais tout à l'heure chez Di Mucci. Il joue au chat et à la souris : je vous file un indice, mais pas trop quand même, les gars ! À vous de vous débrouiller avec. Bon, je file dans mon bureau, lançai-je à mon acolyte en fonçant à grandes enjambées vers la porte d'entrée. Tu peux apporter les affaires de la Suédoise au labo ? Merci !

— Tu gardes la montre avec toi ?

— Juste le temps d'une vérification. Tu diras aux gars que je la ramènerai dans une heure, maxi.

J'avais à peine posé le bout de mes semelles dans le grand hall du SDPD que la jeune auxiliaire de service me sauta de nouveau dessus, comme ce matin, l'air toujours aussi affolé.

— Désolée de vous déranger encore, lieutenant, mais votre femme a appelé et il faudrait que vous...

— Je ne suis pas marié, l'interrompis-je en réprimant une grimace, mais je vois de qui vous voulez parler.

— Euh... Oui..., balbutia mon interlocutrice, quelque peu désorientée. Enfin, quoi qu'il en soit, il faudrait la rappeler sur son portable. Très vite. Elle a lourdement insisté là-dessus.

— Lourdement ? C'est bien elle, soupirai-je, résigné. Merci, mademoiselle.

Deux étages plus haut, à l'abri dans mon bureau, je décrochai mon téléphone sans enthousiasme et composai le numéro de Sue. Elle répondit à la première sonnerie, la voix suraiguë :

— Elvis ? J'ai besoin de te voir ! Le plus tôt possible.

— C'était prévu, non ? On avait dit à vingt heures au Bella Luna, si j'ai bien noté.

— Tu peux te libérer plus tôt ?

Je soupirai discrètement et jetai un regard à ma montre, qui affichait dix-huit heures cinq.

— Laisse-moi encore une heure. Tu es au journal, c'est ça ?

J'avais posé la question machinalement : le brouhaha que je percevais en toile de fond, derrière la voix de Sue, ne laissait aucun doute quant à sa localisation.

— Oui, et c'est le branle-bas de combat à la rédaction, comme tu peux l'imaginer.

— J'ignorais que la rubrique « Culture » venait de fusionner avec celle des faits divers.

— Je ne sais pas si j'adore ton humour ou si je le déteste. J'hésite encore.

— Prends ton temps, surtout.

— Et toi, dépêche-toi. Je serai à dix-neuf heures précises au Bella Luna. Aucun retard ne sera toléré.

13.

Situé sur la Cinquième Avenue, au cœur du quartier historique de la vieille ville de San Diego, là où les restaurants branchés avaient remplacé peu à peu les anciennes cantines populaires, le Bella Luna ne dénotait pas au milieu de ce décor terriblement californien. Dans une autre vie, j'aurais immédiatement fui ce mélange improbable de bâtiments victoriens et de néons fluo, ce labyrinthe de galeries d'art surcotées et de boutiques de luxe, ce fade magma de *coffee shops* et autres *lounge bars* dont la seule vue me hérissait le poil. Et puis il y avait eu Sue… et son attachement viscéral à son journal, dont le responsable des pages gastronomiques avait désigné l'an dernier le Bella Luna comme le meilleur restaurant italien de la ville, rien de moins. Il n'en avait pas fallu davantage pour décider ma compagne à en faire sa cantine préférée et de tenter de me convaincre, à mon tour, des bienfaits de l'ingestion de risotto aux cèpes ou de *focaccia al finocchio* en doses bihebdomadaires. J'étais, il faut bien l'avouer, encore loin de partager son enthousiasme pour ce genre d'endroit feutré où le simple fait de soupirer un peu trop fort menaçait de briser l'équilibre instable qui régnait entre le bleu pastel des nappes et le blanc ivoire des tentures murales. En revanche, pour nous deux qui vivions en permanence dans une cacophonie professionnelle doublée d'un stress écrasant, je reconnaissais que notre trattoria fétiche nous offrait une bulle de repos et de silence fort appréciable. Et c'est ainsi que, pour la énième fois depuis notre rencontre, je me retrouvai à remonter doucement la Cinquième Avenue, à la recherche d'une hypothétique place de parking pour ma Coccinelle, que je me refusais à vouloir abandonner au fond d'une quelconque impasse sombre du *downtown*. Heureusement, en ce lundi soir, la faune nocturne n'envahissait pas trop le coin et je repérai sans mal un réverbère accueillant, sous lequel je parquai mon précieux véhicule. Il était dix-neuf heures quinze. J'étais presque heureux de ne pas accuser un retard trop important et, surtout, de ne pas m'être assoupi au volant, malgré la chape narcoleptique qui menaçait de m'engloutir à chaque instant. Vive les voitures décapotables ! me félicitai-je en me tapotant les joues pour tenter d'y insuffler un peu d'énergie. Farfouillant dans ma boîte à gants, j'attrapai le peigne qui y habitait en permanence et, tout en marchant d'un pas mal assuré vers notre lieu de rendez-vous, je tâchai de remettre un semblant d'ordre dans ma chevelure qui aurait mérité, comme d'ailleurs le reste de mon corps, un séjour prolongé sous une douche brûlante.

— Bonsoir, monsieur Cochran. Comment allez-vous ? me lança une voix familière, alors que je venais d'entrevoir la douce silhouette de Sue déjà installée devant un verre de chianti. Je me retournai aussitôt et saluai le propriétaire des lieux, qui était aussi italien que moi j'étais moldave.

— Bonsoir, Rajiv, répondis-je, en adressant un discret signe de la main à Sue, qui venait de s'apercevoir de ma présence. Disons que je tiens encore debout. Pour l'instant.

— Je vois. Un remontant, peut-être, pour bien commencer la soirée ?

— Oui. Un double expresso. Sans sucre. Sans crème.

Le regard perplexe du restaurateur m'accompagna jusqu'à ma table, où Sue m'accueillit avec sa sollicitude coutumière :

— Tu m'as l'air en pleine forme, mon Elvis. Tu veux que je te commande un café ?

— Ne te fatigue pas, merci, c'est déjà fait.

— Tu es sérieux ?

— C'est un adjectif que tu peux employer parfois à mon sujet, oui.

Le restaurant était presque désert à cette heure encore décente et nous pouvions discuter sans trop avoir à baisser la voix. Comme je le craignais, Sue ne tarda pas à attaquer, sans aucune précaution oratoire :

— Elvis, dis-moi ce que tu as appris aujourd'hui. J'ai besoin de savoir. De tout savoir !

— C'est pour ça que tu as avancé notre rendez-vous ? articulai-je, dubitatif.

— Pas seulement, tu le sais bien. Moi aussi, j'ai à te raconter ma journée. Et tu ne seras pas déçu, crois-moi.

— Commence, je t'écoute.

— Dis-moi juste pour l'autopsie.

— Elle n'a rien donné de particulier, concédai-je, si ce n'est une nouvelle signature.

Le grand vide qui suivit me confirma que j'en avais déjà trop dit. Percevant mon trouble, Sue se pencha vers moi et m'agrippa doucement la main. J'avais atteint ce carrefour dangereux, là où ma vie privée croisait la route de ma vie professionnelle. De nouveau, j'hésitai à poursuivre. Sous ma boîte crânienne, déjà bien encombrée ces derniers temps, se disputait un combat acharné entre la raison et la passion. Finalement, la dose massive de caféine contenue dans mon expresso me donna l'énergie nécessaire pour faire pencher la balance du mauvais côté. Je décidai donc de choisir le chemin le plus escarpé et entrepris de relater, sans omissions, les découvertes qui avaient ponctué ma journée. Sue m'écoutait d'une oreille affamée, tout en notant sur un minuscule calepin certains détails, en particulier les signes qui jalonnaient ce meurtre. Je terminai mon récit en évoquant la montre retrouvée sur Lena Johannsson, dont la marque avait été soigneusement effacée.

— Dommage que tu n'aies pas pris le soin de m'en ramener une photo, soupira Sue en me foudroyant du regard.

— Dommage pour tes gnocchis au pesto, répliquai-je en contemplant l'assiette froide, abandonnée et intacte de ma compagne, ils avaient l'air excellents.

— Dommage que tu aies commandé un tiramisu en dessert, conclut Sue, tu n'auras plus très faim après ce que je vais te raconter.

C'est finalement dans l'estomac de Sue que le malheureux tiramisu acheva sa courte existence. Tout en picorant mon dessert à petites cuillerées gourmandes, ma journaliste bien-aimée se mit à me faire part des découvertes qui avaient jalonné sa journée.

— Je te confirme ce que je t'ai dit ce matin, commença-t-elle, la mine renfrognée. Le campus est un véritable moulin. L'entrée principale est gardée, OK, mais tout autour, nada. C'est un jeu d'enfant d'accéder aux bâtiments administratifs ou aux bungalows des étudiants sans se faire remarquer, crois-moi.

— Surtout un dimanche soir.

— Absolument. Les étudiants sont encore tous en week-end et ne reviennent souvent que tard dans la soirée, voire le lundi matin. Le campus est quasiment désert.

— Tu as donc exploré les sous-bois de l'université ce matin ? osai-je, taquin.

Sans répondre immédiatement, Sue se mit à fouiller dans son sac à main et en extirpa un plan de San Diego qu'elle entreprit de déplier sur la table.

— Tu vois, expliqua-t-elle en désignant le rectangle gris symbolisant l'université internationale de San Diego sur la carte, le quartier limitrophe du campus est Scripps Ranch.

— C'est là qu'on trouve un grand centre commercial, si j'ai bonne mémoire, non ?

— C'est ça. Et Vons, l'hypermarché du coin, y est ouvert de six heures du matin jusqu'à minuit, j'ai vérifié. Et j'ai pris le soin, ce matin, de chronométrer le temps que j'ai mis pour aller du campus au parking du centre commercial : à peine cinq minutes, sans me presser.

— Et peut-être un peu plus pour revenir, non ? fis-je, en me souvenant que l'université surplombait le quartier du haut de sa colline.

— À peine. En tout cas, le parking du Vons est l'endroit parfait pour garer une voiture un dimanche soir : discret et anonyme.

Je me penchai encore un peu plus sur la carte et ciblai du doigt le cœur de Pomerado Road, la grande avenue qui bifurquait vers l'entrée principale du campus et qui faisait elle-même face à une petite rue en pente, Willow Creek Road.

— Le chauffeur du minibus qui transportait Lena Johannsson a, d'après ses déclarations, aperçu un pick-up sombre juste ici, murmurai-je, songeur.

— Et si tu continues sur Pomerado Road, tu atteins le carrefour d'Aviary Drive où, à droite, tu tournes vers Scripps Ranch, compléta Sue en pointant à son tour de son index le plan de la ville.

— Tout se tient, effectivement. Mettons que… Fog… guette l'arrivée de la Suédoise à l'aéroport. Il voit le chauffeur débarquer avec son véhicule, il repère l'endroit où il va se garer, puis il installe son premier indice sous les roues du minibus.

— La poupée, oui, murmura Sue, le visage plus fermé que jamais. Qu'est-ce qu'il veut signifier, avec ce jouet ?

— On en reparlera plus tard, si tu veux bien. Donc, il place discrètement la poupée derrière le van, retourne dans son pick-up, roule jusqu'au campus, se range sur le bas-côté pour guetter l'arrivée du minibus, puis, une fois celui-ci arrivé, il contourne l'université, se gare sur le parking de Scripps Ranch…

— …remonte la colline, se dissimule au milieu des eucalyptus, guette la Suédoise…

— … et tu connais la suite, conclus-je en secouant la tête.

D'un geste discret, je fis signe à Rajiv de nous préparer l'addition. Il devenait plus qu'urgent pour moi de goûter à quelques heures de repos. Au moment où je m'apprêtai à saisir ma carte de crédit, je remarquai le sourire en coin de Sue.

— Attends, articulai-je en me tournant vers ma compagne. Tu me caches quelque chose. Je te connais trop bien.

— Si tu es trop fatigué, ça peut attendre demain matin, éluda-t-elle, plus sibylline que jamais.

— Tu m'as dit il y a quelques instants que j'allais avoir l'appétit coupé par tes révélations. Si tu pouvais en faire autant avec le sommeil, je t'en serais éternellement reconnaissant.

Sue quitta alors sa chaise et se dirigea vers moi. L'ironie avait disparu de son regard. Se penchant vers mon visage, elle me murmura à l'oreille, en toute discrétion :

— Lena Johannsson. Aucun doute possible. J'ai cherché dans les archives du journal. Elle a déjà séjourné à San Diego.

J'avais heureusement gardé un bras posé sur le dossier de ma chaise, sans quoi je pense que je me serais effondré comme une marionnette désarticulée. Je parvins quand même à retrouver l'usage de la parole :

— Elle a séjourné à San Diego ? répétai-je, halluciné et hébété. Mais quand ? Et pourquoi le *Tribune* en aurait-il gardé une trace dans ses archives ?

— Nous disposons d'un excellent réseau intranet, doté d'un moteur de recherche ultra-performant. Il suffit de taper « Lena Johannsson » et…

— Arrête ton numéro, la coupai-je, de plus en plus interloqué. Ça s'est passé quand ?

— C'était il y a douze ans. La petite Johannsson était en voyage aux États-Unis avec ses parents, elle avait huit ans et toute la famille avait décidé de visiter SeaWorld, pour voir les dauphins, les orques…

— … et les otaries, OK, j'imagine bien. Et alors ?

— Elle a été enlevée. Ou, plus exactement, elle a disparu pendant près de deux heures. Tout le personnel du parc d'attractions s'est mobilisé et ils l'ont finalement retrouvée, dissimulée dans un local à poubelles. En compagnie d'un jeune type, un certain Carlos Hernandez. Un petit dealer chicano, qui trafiquait entre San Diego et Tijuana, dans les bas-fonds mexicains.

— Et pourquoi a-t-elle disparu ? Une tentative de kidnapping ? Un acte pédocriminel ?

— On n'a jamais su. Le type a été découvert pendu dans sa cellule, une heure à peine après avoir été arrêté par tes collègues de l'époque.

MARDI 14 MAI

14.

Je n'avais encore jamais envisagé la perspective d'enchaîner deux nuits blanches consécutives, malgré mes troubles du sommeil, mais je sentais confusément que j'en prenais tout droit le chemin. Au terme d'un combat acharné, le besoin de repos l'emporta finalement sur l'adrénaline. Devant mon état physique plus proche de celui d'un mollusque cuit que d'un être humain dans la force de l'âge, Sue réussit à me convaincre d'aller souffler un peu. Titubant jusqu'à ma voiture, je m'agrippai au volant de ma Coccinelle comme à une bouée de sauvetage et regagnai ainsi mon domicile de Gold Coast Drive au radar, me fiant aux feux arrière de la Pontiac Sunfire de Sue qui me précédait dans la nuit. Les immenses avenues de la ville défilaient sous mes yeux explosés, tels les couloirs sans fin d'un gigantesque labyrinthe. Je n'étais plus en état de penser et encore moins de raisonner ; je n'aspirais qu'à un désir presque bestial : dormir. De tout mon saoul. Finalement, après que j'eus héroïquement lutté contre ma narcolepsie, les lumières rouges qui trouaient la nuit devant moi s'éteignirent enfin. 58, Gold Coast Drive : j'étais arrivé chez moi. Avec un plaisir indicible, j'abandonnai la Cox le long du trottoir et, ignorant le regard compatissant de Sue, je me lançai à l'assaut des seize marches qui menaient à mon appartement, situé au deuxième étage. Profitant lâchement de la situation, Sue me dépassa dans la dernière ligne droite et m'ouvrit la porte d'entrée, en arborant sur son visage le sourire narquois que je ne lui connaissais que trop. La tête basse, je pris la direction de la cuisine à la recherche d'un quelconque breuvage tout en m'efforçant de retirer mes chaussures. Ces dernières se montrèrent récalcitrantes, et il me fallut puiser dans mes ultimes forces pour leur faire entendre raison. Sue, de son côté, avait disparu de mon champ de vision. Au moment où je m'apprêtai à l'inviter à venir partager avec moi le Coca Light que j'avais débusqué au fond du réfrigérateur, j'entendis l'eau de la douche se mettre à couler dans la salle de bains. J'hésitai, l'espace d'une seconde, à aller la rejoindre sous le jet brûlant, mais mon instinct de survie parvint à refréner mes pulsions nocturnes. Je pris sagement le chemin de la chambre à coucher, mon verre à la main, quand mes dernières forces vives choisirent ce moment-là pour m'abandonner définitivement. M'écroulant tout habillé sur le lit, je posai mon Coca sur la table de chevet, attrapai le premier oreiller venu, calai ma tête dessus tout en fermant les yeux avec délectation et sombrai aussitôt dans le coma.

Ou presque.

À peine, me sembla-t-il, avais-je entrevu les limbes du sommeil que mes tympans se mirent à vibrer dangereusement. Le stress, probablement, pensai-je tout d'abord. Allongé sur mon côté droit, je tentai une rotation vers le côté gauche pour essayer de chasser cette sensation pénible, sans résultat probant. Les vibrations persistaient, de plus en plus douloureuses. Il me fallait réagir. Une ou deux aspirines, peut-être ? Ou carrément, plonger ma tête sous un jet d'eau glacé ? Perdu dans mes réflexions, je sentis soudain une main s'abattre sur mon épaule et se mettre à me secouer sans ménagement.

— Elvis, réveille-toi, tu n'entends pas le téléphone ?

Le téléphone ! C'était donc ça ? Je tenais enfin la réponse à mes bourdonnements d'oreilles. Néanmoins, je ne parvenais pas à réaliser ce qui se tramait au cœur de ce nuage de coton où j'étais toujours enfoncé. Sue en remit donc une couche en me tendant le combiné, qui persistait dans sa cacophonie.

— Mais décroche, voyons ! Il est quatre heures du matin !

Quatre heures du matin ? J'avais finalement réussi à grappiller cinq heures de sommeil à ma vie de dingue ? Ce n'était pas si mal, après tout. Sous le regard embrumé de ma compagne, je choisis d'appuyer sur la touche « On » de l'appareil et j'énonçai d'une voix pâteuse :

— Cochran, j'écoute ?

— Lieutenant ? Désolé de vous déranger chez vous, surtout à cette heure-ci, mais on a pensé, ici, qu'il ne fallait pas perdre une minute et…

— Vas-y, Kenny, balance-moi tout, coupai-je en reconnaissant la voix du sergent Thomson. Ne te fatigue pas en excuses inutiles.

Kenny Thomson était l'officier de permanence à la brigade, presque chaque nuit, presque chaque semaine. Une balle perdue lui avait coupé en deux la moelle épinière, une dizaine d'années plus tôt. Depuis, soudé à son fauteuil roulant, il ne vivait que pour son travail de flic. Aussi étonnant que cela puisse paraître, ce terrible coup du sort avait renforcé encore davantage sa soif de justice. Le départ de sa femme aussi, certainement. Elle n'avait pas supporté très longtemps les promenades dominicales en compagnie de son mari paralytique.

— Lieutenant, enchaîna Thomson, on a du nouveau dans l'affaire de la Suédoise.

La décharge électrique que provoquèrent en moi ces mots suffit à me redresser sur mon séant.

— Qu'est-ce que tu racontes ? murmurai-je en retenant ma respiration.

— On a un nouveau meurtre sur les bras, lieutenant. Bruce Aquino. On l'a retrouvé devant chez lui. Égorgé.

Il me fallut quelques secondes pour remettre les pièces du puzzle en place dans le capharnaüm de ma boîte crânienne. Le rangement me prit dix secondes et déclencha un fleuve de sueur le long de ma colonne vertébrale. Bruce Aquino. Le chauffeur du minibus qui avait conduit Lena Johannsson de l'aéroport au campus. La dernière personne à l'avoir vue vivante. Notre seul témoin, aussi.

J'avais reçu l'information que la recherche des restes de la poupée, sur le parking de l'aéroport, n'avait rien donné, et j'avais classé ce dossier dans un recoin de mon esprit, à la rubrique « Sans suite ». J'étais loin de réaliser mon erreur. Il me fallut moins d'une heure pour être sur place. Bruce Aquino habitait un petit pavillon modeste sur Campo Road, à l'ouest de la ville. Un peu plus loin, à deux kilomètres environ, le bout de la route marquait l'entrée de l'une des dernières réserves indiennes de la région, qui appartenait à la tribu des Lakotas. Après, c'était le désert. Autrement dit, le bout du monde. Il m'avait fallu rouler près d'une demi-heure à travers la ville endormie et tâtonner presque dix minutes dans le quartier pour, enfin, localiser la scène du crime. Il me faudra penser un jour à installer un GPS sur ma Cox ou télécharger une application de navigation sur mon téléphone portable, songeai-je, tout en contemplant le spectacle qui trouait la nuit. Évidemment, la présence massive de véhicules de police et d'urgence, avec leurs lumières bleutées qui balayaient l'obscurité, n'avait pas manqué de réveiller tout le lotissement. Fendant la foule, puis le ruban jaune entourant la scène de crime, je tentais de marcher le plus rapidement possible, la tête baissée pour éviter de devoir saluer les quelques visages connus que j'avais entraperçus en arrivant. Je pris cependant le temps de serrer la main à l'un de mes confrères, le lieutenant Vince Lloyd, qui avait pris la direction des opérations. C'était un petit homme trapu et musclé, au crâne dégarni, qui arborait fièrement une fine moustache parfaitement taillée. Nous nous étions croisés deux ou trois fois depuis mon installation à San Diego, sans jamais prendre le temps d'échanger autre chose qu'un bref salut. Il me désigna le corps d'un geste de la main, puis disparut sans un mot. Le chauffeur de bus gisait sur le trottoir, allongé sur le dos, légèrement penché sur le côté droit, devant l'entrée du garage de sa maison et dissimulé par son van. Une mare de sang s'étalait autour de lui, en une sombre auréole. La coupure, au niveau de la gorge, était nette. L'artère carotide avait été tranchée, libérant instantanément un flot de sang. La mort était survenue presque immédiatement, pas besoin d'être médecin légiste pour le comprendre. Intérieurement, je déplorai la faune hétéroclite que pouvait drainer un homicide comme celui-ci. Le lieutenant Lloyd, quant à lui, semblait décidé à m'abandonner au milieu de ce fatras. J'en étais à me demander si je n'allais pas opérer un demi-tour, regagner ma couette et attendre que les rapports d'autopsie et d'enquête atterrissent sur mon bureau.

— Estime-toi heureux qu'on soit là, me lança soudain une voix surgie de nulle part. Si la femme du chauffeur n'avait pas raconté à Lloyd et à ses hommes que son mari venait d'être interrogé par d'autres flics en tant que témoin dans une affaire de meurtre, personne n'aurait songé à nous prévenir !

— Puisque tu lis si bien en moi, répliquai-je à mon interlocuteur invisible, devine ce que je pense de tout ça.

Alex Craddock – car c'était à lui qu'appartenait la voix qui m'avait apostrophé – marqua un temps d'arrêt avant de répondre, de son timbre de grizzli mal léché :

— Le quartier d'El Cajon est assez chaud… On ne sait jamais, c'est sûr. Mais la coïncidence est trop belle, tu le sais aussi bien que moi. Ce type, Bruce Aquino l'a vu. Il a vu le meurtrier. Il a vu Fog. Et…

— … et il a voulu faire taire un témoin gênant. Notre seul témoin, je te le rappelle.

— Ouais, je veux bien, soupira Alex en se passant la main dans ses cheveux en bataille, mais on ne peut pas dire que le témoignage de ce malheureux ait beaucoup éclairé notre foutue lanterne.

— Sauf que c'est le seul type, jusqu'à nouvel ordre, qui semble avoir aperçu notre assassin.

— Si c'est bien de lui qu'il s'agit, tempéra Alex en se dirigeant vers l'extrémité du jardin. Putain, Elvis, s'emporta-t-il soudain. Aquino, il a seulement entrevu un type dans un pick-up ! Et nous, on a juste deux meurtres sur le dos en deux jours. Facile, non, comme boulot ?

— Tu oublies les poupées. Et qu'est-ce que tu fais de la montre ? De la signature en lettres de sang ? Des amputations ? De l'enlèvement avorté de la petite Suédoise à SeaWorld ? Et du type qui s'est pendu ensuite ?

— Enlèvement avorté ? Type pendu ? Qu'est-ce que tu me chantes là, amigo ?

Je sentis les grosses paluches d'Alex se poser sur mes épaules, m'invitant à nous éloigner de la foule compacte qui s'agglomérait autour de nous. Rapidement, je lui résumai les découvertes que Sue m'avait livrées la veille au soir, au restaurant. Le fait est que ma terrible envie de sommeil m'avait fait oublier de passer un coup de fil à mon coéquipier, avant de m'écrouler au fond de mon lit.

— OK…, acquiesça mollement Alex, à la fin de mon monologue. On verra ça plus tard. N'empêche que, je ne sais pas si tu as remarqué, mais Aquino a été égorgé, point à la ligne. Pas de doigts coupés, pas de montre bizarre au poignet, pas de…

— Parce que ce crime n'entrait pas dans sa logique, tout simplement. Non, là, il s'agit d'un meurtre rendu nécessaire, un acte commis dans l'urgence. Pas de mise en scène, pas de complications, pas de jeu de piste.

— Du travail utile et bien fait, quoi…, conclut mon coéquipier avec son habituel cynisme.

Du coin de l'œil, j'aperçus soudain Vince Lloyd qui nous faisait de grands signes des bras, à l'autre bout du jardin. Quittant l'ombre pour la lueur des projecteurs, Alex et moi avions l'air de deux amants pris en flagrant délit de flirt poussé. Après que nous fûmes parvenus sans hâte à sa hauteur, Lloyd daigna s'abaisser à nous éclairer un peu plus, d'une voix hésitante, presque à regret.

— Il paraît que vous vous êtes rencontrés récemment, vous deux et la victime ? s'enquit-il d'emblée.

En quelques phrases, sans détails inutiles, mon coéquipier entreprit de raconter à notre inquisiteur notre récente entrevue avec Bruce Aquino.

— Pour vous, les deux crimes sont donc liés ? conclut Lloyd, une fois l'exposé d'Alex terminé. C'est vrai que, de mon côté, le motif du meurtre de cette nuit est plutôt léger…

— Parce que vous avez un motif, vous ? répliquai-je, moitié sérieux, moitié ironique.

J'éprouvai instantanément une certaine méfiance, doublée d'une antipathie immédiate envers ce type qui n'avait cessé de me regarder de haut, depuis mon arrivée sur la scène de crime. Engoncé dans un costard italien qui avait dû lui coûter près d'une semaine de salaire, Lloyd embaumait l'after-shave à cent mètres. Même en pleine nuit, il avait l'air de sortir de son dressing comme s'il se rendait à un mariage. Pour la première fois depuis le début de l'entretien, il se décida à lever les yeux sur moi et me balança, la moustache frémissante :

— Absolument, Cochran. Le vol. Son téléphone portable a disparu. Sa femme est catégorique. Il ne le quittait jamais.

— OK. Des témoins ?

— Rien pour l'instant. J'ai envoyé mes gars dans le quartier, on en saura plus dans la journée.

— Une idée sur l'heure, même approximative, de la mort d'Aquino ?

— D'après son épouse, il était censé rentrer du travail aux alentours de minuit. Il revenait de l'université, après avoir déposé un petit groupe d'étudiants qu'il avait conduit à une séance de cinéma, en début de soirée. Mais comme le lit conjugal était toujours vide à une heure du matin, elle s'est inquiétée. Le téléphone portable d'Aquino ne répondait pas. Elle est alors sortie de la maison, pour voir si le van de son mari était parqué dans le garage. Et c'est alors qu'elle…

Je laissai la fin de la phrase se perdre dans le brouhaha ambiant. J'éprouvai soudain comme un coup de sang. Une saturation, un trop-plein, un ras-le-bol monstrueux. Il était six heures du matin, nous étions mardi et cela faisait près de trois jours que nous nous vautrions lamentablement sur la piste de Fog. Une chose était certaine : l'assassin avait parfaitement choisi son surnom, nous nagions en plein brouillard. Moi le premier. Ou plus exactement, comme je venais de l'évoquer avec Alex, un brouillard artificiel, créé de toutes pièces par le meurtrier, enchevêtrement improbable d'indices étranges et de chausse-trapes pernicieuses. C'est pourquoi je décidai de réunir au plus vite la majorité des forces vives du SDPD. Du bout des lèvres, je mis un terme à notre conversation et invitai Vince Lloyd à se joindre à la réunion que je projetai d'organiser à partir de neuf heures, au siège de la brigade.

— Entendu, me répondit-il en tournant les talons, sans me regarder. Vous pouvez compter sur moi.

— Tu vois, tout ne va pas si mal, ironisa Alex à mon attention, tu t'es au moins fait un nouveau copain.

— Préviens le maximum de monde, enchaînai-je sans relever, je veux que nous soyons le plus nombreux possible dans trois heures, salle Brown.

15.

La salle Gordon-Brown, du nom d'un ancien officier du SDPD, abattu par un preneur d'otages il y a une dizaine d'années, était l'un des cœurs névralgiques du siège de la police. Un lieu de réunion, mais aussi de débats, d'échanges, parfois de négociations. Et, par-dessus tout, le seul endroit sécurisé de la maison susceptible de réunir entre quatre murs l'élite supposée de la police de la ville. En y pénétrant, un peu après huit heures et demie, je me rendis compte que c'était la première fois que j'allais réellement devoir mobiliser et encadrer des équipes, depuis mon arrivée à San Diego. Un bref passage par le bureau du capitaine John Kaulana, l'un des grands pontes du SDPD, suffit à le convaincre de venir m'assister. Kaulana était le genre de type à vous oublier totalement, sans pour autant vous ignorer, bien au contraire. Englué la plupart du temps dans d'insondables tâches administratives inhérentes à sa fonction, il avait pour habitude de s'effacer derrière les hommes de terrain tout en tâchant de maintenir le cap du navire qui lui avait été confié. Souvent, c'était à travers les rapports qui s'amoncelaient sur son bureau ou pire, les médias locaux, que Kaulana découvrait les enquêtes que nous menions et qu'il s'efforçait ensuite de suivre, du mieux possible. Le personnage était fascinant : trapu et massif comme un bloc de granit, ivre de bons mots et avare de gestes inutiles, Kaulana m'impressionnait plus que je ne l'aurais jamais avoué à quiconque.

Il était originaire de l'île d'Oahu, dans l'État d'Hawaii et me faisait souvent penser aux volcans de son archipel natal : il n'était jamais aussi dangereux que lorsqu'on le croyait endormi. Ses colères étaient mémorables et inversement proportionnelles à sa connaissance d'un dossier : moins il maîtrisait les paramètres et l'évolution d'une enquête, plus il pouvait entrer dans une furie noire qui n'aboutissait qu'à augmenter son hypertension notoire et à perturber, quelque peu, le cours normal de notre beau métier. C'est donc un mélange de prudence et de conscience professionnelle qui m'incitèrent à faire un crochet par son bureau avant de réunir mes troupes.

— C'est une sale histoire que vous avez dénichée là, Cochran, me lança Kaulana après avoir écouté le succinct résumé des faits que je venais de lui exposer.

— Je n'ai rien déniché du tout, capitaine, j'ai surtout hérité d'une affaire comme on n'en croise pas souvent dans une vie de flic. C'est pourquoi je veux un maximum de monde sur le pont.

— Vous avez carte blanche, me rassura mon supérieur en feuilletant distraitement la pile de notes qui s'entassait devant lui. Pour l'instant, vous êtes seul maître à bord. Les Fédéraux n'ont pas encore trouvé le temps de s'affoler. Quant au boss, il est en train d'essayer de faire passer le prochain budget auprès de la municipalité, et, croyez-moi, ça va encore l'occuper un moment, ajouta-t-il, l'œil taquin.

Le boss en question, Dwight York, était en effet payé pour diriger la police de la ville, mais je l'avais plus souvent vu s'agiter dans les médias que croisé dans les couloirs du SDPD, et encore moins sur le terrain : un métier où la distance entre le pouvoir et la vraie vie vous obligeait à un sacré grand écart.

— Si je pouvais éviter d'avoir le FBI et ses *profilers* dans les pattes, j'en serais effectivement le plus heureux des hommes, approuvai-je.

C'était la crainte de tout enquêteur digne ce nom : voir débarquer sur ses plates-bandes les cadors du FBI, venus tout droit de leur siège de Quantico, pour au mieux vous mettre sur la touche, au pire vous désavouer publiquement en finissant en beauté le travail que vous, incapable petit flic de quartier, n'êtes pas parvenu à effectuer correctement.

— Vous connaissez mon point de vue sur le gouvernement fédéral, renchérit Kaulana en réprimant difficilement un léger sourire.

Je le connaissais, en effet, mais je m'efforçais scrupuleusement de ne pas entrer dans ce débat.

— Je vous donne rendez-vous dans un quart d'heure, salle Brown, si vous le voulez bien, lançai-je, la main sur la poignée.

— J'y serai, Cochran, j'y serai..., répondit-il en se replongeant dans sa paperasserie.

Le chantier qui s'entassait devant lui acheva de me convaincre que, jamais, au grand jamais, je ne finirais ma carrière derrière un bureau.

Ils me faisaient tous face, assis sagement comme de bons écoliers devant leur professeur. Officiers, sergents, stagiaires, attachés de relation avec les médias, il ne manquait personne. Sans oublier le capitaine Kaulana, qui s'était discrètement installé au fond de la salle, un peu à l'écart de ses troupes. J'étais prêt. La salle de réunion était dépouillée, épurée, nue. Presque indécente. Rien ne pouvait agripper l'œil, détourner le regard ou pervertir l'auditeur. Dans un autre contexte, mon ego aurait presque été flatté du silence empli d'un certain respect qui régnait en ces lieux et de l'affluence record à cette réunion improvisée. Mentalement, je me mis rapidement à dénombrer l'assistance : dix-sept personnes au total me dévisageaient. Un chiffre respectable. Un rapide échange de clins d'œil avec Alex me fit comprendre que nous étions au complet. Un peu gauche, vaguement hésitant, je m'éclaircis la voix et ouvris mon discours par un remerciement collégial. Après les formules d'usage, je décidai d'enchaîner par un énoncé des faits, le plus complet possible, mais en me gardant, pour le moment, de toute analyse et autres tentatives d'explications. Du concret, du solide, du tangible. Sur le mur, derrière moi, était accroché un immense tableau synthétique sur lequel on pouvait écrire avec des feutres effaçables. Au fur et à mesure de mon récit, je notais sur le tableau les étapes importantes de l'enquête en cours, en m'efforçant d'être lisible, ce qui n'était pas gagné. Parfois, l'une ou l'autre question fusait dans l'assistance :

— Lieutenant, que sait-on exactement des étudiants qui ont découvert le corps de la Suédoise ?

— Deux étudiantes, pour être précis. Américaines. Belinda Clark et Sandra Tamler. Elles avaient une lessive à faire le dimanche soir et elles sont tombées sur… sur le carnage. Mais la piste est éventée, conclus-je en me tournant vers l'un des policiers qui avaient procédé à l'interrogatoire des deux jeunes filles.

— Rien à tirer d'elles, hélas, effectivement, approuva le sergent Mike Summers. Elles ont aussitôt prévenu le gardien du campus, un certain Arthur Fenwick. On les a interrogées ensuite pendant plus de quatre heures, sans succès. Elles n'ont rien vu, rien entendu, rien remarqué.

— Merci, Mike, le coupai-je en brandissant au-dessus de ma tête quelques grosses liasses de papier dactylographiées. Je tiens à votre disposition l'interrogatoire complet de tous les témoins, au cas où un truc nous aurait échappé, clamai-je en m'adressant à l'ensemble de mon auditoire, sans croire une seconde à mon baratin. D'ailleurs, ma proposition ne provoqua aucune réaction.

— En ce qui concerne les empreintes et autres indices prélevés dans la buanderie et, de manière générale, dans le périmètre du meurtre, enchaînai-je, autant vous prévenir tout de suite : si vous pensez pouvoir exploiter ces données, compte tenu de la fréquentation de l'endroit, autant croire à la victoire d'un candidat communiste aux prochaines élections présidentielles.

Un murmure d'approbation monta vers moi, tel le lent ressac de l'océan. J'évoquai ensuite la signature découverte sur le lieu du crime :

— J'ai demandé une expertise graphologique, mais là aussi…

— … le Père Noël nous envoie ses amicales pensées, marmonna la voix pâteuse d'Alex, avachi dans son fauteuil, déclenchant des rires nerveux dans l'assistance.

— Je confirme, effectivement, que nous sommes là aussi dans une impasse. Ou plutôt dans le brouillard, osai-je en enfonçant le clou. Il va falloir lancer une recherche sur ce nom, cette signature : Fog. Je veux que vous vérifiiez toutes les hypothèses : le brouillard, bien entendu, mais aussi les initiales : F.O.G. Cherchez si ces trois lettres peuvent correspondre à autre chose qu'à une référence météorologique.

— Les initiales du tueur ? lança une voix féminine au fond de la salle.

— Je n'y crois pas, avouai-je. Cependant, il faut quand même vérifier. Remuez les fichiers, fouillez les bases de données, creusez les archives. Je ne veux négliger aucune piste.

J'en étais arrivé à la partie cruciale de mon discours : les pistes, justement. Et elles étaient nombreuses. Brutalement, j'abattis toutes mes cartes : la montre, la poupée, la deuxième signature sur la langue, l'enlèvement de la Suédoise lors de son premier séjour à San Diego, le suicide de son kidnappeur et, pour terminer, l'assassinat, la veille, de notre principal témoin. Puis, enfin, je lançai la machine : répartition des rôles, distribution des tâches, organisation des équipes. L'adrénaline recommençait à circuler sous ma peau et l'ambiance du lieu devenait presque électrique. Pour un peu, je me serais pris pour l'un de ces évangélistes qui pullulent sur les chaînes télé du câble. Des types capables de transcender les foules pour vendre leurs bondieuseries et accessoirement se remplir les poches. Mon but était, malheureusement, bien plus pragmatique : retrouver l'assassin de Lena Johannsson. Et, par là même, celui de Bruce Aquino. Car il n'y avait aucun doute dans mon esprit : il s'agissait de la seule et même personne. Une certitude partagée par l'ensemble de mes confrères. C'est pourquoi j'avais choisi d'appuyer au maximum l'enquête de ce côté-là. Il s'agissait d'un acte commis dans l'urgence, et non prémédité. Avec donc une préparation réduite au minimum et une prise de risque maximale pour le meurtrier. Sans oublier la disparition du téléphone portable du chauffeur. Encore une piste à explorer, pensai-je, les paupières de plus en plus lourdes. Une voix nasillarde émergea soudain du lot et me lança brutalement :

— Cochran, j'aimerais apporter une précision.

Je mis de longues secondes à comprendre que cette douce remarque émanait de mon nouvel ami, le lieutenant Lloyd, croisé quelques heures plus tôt au domicile de Bruce Aquino.

— Précisez votre pensée, le priai-je en appuyant mentalement sur la touche « Sourire sympathique et naturel », à l'intérieur de ma boîte crânienne.

— J'aimerais revenir à ce qui est arrivé à la petite Suédoise, il y a douze ans. Du côté de SeaWorld.

— Je vous écoute, lieutenant, répondis-je.

— Je voudrais détailler ce… cet incident… moi-même, si vous n'y voyez pas d'inconvénient, annonça Lloyd tout en amorçant un redressement sur ses deux jambes.

— Si vous y tenez, fis-je en l'invitant d'un geste las à me rejoindre. Auriez-vous des informations de premier ordre à nous communiquer ?

— Vous en jugerez par vous-même, répondit-il, d'une voix un peu trop affirmée à mon goût. Sachez une chose, cependant…

— Oui ? soupirai-je, à la limite de l'endormissement.

— C'est moi qui ai mené l'enquête, à l'époque.

— Sans résultat, osai-je ajouter.

Lloyd me fusilla du regard.

— Cochran, ne jouez pas à ce petit jeu avec moi. Écoutez plutôt ce que j'ai à vous dire. Vous me remercierez ensuite, je vous le garantis.

Un nouveau murmure secoua l'auditoire. De mon côté, je sentais que j'allais devoir encore me passer de sieste aujourd'hui. Un rapide coup d'œil vers ma montre acheva de me convaincre que, décidément, j'étais sur la mauvaise pente. Il était près de quatorze heures et non seulement la plage de repos que je m'étais promis de caser en début d'après-midi était allée rejoindre le cimetière de mes fantasmes perdus, mais mon déjeuner, lui aussi, avait emprunté le même chemin. C'est donc à grand renfort de Coca Light et de café tiède que je tentai de faire fonctionner ce qui restait de mon corps. Je distinguai vaguement les paroles de Lloyd, et décidai de fournir un effort pour leur accorder l'attention qu'elles méritaient certainement.

— Elle avait à peine huit ans, à l'époque, me répéta-t-il pour la troisième fois. Ses parents étaient avec elle, ils étaient venus ici en vacances et ont quitté les États-Unis deux jours après l'incident. J'avoue que, sur le coup, on n'a pas daigné approfondir l'enquête sur l'enlèvement et le suicide qui a suivi. Plus précisément, personne n'avait envisagé qu'il puisse exister un lien direct entre les deux événements.

— C'est quand même incroyable. Douze ans après, ça saute aux yeux ! J'ai vraiment du mal à vous croire.

Devant l'énormité des révélations de mon homologue, j'avais invité Vince Lloyd à me rejoindre dans mon bureau, au terme de la réunion. L'assistance s'était aussitôt dispersée aux quatre coins de la brigade pour se consacrer immédiatement à la mission que j'avais attribuée à chacun. J'espérais secrètement pouvoir cueillir les premiers fruits de ma récolte avant la tombée de la nuit. Alex, de son côté, m'avait emboîté le pas, moitié par habitude, moitié pour faire le tampon entre ma personnalité et celle de Lloyd. Calé dans un fauteuil, l'œil aussi noir que sa moustache, ce dernier fulminait :

— Bon Dieu, Cochran, oubliez Chicago ! Nous sommes à San Diego, en Californie. Vous avez déjà vu une carte de la région ? Le Mexique est à cinq kilomètres d'ici, plein sud ! Des petits dealers comme ce Carlos Hernandez, il en débarque par dizaines tous les jours dans notre beau pays, malgré la frontière, malgré le mur, malgré les patrouilles, malgré…

— … malgré nous, ne put s'empêcher de balancer Alex, tout occupé à réduire en miettes son gobelet en polystyrène.

— Exactement, reprit Lloyd. Et ces types sont prêts à tout pour se faire une place au soleil. À accepter n'importe quoi.

— Moi, si j'étais un immigré clandestin, je chercherais plutôt à me la jouer discrète, non ? contre-attaquai-je. Sauf si…

— … si on me filait un paquet de fric pour enlever une gamine de huit ans, murmura Craddock.

— C'est ça, Alex, approuvai-je. Mais si j'ai bien compris, cette hypothèse, personne ne l'a creusée, à l'époque ?

— Bien sûr que si, Cochran, mais je vous répète que le suicide d'Hernandez a mis fin à l'enquête.

— Suicide, mon cul ! s'exclama Alex en exprimant tout haut la théorie qui, telle une tumeur maligne, ne cessait de croître au fond de mon cerveau.

— C'est facile de nous balancer ça à la gueule aujourd'hui, Craddock, cracha Lloyd en arpentant la pièce, les bras croisés. Cet homme avait cent autres raisons pour se pendre : la peur d'être arrêté, puis expulsé, la honte de revenir à Tijuana la queue entre les jambes… Et, je le répète pour vous, Cochran, des types comme lui, on en ramasse tous les jours dans le caniveau !

— OK, tempérai-je. Parlez-moi un peu d'Hernandez, justement, si vous le voulez bien.

— Qu'est-ce que vous voulez que je vous dise ? fit Lloyd après une brève hésitation. Un homme plutôt jeune, vingt-cinq ou vingt-six ans, qui parlait à peine anglais. Il était fiché de l'autre côté de la frontière, chez nos confrères mexicains. Petits trafics, un ou deux braquages… Rien de bien méchant… Quand on l'a arrêté, avec la Suédoise, il a tenté de fuir, mais il a été vite rattrapé et transféré ici.

— Pas d'interrogatoire ?

— C'était prévu, mais…

— … il s'est pendu, je sais… soupirai-je, légèrement excédé. Évidemment, on l'a balancé dans une cellule discrète, à l'abri des regards, avec un ou deux mètres de corde.

— Écoutez, Cochran, je n'étais pas physiquement présent à ce moment-là, pourtant, je peux vous assurer qu'il a été fouillé de façon complète et réglementaire. C'est vrai que, comme il s'était débattu lors de son arrestation, il avait un peu morflé. On l'a donc isolé pour le calmer quelques heures et le soigner ensuite.

— Et il s'est pendu avec quoi ? Avec l'élastique de son caleçon ?

— Avec une corde à linge, confessa Lloyd dans un soupir.

— C'est vrai que la plupart des immigrés mexicains se baladent avec une corde à linge sur eux, c'est bien connu, ricana Alex. Mais certains préfèrent trimballer un lave-vaisselle. Arrête, Vince, tu aggraves ton cas !

— Bon, en attendant, je voudrais bien jeter un œil sur le dossier complet de cet enlèvement, Lloyd, fis-je.

— Merde, Cochran, vous n'avez pas encore compris ?

— Compris quoi ? parvins-je à articuler en réprimant un bâillement.

— Tout ce que je viens de vous dire ne repose sur rien de concret. Ce ne sont que de vagues souvenirs.

J'eus soudain peur de comprendre où mon collègue voulait en venir. Presque instinctivement, je baissai la tête et fermai les yeux. Lloyd en profita pour m'achever sur place.

— Le dossier de l'enlèvement a disparu. J'ai passé deux heures ce matin aux scellés. Impossible de mettre la main dessus.

16.

Je n'avais qu'une envie : aller m'aérer l'esprit, laisser un peu d'oxygène alimenter mes globules rouges et respirer autre chose que cet air en conserve qui devenait de plus en plus étouffant dans ces locaux confinés. À Chicago, j'avais pris l'habitude, dès que je parvenais à voler une heure ou deux à mon emploi du temps, d'aller marcher au bord du lac Michigan, du côté de Grant Park, dans cette bulle de chlorophylle perdue au pied d'une forêt de gratte-ciel. À d'autres moments, il m'était aussi arrivé d'y goûter de douces et réparatrices siestes, qu'en bon narcoleptique je savourais à leur juste valeur. Il s'agissait là des rares plaisirs qu'avait su m'offrir cette ville trop grande pour moi. Ici, dans le sud de la Californie, j'avais à nouveau pu recréer cette relation presque charnelle entre moi et la nature, à la différence près que les vagues impressionnantes de l'océan Pacifique avaient apporté un peu de relief à ce fabuleux spectacle marin, ce que n'offrait pas la tranquillité placide des grands lacs nord-américains. C'est en ruminant ces considérations, vitales pour mon équilibre personnel, que je m'apprêtais à quitter les murs du SDPD pour tenter de prendre un peu de recul. En accord avec le capitaine Kaulana, j'avais délégué à Alex la responsabilité de l'enquête sur le meurtre de Bruce Aquino pour mieux me focaliser sur l'assassinat de Lena Johannsson. La tête baissée, je venais de franchir le seuil de la porte d'entrée et m'apprêtais à remonter doucement Broadway, en direction de Balboa Park. Je m'étais tâté deux ou trois minutes, hésitant entre sauter dans ma Cox pour filer en direction des plages d'Ocean Beach ou de Mission Beach, mais la raison et, plus encore, la fatigue eurent raison de mes ambitions. Les yeux éblouis par les papillons de lumière qui dansaient devant moi, je plongeais la main dans la poche revolver de ma veste à la recherche de mes lunettes de soleil, quand j'entendis vaguement prononcer mon nom par une voix inconnue.

— Lieutenant Cochran ? Ça tombe bien, on vous cherchait !

Il me fallut quelques secondes pour comprendre que je venais d'être apostrophé par deux officiers en uniforme bleu marine qui se hâtaient dans ma direction, le visage radieux. Je reconnus immédiatement deux jeunes types athlétiques qui faisaient partie de l'assistance ce matin, sans pouvoir cependant associer leurs noms à leurs visages. Je me souvenais simplement qu'ils étaient dans l'équipe envoyée sur la piste de la montre retrouvée sur le corps de la Suédoise. D'un petit signe de la main, je les invitai à plus de discrétion tout en les entraînant à l'écart de la rue, à l'abri d'un panneau d'informations municipales. Leur excitation était palpable et contagieuse.

— La montre, lieutenant, on l'a identifiée ! me lança le plus âgé des deux, les yeux brillants d'excitation.

Mon cœur rata un ou deux battements, puis retrouva un rythme à peu près régulier. Je l'encourageai à poursuivre :

— Raconte.

Le plus discrètement possible, le jeune officier déballa une série de photos du bijou, préalablement mitraillé sous tous les angles par les techniciens du labo.

— Rien de plus facile, lieutenant ! Avec Taylor, expliqua-t-il en désignant du menton son acolyte, on s'est pointés chez le premier bijoutier qu'on a trouvé, là-bas sur Columbia Street, à deux blocs du SDPD. On est tombés sur un type étonnant : il a reconnu notre montre à la première photo qu'on lui a présentée.

— On y retourne, décidai-je, le corps aussitôt secoué par une violente montée d'adrénaline. Je vous suis, guidez-moi.

Quelques instants plus tard, Taylor et son acolyte McRay (qui avait fini par me décliner son identité) s'arrêtèrent devant la vitrine de Jewelry Genius, comme deux fidèles chiens de chasse lancés sur la piste d'un gibier de choix. De l'extérieur, la bijouterie ne payait pas de mine. Coincée entre une agence de voyages vantant les plages de Cancún et une laverie automatique, la vitrine de la boutique, mal nettoyée, peinait à renvoyer les rayons du soleil.

— C'est là que je viens quand j'ai besoin de faire changer la pile de ma montre, se justifia McRay, en s'excusant presque d'avoir débusqué un tel endroit à deux pas de nos locaux.

Sans répondre, je poussai la porte du magasin, excité comme un enfant devant le sapin de Noël familial. Un tintinnabulement cristallin se fit immédiatement entendre, annonçant notre entrée dans la bijouterie déserte. Presque aussitôt, un bruit métallique retentit derrière le comptoir en formica, suivi d'une exclamation joyeuse :

— Décidément, il y a du passage par ici, aujourd'hui ! prononça une voix rocailleuse.

Je mis plusieurs secondes à comprendre que le propriétaire des lieux se tenait de l'autre côté du comptoir, assis devant une montagne de vis, ressorts et autres pièces minuscules qu'il s'efforçait de trier à l'aide d'une vieille pince rouillée. C'était un petit homme aux gestes vifs, à la peau mate et aux longs cheveux blancs, dont la dernière visite chez le coiffeur devait remonter à l'époque où Reagan squattait la Maison-Blanche. Je le saluai rapidement en lui exhibant ma plaque de police, sans perdre de temps.

— Je me doutais que vous alliez revenir, mais pas aussi vite, lança-t-il en souriant, à l'adresse des deux officiers qui se tenaient sagement derrière moi, presque au garde-à-vous.

— Pourriez-vous me répéter ce que vous avez déclaré à mes deux collègues au sujet de cette montre, monsieur… ? commençai-je en ressortant l'une des photos de la fameuse montre.

— Brooks, Jeff Brooks, se présenta le bijoutier en tendant la main vers l'image que je lui présentais. Bien entendu, lieutenant, bien entendu… Cette montre, voyez-vous, annonça-t-il solennellement en pointant la photo de son index, appartient à l'histoire. Et même la grande histoire, si vous me permettez l'expression.

— Que voulez-vous dire par là ? répliquai-je, légèrement agacé par cet excès de rhétorique.

— Je veux simplement dire qu'il s'agit là d'un bijou d'une énorme valeur, mais pas en raison de son prix de vente. Cette montre, ou plutôt son modèle original, a appartenu à l'un des héros de l'Amérique, et qui plus est de San Diego, mon bon monsieur, poursuivit Brooks, un petit sourire au coin des lèvres.

— Monsieur Brooks, formulai-je d'une voix lasse, cette montre est le principal indice que nous ayons en notre possession dans une affaire de meurtre.

Le visage de mon interlocuteur prit aussitôt une vilaine teinte cireuse qui le fit soudain paraître encore un peu plus âgé.

— Lieutenant, je suis formel : il s'agit là de la réplique exacte de la montre que portait l'aviateur Charles Lindbergh. Une montre que le pilote a lui-même conçue, juste après avoir traversé l'Atlantique, en 1927.

Cette enquête allait avoir raison de moi, je le sentais. Physiquement et mentalement. Que venait faire la montre du premier aviateur à avoir franchi l'océan Atlantique, il y avait presque cent ans, au milieu de ce fatras déjà bien encombré ? Quelle était la valeur réelle de cette nouvelle piste que Fog avait défrichée pour nous après avoir assassiné Lena Johannsson ? Car Jeff Brooks avait vu juste, je le sentais. J'avais abandonné le vieux bijoutier aux mains des deux officiers pour repartir au pas de course en direction de la brigade, en tâchant de raser les murs pour éviter toute rencontre inutile. Il me fallut quelques minutes pour me frayer un chemin jusqu'à mon bureau et me précipiter sur mon ordinateur. Sans prendre le temps de refermer la porte derrière moi, je me branchai sur Internet pour vérifier sur Google les affirmations de Brooks. Une fois la connexion avec le moteur de recherche établie, je tapai simplement ces trois mots dans la barre de recherche : « Montre Charles Lindbergh ». Un quart de seconde suffit aux algorithmes pour me localiser plus d'un millier de sites où les trois mots-clés apparaissaient, alignés côte à côte et surlignés en gras. Au hasard, je cliquai sur l'une des pages Web sélectionnées par le moteur de recherche : le lien me renvoya aussitôt vers une encyclopédie générale en ligne. Fébrilement, je parcourus en diagonale la page qui s'était affichée. En haut, à droite de l'écran, apparaissait une photo en noir et blanc de l'aviateur, engoncé dans un costume gris trop cintré, le visage encore juvénile et le regard perdu dans le vide. Tout en faisant défiler la page je saisissais au passage des bribes de la biographie de Lindbergh : sa naissance à Détroit en 1902, ses études en mécanique, sa passion pour l'aéronautique, son premier avion, sa traversée héroïque de l'Atlantique en 1927 et…

Un éclair brûlant traversa mon regard.

Les pupilles dilatées au maximum, j'écarquillai les yeux. Impossible de me tromper : elle venait d'apparaître, telle que je l'avais retrouvée fixée au bras de Lena Johannsson, là, sur mon écran. La montre. La montre de Charles Lindbergh. Les mains moites, je furetai dans l'un des tiroirs de mon bureau, à la recherche des photos prises par le labo sur la scène du crime. L'évidence, de nouveau, me creva les yeux. Tous les détails concordaient : le bracelet en cuir fauve, les chiffres romains parfaitement ciselés, les graduations du boîtier. À un détail près, cependant : la photo sur Internet laissait apparaître la marque de la montre d'origine. D'un clic de souris, j'agrandis l'image, qui occupa soudain la moitié de l'écran. En version XL, le détail qui me manquait apparut, finement imprimé sous le douzième chiffre du cadran : Longines. La montre de Charles Lindbergh était donc une création de la célèbre marque suisse d'horlogerie, ce que me confirma immédiatement le site Internet de l'encyclopédie : *[…] À l'issue de sa traversée, Lindbergh écrivit une lettre au patron de Longines, lui décrivant en détail un modèle de montre-bracelet pour pilote, qui aiderait à la navigation. La montre fut effectivement réalisée, et des répliques sont encore produites à ce jour…* Je soupirai, interloqué. Pourquoi, dès lors, notre tueur avait-il pris la peine de dissimuler cette marque sur la montre du crime ? Pour en avoir le cœur net, je décrochai le téléphone et ordonnai au labo de me faire porter le bijou en question. Puis je me replongeai avec avidité dans la biographie de Lindbergh, qui scintillait toujours sur l'écran de mon PC. Quelques heures auparavant, ce héros de l'Amérique – comme l'avait qualifié Brooks, le bijoutier – n'évoquait rien de particulier pour moi, si ce n'est, justement, cet exploit qui l'avait fait passer à la postérité. Par ailleurs, et bien plus localement, l'aéroport international de San Diego portait le nom du célèbre aviateur. En remuant le puzzle de mes souvenirs, je me rappelai soudain que l'avion que Lindbergh avait utilisé pour accomplir sa traversée de l'océan Atlantique, le *Spirit of St. Louis*, trônait encore aujourd'hui dans le hall d'arrivée de notre aéroport. Un avion qui avait été conçu et créé ici même, à San Diego ; un engin devenu, en quelque sorte, une véritable curiosité locale. Ou du moins sa réplique, comme me le confirma presque aussitôt une rapide recherche sur le Net. Une réplique à l'identique. Encore une. Décidément, notre héros de l'aviation avait semé des souvenirs derrière lui, au-delà de son époque, au-delà des années. L'œil fatigué, engoncé mollement dans mon fauteuil, je parcourus les dernières pages affichées sur l'écran, m'efforçant de m'imprégner au mieux de la vie et de l'œuvre de Charles Lindbergh.

Je me redressai soudain, électrisé, foudroyé, atteint en plein cœur. Les pièces du puzzle venaient de s'imbriquer les unes dans les autres. L'évidence était là, devant moi, inscrite sur l'écran anonyme de mon ordinateur.

Lena Johannsson, suédoise. Fog, le brouillard, l'assassin. La montre de Charles Lindbergh. Les poupées.

Je venais de comprendre, mais je n'osais pas y croire. Pourtant, il n'y avait aucun doute possible.

17.

Fébrilement, je me mis à imprimer les pages dont Google m'avait fait grâce, en bénissant intérieurement les dieux de l'Internet. Trois coups secs résonnèrent soudain à ma porte, annonçant l'arrivée de la précieuse montre lindberghienne. Nerveusement, je me précipitai pour ouvrir, l'esprit encore entièrement accaparé par ma terrible découverte.

— Merci de vous être dérangé, fis-je machinalement en ouvrant en grand le chambranle.

— Merci de m'accueillir si aimablement dans votre bureau, lieutenant Cochran, répondit une voix qui n'était pas celle d'un des techniciens du labo.

— Qu'est-ce que tu fais là ? balbutiai-je stupidement, les yeux rivés à ceux de la silhouette longiligne qui me faisait face dans l'encadrement de la porte.

— La dernière fois que je t'ai vu, répondit la voix en éludant ma question, tu avais l'air d'un zombie. Là, tu as carrément viré au fantôme. Je ne sais pas lequel des deux monstres je préfère, finalement.

— On en reparlera à Halloween, si tu veux bien, rétorquai-je à ma compagne en l'invitant d'un geste las à pénétrer dans mon bureau.

Les cheveux tirés en arrière et retenus par une baguette argentée, vêtue d'un ensemble en jean et chaussée d'une paire de Nike jaune vif, Sue semblait plus radieuse que jamais. J'allais poursuivre mon interrogatoire pour connaître les raisons de sa présence sur mon lieu de travail, même si j'en cernais aisément les motifs, quand on frappa de nouveau à la porte. Cette fois-ci, il s'agissait bien de la montre, apportée jusqu'à moi par deux des techniciens du labo. Remerciant brièvement l'escorte, je saisis avec précaution le précieux objet, enveloppé dans un étui en plastique transparent, pendant que les dieux et les diables reprenaient leur combat habituel au sein de mon « moi profond » : devais-je, oui ou non, partager mes dernières découvertes avec ma journaliste préférée ? Où se situait la déontologie ? Le secret professionnel avait-il encore un sens à ce niveau d'implication d'une personne censée être extérieure à l'enquête ? Mes sombres réflexions se terminèrent par un juron à haute voix, quand je découvris Sue scotchée à l'écran de mon ordinateur, les yeux brillants d'un éclat que je ne lui connaissais que trop.

— Elvis, minauda-t-elle en se retournant vers moi, ne sois pas grossier et dis-moi plutôt depuis quand tu t'intéresses à l'histoire de l'aviation ?

— Je… Je ne peux rien te dire…, finis-je par marmonner lamentablement, tel un adolescent pris sur le vif en train de surfer sur un site pornographique.

Mon PC était resté connecté sur l'encyclopédie en ligne, où Charles Lindbergh semblait me narguer, d'un petit sourire en coin. Je me flagellai mentalement d'une telle négligence, que même un stagiaire débutant n'aurait pas commise.

— Charles Lindbergh…, murmura-t-elle en se pinçant les lèvres, signe extérieur d'une intense réflexion. Lindbergh… Un nom d'origine suédoise, n'est-ce pas ?

Je sentais que mes derniers bastions de résistance menaçaient de capituler d'un instant à l'autre. Je tentai, néanmoins, une dernière sortie :

— Qu'est-ce que tu vas chercher là ? Tu ne vas quand même pas imaginer que…

— Je ne m'imagine rien, mon cher, me coupa Sue en posant un doigt sur mes lèvres, je ne fais qu'appliquer tes propres méthodes d'investigation : des faits, rien que des faits. N'est-ce pas ?

— Et qu'en déduis-tu ? concédai-je finalement, en posant une fesse sur un coin de bureau, en signe de renoncement.

— La même chose que toi, bien entendu. Charles Lindbergh était d'origine suédoise, Lena Johannsson était suédoise elle aussi. Hasard ? Coïncidence ? Sans compter que, j'en suis certaine, tu as d'autres atouts dans ta manche pour appuyer cette théorie, poursuivit Sue en désignant le petit paquet que je dissimulais maladroitement à son regard acéré.

Une vague de résignation me submergea brutalement, faisant enfin céder l'ultime barrage que je m'efforçais de dresser contre ma compagne. D'une main hésitante, je tendis à Sue la montre retrouvée sur le corps de la jeune Suédoise.

— La montre dont je t'ai parlé hier soir. Un bijou que Lindbergh avait fait dessiner par l'horloger Longines, après sa traversée de l'Atlantique.

Sue semblait hypnotisée par l'objet, qu'elle caressait sous ses doigts comme s'il s'agissait d'une relique sacrée ; je choisis de profiter de son silence pour abattre une nouvelle carte.

— Et ce n'est pas tout. Je pense que, comme toute bonne Américaine moyenne, tu n'ignores pas ce qui est arrivé à Charles Lindbergh, quelques années après son exploit ?

— Tu veux parler du kidnapping et de l'assassinat de son bébé, je présume ? murmura Sue, le regard vide de toute expression.

— Exactement. Cinq ans après sa traversée de l'Atlantique, son premier enfant a été enlevé, alors qu'il n'était encore qu'un nourrisson. Il a été retrouvé mort, deux mois après.

— Les bébés en plastique ! s'exclama Sue en bondissant soudain sur ses deux jambes. La poupée retrouvée sur le parking de l'aéroport et celles que le chauffeur avait aperçues dans le pick-up ! Encore un signe !

— Tout à fait, approuvai-je en hochant la tête. Je pense que Fog a voulu, là aussi, placer Lindbergh sur notre route.

— Fog… Le brouillard…, enchaîna Sue, plus excitée que jamais. Ne me dis pas… Tu crois que… ?

— Non, Sue, je ne crois plus rien : je suis sûr de moi. Oui, le brouillard était, en quelque sorte, le principal ennemi de Lindbergh pendant son vol historique.

— C'en est presque trop, balbutia ma compagne, écrasée par le poids de ces révélations, en se dirigeant vers la fenêtre de mon bureau.

Le front collé à la vitre, Sue semblait plongée dans un abîme de réflexion. Elle paraissait, brusquement, étonnamment vulnérable. Attendri, je fis quelques pas dans sa direction.

— Je t'en remets une dernière couche ou on s'arrête là pour l'instant ? risquai-je en posant doucement mes mains sur sa nuque et en commençant à la masser délicatement.

— Je t'écoute.

— Lena Johannsson a été assassinée avant-hier, dimanche. Le 12 mai.

— Et ?

— Le bébé de Charles Lindbergh a été retrouvé mort un 12 mai, lui aussi. Le 12 mai 1932, plus précisément.

18.

La fin de la journée se profilait doucement à l'horizon, me laissant exsangue au bord de cette route que Fog semblait dessiner sous mes pas, à son rythme, au gré de ses envies. Je haïssais la tournure que prenait l'enquête. De son côté, Sue, tel un insaisissable caméléon, avait de nouveau revêtu sa panoplie de journaliste et s'était volatilisée dans l'atmosphère aussi soudainement qu'elle était apparue à la porte de mon bureau, deux heures auparavant. Et elle me manquait déjà, même si j'osais à peine me l'avouer. Un peu pour oublier la noirceur de mes états d'âme, et surtout pour partager avec lui cette accumulation de faits nouveaux, j'étais allé dénicher mon partenaire dans sa tanière fétiche, la salle de repos de la brigade. Vautré dans un malheureux canapé dont les ressorts menaçaient à tout moment de lâcher, Alex mastiquait consciencieusement une barre chocolatée en ingurgitant un soda à l'orange, dont la teneur en fruit devait avoisiner le néant. En grande discussion avec plusieurs officiers en uniforme qui revenaient sans nul doute de mission, mon coéquipier me convia d'un ample geste du bras à venir rejoindre le petit groupe dès qu'il m'aperçut.

— Elvis, tu tombes bien, j'allais justement te proposer de venir te dégourdir les jambes avec moi ! me lança-t-il de sa voix inimitable.

— Et réciproquement, gros ! répondis-je en m'affalant à ses côtés sur le tissu usé. Je crois que quelques litres d'oxygène ne pourront que faire du bien à nos deux cerveaux.

— Sans oublier qu'il est l'heure de dîner, renchérit-il en se frottant les mains avec gourmandise.

— Allez, suis-moi, et prépare-toi à en prendre plein les oreilles, répondis-je en empoignant l'énorme bras droit de mon partenaire.

Délaissant la Chevrolet de service, je décidai de nous la jouer discrète et invitai Alex à entasser sa carcasse sur le siège passager de ma Coccinelle.

— Putain, Elvis, la dernière fois que tu m'as fait monter là-dedans, il avait fallu un ouvre-boîte pour me sortir !

— Tu n'as qu'à soulever le siège avant et te tasser sur la banquette arrière, répondis-je en prenant le volant. Et interdiction de toucher à l'autoradio, OK ?

Suivant mes conseils à la lettre, Alex réussit à se glisser dans l'habitacle sans trop de dégâts.

— Même pas cinq minutes de musique, juste le temps de nous détendre un peu ? tenta-t-il quand même, en tendant ses doigts boudinés vers le tableau de bord.

— Celui qui saura me persuader des vertus apaisantes de la musique country n'est pas encore né, répliquai-je en quittant le parking, sans la moindre idée de la direction à prendre.

— Bon, tu nous emmènes où ? questionna Alex d'un air gourmand.

— Où tu veux, je ne suis plus en état de raisonner, avouai-je en m'engageant au hasard sur Harbor Drive, en direction des plages du Pacifique.

— Je veux dire, pour l'enquête ? Tu m'as l'air d'avoir un sacré truc à me balancer, amigo.

Une chape de plomb fondu recouvrait à présent l'horizon, absorbant inéluctablement les derniers rayons du soleil. Le jour n'allait pas tarder à passer le relais à la nuit, ce qui n'était pas, d'habitude, pour me déplaire. San Diego n'était pas une ville pour les noctambules et j'en avais, de nouveau, la confirmation en contemplant d'un air détaché le flot des voitures qui nous faisait escorte. À cette heure convenable, la grande majorité de mes congénères n'étaient motivés que par un seul désir : rentrer chez eux, retrouver la douce quiétude du cocon familial, allumer la télé pour ne pas rater les infos câblées et s'infliger ensuite la série du moment sur Netflix, en se promettant de ne pas se coucher trop tard pour être en forme le lendemain matin. Et, pour la première fois depuis mon arrivée en Californie, je ressentis soudain une incroyable pointe de jalousie pour ces vies plus synchronisées qu'un lancement de navette spatiale à Cape Canaveral. Me tapotant légèrement les joues pour dissiper cette nouvelle vague de déprime qui me menaçait dangereusement, j'entrepris de raconter à mon coéquipier mes dernières découvertes, alors que la Coccinelle bifurquait sur La Jolla Boulevard, qui menait à l'un des quartiers les plus huppés de la ville.

— Bordel de merde ! ne put s'empêcher de jurer mon coéquipier, avec sa délicatesse habituelle, pendant que je garais ma voiture sur le bas-côté de la route pour essayer de me repérer dans cette partie de la ville où je me rendais très rarement. Qu'est-ce qu'il vient foutre là-dedans, le père Lindbergh ?

— C'est pour ça qu'on est payés, Alex, pour comprendre comment un type qui a été le héros de notre pays il y a un siècle se retrouve impliqué malgré lui dans le meurtre d'une Suédoise égorgée il y a deux jours.

— Malgré lui, malgré lui… c'est à voir, répliqua Alex, sceptique. Il était suédois, lui aussi, tu m'as dit ?

— D'origine suédoise, rectifiai-je en amorçant un demi-tour périlleux pour prendre la direction de Pacific Beach, à quelques kilomètres plus au sud. On quitte La Jolla, gros, annonçai-je à mon coéquipier, je n'ai pas envie de finir la soirée dans un *coffee lounge* branché ou autre *food stall* prétentieux du même genre, si tu n'y vois pas d'inconvénient.

— OK, continue, je crois me souvenir qu'il y a un nouveau resto chinois qui s'est installé, à l'angle de Garnet Avenue.

— Ça me va. J'ai vraiment besoin de prendre des forces. En attendant la suite.

— La suite ?

— Elle est inéluctable. Il y en aura d'autres.

— D'autres meurtres, ouais, soupira Alex en tapant du poing sur la banquette. Il l'a écrit sur la langue de la Suédoise, nom de Dieu, tu réalises le truc ?

— Il est prêt, il a son plan, il nous tient, il veut continuer à jouer avec nous.

— On fait vraiment un sale métier. Et, je vais te dire, Elvis, tu connais le pire ?

— Vas-y, glissai-je en me garant sur le parking du Chang's, dont les pictogrammes de néon aux couleurs criardes déchiraient agressivement la nuit.

— Le pire, amigo, c'est qu'on n'a pas le choix : on en a besoin, du prochain meurtre, si on veut coincer cet enfoiré.

Le dîner avait été vite expédié. Nous avions essayé d'évacuer un peu de pression en tentant d'aborder d'autres sujets, mais le cœur n'y était pas. Après avoir ramené Alex au SDPD pour lui permettre de récupérer son vieux pick-up, j'avais puisé dans mes dernières réserves pour me ramener sur Gold Coast Drive. Chez moi. Je n'osais pas encore dire « chez nous », les séjours trop intermittents de Sue sous le même toit que moi n'autorisant pas l'apparition de son nom sur la boîte aux lettres. D'ailleurs, en cette fin de soirée, je n'imaginais pas qu'elle puisse m'attendre sagement assise dans mon vieux canapé, à me guetter tendrement, les yeux professionnellement rivés à CNN et le cœur léger. Mes premières analyses ne tardèrent pas à confirmer cette hypothèse ;

tout en refermant avec précaution la portière de ma voiture, je scrutais les alentours, à la recherche du cabriolet japonais bleu nuit de ma belle, sans succès bien entendu. Résigné, je partis à l'assaut du deuxième étage, tel un animal solitaire retrouvant son terrier. L'appartement était plongé dans le noir, simplement éclairé par la faible lueur du réverbère qui montait la garde sur le trottoir d'en face. À tâtons, sans prendre la peine d'allumer dans l'entrée, je me dirigeai vers le répondeur téléphonique où clignotait désespérément une petite lumière rouge. Trop épuisé pour rester debout, je me laissai tomber sur les lattes du plancher pour prendre connaissance de mes messages. Presque immédiatement, la voix de Sue brisa le silence de la nuit pour m'annoncer qu'elle était toujours « scotchée » (je cite) à la rédaction du *San Diego Union Tribune* et que, de ce fait, je ne devais pas compter sur elle pour me tenir compagnie cette nuit, sous la couette. Ni sur toi, ni sur une autre, rassure-toi, songeai-je en me traînant péniblement en direction du lit conjugal déserté. Abandonnant un à un mes vêtements derrière moi, mes ultimes pensées furent noyées dans un nuage de coton au moment où mon corps s'écroula comme une masse, amorti avec bonheur par la douceur du matelas.

Je n'avais jamais été aussi bien.

Mon état de plénitude ne dura, hélas, que le temps d'un doux rêve où je me voyais plonger avec délectation dans les vagues du Pacifique, seul au monde, au large de Solana Beach, cette douce étendue de sable perdue au nord de la ville, en direction de Los Angeles. Une plage aussi déserte que mon lit, comme le constata amèrement ma main droite, que j'avais envoyée en reconnaissance à l'autre bout du matelas, afin de vérifier si Sue avait daigné regagner notre tanière. En soupirant de dépit, je jetai un rapide coup d'œil sur les chiffres rouges du radio-réveil, qui affichait cinq heures dix-sept. Par expérience, je savais qu'il allait être difficile pour moi de retrouver le sommeil. Je décidai malgré tout d'attendre encore quelques minutes, histoire de laisser à Morphée une deuxième chance de combattre mon insomnie. Mais, comme trop souvent, elle ne fut pas capable de la saisir. Réprimant un juron, je me dressai sur mon séant, les yeux hagards et le cerveau encore au ralenti. Assez vif, cependant, pour capter le bruit familier du trousseau de clés partant à l'assaut de la serrure de la porte d'entrée. Trente secondes plus tard, c'est une Sue hébétée qui franchit le seuil de la chambre, éblouie par la lampe de chevet que je venais d'allumer.

— Que… Qu'est-ce que tu fais là ? me lança-t-elle naïvement.

— Je suis chez moi et j'essayais de dormir. Ça t'étonne tant que ça ?

— Tu dormais vraiment ?

— Oui, mais là, je ne dors plus, note bien. Dis-moi, le *Tribune* a fini par te libérer, on dirait ?

— La rédaction est sens dessus dessous, tu t'en doutes, expliqua Sue tout en entreprenant de retirer ses vêtements, ce qui, en d'autres circonstances, aurait eu raison de mes dernières velléités de sommeil. Deux meurtres en vingt-quatre heures, ici, à San Diego, je ne sais pas si tu t'en rends compte, mais c'est… comment dire…

— Un miracle pour des journalistes affamés.

— Si tu veux. C'est tellement inédit qu'on ne peut pas passer à côté.

— Et quel sera le titre qui barrera la une du *Tribune*, tout à l'heure ?

— On a fait sobre : « Double homicide à l'université internationale ».

— Il vous a fallu toute la nuit pour pondre un titre aussi vendeur ? ne pus-je m'empêcher de dire, tout en tentant d'attirer Sue contre moi.

« Elvis… S'il te plaît… J'ai besoin de dormir… », fut sa seule réaction à mes propos et à ma tentative d'approche.

Échaudé, je déposai un rapide baiser sur son front et filai dans la salle de bains, en attrapant au passage dans la penderie un short, un tee-shirt et une paire de chaussettes que j'enfilai silencieusement, assis dans le noir sur le rebord de la baignoire. Puis, après m'être aspergé le visage d'eau froide, je sautai dans mes vieilles Nike Air, empochai les clés de l'appartement, après avoir discrètement refermé la porte derrière moi, et disparus dans la nuit, d'une foulée au début incertaine, puis de plus en plus assurée. Les vertus thérapeutiques et psychologiques d'un running matinal n'avaient pas d'équivalent dans la liste des euphorisants, j'en étais intimement persuadé.

MERCREDI 15 MAI

19.

Deux heures plus tard, douché, rasé, rhabillé, coiffé, parfumé, ressuscité, je pénétrai d'un pas décidé dans le hall du SDPD, l'esprit enfin clair et le corps remis en état après mon jogging aux aurores, qui m'avait procuré une dose appréciable d'endorphines. Seul bémol dans ce tableau idyllique : ma tenue vestimentaire. Pour ne pas importuner Sue qui dormait béatement, j'avais été obligé de renfiler pour la troisième journée consécutive mon superbe ensemble noir, tee-shirt, jean et veste à col Mao ; pour couronner le tout, j'avais renfilé pieds nus mes vieilles Converse blanches, ce qui me donnait davantage l'air d'un étudiant que d'un lieutenant de police. Néanmoins, c'est avec un certain détachement que je traversai les couloirs en direction de mon bureau, en saluant brièvement les visages connus et en serrant d'une poignée que je voulais ferme les quelques mains qui passaient à proximité. Étrangement, j'éprouvais une certaine distance par rapport aux événements de ces derniers jours, une sorte de plénitude indéfinissable qui n'annonçait pourtant rien de bon, je le sentais. Et comme je n'avais aucune idée précise du programme qui m'attendait pour les heures à venir, je flottais dans une espèce d'état second. Toujours ces foutues endorphines, pensai-je pour me rassurer en m'enfonçant dans mon fauteuil, tout en parcourant d'un œil distrait les titres des quotidiens du jour qu'un officier avait déposés sur mon bureau, à mon attention. La pile qui s'entassait devant moi était impressionnante : *San Diego Metropolitan*, *San Diego Globe*, *San Diego News Daily*, *San Diego Reader*, *San Diego Business Journal*, *San Diego Daily Transcript* et, bien entendu, le *San Diego Union Tribune* cher à miss Baker. On y avait même rajouté une sélection non exhaustive des journaux publiés en espagnol, destinés à la population hispanophone de la ville, comme le *Diario San Diego* ou encore le *Daily Aztec*. Rares était ceux qui avaient choisi de ne pas titrer sur les deux homicides venant de frapper coup sur coup notre trop paisible cité du sud de la Californie : « Deux meurtres mystérieux terrorisent la ville », « Peur sur San Diego » et autres phrases chocs au même parfum nauséabond et racoleur. En soupirant, je reposai le tas de torchons en regrettant de ne pas encore avoir de soirée barbecue en perspective pour faire une bonne flambée de cette montagne de papier qui me tachait les doigts. Et encore, je n'avais pas écouté la radio au cours de ces dernières quarante-huit heures ni allumé la télévision, et encore moins été traîner sur les réseaux sociaux, où le déchaînement devait être bien pire encore. L'aliénation des masses humaines avait d'ailleurs été l'objet de l'une de mes thèses, à l'époque où j'étais encore un étudiant aveuglé par l'illusion et bercé par l'ambition. La désagréable sonnerie du téléphone brisa soudain mes pensées nostalgiques.

— Cochran, j'écoute ?

— Dites donc, ça fait un quart d'heure que vous êtes dans la maison et vous n'êtes pas encore venu me voir ? me balança sans ménagement le volcan hawaïen qui me servait de supérieur hiérarchique.

Le ton de Kaulana et les circonstances actuelles ne m'incitèrent pas à répondre par une boutade.

— Bonjour, capitaine. J'étais en train de parcourir les journaux et je m'apprêtai à venir au rapport ensuite, mentis-je comme un lanceur de couteaux.

— Vous ferez votre revue de presse quand vous serez à la retraite. Quoi de neuf depuis hier ?

— On a dû vous transmettre mes dernières conclusions, je suppose, avançai-je prudemment.

— Le coup de Lindbergh ? Vous y croyez, à cette piste ?

— On n'a pas le choix, lieutenant, c'est la seule que nous ayons. Et, même si elle peut paraître incroyable, j'y crois, oui.

— Dans ce cas, venez m'exposer votre point de vue. J'ai besoin de l'entendre de votre bouche.

— Tout de suite ? risquai-je.

— Je vous donne deux minutes pour descendre. Et trouvez-moi Craddock. Je vous attends. Tous les deux.

Le claquement sec qui suivit n'appelait aucune contestation. Je soupirai, résigné. Alex devait être encore en train de digérer les deux douzaines de crevettes à l'ail qu'il s'était enfilées la veille au soir chez Chang's. Son téléphone renvoyait directement sur sa messagerie. Par acquit de conscience, j'interrogeai à tout hasard les têtes connues que je croisai, tout en parcourant au pas de course les couloirs de la brigade. Sans résultat. Même la cafétéria n'abritait pas, ce matin, les amours assumées d'Alex et du distributeur à cholestérol. C'est donc profil bas que je frappai quelques instants plus tard à la porte du bureau de John Kaulana, l'œil sombre et la mine des mauvais jours. Tous les bénéfices de mes efforts sportifs de la matinée s'étaient dissipés et je sentais de nouveau une vilaine tension envahir mes muscles. La voix bourrue du capitaine m'invita à entrer quand une main à peine moins large qu'une raquette de tennis s'abattit soudain sur mon épaule.

— Pas si vite, amigo, je ne vais quand même pas te laisser affronter ce bordel tout seul !

Heureusement, l'entrée en scène tardive de mon coéquipier passa totalement inaperçue aux yeux de Kaulana. Autant éviter d'exciter davantage cet animal imprévisible.

D'un geste du menton, il nous convia à prendre place face à son bureau et attaqua aussitôt, sans préambule :

— Messieurs, je n'ai qu'une question à vous poser : où en sommes-nous ?

Jugeant, du coin de l'œil, Alex peu enclin à s'épancher, je me jetai à l'eau et entrepris d'exposer à notre capitaine les derniers développements de l'enquête, sans omettre le moindre détail. Je frémissais intérieurement en imaginant par quels états passerait mon supérieur hiérarchique s'il savait que, quelques heures plus tôt, j'avais déballé les mêmes phrases, quasiment au mot près, à Sue. Le seul avantage était que mon discours était, dès lors, parfaitement huilé et mes arguments clairs comme de l'eau de roche.

— Soit, finit par concéder Kaulana en se massant doucement les tempes : notre assassin nous informe qu'il a décidé de s'inspirer de la vie et de l'œuvre de Charles Lindbergh pour mettre en scène le meurtre de la petite Suédoise. Admettons. Et qu'est-ce que vous faites des mutilations ?

— Je pense, m'avançai-je prudemment, qu'elles sont à mettre à l'écart, pour l'instant.

— Ah bon ? grommela-t-il, l'œil aux aguets.

— Oui, je pense qu'il faut voir ces mutilations comme une signature ou une marque de fabrique, si vous préférez. Une façon, aussi, de heurter les esprits, d'impressionner, de personnaliser son acte. Les indices matériels, eux, renvoient cependant à Lindbergh, il n'y a aucun doute à ce sujet. Ainsi, bien entendu, que la date du crime.

— Le 12 mai, oui, je sais. Vous avez lancé du monde sur la piste des poupées et de la montre ?

— J'ai deux équipes qui travaillent dessus. Pour la montre, on a déjà bien avancé. Il s'agit probablement d'une réplique. Une très belle imitation, c'est vrai. Mais une simple copie. J'attends la confirmation d'un expert dans les heures à venir.

— Pourquoi une imitation ? interrogea pensivement Kaulana, les mains croisées sur la nuque.

— Question de finances, tout simplement. Une vraie montre de marque Longines coûte autour de quatre mille dollars. Je pense que notre meurtrier n'a pas jugé indispensable d'investir une telle somme juste pour nous amener sur la piste de Lindbergh.

— Lieutenant, s'enthousiasma soudain Alex, vous prenez votre bagnole, vous tracez plein sud sur vingt kilomètres jusqu'au Mexique et vous en trouvez à tous les coins de rue, des fausses montres : Rolex, Cartier, Gucci, Longines… Tijuana en est infestée, de ces vendeurs de verroterie.

— Et, conclus-je, c'est pourquoi la marque de la montre a été grattée, sur le boîtier : pour bien nous faire savoir que Fog n'était pas dupe et qu'il savait très bien que sa montre était en toc.

— Si vous le dites, Cochran, soupira le volcan endormi qui nous faisait face. Et vos poupées, alors ?

— Pour les poupées, on a un gros problème : on ne peut se baser, pour l'instant, que sur le témoignage du chauffeur du minibus, Bruce Aquino.

— Qui n'en dira pas plus, je le crains…, balança Alex avec son humour douteux habituel.

— Attendez, Cochran, s'exclama soudain Kaulana, votre chauffeur avait bien trouvé une poupée sous son véhicule, au moment de quitter l'aéroport ?

— C'est exact, confirmai-je. Plus toutes celles qu'il a déclaré avoir aperçues dans un pick-up, garé devant l'université.

— Mais il y avait bien une troisième personne dans le minibus, en plus de la Suédoise et d'Aquino ? insista Kaulana.

— Ouais, un étudiant suisse, enchaîna Alex d'un ton monocorde. On l'a interrogé, avec un interprète en prime, vu que l'oiseau parle aussi bien l'anglais que moi je monte à cheval.

— Et ?

— Et je peux vous dire qu'il a bien fait de choisir un stage d'anglais intensif, y a du boulot ! À part ça, rien à en tirer.

— D'autres témoignages à venir ? rembraya Kaulana, en ignorant la dernière saillie craddockienne.

— On va continuer à sonder les étudiants du campus, les riverains de l'université et ceux de Campo Road, où habitait Aquino.

— Très bien, messieurs, conclut Kaulana en se redressant sur ses jambes, signe que notre entretien était terminé. Je compte sur vous. Ne me décevez pas.

De nouveau, je sentais que mon moral glissait dangereusement vers la mauvaise pente, sans savoir à qui ni à quoi m'agripper pour éviter la chute fatale. De son côté, Alex mâchonnait distraitement une sucette à l'orange qu'il venait de dénicher au fond d'une poche et semblait aussi enthousiaste qu'un condamné à mort devant la chaise électrique à l'idée de se replonger dans le bordel monstre qu'était en train de devenir notre enquête.

— Au boulot, murmurai-je, plus par réflexe que par conviction, en appuyant sur le bouton de l'ascenseur pour appeler la cabine.

— Et dire qu'il existe, quelque part sur cette planète, des gens qui, à cette heure-ci, pêchent le barracuda, confortablement installés sur un yacht, soupira mon coéquipier, le regard perdu dans les vagues invisibles que son cerveau projetait devant ses yeux.

— Si tu veux pêcher du gros poisson, mon Alex, je crois que tu vas être servi.

Le signal sonore, annonciateur de l'arrivée de l'engin, venait tout juste de retentir quand la grosse voix du capitaine Kaulana secoua violemment les murs et aboya, à notre attention :

— Cochran ! Craddock ! Revenez par ici, il y a du nouveau !

— Niveau six sur l'échelle de Richter, analysa doucement Alex, la bouche pâteuse.

— Oui, mais peut mieux faire, approuvai-je tout en tournant les talons en direction du bureau de notre supérieur hiérarchique.

Adossé contre le chambranle de sa porte, Kaulana semblait soucieux ; instinctivement, je sentais qu'il allait trouver de quoi nous occuper pour le restant de la journée.

— J'ai un petit service à vous demander, messieurs, nous susurra-t-il, tout en lissant délicatement sa cravate. Rien de bien passionnant, je le crains, mais il faut que quelqu'un se tape ce boulot-là, et je veux que ce soit vous.

— Si c'est pour vous accompagner chez le dentiste, ne comptez pas sur moi, j'ai horreur de ça, osa Alex tout en entreprenant de se curer les dents avec le bâton de sa sucette.

— Craddock, bordel, écoutez-moi au lieu de faire le malin : je viens de recevoir un appel téléphonique de… euh… M. Brynjestad, récita notre boss en déchiffrant un Post-it caché au creux de sa main droite. Ulf Brynjestad.

— Pas facile à porter, comme nom. Un ami à vous ? poursuivit Alex, du même ton détaché.

— Ulf Brynjestad est le consul de Suède de San Diego, répondit Kaulana, sans relever la pique. Il vient de me prévenir que les parents de la petite Suédoise sont arrivés hier soir à San Diego, en provenance de Stockholm.

— Merde ! s'exclama Alex, en recrachant son bâtonnet. Il aurait pu nous prévenir plus tôt, votre Ulf Machin !

— Pourquoi ? Tu te fais du souci pour la famille de Lena Johannsson ? m'étonnai-je.

— Non, pas spécialement, mais je pense qu'une escorte discrète ne leur aurait pas fait de mal. On ne sait jamais. Si Fog avait voulu les attirer par ici, il ne s'y serait pas pris autrement, non ? Vous voyez ce que je veux dire ?

— OK, mais si les parents de la Suédoise étaient vraiment sa cible, pourquoi cette mise en scène sanglante et ces allusions à Lindbergh ?

— En tout cas, messieurs, ils sont en Californie et je pense fortement qu'une amicale visite de voisinage s'impose, nous lança Kaulana en coupant court à notre discussion.

— Une visite de voisinage ? fis-je, en dissimulant assez mal mon étonnement.

— Absolument, Cochran, répondit Kaulana en me tendant son petit bout de papier griffonné. Le consulat de Suède est installé à une dizaine de blocs d'ici, juste après Park Boulevard, au 750, B Street.

— Dans les Symphony Towers ? interrogea Alex, qui aurait pu aisément se reconvertir en chauffeur de taxi, tant sa connaissance des moindres recoins de la ville était complète.

— Dans la suite 1020, oui, pour être précis. Bon, maintenant que vous savez où aller, je vous laisse à votre enquête. Et, surtout, soyez efficaces. Mais sans zèle inutile, d'accord ?

Le silence qui suivit cet ultime conseil se noya dans le claquement sec de la porte de Kaulana.

20.

Les Symphony Towers, du haut de leurs trente-quatre étages, écrasaient de leur masse de verre et de béton les autres bâtiments qui avaient eu l'inconscience de pousser à leurs côtés. Cet ensemble architectural audacieux, d'une étonnante couleur rose pâle sur laquelle tranchaient des rectangles noir ébène, avait obtenu en 1989, année de son inauguration, le titre de « Building international de l'année » ; c'est, du moins, ce qu'affirmait une immense plaque de marbre vissée à droite des portes en verre fumé qui marquaient l'entrée de ce lieu prestigieux.

— Tu le savais, toi, qu'il y avait des types sur terre dont le boulot est de choisir le plus beau gratte-ciel de l'année ? railla Alex en franchissant le seuil du bâtiment.

— Il me semble que j'ai déjà dû voir ça, oui, sur un building de Chicago.

— Tiens, gloussa mon coéquipier tout en exhibant sa plaque de police à un vigile casquetté et cravaté, ça me fait penser qu'il faudra un jour que tu me fasses visiter Chicago !

— Quand tu veux, promis-je en grimpant dans l'ascenseur que nous avait désigné le planton de service.

— On pourrait prendre ta vieille Cox et essayer de retrouver la route 66. On partirait de Los Angeles, on passerait par Flagstaff, puis Santa Fe, Oklahoma City et on…

— Pour l'instant, nous sommes en route pour la Suède, coupai-je en brisant net les rêves d'évasion d'Alex, alors que l'ascenseur s'immobilisait au vingt et unième étage.

Un silence pesant régnait dans les couloirs feutrés de ce bâtiment millésimé. L'odeur âcre de la moquette flottait encore dans l'air, comme si les architectes venaient tout juste de quitter les lieux. L'endroit respirait la discrétion et le raffinement. Le strict opposé des deux flics que nous étions, un peu paumés dans ces hautes sphères diplomatiques.

— Qu'est-ce qu'il peut bien glander toute l'année, coincé dans sa tour, le consul de Suède ? maugréa Alex, tandis qu'il s'efforçait de faire rentrer au mieux sa chemise marron dans son vieux jean. Tu parles d'un boulot où tu dois être payé à rien foutre !

— Tu lui demanderas toi-même, fis-je en pointant de l'index une massive porte en bois exotique, sur laquelle un discret rectangle en laiton indiquait sobrement : *Suite 1020 – Consulat de Suède – San Diego.*

Je frappai trois petits coups secs, négligeant volontairement le bouton de la sonnette. Presque immédiatement, la porte s'entrouvrit sur une gracieuse silhouette féminine qui nous invita aussitôt à entrer.

— Bonjour, messieurs, murmura la blonde hôtesse en esquissant un pâle sourire, je vous attendais : le gardien de l'immeuble vous a annoncés. Je suis Katarina Keane et je suis l'adjointe du Dr Brynjestad, ajouta-t-elle en nous tendant distraitement la main.

Nous nous trouvions à présent dans une sorte de hall d'accueil où trônait un immense bureau, surmonté du portait d'un homme en costume noir, bardé de médailles militaires et le buste cintré d'une écharpe bleu ciel : le roi de Suède, un certain Charles XVI Gustave, dont je venais à l'instant même d'apprendre l'existence.

— Le Dr Bryn… euh… Brynestad… ? s'étonna Alex en découvrant, lui aussi, les subtilités de ce pays scandinave où nous n'avions, bien entendu, jamais mis les pieds. C'est un toubib, votre patron ?

— Pas du tout, répondit Katarina Keane avec indulgence. Il s'agit simplement d'un titre honorifique. D'ailleurs, si vous voulez bien m'excuser un instant, je vais prévenir le Dr Brynjestad de votre arrivée.

Quelques secondes plus tard, un homme entre deux âges fit son apparition dans le hall, avec l'air hagard du type qui vient d'enchaîner deux ou trois journées de travail un peu plus agitées que celles que sa fonction lui impose habituellement. D'une voix traînante, teintée d'un léger accent rocailleux qui trahissait ses origines scandinaves, le consul nous salua avec respect et nous invita à le suivre, en même temps qu'il nous déballait deux ou trois phrases de circonstance :

— C'est terrible... Horrible... Pauvre petite... Ses parents sont arrivés hier soir. Venez, ils sont là, dans mon bureau. Je pense que votre venue leur fera du bien.

Assis sur un canapé couleur taupe, dans l'angle du bureau consulaire, M. et Mme Johannsson se redressèrent à notre entrée. Immédiatement, j'éprouvai un choc, aussi ridicule que brutal. À la place des petits vieux éplorés que je m'étais imaginé trouver, deux athlètes me faisaient face, grands, sportifs, la quarantaine à peine entamée. Vêtus élégamment, sans ostentation, la coiffure impeccable, je n'aurais pas été plus étonné que ça de les croiser sur un green de golf ou dans un cocktail mondain. Seul le contour rougi de leurs yeux éteints trahissait le deuil cruel qui venait de les frapper. Sans perdre de temps en salutations inutiles, le père de Lena fondit sur nous :

— La police, enfin ! s'exclama-t-il d'une voix qui révélait ses origines suédoises. Dites-nous la vérité : est-ce que Lena a souffert ?

J'avais anticipé ce type de réaction et c'est en choisissant mes mots que je tâchai de rassurer au mieux le père de Lena. À mes côtés, je sentais confusément qu'Alex aurait donné la moitié de son salaire pour être transporté ailleurs et ne pas vivre de tels moments. Encouragé malgré moi par mes réponses, Bjorn Johannsson nous bombardait à présent de questions, à la fois décousues et incisives. Parfois, son épouse, beaucoup plus timidement, tentait à son tour de s'immiscer dans la conversation en nous demandant de répéter l'une ou l'autre phrase. Nous étions à présent tous assis autour d'une table basse en bois blanc, aux lignes typiquement scandinaves, sur laquelle l'adjointe du consul venait discrètement de déposer un plateau recouvert de tasses à café et d'un pot de crème, pour le plus grand plaisir d'Alex. Tandis que mon acolyte entreprenait de se confectionner un léger mélange café et crème en abondance, agrémenté de sucre en quantité industrielle, je m'appliquai de mon mieux à rassurer les parents de Lena Johannsson tout en essayant, dès que possible, de glisser quelques questions au milieu de ce débat à sens unique.

— Parlez-moi de ce qui s'est passé il y a douze ans, réussis-je enfin à placer dans la conversation.

— Il y a douze ans ? murmura Bjorn Johannsson, le regard soudain perdu dans le vide.

— Oui. Ici, à San Diego. À SeaWorld.

— Elle n'aurait jamais dû revenir ici. Jamais..., souffla Cecilia Johannsson en réprimant un sanglot. Je le sentais, lieutenant, je le savais. Une mère ressent ces choses-là au plus profond d'elle-même.

— Revenons à l'incident de SeaWorld, si vous le voulez bien, coupai-je pour éviter de replonger les parents dans leur abîme de douleur. Qu'est-ce qui s'est passé, exactement ?

— C'est arrivé en été, au mois d'août. Lena avait huit ans. Avec Cecilia, on avait décidé de l'emmener faire son premier grand voyage ici, en Californie : Los Angeles, Disneyland, les parcs de l'Ouest américain... On avait presque terminé notre voyage et on avait prévu de finir notre périple par San Diego : le zoo, les plages, SeaWorld...

— Lena a-t-elle des frères ou des sœurs ? questionna soudain Alex.

— Non… Elle est… elle était fille unique, répondit Bjorn Johannsson en baissant les yeux.

— Donc, une visite classique à SeaWorld ? enchaînai-je le plus vite possible.

— Oui, reprit le père de Lena d'une voix blanche. Je me rappelle chaque détail, comme si c'était arrivé hier. C'était la fin de l'après-midi, les gens commençaient à quitter le parc, Lena voulait absolument passer par la boutique de souvenirs pour que nous lui achetions une orque en peluche.

Du coin de l'œil, je vis que Cecilia Johannsson luttait terriblement pour ne pas éclater en sanglots à l'évocation de ce souvenir. Son mari, tel un automate désarticulé, poursuivait son récit, haché, découpé, brisé :

— Lena avait fait son choix, elle tenait son cadeau dans ses bras. Je me suis retourné vers mon épouse pour prendre la carte de crédit qui se trouvait dans son sac.

— Il y avait un monde fou, dans ce magasin, murmura Cecilia Johannsson, comme pour justifier la suite des événements.

— Le temps pour nous de payer et elle avait disparu dans la foule, confirma le père de Lena en secouant la tête, dissipant ainsi un poids invisible qui lui écrasait les épaules. Immédiatement, j'ai eu le réflexe de courir à l'entrée du parc, afin de demander à boucler les lieux. Une intuition…

— C'est ce qui l'a sauvée, ajouta son épouse. Son kidnappeur n'a pas eu le temps de quitter le parc.

— Le personnel de SeaWorld a été exceptionnel. Ils ont prévenu la police, organisé les recherches, lancé des annonces au micro. C'est l'un des vétérinaires qui l'a retrouvée.

Même si je connaissais déjà ce récit pour l'avoir lu et relu dans les archives de presse dénichées par Sue, j'étais suspendu aux lèvres de Bjorn Johannsson. Je l'invitai à préciser ses pensées :

— À quel endroit ?

— Le… Le type qui l'a enlevée l'avait entraînée dans un local de rangement, près du grand bassin des orques.

— Lena ne s'est pas débattue ? Elle n'a pas crié ?

— Le ravisseur avait revêtu un tee-shirt et une casquette aux couleurs du parc, elle ne s'est pas méfiée. C'est… c'était une fille gaie, drôle, éveillée… D'ailleurs… Elle n'a gardé aucun traumatisme de cet enlèvement. Ni pendant son enfance, ni lors de son adolescence. Tenez, il y a quelques semaines, en préparant son séjour à San Diego, elle plaisantait encore en repensant à son… son aventure, douze ans auparavant.

— Ouais, OK, je veux bien, intervint Alex, mais quand même, de là à revenir ici pour y faire un stage de langue anglaise, y a une sacrée marge, non ?

— Certainement, concéda Bjorn Johannsson dans un souffle. Mais je peux vous donner au moins deux raisons qui ont motivé ce choix. La première, c'est que ce séjour linguistique lui a été offert.

— Par qui ? intervins-je, flairant la révélation qui allait suivre.

— Elle l'a gagné. Sur Internet. Un stage de deux semaines, d'une valeur de deux mille cinq cents dollars. Nous avons simplement complété, si je puis dire, en réservant deux semaines supplémentaires et en lui offrant son billet d'avion.

— Attendez… Je ne comprends pas… Elle a participé à un concours ou un truc comme ça ? renchérit Alex, qui s'était soudain redressé sur son séant.

— Non, pas vraiment… Elle a reçu un e-mail, accompagné d'un bon de séjour, valable à une période précise. Une sorte de tirage au sort, je crois.

Je me promis de vérifier au plus vite auprès de l'université si elle pratiquait ce genre de concours ou s'il lui arrivait de distribuer de tels lots. Mais je connaissais déjà la réponse. La bouche sèche, j'attrapai ma tasse à café et bus une gorgée du liquide refroidi.

— Vous avez évoqué une deuxième raison à la venue de Lena en Californie, lançai-je aux parents de Lena en reposant ma tasse sur le plateau.

Cette fois-ci, ce fut Cecilia Johannsson qui reprit la parole :

— Nous avons de la famille en Californie, pas très loin d'ici. Au sud de Los Angeles, à Long Beach plus précisément. Des lointains parents, du côté de ma grand-mère maternelle. Lena avait prévu de séjourner chez eux, après son stage linguistique.

Une douleur soudaine vrilla mes tempes. Je bondis sur mes deux jambes et, les mains moites, je saisis la mère de Lena par les poignets. Le souffle coupé, je réussis à cracher la question qui me brûlait les lèvres :

— Quel est leur nom de famille ?

Leur… ? Quel nom de famille ? balbutia la pauvre femme, estomaquée par ma brutale réaction.

— Votre famille de Long Beach ? Ils s'appellent comment, ces gens-là ?

La réponse de Cecilia Johannsson tomba comme un couperet et nous transperça, Alex et moi, plus violemment que la balle d'un Sig Sauer neuf millimètres :

— Lindbergh. Comme le pilote d'avion. Charles Lindbergh était le frère de mon arrière-grand-mère.

21.

Plus les pièces du puzzle semblaient s'assembler, plus le brouillard s'épaississait. D'accord, Lena Johannsson était la descendante de Charles Lindbergh et elle l'avait probablement payé de sa vie. Chèrement. Violemment. Atrocement. Par ailleurs, si son assassinat était lié à son enlèvement, douze ans plutôt, pourquoi – et surtout comment – son dossier avait-il disparu des archives de la police de San Diego ? Et pourquoi son kidnappeur avait-il été retrouvé pendu dans sa cellule, sans avoir eu le temps de faire la moindre déclaration ? Sans parler du piège dans lequel était tombée la jeune Suédoise : si les affirmations de ses parents se confirmaient, Lena avait été littéralement attirée ici, dans le sud de la Californie, par son meurtrier, qui était allé jusqu'à lui payer un stage d'anglais pour atteindre son but. Il y avait derrière cet enchevêtrement inextricable de faits une logique que je ne réussissais pas encore à saisir. À la fois pour tenter d'oxygéner ce qui me restait de cellules grises et pour me donner l'impression de ne pas stagner, j'éprouvai soudain l'envie de me secouer, aussi bien physiquement que moralement. Un peu lâchement, je décidai de mettre un terme à notre réunion en remerciant Cecilia et Bjorn Johannsson de leurs précieuses informations et les saluai le plus chaleureusement possible. Alex m'emboîta le pas en marmonnant un vague au revoir. Quelques instants plus tard, nous étions de nouveau dehors sur B Street, écrasés par l'ombre massive des Symphony Towers.

— Il va bientôt être l'heure de déjeuner, déclara Alex tout en cherchant du coin de l'œil un hypothétique fast-food au milieu des bâtiments administratifs qui nous entouraient.

— Écoute, je te laisse choisir un restaurant pour ce midi et, en échange, tu vas me rendre un petit service.

— Continue, tu m'intéresses...

— Tu vas aller sonder les Fédéraux. Discrètement, mais efficacement.

Le sourire qui avait commencé à naître sur le visage d'Alex à l'évocation du déjeuner disparut aussitôt.

— Putain, Elvis, tu déconnes ! Pas le FBI, bordel !

— Si. Tu vas aller saluer tes potes de Washington, en particulier le type avec lequel tu pars pêcher, de temps en temps, tu sais ?

— Vic Carter ? Merde, Elvis, il va se douter que je viens le voir pour lui tirer les vers du nez, il a vingt ans de métier, il me connaît comme si je...

— J'ai besoin, le coupai-je tout en remontant B Street en direction de Balboa Park, qu'il aille titiller le VICAP, c'est tout.

Le VICAP (Violent Criminal Apprehension Program) était un logiciel complexe, géré par le FBI et destiné à collecter toutes les données sur les crimes violents et sexuels commis sur l'ensemble du territoire américain. Un jouet formidable. Et aussi une arme à double tranchant, parfaite pour creuser un peu plus le fossé entre la police fédérale haut de gamme et les petits flics de la rue que nous étions. Mais s'il existait une chance infime que Fog ait déjà sévi en Californie ou dans un autre État, ce programme était notre seule solution pour en avoir le cœur net. Seulement, moi, je n'avais aucune envie, mais alors aucune, d'aller pleurer dans les jupes des Fédéraux. D'un autre côté, je ne pouvais pas me permettre de négliger cette piste. D'autres vies en dépendaient.

— Elvis, les types de chez nous n'ont rien trouvé dans nos fichiers, je ne vois pas pourquoi le FBI aurait en stock des trucs de ce genre !

— Moi non plus, Alex, je n'y crois pas plus que ça, mais il faut vérifier. Je pense, si tu veux mon avis, que Fog n'a pas d'antécédents criminels, mais qu'il s'est peut-être inspiré d'un meurtre commis ailleurs, par le passé. Tu me suis ?

— Ouais, ouais… Un *copycat killer*, quoi… Si ça peut te faire plaisir… Et toi ? me balança Alex en shootant dans une boîte de 7 Up vide, quel est ton programme pour l'après-midi ?

À son attitude, je savais que j'avais gagné et qu'il allait rendre une petite visite de courtoisie au siège local des Fédéraux, dans leur bunker paumé, tout au nord de la ville, aux abords de la Freeway 15.

— Moi ? Je vais aller prendre le thé avec une charmante jeune femme, sportive et dynamique, qui dirige l'une des plus grandes universités de San Diego.

— Enfoiré ! s'exclama-t-il en faisant mine de me saisir par le collet. Ne me dis pas que tu retournes voir…

— … Anne Beaulieu, en personne, absolument. Il y a une piste à remonter de ce côté-là, je prends tous les paris. N'oublie pas que Lena Johannsson a été attirée là-bas par son meurtrier. Pourquoi en ce lieu, justement ? Pourquoi pas une autre université ? Ou un autre endroit de la ville ?

— Ouais, au point où on en est… Mais c'est toi qui payes le resto ce midi, OK ?

— Tu sais que je ne peux rien te refuser, concédai-je en lui emboîtant le pas en direction d'un fast-food japonais qui venait miraculeusement de se matérialiser à l'angle de Broadway et de la 9e Rue.

Discrètement, je jetai un coup d'œil à ma montre. Treize heures quinze. J'étais sans nouvelles de Sue depuis que nous nous étions croisés, au petit matin, et j'éprouvai soudain le besoin impérieux de l'appeler, juste pour entendre sa voix. Même celle de son message, sur le répondeur.

Me mordant les lèvres pour résister à cette tentation, je me plongeai dans la lecture du menu que venait de me tendre une serveuse au regard fatigué. Tout en parcourant distraitement la carte, je me faisais, une fois de plus, l'amère réflexion que ce métier m'obligeait à passer plus de temps en compagnie de mon coéquipier qu'avec la femme de ma vie. Ou, du moins, de ma vie actuelle. Et le programme des prochaines semaines n'était pas près, je le savais, d'inverser cette tendance.

C'est avec volupté que je me calai dans mon siège, derrière le volant de ma Cox 71 que j'avais abandonnée quelques heures sur le parking du SDPD, le temps de mon escapade pédestre au consulat de Suède. Sous la pression de mon corps, le cuir crissa langoureusement, vieilli par le poids des années et celui de ses propriétaires respectifs. Du bout des doigts, je caressai amoureusement le tableau de bord en skaï : malgré sa bonne volonté évidente, le soleil californien n'avait pas encore eu le temps de le réchauffer. Après un dernier soupir de satisfaction, je finis par me décider à tourner la clé de contact. Je conduisais toujours la capote baissée, été comme hiver : un autre avantage de ma nouvelle vie ici, à l'extrême sud-ouest des États-Unis. Doucement, l'esprit vagabond, cheveux au vent et lunettes de soleil sur le nez, j'entrepris de remonter la ville en direction du nord de San Diego. À nouveau, je baignais dans mes contradictions : j'avais mille choses à faire et, pourtant, j'étais incapable de remettre un semblant d'ordre dans le fatras qui s'entassait sous ma boîte crânienne. Finalement, comme toujours, j'allais laisser mon instinct guider mes pas et mes actes. Et mon sixième sens m'attirait, irrésistiblement, vers l'université.

Là où tout avait commencé.

Le trafic fluide de ce début d'après-midi me permit de rejoindre l'université internationale en moins d'un quart d'heure. Comme lors de mes précédentes visites, la quiétude cotonneuse et l'atmosphère feutrée qui régnaient en ces lieux me saisirent à la gorge, tel un parfum trop capiteux. Terré dans sa guérite comme un lapin dans son terrier, à l'entrée du campus, mon vieil ami Arthur Fenwick semblait plus accablé que jamais. Même l'étoile argentée qui ornait fièrement sa casquette paraissait avoir perdu de son éclat. Il trouva toutefois la force d'actionner la barrière pour libérer le passage, tout en m'adressant un vague salut de la main.

— Allons, Fenwick, lui balançai-je avec toute l'empathie dont j'étais capable, vous n'y êtes pour rien, dans cette histoire. Vous ne pouviez pas surveiller l'université à vous seul !

— C'est sûr, lieutenant, c'est sûr... Mais quand je revois le visage de cette petite dans les journaux, je...

— Vous n'en dormez plus la nuit et moi non plus, si ça peut vous consoler. En plus, vous n'êtes plus tout seul à monter la garde, le coupai-je tout en me demandant si les deux douzaines de policiers qui patrouillaient dorénavant dans le campus comme des robots téléguidés n'auraient pas été plus utiles à travailler sur l'enquête elle-même. Mais ce genre de décision n'était pas de mon ressort. Inutile d'encombrer davantage mon esprit avec de telles considérations. Laissant Fenwick se débattre avec ses tristes fantômes, je me garai un peu plus haut et me dirigeai immédiatement vers le bâtiment principal, le cœur palpitant à l'idée de croiser de nouveau le regard de la sublime Anne Beaulieu. Dans le luxueux hall de l'université, je tombai sur la discrète hôtesse blonde qui nous avait accueillis, Alex et moi, le lendemain du meurtre. Je n'eus même pas à exhiber ma plaque de flic : la jeune femme me reconnut aussitôt et s'empressa d'appuyer sur une touche de son téléphone, sans même s'enquérir du pourquoi de ma présence. Cette fois-ci, je décidai de ne plus me laisser surprendre et, les yeux rivés sur la porte du bureau qui portait la plaque *Direction*, je me mis à compter religieusement les secondes avant l'apparition de la Madone. Je venais d'attaquer mentalement la vingtaine quand la porte s'ouvrit, offrant le passage à celle qui, dans une vie antérieure, avait été, j'en étais certain, l'égérie des plus grands peintres italiens de la Renaissance. Malgré moi, l'éblouissement me gagna et la poignée de main à la fois ferme et délicate dont me gratifia la maîtresse des lieux me sembla la plus douce des caresses. D'une voix que je m'efforçai de moduler dans les tons graves, je m'excusai platement de m'imposer ainsi dans son planning, sans avoir pris la peine de m'annoncer. Balayant d'un geste large mes scrupules, Anne Beaulieu m'invita à pénétrer dans son antre secret.

— Nous serons plus tranquilles dans mon bureau, si vous n'y voyez pas d'inconvénient. La tempête est passée, ajouta-t-elle dans un sourire décoché du bout des lèvres, comme pour se protéger de cette dernière remarque.

— Rassurez-vous, je ne vous dérangerai pas longtemps, promis-je, tout en priant, en mon for intérieur, pour que cet entretien improvisé se prolonge, au contraire, autant que possible.

22.

Le bureau d'Anne Beaulieu semblait avoir été conçu à l'image de son occupante, tout en élégance : des murs aux tons crème, un mobilier en bois précieux, des étagères en verre brut recouvertes de dossiers impeccablement rangés et d'imposants ouvrages universitaires, le tout allié à une absence de touche personnelle qui confinait à la pudeur. Pas la moindre photographie, le moindre objet de décoration ou le plus petit tableau pour m'aider à faire le lien entre la directrice de l'université qui se tenait devant moi et la femme qu'elle était, quand elle s'arrachait à son activité professionnelle pour se glisser dans la peau d'une expatriée française en Californie. Quelques bribes de phrases traversèrent soudain les limbes de mon cerveau. Perdu dans mes contemplations, mon esprit embrumé n'avait pas enregistré les mots que venait de m'adresser Anne Beaulieu. Confus, je l'invitai à reformuler sa phrase. Elle s'exécuta avec douceur, un sourire forcé au coin des lèvres :

— Je vous expliquais, lieutenant Cochran, que je me voyais à présent obligée de raisonner en chef d'entreprise, au-delà de l'émotion que les meurtres sauvages de Lena Johannsson et de Bruce Aquino ont pu engendrer.

— Que voulez-vous dire par là ?

— Je vous informe simplement que les stages linguistiques, comme celui auquel devait participer Lena

Johannsson, sont extrêmement importants pour notre université. Et je vous rappelle que ce sont des centaines d'étudiants étrangers qui se bousculent chaque année, de mai à septembre, pour s'inscrire à nos cours de langue.

— Et j'imagine aisément le paquet de dollars qu'ils vous laissent en échange de vos bons services.

— Votre analyse est un peu trop cynique à mon goût, lieutenant, mais je dois reconnaître qu'elle résume assez bien l'état actuel de mes pensées : nous ne pouvons pas nous permettre de voir notre campus déserté à cause de ces deux meurtres. Et c'est pourquoi, je le répète, je suis heureuse de vous revoir dans nos murs. Avez-vous du nouveau ?

Une lumière rouge s'alluma brutalement dans un recoin de ma tête. J'abordais un terrain miné. M'efforçant de paraître le plus neutre possible, je me lançai dans un monologue d'une affligeante banalité où j'évitai toute allusion aux dernières conclusions de l'enquête. En substance, je tentai d'expliquer à Madame la directrice que, pour moi, les deux meurtres qui venaient coup sur coup de frapper son établissement étaient loin d'être similaires.

— Même s'il s'agit du même… du même tueur ? murmurèrent les fascinantes lèvres d'Anne Beaulieu.

— Absolument. Le meurtre de votre chauffeur a été la conséquence, disons, accidentelle de l'assassinat sauvage de la jeune Suédoise.

— Pour supprimer un témoin gênant ?

— Je pense, effectivement, que Bruce Aquino s'est retrouvé au mauvais endroit au mauvais moment. Ce qui n'était pas le cas, en revanche, de Lena Johannsson.

— Comment ça ? rétorqua Anne Beaulieu, en écarquillant ses yeux de madone.

— Lena Johannsson ne s'est pas inscrite chez vous par hasard, concédai-je en lâchant un peu de lest.

— Je ne vous suis pas…

— Je viens de rencontrer ses parents et ils m'ont affirmé que leur fille avait gagné son séjour linguistique sur Internet. Comment est-ce possible ?

— Lieutenant, je vous arrête tout de suite : il doit y avoir erreur. Nous ne faisons jamais gagner de séjour dans notre université, nous n'avons pas besoin de ce genre de démarche commerciale !

— Pourtant, les parents de Lena étaient formels et…

— En revanche, me coupa-t-elle en s'emparant de l'un des dossiers cartonnés posés sur son bureau, il est tout à fait envisageable que son inscription se soit effectuée via Internet. Laissez-moi vérifier.

Un silence profond s'installa entre nous pendant quelques minutes, à peine troublé par le bruissement délicat des feuilles de papier entre les doigts légers d'Anne Beaulieu.

— Voilà ! s'exclama-t-elle soudain, en poussant un petit cri de satisfaction, j'ai trouvé le document que je cherchais !

Je m'apprêtais à tendre la main en direction de la feuille dactylographiée qu'elle venait de dénicher au milieu de l'épais dossier quand un voile noir assombrit brutalement son regard.

— Ça alors, murmura-t-elle, les yeux rivés sur le document. C'est étrange…

N'y tenant plus, je contournai l'imposant bureau en verre dépoli qui nous séparait l'un de l'autre.

— Qu'est-ce qui est étrange ? balbutiai-je en me penchant par-dessus l'épaule d'Anne Beaulieu pour tenter de déchiffrer les lignes étroites et serrées s'agglutinant sur le document qu'elle continuait précieusement à tenir entre ses mains.

Nous n'avions encore jamais été aussi proches et je pouvais respirer le parfum de ses cheveux, mélange subtil d'ambre et d'un autre effluve que je ne parvenais pas à définir. Encore une fois, la mélodie de sa voix me ramena à la réalité de la vie sur Terre.

— Il s'agit du bulletin d'inscription de Lena Johannsson, tel qu'il nous a été adressé il y a quelques mois. La réservation a bel et bien été faite sur Internet. Seulement, il y a un problème. Vous voyez, expliqua-t-elle en pointant du doigt le coin gauche de la feuille, ce numéro de dossier correspond effectivement à une réservation électronique. Le site Web de notre université permet de réserver son séjour linguistique via un système sécurisé, mais également en passant par une agence de voyages agréée.

— Vous pouvez m'éclairer ? Je continue à tâtonner dans le noir.

— Vous allez comprendre. Les agences de voyages disposent, elles aussi, d'un accès informatique et protégé pour accéder à notre système de réservation. C'est ce qui s'est produit pour la réservation de Lena Johannsson, qui a été faite via un voyagiste.

— Vous voulez dire qu'elle n'a pas gagné ce voyage sur Internet, comme l'affirment ses parents ? Elle s'est inscrite elle-même dans une agence, en Suède ?

Une ombre plana entre nous. Baissant les yeux, Anne Beaulieu désigna de nouveau un endroit précis du précieux document.

— Non, lieutenant, pas en Suède… Lisez : l'agence de voyages qui a effectué cette réservation est située…

— … 3312 West, Charleston Boulevard, Las Vegas, Nevada, déchiffrai-je.

— Oui, enchaîna la directrice sur un ton professionnel, c'est bien l'agence AAA Travel qui a enregistré l'inscription de Lena.

— Vous avez le numéro de téléphone de cette agence ?

— Oui, bien sûr, il figure sur la feuille.

Je jetai un rapide coup d'œil à ma montre. À peine dix-sept heures. L'agence devait encore être ouverte, à cette heure-ci. Fébrilement, je débusquai mon téléphone au fond de ma poche de pantalon et composai l'indicatif du Nevada sur le clavier, suivi des sept chiffres de l'agence. Une voix féminine me répondit dès la troisième sonnerie. J'attaquai bille en tête :

— Lieutenant Cochran, police de San Diego. Pouvez-vous me renseigner sur une réservation qui a été faite dans votre agence ?

La voix féminine s'embrouilla dans un vague acquiescement et je m'engouffrai dans la brèche ouverte en épelant à mon interlocutrice le numéro du dossier. Un long silence s'ensuivit, à peine troublé par le cliquetis du clavier de l'ordinateur sur lequel devait s'acharner ma correspondante.

— La réservation de ce voyage a bien été faite chez nous, finit-elle par confesser. Il s'agit d'un séjour linguistique à San Diego, au nom de Lena Jo…

— Je sais déjà tout ça, merci, l'interrompis-je, un peu trop brutalement. Il y a longtemps que cette réservation a été faite ?

— Oui, près de trois mois déjà : elle date du 16 février dernier.

— Il s'agit d'une réservation faite sur Internet ?

— Non, pas du tout, puisque le séjour a été réglé en espèces. Quelqu'un est venu chez nous, ici à Vegas, acheter ce voyage.

Un frisson courut le long de ma colonne vertébrale. J'insistai, d'une voix blanche :

— Pouvez-vous me dire quelle personne est venue chez vous réserver ce voyage ?

Un léger rire me parvint en retour, soulignant la stupidité de ma question.

— Nous sommes huit agents de voyages à travailler ici et nous voyons passer des dizaines de clients tous les jours. Je ne pourrais même pas vous décrire les personnes que j'ai renseignées ce matin !

— OK, concédai-je, l'esprit plus embrumé que jamais. En tout cas, je vous remercie de vos renseignements et je…

— Attendez ! s'exclama soudain Anne Beaulieu, demandez-lui comment Lena Johannsson a obtenu son bon d'échange !

— Son bon d'échange ? répétai-je, sans comprendre où elle voulait en venir.

— Oui, le document qu'elle doit impérativement présenter à l'accueil de l'université, le jour de son arrivée, et qui est délivré par l'agence de voyages.

Je m'exécutai aussitôt, interrogeant de nouveau mon interlocutrice de Las Vegas.

— Le bon d'échange ? renchérit-elle. Laissez-moi voir ça. Oui, effectivement, il y a une remarque, dans le dossier, à ce sujet-là.

— Et que dit cette fameuse remarque ?

— La personne qui a acheté ce voyage chez nous a demandé que le bon d'échange lui soit envoyé par e-mail.

— Et… et vous pouvez me communiquer cette adresse électronique ? murmurai-je, en retenant ma respiration.

— Bien entendu ! Vous avez de quoi noter ?

— Allez-y, enchaînai-je en attrapant le stylo et le bloc que me tendait la directrice.

D'une voix appliquée, ma correspondante s'exécuta et me dicta posément l'adresse électronique du destinataire du fameux bon d'échange.

— Voulez-vous que je recommence ? proposa-t-elle au terme de sa dictée.

— Je… Non, c'est inutile, merci mademoiselle…, soufflai-je en m'appuyant sur un coin du bureau.

— Vous ne vous sentez pas bien, lieutenant ? murmura Anne Beaulieu en me dévisageant, les yeux écarquillés.

Du bout des doigts, je lui tendis le petit rectangle de papier, sur lequel je venais de griffonner l'adresse.

— Lisez. Vous comprendrez.

23.

Une chape de plomb, annonciatrice d'orage, recouvrait la ville, baignant les rues et les bâtiments d'une moiteur grisâtre. En cette fin d'après-midi morose, San Diego semblait vivre au ralenti, paralysée par cette soudaine montée du mercure. Désabusé, les jambes lourdes, j'avais quitté l'université et pris congé d'Anne Beaulieu du bout des lèvres, le regard perdu dans un océan de perplexité et d'interrogations. Dans l'une des poches de ma veste, j'avais glissé le précieux bout de papier sur lequel était griffonnée l'adresse électronique laissée par Fog à l'agence de voyages de Las Vegas. Car je n'avais aucun doute à ce sujet : c'était bien lui, et personne d'autre, qui avait pris le soin de réserver le séjour linguistique de Lena Johannsson. Ce n'était pourtant pas cette certitude qui me triturait l'estomac, à l'instant où je remontais Pomerado Road au ralenti, noyé dans le flot des habitants de la ville qui tentaient de regagner leur foyer avant que l'orage ne déchire le ciel. Non, ce qui me rongeait intérieurement, c'était cette révélation qui venait de m'éclater au visage. Violemment. Car cette fameuse adresse e-mail n'était pas anonyme, et encore moins évocatrice du nom du meurtrier. Non. Fog était allé bien plus loin. C'est à moi, et à moi seul, qu'il avait choisi de s'adresser. De s'attaquer. De se mesurer.

elvis.cochran@yahoo.com

Voilà l'adresse que ce pervers avait communiquée à l'agence de voyages pour qu'elle lui envoie le bon d'échange, qu'il avait ensuite dû faire suivre à la jeune Suédoise. Une adresse électronique créée spécialement à cette attention. La mienne, la seule que j'utilisais régulièrement, était mon adresse professionnelle, celle du SDPD. J'avais réussi à freiner la dictature du téléphone portable, ce n'était pas pour plonger à pieds joints dans celle d'Internet. Donc, Fog avait délibérément décidé de me provoquer. Il savait que, tôt ou tard, j'allais remonter le fil qui menait à cette agence de voyages de Las Vegas. À moins que cette adresse électronique ne lui serve aussi par ailleurs ? Une énorme goutte de pluie s'écrasa soudain sur ma joue, suivie quelques secondes plus tard d'une deuxième, encore plus imposante. L'orage semblait se décider enfin à libérer son trop-plein d'eau. Tandis qu'un roulement de tonnerre couvrait le bruit de mon moteur, je me maudis intérieurement d'avoir délaissé ma voiture de service. Je n'arrivais pas à me souvenir à quand remontait la dernière fois où il m'avait fallu réinstaller la capote de ma Cox pour me protéger. Et je n'étais pas certain d'y parvenir facilement, le mécanisme étant à présent passablement rouillé. La pluie redoubla de violence au moment où je me garai en catastrophe sur le bas-côté de la route, feux de détresse allumés. Sous le regard à la fois compatissant et moqueur de mes congénères automobilistes, je libérai enfin la capote de sa gangue protectrice au bout de la troisième tentative, aveuglé par la pluie diluvienne et étourdi par le vent tourbillonnant qui menaçait, à chaque instant, de m'emporter au-dessus de l'océan, accroché comme un pantin désarticulé à cette foutue capote. Le ridicule de la situation m'arracha un sourire crispé, tandis que je me laissais tomber de nouveau derrière le volant de ma voiture, trempé comme un marin en perdition au large du cap Horn. Je soupirai, épuisé. Vidé, physiquement et moralement. Je n'avais plus qu'un seul désir : me glisser sous le jet brûlant d'une douche bienfaitrice. Puisant dans mes dernières forces, je tournai la clé de contact et, tant bien que mal, me jetai dans le flux de la circulation. Quelques minutes plus tard, je me garai péniblement le long du trottoir, devant chez moi. La pluie ne semblant pas décidée à marquer une quelconque trêve, je sprintai maladroitement pour m'abriter sous le splendide porche victorien de ma résidence, serrant contre moi le bout de tissu noir et dégoulinant qu'était devenue ma veste. Je me hissai jusqu'au deuxième étage en reniflant, laissant dans l'escalier derrière moi de splendides auréoles sombres et humides. Tandis que je m'évertuais à employer mes ultimes ressources en énergie vitale à retrouver la clé de mon appartement, la porte pivota brutalement sur ses gonds, s'ouvrant miraculeusement sous mes yeux fatigués.

— Tu n'as pas oublié que j'habite parfois chez toi ? me lança Sue.

— Tu n'as pas vidé le ballon d'eau chaude, au moins ? répondis-je en constatant que ma douce compagne se tenait debout devant moi, les pieds nus et le corps enroulé dans son peignoir orange.

— Non, mais tu iras tout seul sous la douche, mon Elvis, ça te fera le plus grand bien, conclut-elle en tournant les talons.

L'orage, qui avait entièrement rincé la ville, avait également eu raison de mes dernières volontés et, en particulier, de mes dernières bribes de conscience professionnelle. La douche que je m'octroyai aussi, très certainement. Après dix minutes passées sous le jet brûlant, je ne sentais plus mon corps. Probablement s'était-il dissous avec le savon et avait-il disparu dans les égouts de San Diego, emporté vers son noir destin. Soudain, un tremblement de terre violent m'arracha à mes sombres pensées, faisant tanguer le miroir dans lequel je tentai vainement de retrouver mon reflet.

— Quand tu seras décidé à sortir de ta tanière, on pourra peut-être discuter un peu ?

Rassuré de savoir que le séisme auquel je venais d'échapper par miracle avait simplement été déclenché par Sue s'acharnant sur la porte de la salle de bains, je grommelai un vague acquiescement et me drapai dans la première serviette venue. Allongée sur le canapé du salon, les yeux rivés sur l'écran du téléviseur – branché comme souvent sur CNN –, Sue m'invita d'un geste à venir la rejoindre.

— Laisse-moi juste le temps de me vêtir un peu plus décemment, lui lançai-je en allant, par précaution, enfiler un vieux jean délavé et un tee-shirt qui datait de la présidence de George W. Bush Jr.

— Comme tu voudras. Moi, je reste en peignoir.

— Tu ne sors pas ce soir ? fis-je, surpris de cette réponse assez improbable.

— Non. J'ai besoin de décompresser. Vraiment. Et toi ? Tu repars à la chasse ?

Détournant les yeux malgré moi, je jetai un œil discret sur l'heure affichée en haut à gauche de l'écran. Presque dix-neuf heures. Je n'aurais jamais le courage de repasser par la brigade.

— Tu as écouté le répondeur ? m'enquis-je, éludant la question de Sue.

— Oui. Pas de messages pour toi. Alors ? Tu comptes rester là ce soir ?

— Certainement, oui, concédai-je, en m'écroulant à ses côtés sur le canapé, qui couina sous la pression. Je vais seulement passer un petit coup de fil à Alex, histoire de vérifier un truc.

— Quel truc ?

— Je l'ai envoyé fouiner du côté du FBI. Juste au cas où…

— Juste au cas où, bien sûr. Raconte-moi ta journée, proposa Sue, en appuyant sur la touche « Muet » de la télécommande.

Résigné, j'attrapai le verre de Coca à demi vide qui traînait sur la table basse du salon et exposai à ma compagne les dernières évolutions de l'enquête. Tout en sirotant le poison sucré, je confessai la parenté de Lena Johannsson avec Charles Lindbergh, le stage linguistique réservé auprès de l'agence de voyages de Las Vegas et, bien évidemment, l'adresse électronique à mon nom, créée spécialement par Fog. À l'évocation de cette ultime révélation, Sue, qui n'avait pas bougé un orteil jusque-là, manifesta bruyamment son enthousiasme :

— Mais c'est génial ! Voilà enfin du concret !

— Oui, je sais bien, soupirai-je en avalant la dernière gorgée qui stagnait au fond du verre. Il y a forcément une raison à tout ça. Un lien, une passerelle, un point commun entre lui et moi.

— Non, non, c'est encore plus fort que ça, Elvis : tu l'as déjà rencontré. Tu le connais. Tu lui as parlé, tu l'as interrogé, tu l'as peut-être déjà arrêté, et même fait condamner. J'en suis persuadée !

— Il a peut-être simplement lu mon nom dans le journal, risquai-je, sans conviction.

— C'est ça ! ironisa Sue en me passant la main dans les cheveux. Rappelle-moi, déjà, le nombre de fois où tu as fait la une des médias, depuis ton arrivée en Californie ?

— Bon, OK, tu as probablement raison. Mais il y a aussi eu Chicago, avant, je te le rappelle quand même.

— Justement ! Tu vas prendre un papier, un crayon, et tu vas t'offrir une magnifique plongée en apnée dans ton passé trouble de flic, histoire de remuer un peu la vase qui s'y entasse depuis trop longtemps. Il va sûrement en ressortir un ou deux noms, tu ne crois pas ?

— Sue, protestai-je en secouant la tête, ça fait je ne sais combien d'heures que je ressasse tout ça. J'ai déjà bien balayé dans tous les coins, crois-moi.

— Et alors ?

— Ça en fait du monde. Tu sais que j'exerce ce foutu métier depuis plus de quinze ans.

— Eh bien moi, je te dis que tu devrais commencer par remettre de l'ordre là-dedans ! me déclara Sue en me tapotant le crâne et en abandonnant, à mon grand regret, la douceur du canapé.

La soirée promettait d'être agitée. L'orage n'avait pas encore tout à fait quitté San Diego. Ce ne sont pas les dernières salves de tonnerre qui me tirèrent de l'abîme de fatigue dans lequel j'avais plongé sans même m'en rendre compte, ni les images subliminales du peignoir de Sue glissant sur ses chevilles nues. De manière générale, je ne réussis quasiment jamais, de toute façon, à me souvenir de mes rêves. Et encore moins de mes cauchemars. Pourtant, cette nuit-là, j'avais eu la désagréable impression d'errer sans but précis dans les limbes d'un sommeil plus agité qu'à l'accoutumée, cherchant sans jamais la trouver l'issue d'une nuit sans repos. Enfin, au petit matin, n'y tenant plus, je m'extirpai hors du lit, la tête plus lourde que la dette extérieure des États-Unis. À mes côtés, la fine silhouette de Sue soulevait doucement les draps au rythme régulier de sa respiration. Je soupirai, résigné. Nos chemins allaient se séparer, pour quelques heures au moins, peut-être pour quelques jours, plus certainement. Cependant, je n'avais pas le droit de me plaindre : nous venions de voler une soirée en tête-à-tête à nos employeurs esclavagistes et, malgré le doute et le remords qui m'avaient rongé une grande partie de la nuit, je m'étais délecté de chaque seconde passée auprès de ma compagne. Pourtant, telle la plus perverse des psys, Sue m'avait forcé à refaire le chemin à l'envers, m'obligeant à sonder mon passé d'homme et de flic, à la recherche de bribes de souvenirs qui auraient pu me raccrocher à cette foutue enquête.

Sans résultat. Le déclic ne s'était pas produit.

Si une étincelle devait jaillir de ce profond travail, elle avait décidé de prendre son temps pour illuminer la nuit dans laquelle je baignais. Dehors, heureusement, les premières lueurs du soleil commençaient à percer les ténèbres, bien aidées par l'orage de la veille qui avait nettoyé le ciel du moindre nuage. J'enfilai rapidement les rares vêtements à peu près propres qui me restaient et dévalai l'escalier sur la pointe des pieds après avoir délicatement refermé la porte derrière moi. En me hâtant vers ma Cox, je regrettai de ne pas avoir pris cinq minutes de plus pour avaler un expresso, d'autant plus que Sue avait ramené dernièrement à la maison l'une de ces machines où il suffit d'introduire une capsule pour se croire, l'espace d'un moment, attablé au Caffè Florian sur la piazza San Marco de Venise. Tout en listant mentalement les lieux susceptibles de m'offrir un tel breuvage sur la route qui menait au SDPD, je regardai ma montre : le cadran affichait à peine six heures quinze. Je secouai la tête, découragé. Avant de tourner la clé de contact, je me rappelai soudain qu'Alex n'avait pas donné signe de vie depuis que nous nous étions quittés hier, alors qu'il s'apprêtait à aller creuser du côté de son pote du FBI. J'avais tenté, à deux reprises, de le joindre la veille au soir sur son téléphone portable, sans succès : j'étais, chaque fois, tombé sur sa messagerie vocale. Je n'avais pas insisté davantage, ayant moi-même décidé de couper quelques heures avec cette enquête qui nous rongeait déjà bien assez comme ça. Résigné, je démarrai sans enthousiasme et m'engageai sur Gold Coast Drive, en direction du sud de la ville. La circulation était encore fluide, à cette heure matinale, à ma grande satisfaction. J'avais à peine parcouru deux kilomètres que des phares immenses, surmontés de feux clignotants bleus, blancs et rouges, apparurent dans mon rétroviseur. Une voiture de flic. Une Chevrolet noire et blanche, qui me talonnait sévèrement, à grands coups d'appels de phares. Je ralentis aussitôt, pour éviter toute méprise, quand la voiture déboîta soudain sur ma droite, se mit en travers de la route et stoppa brutalement, me barrant le passage. Les yeux éblouis, un peu sonné par cette brusque intrusion, je mis quelques secondes à freiner à mon tour, sans pour autant couper le moteur encore à peine tiède de ma Coccinelle millésimée. Devant moi, le conducteur de la voiture de police avait baissé sa vitre avant gauche en laissant cependant tourner le gyrophare. Apparemment seul au volant, il mit de longues secondes à s'extirper de son véhicule. De mon côté, je demeurai impassible, me demandant avec amusement ce que j'avais bien pu commettre comme délit matinal pour être ainsi interpellé par le premier flic venu.

JEUDI 16 MAI

24.

L'appartement était situé au rez-de-chaussée d'un immeuble récent d'Irvington Avenue, en plein cœur du quartier résidentiel de Serra Mesa. Depuis le parking de la résidence, on apercevait le sommet des tribunes du Jack Murphy Stadium, qui abritait les matches de l'équipe locale de base-ball, les San Diego Padres. Alex m'y avait entraîné, un soir de solitude, tout au début de mon arrivée en Californie. Je m'y étais profondément ennuyé, comme chaque fois que je tentais de m'intéresser à ce sport. Un peu plus au nord, au-delà des collines desséchées de Cabrillo Heights Park, les amateurs de voltige aérienne squattaient le petit aérodrome de Montgomery Field. Un quartier paisible où il devait faire bon vivre et où les voisins s'invitaient sûrement le dimanche midi pour partager un barbecue. De nouveau, je pris une longue inspiration, tout en fermant les yeux.

— Tu rêves ou quoi ? Tu préfères que je te ramène à la maison finir ta nuit ? marmonna mon acolyte en ouvrant la portière de la Chevrolet pour tenter de se dégager de l'habitacle.

Encore sous le choc de notre rencontre matinale, il me fallut de longues secondes pour réagir. Alex – car c'était lui qui m'avait cueilli sur Gold Coast Drive au volant de sa voiture de fonction – était de méchante humeur. Nous avions à peine échangé quelques phrases pendant que, toutes sirènes hurlantes, notre véhicule traversait la moitié de la ville, réveillant au passage les honnêtes citoyens californiens qui n'en demandaient pas tant. À mon tour, je m'extirpai de l'habitacle, le plus calmement possible. Le pâté de maisons avait été entièrement bouclé et, fort heureusement, ne ressemblait pas encore à la ruche grouillante que j'avais craint, un instant, de découvrir. Le défilé habituel des flics, toubibs, scientifiques et autres photographes assermentés n'avait pas encore commencé. Seuls quelques officiers, fièrement sanglés dans leur bel uniforme bleu marine, sécurisaient les lieux. Je m'autorisai un soupir de soulagement.

— Merci d'avoir pris le temps de passer me chercher, gros ! balançai-je à Alex tout en dévisageant les premiers badauds qui commençaient à sortir de leur tanière pour ne rien rater du spectacle.

— Pas de quoi. Si tu veux tout savoir, le Central m'a appelé chez moi vers cinq heures du matin. Toi, ils n'ont pas osé te déranger.

— Trop sympa de leur part.

— Ouais, surtout que Kaulana avait été clair à ce sujet, en ce qui te concerne.

— Qu'est-ce que tu insinues ? répliquai-je, tout en devinant où Alex voulait en venir.

— Putain, Elvis, ne joue pas à ça avec moi : tu sais très bien que si le flic de service, cette nuit, t'avait aussi prévenu par téléphone, il aurait également…

— … alerté la journaliste qui partage mon lit, c'est ça ?

— On ne peut rien te cacher. Et j'ai préféré, moi aussi, respecter ces foutues consignes et passer te récupérer chez toi.

— Je te renouvelle mes remerciements éternels pour cet acte héroïque.

— Ouais, et pour un peu, je t'aurais raté. Eh, chef, qu'est-ce qui t'a poussé à filer de la sorte de si bon matin ? Ton sixième sens ?

— On va dire ça, oui. Bon, assez discuté, je crois qu'on nous attend.

Enjambant le ruban jaune fluorescent qui délimitait la scène du crime, je me dirigeai vers l'entrée de l'immeuble, talonné par mon coéquipier. Un jeune officier, cheveux roux en brosse et mâchoire carrée, nous salua avec respect et nous entraîna un peu à l'écart, le long d'une petite haie de cyprès. La pâleur de son visage contrastait avec l'excitation palpable qui émanait de sa personne. Ce type avait vu la mort en face et sa trouille suintait à travers tous les pores de sa peau.

— C'est ma patrouille qui est arrivée la première sur les lieux, énonça-t-il d'une voix atone, en me dévisageant comme si j'étais Dieu le Père. Ce… ce n'est pas beau à voir. On l'a retrouvée dans la baignoire et…

— Du calme, sergent, le tempérai-je tout en luttant intérieurement contre la terrible envie qui me rongeait de découvrir ce qui m'attendait derrière ces murs. Expliquez-moi simplement ce qui s'est passé.

Le jeune officier respira profondément, ce qui eut pour effet de ramener un peu de couleur à son visage.

— OK, lieutenant, enchaîna-t-il, légèrement rasséréné. Le SDPD a reçu un appel téléphonique vers quatre heures, ce matin. Un homme annonçait avoir découvert sa fiancée assassinée. Comme on était la patrouille la plus proche, c'est nous qui sommes arrivés les premiers ici.

— Et il est où, ce type ? marmonna Alex en regardant autour de lui.

— On l'a emmené dans notre voiture. Il est surveillé par l'un de mes collègues. Le pauvre gars est totalement prostré. Anéanti.

— Le psy ne devrait pas tarder. Quoi d'autre ?

— Quand on s'est rendus devant l'immeuble, l'individu en question ne pouvait presque plus parler. Il était adossé à la porte, à moitié effondré sur le paillasson de l'entrée. Il nous a juste fait signe d'entrer dans l'appartement. J'ai pénétré le premier dans le couloir. On n'y voyait pas grand-chose, les lumières étaient éteintes. J'ai allumé ma lampe torche et fait quelques pas. Il y avait une drôle d'odeur dans l'air.

— On ne te demande pas de faire de la littérature, bordel ! s'enflamma Alex. Balance-nous seulement ce que tu as vu !

— Justement. Je n'ai d'abord rien vu. C'est quand j'ai voulu me diriger à gauche, vers la pièce d'où semblait venir cette odeur, que j'ai marché sur un truc bizarre. Sur le coup, j'ai cru que j'avais écrasé une balle de ping-pong ou un machin de ce genre. Puis j'ai éclairé le sol et c'est là que je l'ai vu.

— Accouche ! cracha Alex, plus que jamais prêt à exploser.

Le jeune officier porta la main à sa bouche. L'espace d'une seconde, je crus qu'il allait vomir son dîner à nos pieds. Mais il se reprit et finit par achever sa confession, les lèvres tremblantes et le souffle court :

— Un œil… J'ai marché sur un œil. Un œil arraché à son orbite.

D'un geste vif, Alex me tendit une lampe de poche, empruntée à l'officier rouquin, qui venait de finalement décider de se vider l'estomac, à l'abri des regards. Intérieurement, je me demandai s'il valait mieux éclairer la scène de crime en allumant les lumières de la maison et se prendre l'horreur qui nous y attendait en pleine face ou, plutôt, la découvrir progressivement dans le faisceau blafard d'une lampe torche. Après cinq secondes de réflexion, j'optai pour la première solution et, d'un pas décidé, franchis la porte de l'appartement. Immédiatement, l'odeur écœurante et métallique du sang me sauta aux narines avec, en toile de fond, un deuxième effluve, légèrement plus douceâtre : celle d'un alcool fort, whisky ou bourbon peut-être. Dans mon dos, j'entendis Alex renifler bruyamment, agressé lui aussi par cette fragrance macabre et alcoolisée. Réprimant une grimace, je réussis à localiser l'interrupteur et allumai le plafonnier du couloir.

En une fraction de seconde, mes yeux furent attirés par le flux noir et visqueux qui se déversait tranquillement sous une porte blanche, sur ma gauche, à demi entrebâillée. La moquette beige clair du couloir en était déjà tout imprégnée et semblait avaler goulûment l'épais liquide. Un clignement de paupières plus tard, je découvris ce qui avait rendu malade notre jeune collègue et m'accroupis en secouant la tête, résigné. Extirpant un stylo du fond de ma poche revolver pour m'aider à manipuler le petit objet rond qui avait capté mon regard, j'approchai la lampe torche en serrant les dents. Aucun doute n'était possible. Il s'agissait d'un œil humain, un globe oculaire parfaitement rond et légèrement sanguinolent, auquel pendait encore un embryon de nerf optique. Un peu plus loin, son frère jumeau traînait lui aussi sur la moquette, abandonné après avoir été sauvagement arraché à son propriétaire légitime.

— Elvis, si tu veux mon avis…, commença Alex, qui n'avait pas perdu une miette de la scène.

— Je sais, soupirai-je. Je sais ce que tu vas dire, gros. On parie que le corps qu'on va découvrir derrière cette porte ne…

— … ne possède plus ni ses pouces ni ses gros orteils, ouais, acheva Alex.

Malgré sa peur, l'officier avait néanmoins eu la présence d'esprit de respecter les consignes de base qui s'imposaient sur le lieu d'un crime et n'avait, de fait, pas trop piétiné l'endroit. Enjambant au maximum la flaque de sang qui s'agrandissait lentement sur le sol déjà spongieux, je repoussai la porte du bout du pied tout en tâtonnant pour dénicher l'interrupteur de ce qui devait être la salle de bains, d'après les dires de l'officier. À la vue de mon équilibre précaire, Alex m'arracha la torche des doigts et, n'y tenant plus, balaya la pièce d'un geste rageur. Au même moment, j'appuyai enfin sur le bon bouton et éclairai la pièce. Nous nous étions préparés au tableau qui se présentait devant nous et blindés au maximum depuis quelques minutes déjà.

Le choc n'en fut pas moins rude.

Accolée au mur, juste en face de nous, une baignoire – qui avait dû être blanche dans une vie antérieure – était à présent entièrement maculée de traînées rouge vif, recouvrant la faïence d'un carmin éclatant. Un corps gisait en travers, la tête inclinée vers l'arrière, et la gorge ouverte, découpée d'une oreille à l'autre. Le visage n'était plus qu'une plaie sanguinolente, les orbites vides fixant le plafond en une pose absurde. Deux jambes pendaient vers nous, à l'extérieur de la baignoire. Le reste du corps s'était affaissé, comme vidé de ses substances vitales. Je sentis la main d'Alex se refermer sur mon épaule, en un geste protecteur.

— Regarde, murmura-t-il en désignant les pieds qui nous faisaient face.

— J'ai vu, oui. C'est lui.

La signature était la même que pour le meurtre de Lena Johannsson : ablation des gros orteils. Nette et précise, comme pour la jeune Suédoise. Il devait forcément en être de même pour les deux pouces, qu'il nous était impossible d'apercevoir pour l'instant. Les médias n'avaient pas été informés de ces détails scabreux et si particuliers. Il ne pouvait donc s'agir d'un imitateur du genre *copycat killer* ou d'un type ayant voulu faire endosser son meurtre par un autre malade, comme cela se produit parfois dans le cas de criminels rendus populaires par les chaînes d'info et les réseaux sociaux. Il manquait cependant un dernier détail pour nous conforter dans nos certitudes : la signature écrite. Sur la scène de crime de l'université, j'avais découvert les trois lettres inscrites très bas, tout près du sol. Les yeux baissés, je parcourus rapidement du regard la salle de bains, sans pouvoir cependant distinguer grand-chose dans ce fatras sanguinolent. Alex, de son côté, balançait son faisceau de lumière à travers la pièce, malgré l'éclairage ambiant. Sans me regarder, il avait compris ce que je recherchais. Soudain, un grognement de victoire lui échappa :

— Elvis ! Là, sur la porte !

Instinctivement, je reculai d'un pas. Presque à la hauteur de mes genoux, elles étaient là, bien visibles sur la peinture mate du linteau de bois blanc :

F.O.G.

Le brouillard était de plus en plus épais.

25.

La victime s'appelait Karen Ness et était âgée de vingt-quatre ans. Elle était de la même corpulence que Lena Johannsson, mais les ressemblances physiques s'arrêtaient là. Aussi brune que Lena avait été blonde, elle était née à San Diego et n'avait jamais quitté la ville, sauf pendant ses trois années universitaires à Los Angeles. Elle travaillait dans un 7-Eleven de Mission Valley, en poursuivant une formation de traductrice anglais-espagnol en parallèle, et fréquentait, depuis environ deux ans, un certain Kevin Gardiner, le malheureux qui avait découvert le corps et prévenu les secours. Lui-même était employé par une société de maintenance informatique qui assurait un service vingt-quatre heures sur vingt-quatre et il venait de rentrer chez lui après un dépannage nocturne. Le couple semblait sans histoires et n'avait jamais fait parler de lui dans le quartier. Ces premières informations avaient été recueillies auprès des voisins, après une première tournée d'interrogatoires de routine.

— Ouais, avec ça, on ira loin ! railla Alex tout en s'écroulant sur une chaise de la cuisine, qui trembla sous la lourde carcasse de mon collègue. Personne n'a rien vu ni rien entendu ! On dort bien, dans le quartier, je devrais aller voir une agence immobilière du coin. Peut-être qu'ils me trouveront un pied-à-terre tranquille, par ici ?

— Alex, tu sais aussi bien que moi que nous sommes dans une zone résidentielle, où les gens ont un métier normal, travaillent le jour et dorment la nuit. Pas exactement comme nous.

— Justement, tiens, puisqu'on ne sait plus trop où se situe la frontière entre le jour et la nuit, je te propose qu'on s'éclaircisse un peu les idées avec un bon café bien serré.

Joignant le geste à la parole, Alex se releva et se mit à fouiller dans les placards comme s'il était chez lui. Quelques minutes plus tard, il déposait devant moi un mug fumant, à moitié rempli d'un expresso brûlant. Trop perdu dans mes pensées et mes réflexions pour protester ou même réagir, je levai à peine la tête quand notre ami, le coroner Di Mucci, passa sa tête dans l'entrebâillement de la porte de la cuisine.

— Je t'offre un café, Doc ? lui lança Alex.

Le légiste lui répondit d'un signe de tête affirmatif, pendant qu'il s'asseyait à mes côtés, en soupirant profondément. Il venait de s'escrimer pendant près d'une heure à comprendre ce qui s'était déroulé dans la salle de bains et comptait nous exposer ses conclusions. Alex, lui, avait passé la maison et le jardin au peigne fin en compagnie des experts de la police scientifique de San Diego dépêchés sur les lieux. Je levai les yeux vers l'horloge du four à micro-ondes, qui affichait huit heures quinze. La journée promettait d'être très longue. Interminable.

— Tiens, j'ai pensé que tu voulais la voir de plus près, murmura Di Mucci en brisant le silence. Il me tendit une petite boîte en plastique noire que je pris délicatement du bout des doigts. Je savais, bien évidemment, ce qu'elle contenait. Alex s'était rapproché de nous en secouant la tête et en ânonnant le seul mot qui lui venait probablement à l'esprit :

— Merde.

— Comme tu dis. Regarde toi-même, fis-je en lui tendant la boîte à mon tour. Le doc l'a retrouvée au fond de la gorge de Karen Ness, sectionnée à la base, comme celle de la Suédoise.

— Et donc ?

— Et donc, enchaînai-je, il a décidé de poursuivre la série, on dirait. Il nous l'a écrit sur la langue.

— 2, N, D…, déchiffra Alex en découvrant le muscle tuméfié au fond de la boîte. *2ND. Second.* La deuxième, quoi.

— Et ce n'est pas fini, croyez-moi, prophétisa Di Mucci en avalant une gorgée de café.

— Vas-y, Marco, balance-nous tes premières conclusions, au lieu de jouer au *profiler*, lui lançai-je, certainement trop brutalement.

Heureusement, Di Mucci n'était pas un type à se formaliser pour si peu. Lentement, de sa belle voix grave, il détailla :

— Pas la peine de vous faire un dessin, les gars : la victime est morte égorgée. Hémorragie. Le type l'a probablement entraînée dans la salle de bains, plaquée contre le mur, et assassinée presque aussitôt. Ensuite, il l'a balancée dans la baignoire et il a, disons, prélevé les pouces, les orteils, la langue et les yeux.

— Il était quelle heure, d'après toi ?

— Le début de la nuit. Je dirais entre minuit et une heure du matin, pas plus tard.

— Viol ? prononça Alex d'une voix neutre.

— Je n'ai pas eu le temps de vérifier de ce côté-là, mais je serais prêt à parier que non.

J'avais moi-même succinctement examiné l'état des vêtements de Karen Ness, qui portait un peignoir blanc, un simple tee-shirt gris foncé et un bas de survêtement noir. Elle devait certainement dormir quand son meurtrier a pénétré chez elle. Sans effraction apparente. Détail étonnant : la victime avait donc ouvert à son assassin en pleine nuit, en enfilant simplement un peignoir. En toute confiance. Un autre détail me titillait l'esprit. Levant les yeux autour de moi, je parcourus rapidement la pièce du regard : une cuisine classique et propre, comme celle de millions de foyers américains. En dehors de l'électroménager habituel et de la cafetière encore allumée, on y trouvait une petite table en bois clair, deux chaises assorties, un plan de travail où reposaient une corbeille de fruits à demi remplie d'oranges, un grille-pain rouge cerise et un rouleau d'essuie-tout. Un écran de télévision avait été accroché dans un coin, près de la fenêtre qui donnait sur la terrasse. Rien de bien original. Je me tournai lentement vers Alex.

— Dis-moi, tu n'as rien remarqué de spécial en préparant le café, tout à l'heure ?

— Qu'est-ce que tu entends par « spécial » ? De l'ecstasy dans le sucrier, du crack dans le grille-pain ou un truc comme ça ?

— Un truc comme des bouteilles d'alcool, par exemple. Beaucoup d'alcool.

— J'ai farfouillé un peu dans les placards, mais j'ai rien remarqué, non. Mais tu peux vérifier toi-même, amigo !

Suivant à la lettre les recommandations de mon partenaire, je me mis à ouvrir méthodiquement les placards. La voix chaude de Marco Di Mucci m'interrompit presque aussitôt dans mes recherches :

— Je ne t'en ai pas encore parlé, Elvis, mais je suppose que tu as constaté, comme moi, que la gamine qui a été assassinée ici était complètement saoule.

— Oui, c'est ce qui m'a frappé aussi, en dehors des mutilations, bien sûr. Karen Ness empestait l'alcool à cent mètres.

— Elle venait peut-être de rentrer d'une soirée arrosée entre copines, avança Alex.

— Ça m'étonnerait, rétorquai-je en secouant la tête. Il y avait une demi-douzaine de bouteilles de bourbon dans la salle de bains, posées sur le rebord de la baignoire.

— Vides ?

— Jusqu'à la dernière goutte. Les techniciens du labo les ont emportées. Et je te parie mon salaire que l'on va retrouver les empreintes de Karen Ness dessus.

— Elle avait également les vêtements poisseux d'alcool, appuya le légiste. Et je peux vous dire aussi, messieurs, que même ses cheveux en étaient imbibés.

— Une sacrée cuite ! s'exclama Alex, l'air rêveur.

— Sauf qu'une salle de bains n'est pas exactement l'endroit rêvé pour s'enivrer, non ? Et, qu'en plus, il n'y a pas la moindre bouteille d'alcool dans cette cuisine, dis-je, après avoir bouclé mon inspection des lieux.

— Ce qui signifie ?

— Je peux me tromper, mais je ne pense pas que la jeune Ness et son ami avaient pour habitude de se saouler régulièrement, et étaient encore moins alcooliques. L'appartement est bien tenu et rangé impeccablement. On est loin de la porcherie que l'on peut retrouver chez des gens portés sur la boisson.

— Va au bout de tes conclusions, m'encouragea Di Mucci, qui semblait suspendu à mes lèvres.

— C'est simple : si les bouteilles de bourbon trouvées dans la salle de bains n'ont pas été apportées par la victime…

— … c'est donc son meurtrier qui les a disposées à cet endroit, conclut Alex, en pointant ses deux index vers moi.

— Et pourquoi, à ton avis ?

— Pour l'amadouer ? L'endormir ? Je ne sais pas, moi, la rendre plus… comment dire… facile à tuer ?

— Peut-être. Mais je n'y crois pas. Un type capable d'une telle violence, d'une telle boucherie, n'a pas besoin de saouler une fille de vingt ans et quelques pour parvenir à ses fins.

— En tout cas, messieurs, je vous promets d'autopsier la gamine dans la journée, intervint Di Mucci en se levant et en se dirigeant vers la porte. Inutile de vous perdre en conjectures, on en saura plus à ce moment-là. Sans compter qu'elle a peut-être aussi été droguée. Je n'ai pas remarqué de traces de piqûres ni de poudre autour des lèvres ou dans la bouche, mais on ne sait jamais. On se retrouve à l'institut en début d'après-midi, OK ?

Et, sans attendre de réaction de notre part, le coroner disparut dans le jour naissant, nous laissant à nos réflexions et à nos questions sans réponses.

26.

Comme après chaque montée d'adrénaline, nous nous retrouvions, Alex et moi, un peu hébétés. Fog venait de nous prouver que, de son côté, il ne semblait pas déterminé à faire un break. Au contraire, je trouvais ce deuxième homicide – si l'on exceptait celui de Bruce Aquino, le conducteur de bus – encore plus violent, plus sanglant que le premier. Car si la mise en scène de l'assassinat de Lena Johannsson avait été particulièrement soignée, son meurtrier avait quand même dû travailler dans une relative urgence. Il était passé à l'acte un dimanche soir, certes, mais dans un lieu public. Il ne pouvait pas être certain que personne ne viendrait faire un tour dans la buanderie au moment où il découpait les pouces et les orteils de sa victime. Là, même s'il courait le risque de voir rappliquer à la maison l'ami de Karen Ness, il était malgré tout plus tranquille qu'à l'université et pouvait donc donner libre cours à ses pulsions.

— Va pourtant falloir vérifier son alibi, à ce type ! me lança Alex en se contorsionnant tant bien que mal pour s'installer derrière le volant.

Pour ma part, j'avais besoin de laisser mes pensées vagabonder et j'avais été satisfait de voir Alex décidé à conduire pour nous ramener à la brigade.

— De qui tu parles ? m'entendis-je questionner.

Perdu dans mes réflexions, je n'avais pas suivi le fil de celles de mon coéquipier.

— Le copain de la fille. L'informaticien. Kevin Machin…

— Gardiner. Kevin Gardiner, précisai-je en relisant mes notes. Je ne lui ai pas parlé longtemps, c'est vrai, pourtant, si ce type-là jouait la comédie, je lui file un Oscar tout de suite, gros ! Il était complètement ravagé.

— Ouais, mais tu sais comme moi qu'il faut toujours creuser un peu, juste pour être tranquille après.

— Justement, je vois plutôt l'utilité de creuser, comme tu dis, du côté de son alibi, en nous plaçant de l'autre côté.

— Tu peux t'expliquer plus clairement ? demanda Alex, tandis qu'il débouchait sur la Freeway 14, déjà bien encombrée à cette heure matinale. Bon, je crois que je vais faire joujou avec la sirène, j'ai pas envie de passer la matinée coincé dans la Chevrolet, même en ta douce compagnie.

— Si ça te fait plaisir. Oui, en fait, je me demandais si le dépannage informatique qui a retenu Kevin Gardiner éloigné de son domicile une partie de la nuit était juste bien tombé ou si…

— … ou si c'était un truc pour laisser la place libre à Fog, oui, je te suis, aboya Alex pour surmonter le vacarme qu'il venait de déclencher.

— Tu as tout compris. J'ai noté l'adresse de l'employeur de Gardiner, on n'aura qu'à y envoyer quelqu'un ce matin, pour vérifier tout ça.

— Ouais, nous, on aura certainement mieux à faire. Le problème, amigo, c'est que je ne sais pas par où prendre cette putain d'enquête.

Pendant quelques minutes, je gardai le silence, pendant qu'Alex s'évertuait à zigzaguer au milieu du flux des voitures qui s'écartaient sur notre passage. Malgré les secousses et les violents changements de direction que m'infligeait la conduite sportive de mon coéquipier, sans oublier la bordée de jurons qui allait avec, je m'efforçai de rassembler mes pensées et de demeurer concentré sur une idée qui me titillait doucement, comme une vieille douleur.

— Il y a quand même une sacrée piste que nous n'avons pas encore explorée, articulai-je soudain, tout en coupant la sirène d'un geste brusque.

— Ah bon ? Monsieur peut-il être plus précis ?

À mesure que nous approchions de Balboa Park, la circulation devenait moins dense et Alex pouvait se permettre de lever le pied pour m'écouter plus attentivement.

— Je viens de me rendre compte que j'ai complètement oublié de te parler d'un truc que j'ai découvert hier soir. Sans compter que tu ne t'es pas beaucoup vanté de ta visite chez ton pote du FBI.

— Oublie le FBI pour l'instant, Elvis, le chemin est encore long avant que le sbire du Bureau puisse me fournir quelques infos. J'ai essayé, mais…

— … mais il t'a expliqué qu'il tenait plus à son merveilleux boulot qu'à votre virile amitié, c'est ça ?

— Si tu veux, soupira Alex, le regard fixé sur la Lincoln qui nous précédait.

— Je m'en doutais un peu, mais tu ne m'en voudras pas de te demander d'insister ? Je suis sûr que ton petit copain aimerait, lui aussi, en savoir plus sur Fog, un jour ou l'autre ? Ils doivent commencer à en parler, au FBI, non ?

— Ouais, je l'ai un peu branché, évidemment, mais il n'avait pas l'air plus excité que ça par notre petite enquête.

— J'espère surtout que Fog ne va pas leur laisser le temps de trop s'intéresser à lui.

— On est là pour ça ! rugit soudain Alex en bifurquant brusquement sur Broadway, laissant Balboa Park à notre droite.

« On est là pour ça… » La dernière phrase d'Alex traversa mon cerveau comme une balle perdue. Involontairement ou pas, Alex venait d'appuyer sur la partie la plus douloureuse de ma conscience : mon rôle dans la société, le choix de ce foutu métier de flic et, plus largement, le but de ma vie. La finalité de mon existence. Rien que ça.

— Qu'est-ce que tu as ? s'enquit Alex en garant la voiture sur le parking principal du SDPD. On dirait que t'as avalé un truc de travers. Il n'était pas bon, mon café de ce matin ?

— Si, si, il était bon, très bon même. J'en reprendrais volontiers un autre, si tu veux bien. Et puis, il faut vraiment que je te raconte quelque chose.

— Vas-y, je t'écoute.

— Non, pas ici, on va aller dans mon bureau, si tu n'y vois pas d'inconvénient. Je n'ai pas trop envie d'ébruiter le truc.

— Comme tu préfères. On fait quand même un petit détour par la machine à café, non ?

— Puisque je te l'ai promis.

Le hall d'accueil, au rez-de-chaussée, était – comme trop souvent – bondé. La tête baissée, nous arrivions tout juste à nous frayer un chemin au milieu de cette cour des miracles, en faisant le maximum pour passer inaperçus et gagner, tant bien que mal, les ascenseurs pour rejoindre le calme feutré de mon bureau.

— Il y a comme de l'électricité dans l'air, murmura Alex, en appuyant sur le bouton.

— Oui, c'est sûrement l'orage qui gronde.

— Ou la tension qui plane sur la ville, déclara mon camarade en s'adossant de tout son poids contre la paroi de la cabine, qui trembla dangereusement sous la pression.

Une fois arrivés entre les quatre murs, à l'abri des bruits et des regards, je déballai enfin à mon partenaire les informations que j'avais recueillies la veille : la réservation du séjour de Lena Johannsson à Las Vegas, la découverte de l'e-mail créé à mon nom sur Yahoo et, par extension, le lien direct qui m'unissait au meurtrier. Pendant que je racontais mon histoire, Alex se tenait debout face à la fenêtre, le dos tourné et les bras croisés. Je savais que l'orage que nous avions évoqué quelques instants auparavant était loin d'être terminé. Sa moiteur envahissait l'air et le rendait presque irrespirable. Ou peut-être était-ce simplement l'effet de notre imagination ? En tout cas, Alex semblait pétrifié et mes dernières déclarations l'avaient anéanti, je le sentais. Le silence qui planait entre nous était plus épais que la couche de vase au fond de la marina de San Diego. Au bout d'un temps qui me parut interminable, il brisa enfin de nouveau la glace :

— Putain, Elvis…

— C'est pour me dire ça que tu as pris dix minutes pour réfléchir ?

— Ouais. J'ai jamais aussi bien exprimé ce que je ressens, si tu veux savoir.

— Je te comprends, vieux, mais on ne peut plus se contenter de ça. Plus maintenant.

— De ça ? Qu'est-ce que tu insinues ?

— On ne peut plus rester là, à se regarder dans le blanc des yeux. J'ai besoin d'action, d'aller sur le terrain, de respirer. D'être dans le vrai. Là, j'étouffe !

— OK, OK, répondit Alex. Mais, si tu veux mon avis, c'est quand même par toi qu'il faudra passer, chef. C'est toi qui détiens l'une des clés de cette série de meurtres, que tu le veuilles ou non. Tu traînes, comme tous les flics, une collection de putains de casseroles derrière toi, et c'est l'une d'entre elles qui t'est revenue en pleine gueule. Alors, va falloir te mettre à quatre pattes, vieux, et remuer un peu toute cette merde qui s'est accumulée.

— J'ai commencé ma psychothérapie tout seul, si tu veux savoir, et aussi avec l'aide de Sue, Alex. Tu n'imagines pas le boulot : il va falloir remonter un sacré paquet d'années en arrière pour essayer de retrouver celui à qui j'ai fait assez de tort pour qu'il s'amuse aujourd'hui à me balancer quelques cadavres dans les pattes, rien que par plaisir. Pourquoi est-ce qu'il ne s'attaquerait pas à moi, directement ? Ça serait vraiment plus simple, non ?

— Plus simple, je veux bien, mais certainement moins excitant, non ? Peut-être trop facile, justement.

— Je ne sais plus quoi penser. Va falloir que tu m'aides.

— Elvis, tu sais que tu peux compter sur moi, mais je te rappelle que ça fait seulement un an que j'ai l'honneur de te fréquenter. Et je ne crois pas que l'année que tu viens de passer à San Diego ait été des plus agitées, je me trompe ?

— Tu as raison, j'avais parfois la vilaine impression d'être en préretraite, jusqu'au moment où…

— … où Lena Johannsson s'est fait assassiner, termina Alex, en se décidant à me regarder de nouveau en face.

Son visage était d'une dureté que je n'avais encore jamais observée. J'en étais presque bouleversé. Il se produisait quelque chose en lui. Quelque chose qui le touchait plus que je ne l'aurais jamais imaginé. L'ami Alex me dévoilait enfin sa face cachée et, en mon for intérieur, j'en étais presque à féliciter Fog rien que pour ça. Heureusement, Alex me ramena presque aussitôt à la réalité en se précipitant vers la porte du bureau, en m'intimant de le suivre.

— Il va falloir que tu m'expliques ton histoire, y a quand même des zones d'ombre qu'il serait bon d'éclairer, tu ne crois pas ?

— C'est ce que je m'évertue à te répéter. Et je peux t'assurer qu'on n'est pas couchés, du coup.

— Ça tombe bien, Elvis, j'ai pas du tout sommeil. Mais alors pas du tout.

27.

À ma grande surprise, Alex ne me fit pas grimper dans notre véhicule de service, qui nous attendait pourtant sagement sur le parking.

— Rassure-moi, Elvis, on ne va quand même pas remonter là-dedans, on va crever de chaud ! En plus, tu as vu l'heure qu'il est ?

C'était donc ça ! Un coup d'œil rapide à ma montre confirma mes soupçons : il était en effet quasiment midi et demi et le soleil qui brillait sur San Diego n'était qu'un vieux prétexte pour expliquer la faim qui tenaillait, je le savais, mon acolyte. En même temps, j'avais eu la faiblesse de penser que le simple fait de me retrouver dans le cadre feutré de mon bureau, à la brigade, allait me permettre de me recentrer totalement sur l'enquête. Je devais reconnaître qu'il n'en était rien. Au contraire, l'ambiance pesante de notre huis clos m'avait, encore un peu plus, enfoncé la tête sous l'eau. Par ailleurs, pendant les longues plages de silence que m'avait imposées mon camarade, j'en avais profité pour consulter un rapport déposé sur mon bureau : les dernières conclusions concernant la mort de Bruce Aquino, le chauffeur du minibus de l'université. Et elles n'étaient pas brillantes, loin de là. Nos équipes continuaient à sonder et à interroger, inlassablement, le cercle de plus en plus étroit des témoins potentiels : voisins, automobilistes, promeneurs et autres indics improbables. Les résultats étaient catastrophiques. À croire que Fog n'avait laissé aucune trace de son passage. Un fantôme. Un courant d'air.

Un brouillard.

Ou alors...

Une idée tentait de se frayer un chemin à travers les méandres tortueux de mon esprit, une idée tellement absurde que je n'osais même pas l'évoquer à haute voix devant mon coéquipier. Tout en suivant distraitement Alex, qui remontait la Cinquième Avenue d'un pas décidé, aussi vite que son poids le lui autorisait, en direction de l'une de ses cantines préférées, je tentais de remettre un peu d'ordre dans mes pensées. À croire qu'Alex avait vu juste et que l'air pas trop pollué du cœur de San Diego avait sur moi des effets thérapeutiques. De son côté, Alex devait être en train de faire défiler dans sa tête la carte du restaurant qu'il nous avait choisi, un menu qu'il devait à mon avis connaître par cœur, des entrées aux desserts. Deux ou trois blocs plus loin, il s'immobilisa brusquement, tel un chien de chasse qui aurait flairé un terrier à lapins. Un sourire radieux et carnassier illuminait son visage.

— Putain, Elvis, s'exclama-t-il en désignant du doigt l'enseigne du restaurant, ça fait une paye que je ne suis pas venu bouffer ici ! On va se régaler, tu vas voir !

Nous étions arrivés devant Mino's, l'un des rares restos grecs de la ville. Un endroit où nous étions déjà venus dîner il y avait à peine deux ou trois semaines.

— Une paye ? répondis-je, en souriant malgré moi. OK, je veux bien être payé tous les quinze jours, moi aussi, tu me diras comment tu te débrouilles !

L'air étant d'une moiteur étouffante, la climatisation avait été poussée à fond et l'intérieur du restaurant ressemblait à un immense congélateur. Cette impression était renforcée par l'aspect dépouillé de la salle, où les murs avaient été entièrement blanchis à la chaux. Seules quelques touches de couleur bleue venaient troubler la pureté de la décoration. L'endroit était déjà rempli aux trois quarts, mais, en tant qu'habitué des lieux, un seul regard avait suffi à Alex pour que l'un des serveurs, habillé lui aussi en blanc des pieds à la tête, nous déniche une table discrète, près d'une fenêtre qui donnait sur un patio désert, où trônait une fontaine en forme de Parthénon.

— On se croirait presque à Rome, non ? gloussa Alex, tout en parcourant le menu avec gourmandise.

— Athènes, tu veux dire.

— Athènes ? Oui, je sais, j'ai dit quoi ?

— Tu as dit Rome. Qui est en Italie. Et pas du tout en Grèce.

— Ouais, enfin, les Romains, les Grecs, c'est un peu la même histoire, non ?

— Vu d'ici, pour un bon citoyen américain comme toi, certainement, acquiesçai-je, mais je te promets que, si tu demandes son avis au propriétaire du resto, il ne va pas forcément être du même avis.

— Si tu veux, si tu veux..., soupira Alex, sans lever les yeux.

Après quelques instants de silence, il rebondit soudain, alors que je ne l'attendais pas du tout sur ce sujet-là.

— Et la Suède ? C'est bien le pays des Vikings, non ?

— Éventuellement. Pourquoi ?

— Eh bien, je pense à un truc : Lindbergh, il était bien d'origine suédoise, même s'il était malgré tout américain !

— Tout à fait. Continue ton raisonnement, tu m'intéresses.

— En fait, nous tous, les Américains, on vient finalement d'ailleurs que d'ici. Je veux dire d'Europe, d'Afrique, d'Asie, etc. Non ?

— Tu as encore une fois raison.

— Et la deuxième victime ? Karen Ness ? Elle viendrait pas aussi d'un autre pays, elle ?

— Attends, gros, tempérai-je doucement, tu vas un peu trop vite. Il y a forcément un point commun entre les victimes, c'est sûr. De là à les rapprocher au niveau de leur origine ethnique ou géographique, l'enquête est encore longue.

— Ouais, mais regarde, Elvis : ici, en Californie, on a plein d'immigrés mexicains. Là-bas, à Chicago, où tu étais, c'étaient plutôt des quoi ?

— Des quoi ?

— Les immigrés ? En majorité, je veux dire ?

— Je dirais des Italiens, sans te garantir pour autant l'authenticité de ma réponse.

— Bon. Peu importe. C'est vrai, si on enlève tous ces gens d'origine étrangère, il ne reste plus grand monde dans le pays, non ?

— Les Amérindiens ? suggérai-je, en réprimant un bâillement.

Les élucubrations d'Alex commençaient joliment à me fatiguer. Un peu plus, et il allait à lui tout seul remettre en cause l'histoire de l'immigration dans notre pays ou, pire encore, les théories du darwinisme, parti comme il l'était. J'essayais, tant bien que mal, de triturer dans tous les sens l'idée qui s'était mise à germer dans mon esprit, lors du trajet en voiture. En même temps, mon collègue avait allumé dans un coin de ma tête une autre petite lumière, que je ne réussissais cependant pas encore à localiser. Et que je devais surtout prendre garde à ne pas laisser disparaître, malgré le flot de paroles qu'il continuait à déverser sur moi. Les mots d'Alex se mélangeaient sous ma boîte crânienne dans une pagaille indescriptible.

Chicago, immigrés, Italiens, Ness.

Karen Ness !

Le sang se figea soudain dans mes veines pendant qu'une dose massive d'adrénaline descendait le long de ma colonne vertébrale. D'un geste, je me redressai brusquement sur ma chaise, sous le regard interloqué de mon partenaire. Une grosse partie des pièces du puzzle qui se baladaient dans les recoins de mon cerveau venaient de s'assembler parfaitement.

Il était temps.

28.

Pendant qu'Alex négociait rapidement quelques amuse-gueules à emporter pour notre déjeuner, je m'éclipsai sur le trottoir, les pensées toujours en ébullition, et me mis à faire les cent pas devant le restaurant. Au bout d'un temps qui me sembla infini, mon partenaire réapparut enfin, le souffle court et les bras chargés d'une demi-douzaine de paquets d'où émanait un parfum d'épices méditerranéennes et d'huile d'olive. La moitié de la carte du Mino's devait se trouver emballée là-dedans. Et je soupçonnai fortement mon coéquipier d'en avoir profité pour s'enfiler un ou deux souvlakis, en toute discrétion. Je secouai la tête devant ce tableau, sans pouvoir réprimer un sourire.

— Tu comptes inviter toute la brigade à déjeuner ?

— Elvis, avec toi, j'ai appris à être prudent : je ne sais jamais trop où tu es capable de nous embarquer. J'ai préféré assurer nos arrières, au cas où la journée se prolongerait.

— Je t'expliquerai tout ça dans quelques instants et, oui, tu as raison, la journée risque d'être longue. Pour commencer, on retourne à Irvington Avenue, sur les lieux du deuxième homicide.

— Chez la fille Ness ? Mais ça fait un moment que les mecs de Di Mucci ont emmené le corps. Et puis on a déjà fait le tour du propriétaire, non ?

— Alex, écoute-moi, j'ai besoin de revenir sur la scène du crime. Il n'y a pas un truc, toi, qui t'a choqué en arrivant sur les lieux ? Rappelle-toi !

— Je ne sais pas, moi, ronchonna Alex tout en extirpant une brochette grasse d'un des sacs en papier kraft et en la portant à sa bouche, les yeux brillants. Le sang partout ? Les orteils sectionnés ?

— Mais non, le coupai-je brutalement, ne me dis pas que tu as déjà oublié ? L'odeur, en entrant dans la maison ? Les bouteilles, dans la baignoire ?

— Ah oui, je vois où tu veux en venir : cette putain d'odeur d'alcool ! Et alors ? Qu'est-ce que tu en as déduit ?

— Attends qu'on soit à l'abri dans la voiture et tu sauras tout.

Laissant le restaurant et ses effluves exotiques derrière nous, c'est au pas de course que nous bouclâmes la dernière centaine de mètres qui nous séparait de notre Chevrolet de service, Alex suant et pestant au sujet de sa digestion qui allait être perturbée par tous ces efforts brutaux. Prenant les initiatives, je me glissai aussi vite que possible derrière le volant pendant que mon coéquipier s'écroulait sur le siège passager. Je démarrai sur les chapeaux de roue, abandonnant une longue traînée de gomme brûlée sur le bitume du parking, tout en slalomant tant bien que mal à travers le flot des voitures, sirène hurlante et gyrophare en action. J'avais décidé de garder mes dernières conclusions pour moi, le temps de vérifier de mes propres yeux l'impression furtive que m'avait laissée notre première visite à l'appartement de Karen Ness. À mon grand étonnement, Alex demeura plutôt silencieux tout au long du trajet. Il ne nous fallut guère plus qu'un quart d'heure pour gagner le sud de la ville et arriver en vue du terrain de base-ball des San Diego Padres. Je stoppai la voiture devant la maison de la victime, encore gardée par deux jeunes officiers en uniforme bleu marine qui suaient toute l'eau de leur corps sous le chaud soleil californien. D'un geste machinal, je les saluai tout en exhibant ma plaque, ce qui était au demeurant totalement inutile, au vu du véhicule dont je venais de sortir et de la légende vivante de la police de San Diego qui me servait d'escorte. L'endroit était encore hanté par une poignée de journalistes, postés tout autour du périmètre de sécurité. Au-dessus de nous, un hélicoptère aux couleurs de la Fox 5, l'une des chaînes télé locales, tournait dans le ciel. Quelques badauds s'agglutinaient toujours derrière le cordon fluo, le téléphone portable à la main en mode caméra, certains étant même armés de véritables appareils photo. Je secouai la tête, abattu par la bêtise profonde de la nature humaine. Sans un regard pour ce tableau déprimant, je me dirigeai vers la résidence. L'endroit n'avait pas encore été officiellement placé sous scellés et je n'eus donc aucun mal à pénétrer de nouveau sur la scène de crime. Aussitôt, l'odeur envahissante du bourbon m'agressa les narines.

— Ouais, Elvis, c'est bien ça, tu avais raison, y a certainement eu un paquet de bouteilles vidées ici, récemment, mais ça arrive dans pas mal de foyers, tu sais.

— Non, tu te trompes, désolé de te contredire. C'est cette abondance qui m'a frappé. Et je te parie que, quand le petit ami de Karen Ness sera en état de répondre à nos questions, il nous confirmera que les bouteilles ne viennent pas de leur collection personnelle, crois-moi : elles ont été apportées ici par Fog.

— Et qu'est-ce qui te fait dire ça ? Tu ne crois pas qu'un jeune couple de Californiens moyens soit capable de stocker chez lui quelques bouteilles, en prévision d'une fiesta ?

— Regarde, fis-je en l'entraînant vers la salle de bains, il ne s'agit pas de deux ou trois bouteilles, mais d'une bonne demi-douzaine. Et entièrement vidées, dans la salle de bains, qui plus est. Tu trouves ça logique, toi ?

— Moi, tu sais, si tu m'avais connu quand j'avais vingt-cinq ans, je peux te jurer que ce ne sont pas deux ou trois bouteilles de scotch qui m'auraient empêché de…

— Arrête avec ta mauvaise foi, le coupai-je. Tu ne vois pas qu'il s'agit d'un tableau ?

— Un tableau ?

— Une mise en scène, si tu préfères.

— Si tu insistes, capitula Alex, la mine renfrognée. Un tableau qui voudrait dire quoi ?

— Écoute, ça va peut-être te sembler ridicule, mais j'ai le sentiment profond que Fog a voulu nous dire quelque chose, en disposant ces bouteilles autour du corps de Karen Ness et en les vidant. En les vidant sur elle. Sans oublier qu'elle devait être ivre morte, d'après nos premières constatations, rappelle-toi. Et je suis intiment persuadé qu'il l'a forcée à boire. On verra à l'autopsie, mais je te parie qu'elle devait avoir plus d'un litre d'alcool dans l'estomac.

— Ce qui signifie ?

— Ça ne te dit rien, le nom de la deuxième victime ?

— Quoi ? Karen Ness ? Non, pourquoi, ça devrait ?

— Bon, rappelle-toi, Lena Johannsson a été, en quelque sorte, « marquée » par Fog avec une réplique de la montre de Charles Lindbergh, on est d'accord ?

— On est d'accord.

— Eh bien moi, quand je vois la quantité d'alcool déversée et le nom de la victime…

— Vas-y, accouche, je suis bouillant !

— Je mélange les deux et j'en arrive à l'équation suivante : « alcool » + « Ness », sans oublier enfin ma précédente affectation.

— Comment ça, ta précédente affectation ? Qu'est-ce que tu veux dire ? Chicago ?

— Absolument. Et je te laisse deviner toi-même le résultat de l'équation.

J'avais enfin gagné l'attention de mon partenaire, dont toute trace d'énervement avait subitement disparu de son expression faciale. Dans ses yeux, bizarrement plissés sous l'effet d'une intense réflexion, je pouvais lire qu'il était en train de comprendre où je voulais en venir. Quand un léger rictus déchira enfin son visage, un juron lui échappa, comme à chaque fois dans ces cas-là, et je ne pus m'empêcher de le féliciter :

— Bravo, je sens que tu as deviné ! Vas-y, je t'écoute, expose-moi tes déductions, on va voir si nos deux violons s'accordent.

— OK, puisque tu insistes. Bon, si je te suis bien, Elvis, tu vas nous jouer la vieille carte du tueur en série qui signe ses crimes façon « Je vous laisse des indices, à vous de les relier ensemble pour savoir où je veux en venir », c'est ça ?

— Tout à fait. Continue.

— Facile ! Alors, on y va : premièrement, Lena Johannsson, qui nous ramène à Charles Lindbergh, l'un des héros de notre pays, comme tu dis. Deuxièmement, Karen Ness, qui nous ramène, elle, à un autre grand personnage de la patrie. Un flic, en plus, non ?

— Excellente déduction. Tu brûles, gros. Et ensuite ?

— Eh bien, articula Alex en détachant chaque syllabe, quand je regarde autour de moi, quand je vois cette quantité d'alcool déversé, et quand je sais que la victime se nomme Ness, je pense immédiatement à…

— Immédiatement ? On ne doit pas avoir la même notion du temps !

— Je pense immédiatement à l'époque de la prohibition, du trafic d'alcool, de Chicago, d'Al Capone et… d'Eliot Ness ! Ness, comme le nom de notre dernière victime. Karen Ness. J'ai tapé dans le mille, non ?

— Oui, Alex, j'en suis intimement persuadé, Fog nous trimballe en utilisant comme guides les personnalités qui ont marqué l'histoire de notre pays. D'abord Charles Lindbergh, et à présent Eliot Ness. Et encore, il me reste à vérifier un dernier point.

— Lequel ? Qu'est-ce qui te chatouille aux entournures ?

— Quelque chose que Sue avait relevé, rappelle-toi.

— Tu m'en dis plus ?

— Il faut simplement que je vérifie un truc. Prête-moi ton téléphone, s'il te plaît. Le mien est déchargé.

Tout en composant le numéro de Sue sur le clavier, je me reprochai d'impliquer ma compagne dans cette enquête, tout en étant pleinement conscient des risques que cela pouvait représenter. Pour elle comme pour moi. Mais aussi pour l'enquête. Cependant, je choisis, une fois de plus, de lui faire confiance. Je tombai sur sa messagerie, mais elle rappela dans la seconde qui suivit. Immédiatement, je lui posai la question qui me hantait. Je l'entendis griffonner sur un papier, puis tapoter sur un clavier d'ordinateur. Sa réponse me parvint presque aussitôt, et je fermai instinctivement les yeux pour mieux la savourer. Je remerciai Sue d'un souffle et raccrochai. Alex, de son côté, était toujours suspendu à mes lèvres. Je lui balançai aussitôt les quelques mots qui allaient le clouer sur place :

— Bingo ! Eliot Ness est décédé un 16 mai. Comme Karen Ness.

— Ah oui ? Et c'était qui, pour elle ? Son arrière-grand-père ? Ou l'ex-mari de sa petite-cousine ? Et pourquoi cette leçon d'histoire ? S'il continue à nous décliner l'encyclopédie, il n'a pas fini ! Qu'est-ce qu'il va encore nous trouver ? La fille cachée de Marilyn Monroe ? Un vendeur de hot-dogs qui s'appelle John Fitzgerald Kennedy ? L'ex-femme de Buffalo Bill ? On croit rêver !

— Je ne sais pas si Fog piochera les mêmes noms que toi dans les pages de nos livres d'histoire, et encore moins s'il y a, là aussi, un lien de parenté entre les deux Ness, mais je sais que c'est ainsi qu'il veut que nous voyions les choses. Et, au-delà de cette symbolique, il ne faut pas oublier le côté sanglant de ses mises en scène. Il veut nous choquer, nous traumatiser, nous terroriser, peut-être. Il marque son territoire. Il le souille. Comme un animal sauvage.

— C'est une bête, oui, si tu veux mon avis. Mais vas-y, continue, j'aime quand tu te transformes en *profiler*. Dis-moi, par exemple, comment tu le vois, physiquement ?

— Une force de la nature. Une corpulence au-dessus de la moyenne. Il le faut, pour massacrer ainsi deux jeunes femmes en pleine santé, capables de se défendre et de se battre. Un individu normal n'y serait probablement pas arrivé seul.

— Et s'il avait un complice ?

— Non. Ses crimes sont trop narcissiques, trop personnalisés, trop élaborés. Il est le seul metteur en scène de ses actes, crois-moi. En revanche, je ne suis pas certain que son propre physique lui convienne. Il doit en avoir honte ou, du moins, il ne l'assume pas.

— Qu'est-ce qui te fait dire ça ?

— Les yeux des victimes. Il les arrache à leur orbite. C'est, dans son esprit, une façon de ne pas être vu, et donc de ne pas être jugé sur son physique, en quelque sorte. De rester invisible.

— Un moyen radical, en effet, soupira Alex en se massant les tempes. Et la langue ? Les pouces ? Les orteils ? Tu en fais quoi ?

— C'est sa signature, celle qu'il s'est inventée. On a connu des tueurs en série qui scalpaient leurs victimes, ou qui les éviscéraient, ou encore qui volaient leurs sous-vêtements, sans parler des autres perversités du même ordre. Lui, il s'est choisi celle-ci. Mais il n'y a rien d'extraordinaire à ça, paradoxalement.

— Tu peux argumenter ? Je ne te suis plus, amigo.

— Sectionner deux pouces, deux orteils, si on est équipé avec le matériel adéquat, genre sécateur de jardin ou outil de boucher, ça doit prendre une ou deux minutes, pas davantage. Idem pour la langue et les yeux.

J'en ai parlé rapidement avec Di Mucci, tout à l'heure dans la salle de bains, il est tout à fait d'accord avec moi. C'est bien plus simple que de prélever un organe interne, par exemple. Et je dirais même que c'en est presque simpliste. Primaire. Vulgaire. Et laid, très laid. Aucune recherche d'esthétisme.

— N'empêche que ça demeure quand même d'une rare violence, marmonna Alex, les yeux fermés, perdu dans ses pensées.

— Une explosion brutale et soudaine, oui. Comme une colère sourde et contenue pendant des mois, peut-être des années, qui remonte enfin à la surface et qui balaye tout sur son passage.

— Et c'est quoi, d'après toi, qui a déclenché ce merdier ? Tu penses vraiment que le kidnapping et l'assassinat de la Suédoise sont liés ?

— Je ne crois pas aux coïncidences, Alex. Je n'y ai jamais cru.

29.

Les pièces du puzzle commençaient à s'assembler, cependant, il en manquait toujours une : celle qui menait à moi. J'avais beau me creuser les méninges en tous sens, je n'entrevoyais aucune faille dans ma vie présente ou passée par laquelle Fog aurait pu s'engouffrer. Aucune. Pourtant, la passerelle était bien là, entre lui et moi. Tout d'abord, il y avait eu cette adresse électronique, utilisée pour l'envoi du bon d'échange du séjour de Lena Johannsson. Puis il y avait cette référence à la ville de Chicago, dans le deuxième meurtre, liée au nom de la victime et de son illustre homonyme, cette grande cité de la région des lacs où j'avais peut-être laissé derrière moi quelques infimes traces : un type que j'avais envoyé derrière les barreaux pour avoir tenté de dissimuler le meurtre de sa femme en accident de tramway, un dealer dont j'avais salement blessé le frère, rempli de crack jusqu'au fond des sinus, alors qu'il menaçait de flinguer une hôtesse d'accueil de la Hancock Tower, ou encore, dans un domaine plus privé, la douce Charlena, qui n'avait pas compris mon refus d'apposer ma signature au bas d'un contrat de mariage, alors que nous nous fréquentions pourtant depuis plus de trois mois. D'un geste, je balayai l'air autour de moi pour chasser ces hypothèses surréalistes, même s'il ne fallait négliger aucune piste. Nous étions à présent, mon acolyte et moi, de retour dans mon bureau du SDPD, comme pour mieux nous recentrer sur l'enquête. Sur le chemin du retour, nous n'avions pas échangé un seul mot, perdus que nous étions dans nos pensées. Alex avait lâchement profité de mon apathie pour se brancher sur sa station FM de country préférée, et c'est sur la retransmission du concert de Johnny Cash au Madison Square Garden de New York, en 1969, que nous avions traversé San Diego, alors que le soleil disparaissait doucement derrière les vagues de l'océan Pacifique, afin de récupérer ma Coccinelle, trop longtemps abandonnée à mon goût. Mais, même revenu à l'abri dans l'intimité feutrée de mon bureau, l'enquête me narguait : la vue des monceaux de rapports qui s'entassaient devant moi, en provenance des services du coroner et des équipes de terrain, me rendait malade. Sans parler des dizaines de pense-bêtes en papier fluo, collés sur mon téléphone et mon écran d'ordinateur, certains me priant de rappeler de toute urgence la moitié de l'humanité – ou peu s'en fallait – dont le capitaine Kaulana ou Sue. Procédant dans l'ordre, je fis glisser une pile de dossiers en direction d'Alex :

— Si tu pouvais trier un peu tout ça, on commencerait peut-être à y voir plus clair ! Merci, amigo.

Un grognement indistinct me parvint en retour, mais mon coéquipier se mit tant bien que mal au travail. De mon côté, j'avais extirpé une feuille blanche du bac de l'imprimante et, stylo à la main, j'avais décidé de coucher une fois de plus sur le papier toutes les idées et hypothèses sur ce qui pouvait constituer un trait d'union entre Fog et moi. Au bout d'un temps qui me parut infini, je renonçai à mon brainstorming improductif et observai mon acolyte, resté étonnement silencieux pendant sa corvée. Sentant mon regard, il leva vers moi des yeux fatigués et soupira, résigné :

— Je suis décidément un flic de terrain, Elvis. Ça ne sera jamais mon truc, la lecture, désolé. Mais, tu me connais, je ne baisserai pas les bras. Je m'autorise juste un petit break et j'y retourne aussi sec.

Je lui répondis par un sourire las et consultai ma montre : il était à présent près de vingt et une heures. J'hésitai, l'espace d'un instant, à rappeler Kaulana, mais il était inutile d'espérer, je savais que mon supérieur hiérarchique avait depuis longtemps déserté les lieux. Quant à Sue, Dieu lui-même ne serait pas parvenu à la localiser.

Alex venait de quitter le bureau en quête d'un dîner et je me laissai mollement glisser dans mon fauteuil quand mon téléphone portable se mit à sonner.

— J'ai pensé longuement à ce que tu m'as dit, tout à l'heure, au sujet de Fog et je me suis permis de mener ma petite enquête, me débita d'une traite une Sue surexcitée.

Que répondre à cet aveu qui, pour être tout à fait honnête, ne me surprenait qu'à moitié ? Ma compagne prit mon silence pour un encouragement et continua de plus belle :

— Bon, Elvis, je sais que tu détestes parler au téléphone, mais dans ce cas, lâche tout, fais-moi confiance et viens me rejoindre en ville, je te promets que tu m'aimeras encore un peu plus, ce soir.

Lâcher tout ? La tonne de papier qui encombrait mon bureau ? Mon acolyte qui errait comme un zombie dans les couloirs du SDPD à la recherche de son dîner ? Sans parler de l'enquête qui menaçait jour après jour d'engloutir ma carrière et ma vie par la même occasion ? J'acquiesçai sans trop réfléchir, en convenant de retrouver Sue dans une demi-heure, au bar de l'Hotel del Coronado. J'annonçai le programme de ma fin de soirée à Alex, qui avait fini par revenir dans la pièce, les bras chargés de barres chocolatées et autres beignets recouverts d'une épaisse couche de sucre glace.

— File, me lança-t-il, la bouche déjà pleine de saletés. Je vais terminer de mettre de l'ordre dans cette foutue paperasse qui encombre ton bureau et je rentre ensuite me coucher, promis !

— Merci, tu es un amour !

Sans attendre une quelconque déclaration enflammée de sa part en retour, je dévalai l'escalier en direction du parking, négligeant l'ascenseur qui clignotait pourtant à portée de main. La nuit me cueillit dehors, étonnamment fraîche pour un soir de printemps californien. Ou bien était-ce le manque de sommeil ? Encore une question à laquelle je me refusai de répondre. Pour rejoindre Coronado Island, la presqu'île où était bâti l'hôtel du même nom, j'avais deux solutions : longer tranquillement l'océan en empruntant Harbour Drive et me glisser doucement dans le flux des voitures qui se dirigeaient toutes vers le sud, en direction de la frontière mexicaine ou, plus prosaïquement, délaisser temporairement ma Cox pour coller un gyrophare sur le toit de la Chevrolet de service et foncer, pied au plancher, sur l'Interstate 5. La deuxième solution, dopée par l'image de Sue qui m'attendait, lovée sur l'un des canapés de cuir rouge du Babcock and Story Bar, au rez-de-chaussée de l'hôtel, l'emporta immédiatement dans mon esprit embrumé.

Quinze minutes plus tard, je coupai le contact et éteignis la sirène au moment de déboucher sur le parking de l'hôtel, suffisamment à temps pour ne pas être repéré et éviter d'affoler inutilement les nombreux noctambules qui hantaient ce lieu mythique. Je me garai sur une place discrète, au pied d'un citronnier qui embaumait si fort que je pouvais en humer le parfum à travers mes vitres entrouvertes. Avant de foncer vers le bar, je pris le temps de me contempler dans le rétroviseur, histoire de constater les dégâts du stress et du manque de sommeil sur mon visage. Je soutins un instant mon regard de bête aux abois et jugeai que, de toute façon, la lumière du bar n'était pas pire que l'éclairage blafard du plafonnier de la Chevrolet. Réprimant un juron, je m'arrachai à la contemplation de ce tableau pathétique et gagnai la porte d'entrée de l'hôtel. Comme je l'avais deviné, Sue m'attendait, abritée dans un recoin du bar, assise les bras croisés et la mine impassible. Elle semblait perdue dans ses pensées et j'en étais à me demander si elle m'avait bien vu entrer. Son ordinateur portable, ouvert et allumé, était posé devant elle sur une table basse en acajou et éclairait son visage d'une douce lumière bleutée. À côté d'elle, une tasse de café à moitié vide attendait désespérément que les lèvres de ma compagne veuillent bien s'attarder de nouveau sur elle. J'étais dans la même attente et je me demandai qui, de la tasse ou de moi, allait recueillir le prochain contact avec Sue. Finalement, au bout d'une longue minute, la tasse l'emporta d'une courte tête, juste avant que ma compagne ne s'aperçoive enfin de ma présence. Sans relever la tête pour autant, elle hocha simplement le menton en ma direction et, d'un petit geste de la main, m'invita à prendre place à ses côtés, sur la banquette de cuir. Je sentais au fond de moi que nos effusions étaient reportées à plus tard et, sans tenter autre chose qu'un vague sourire, je m'assis près d'elle.

— Regarde ça, attaqua Sue en me désignant l'écran du doigt. J'ai pris le temps, cet après-midi, d'élaborer un document qui va te plaire, j'en suis certaine. C'est quand tu m'as appelée pour me demander la date de décès d'Eliot Ness que l'idée s'est mise à germer dans un coin de ma tête. J'ai donc effectué quelques recherches et je les ai mises en forme. Dans quelques secondes, tu ne sauras plus quoi faire pour me remercier.

Intrigué, je me penchai vers l'écran jusqu'à ce que ses cheveux caressent mon visage. J'avais envie de sentir ses doigts se refermer sur les miens mais, là encore, le clavier de son ordinateur portable remporta ce match perdu d'avance. Malgré ce nouvel échec, Sue avait, en une fraction de seconde, réussi à capter mon attention et j'oubliai aussitôt les envies d'intimité qui s'étaient formées dans un recoin de mon esprit. Je tâchai de concentrer mes efforts sur l'écran brillant, sur lequel je pouvais distinguer les lignes d'un tableau, rempli de chiffres et de zones de texte. Je n'étais pas un informaticien hors pair, loin de là, mais j'avais quand même reconnu au premier coup d'œil un document Excel, dans lequel une liste de dates récentes apparaissait clairement, en caractères gras : 12 mai, 13 mai, 14 mai… Des noms avaient également été inscrits dans les cases du tableau, sous les différentes dates. Des noms que je ne connaissais que trop : Charles Lindbergh, Eliot Ness, mais aussi d'autres que je découvrais avec stupéfaction, accolés à des dates très prochaines. Je relevai, inscrits sous la date du 17 mai, le nom de l'ex-reine du disco, Donna Summer, puis sous le 20 mai les noms de Christophe Colomb et du marquis de Lafayette, et enfin celui du célèbre boxeur d'avant-guerre, Rocky Graziano, à la date du 22 mai.

— En voilà une belle bande de VIP, murmurai-je, les yeux rivés sur l'écran.

— Tu vois où je veux en venir, rassure-moi ?

Sans me laisser le temps de répondre, mais en soupirant plus fort qu'elle ne l'aurait dû, Sue se tourna enfin vers moi et posa une main ferme sur mon poignet.

— Elvis, articula-t-elle à voix basse, tu vois bien que ces dates sont liées à des personnages, disons… importants, de l'histoire des États-Unis, oui ?

— Mais encore ?

— Ce sont des dates de décès.

— Continue.

— Le bébé de Charles Lindbergh est mort le 12 mai 1932. Eliot Ness, lui, est décédé un 16 mai, en 1957.

— Très bien. Et où veux-tu en venir ?

— Ce sont aussi les dates des prochains meurtres de Fog. Prépare-toi à découvrir le cadavre de Donna Summer demain. Ou alors…

— Ou alors ?

— Arrête Fog avant.

30.

Il était près de minuit quand je regagnai ma voiture, sur le parking de l'hôtel. La nuit avait à présent recouvert San Diego et les rares conducteurs que je croisai s'empressaient de regagner leur doux foyer conjugal afin d'y goûter un honnête repos. Avant de quitter le bar, j'avais passé quelques coups de téléphone afin de tenter de joindre l'une ou l'autre des forces vives du SDPD et d'y tenir une réunion d'urgence. Malheureusement, je n'avais pas réussi à localiser mon coéquipier, son portable étant sur messagerie et son numéro fixe sonnant désespérément dans le vide. Un petit sourire en coin, malgré la frustration de ne pas avoir pu lui parler, je l'imaginais vaquer à ses coupables plaisirs gourmands, en toute impunité, pendant que Doris, sa bienheureuse épouse depuis plus de vingt ans, passait la semaine chez ses parents afin de lui laisser le champ libre. Je savais qu'Alex adorait se retrouver ainsi momentanément célibataire, sans contraintes, sans obligations conjugales, et surtout sans limites, côté aliments solides et liquides à ingurgiter. Pour ma part, après l'optimisme qu'avaient fait naître en moi les découvertes de Sue par rapport aux dates de décès de certaines personnalités américaines, j'en étais à me demander si cette piste-là était réellement sérieuse ou si je ne faisais pas fausse route en soutenant cette thèse. N'était-ce pas un moyen de plus qu'avait trouvé Fog pour nous éloigner de son véritable but, si toutefois il en avait un ? Un rideau de fumée ? Ou plutôt une nappe de brouillard ? En même temps, je n'avais pas le choix et surtout aucune autre piste à suivre. Et puis, si Donna Summer – ou du moins la personne qui s'y rattachait dans l'esprit de Fog – était la prochaine victime, il me restait moins de vingt-quatre heures pour la localiser, la protéger et mettre le tueur hors d'état de nuire. Autant dire que la tâche me semblait insurmontable. C'est en ruminant ces sombres pensées que je pénétrai dans les locaux du SDPD, quasiment déserts à cette heure avancée de la nuit. Néanmoins, le rappel des troupes disponibles que j'avais lancé avait été plutôt mobilisateur et une dizaine d'officiers m'attendaient en salle Brown. La plupart d'entre eux étaient présents lors de la première réunion, au sein de cette même salle, et étaient concernés, à des degrés divers, par cette enquête. J'eus cependant la surprise de découvrir, parmi eux, mon homologue, le lieutenant Lloyd. Il me salua d'un hochement de tête, la mine impassible et la chemise toujours aussi parfaitement repassée et boutonnée qu'à son habitude, malgré l'horaire nocturne de cette réunion improvisée. En revanche, j'avais secrètement espéré la présence de mon pachydermique collègue, mais Alex brillait par son absence et s'obstinait à ne pas répondre à mes appels téléphoniques. Sans plus attendre, je démarrai la réunion en remerciant les personnes de l'assistance pour leur implication et leur disponibilité. Certaines d'entre elles étaient déjà présentes au sein du bâtiment, au moment de mon appel, et avaient accepté de décaler leur retour chez elles. D'autres étaient revenues spécialement de leur doux foyer, sacrifiant leur nuit au profit de leur métier, et je savais à quel point leur vie de famille risquait de pâtir de ce sacerdoce professionnel. Je décidai d'entrer immédiatement dans le vif du sujet. Prenant une énorme inspiration, tout en tendant les bras devant moi, paumes tournées vers l'assistance en guise de protection symbolique, je balançai ma première question :

— Si je vous parle de Donna Summer, vous pensez à quoi ?

Les secondes de silence qui suivirent cette interrogation me confirmèrent le ridicule de la situation, mais les heures filaient entre mes doigts comme dans un inéluctable sablier et, s'il existait une infime chance pour que Sue ait vu juste, il fallait la saisir.

Comme je m'en doutais, Lloyd fut le premier à rompre le silence.

— Cochran, il va falloir sacrément argumenter, si vous ne voulez pas que je demande votre internement immédiat aux urgences psychiatriques, à titre préventif.

Je m'attendais évidemment à une telle réaction et entrepris de détailler, sur le tableau installé derrière moi, les récentes déductions de Sue, en omettant bien entendu d'avouer que c'était dans l'esprit de cette dernière qu'elles avaient vu le jour. J'en profitai aussi pour rappeler à l'assemblée les dernières informations en ma possession, en insistant sur le lien que Fog avait tenu à tisser avec moi, et qui ne cessait de me hanter.

— Bon, si je vous suis bien, résuma Lloyd, on laisse tomber tout le reste et on se concentre sur une hypothétique personne qui aurait, de près ou de loin, un point commun avec Donna Summer ?

— C'est la priorité, oui, pour les prochaines vingt-quatre heures. Il sera toujours temps d'aviser ensuite, mais nous sommes à présent le 17 mai. Depuis déjà presque deux heures et, si cette théorie des dates de décès est la bonne, il y a, dans cette ville, une Donna Summer – ou quelqu'un qui s'y rattache – qui sera assassinée, énucléée et démembrée avant demain. Et ça, je ne veux même pas l'envisager. Suis-je clair ?

J'avais volontairement utilisé ces termes-là car je tenais à marquer les esprits. En effet, en dehors de Lloyd et de quelques autres policiers confirmés, il y avait aussi dans l'assistance deux ou trois élèves officiers et autres stagiaires qui avaient été affectés à l'enquête et découvraient leur métier. Fog leur offrait une entrée en matière inoubliable, qui les marquerait à jamais au fer rouge. D'autres questions fusaient, dont une qui capta immédiatement mon attention. Elle émanait d'une jeune élève au visage carré, presque masculin, que je ne me souvenais pas avoir déjà croisée au sein du SDPD.

— Lena Johannsson avait un lien direct avec Charles Lindbergh, puisqu'ils étaient de la même famille, mais Karen Ness n'avait rien à voir avec Eliot Ness, en dehors de son homonymie, c'est bien ça ?

Les premières informations en notre possession n'avaient pas permis, en effet, d'établir de rapport généalogique entre le célèbre policier anti-prohibition et la dernière victime, même si cela demandait confirmation.

— Oui, a priori, aucun lien familial entre les deux. Pourquoi cette question ?

— Je me disais, lieutenant, que… euh… Fog avait peut-être choisi de modifier, à chaque meurtre, son mode de sélection des victimes.

— Continuez, murmurai-je, les cellules grises en ébullition.

— Comment dire… Assassiner quelqu'un qui était de la même famille qu'un personnage historique, il l'a fait, c'est réglé, si j'ose dire. Dans son esprit en tout cas, c'est une affaire classée. Ensuite, tuer l'homonyme d'une personnalité, il l'a fait aussi. Qu'est-ce qui lui reste, à présent, comme possibilités ?

— Si vous avez la moindre idée, exprimez-vous.

— Il lui reste quelques autres options, malheureusement. Par exemple, quelqu'un qui aurait travaillé avec Donna Summer ? La véritable Donna Summer est décédée, mais j'imagine que ce n'est pas impossible de trouver quelqu'un qui l'aurait côtoyée, ici, à San Diego, lors d'un concert ou d'une tournée ?

— Et pourquoi se focaliser absolument sur cette chanteuse ? coupa Lloyd. Vous avez relevé d'autres dates de décès, comme celles de Christophe Colomb ou de Graziano, le boxeur. Il va falloir s'en occuper aussi, non ?

— Absolument, Lloyd, vous avez tout à fait raison. On ne peut négliger l'hypothèse qu'une Donna Summer ne soit pas la prochaine victime et que Fog choisisse de patienter jusqu'au 20 mai pour s'attaquer à quelqu'un d'autre. Ou, pire encore, qu'il réussisse son prochain meurtre, qui doit avoir lieu aujourd'hui 17 mai, et qu'il enchaîne ensuite avec d'autres dates anniversaires. Nous allons donc travailler sur ces deux pistes et mettre le paquet pour les prochaines heures. S'il n'est pas déjà trop tard, soupirai-je en accrochant du regard l'horloge murale, qui indiquait deux heures dix du matin. Quant à votre hypothèse, répondis-je en m'adressant à la jeune femme, elle me semble pour le moins recevable et je vous en félicite vivement, soyez-en assurée.

— Dernière question, lança l'un des officiers stagiaires : sommes-nous vraiment certains que Fog soit un homme ?

— Tout ce qu'on a de concret, pour l'instant, c'est le témoignage du chauffeur de l'université, qui a affirmé avoir aperçu un homme dans le pick-up plein de poupées, avant de se faire assassiner à son tour, comme vous le savez. Et, compte tenu des massacres déjà commis et de la violence de ces deux crimes, le doute n'est guère permis.

Du coin de l'œil, je vis que Lloyd acquiesçait, ce qui me permit de souffler intérieurement. Je n'avais aucune envie d'entamer avec lui une vaine discussion, qui aurait été une perte de temps. Mais, au moment où j'allais mettre un terme à cette réunion improvisée pour dispatcher les troupes vers leur indispensable travail nocturne, la porte de la salle Brown s'ouvrit brutalement, faisant sursauter l'assemblée et dévoilant l'imposante silhouette d'Alex, qui pénétra dans la salle avec l'air enjoué d'un gamin qui aurait découvert ses parents en flagrant délit de devoir conjugal.

— Pardon de mon retard et de vous déranger en plein taf, mesdames et messieurs, mais je viens de croiser une Donna Summer plus vraie que nature, nous lança-t-il en brandissant un magazine à bout de bras.

VENDREDI 17 MAI

31.

Heureux de son petit effet, Alex prit le temps de s'installer parmi nous. Il retira son vieux blouson de cuir élimé, qu'il plia délicatement sur le dossier d'une chaise, et nous fit face, un demi-sourire rivé aux lèvres.

— Je vais vous éviter un putain de boulot, long et fastidieux, annonça-t-il avec emphase, et vous allez tous me remercier.

Alex semblait si fier d'avoir capté notre attention que je n'osai l'interrompre, tout en le suppliant intérieurement de nous déballer au plus vite sa découverte. Peut-être avait-il ressenti mon invisible force de persuasion, car il se tourna vers moi, en agitant dans sa grosse main gauche son minuscule téléphone.

— Quand j'ai eu ton message, tout à l'heure, Elvis, j'étais presque arrivé chez moi et je t'ai maudit un sacré moment d'avoir bousillé ma nuit.

— Tu n'es pas le seul, renchérit Lloyd en étouffant un bâillement.

— Mais quand tu m'as parlé de Donna Summer, Elvis, alors là, j'ai réagi au quart de tour. Car elle est là-dedans, votre chanteuse de disco, les gars !

Joignant le geste à la parole, il brandit une nouvelle fois son magazine, tout en parcourant rapidement les pages de papier glacé. Pour le peu que j'en avais vu, il s'agissait de l'une de ces nombreuses revues qui fleurissaient depuis trop longtemps à mon goût, qu'on appelait autrefois « journaux à scandale » (et *gossip* aujourd'hui), et qui traitaient de la vie intime des célébrités du moment, à grand renfort de photos volées et autres ragots de paparazzi. Après quelques instants de tâtonnement, il dénicha enfin la page qu'il cherchait et nous exhiba enfin sa trouvaille de la nuit :

— La voilà, notre Donna Summer ! Ici, devant vous !

Nous nous étions tous agglutinés autour de lui, tels des mormons autour du Temple sacré. Bien évidemment, il était, par conséquent, impossible de distinguer quoi que ce soit au milieu de cette marée humaine, et je dus élever la voix pour, enfin, arracher le journal à ces mains voraces. Sur le coup, je ne compris pas immédiatement ce qui avait capté l'attention d'Alex. Je pensais découvrir un article consacré à Donna Summer ou, tout du moins, une photo de l'ex-reine du disco, mais je n'avais sous les yeux qu'une publicité pour un casino de Las Vegas, le Flamingo, qui proposait tous les soirs à ses clients un tour de chant intitulé *Legends in Concert*. Je sentis des picotements monter le long de ma colonne vertébrale, car le nom de Donna Summer se détachait, en lettres d'argent scintillantes, sur le fond noir de l'encart publicitaire. D'autres noms de stars – d'autres « légendes en concert » – y étaient accolés : Michael Jackson, Frank Sinatra ou encore Elvis Presley. Comme tout le monde, j'avais déjà entendu parler de ce genre de spectacle, typique de Las Vegas, qui faisait revivre, le temps d'un show dégoulinant de paillettes, des chanteurs disparus à travers les prestations scéniques de leurs supposés sosies. Relevant la tête vers l'assistance, j'aperçus la jeune femme au visage masculin qui me regardait, avec les yeux de celle qui a gagné le gros lot.

— Vous voyez, fit-elle avec gourmandise, mon hypothèse tient la route : après le lien de parenté, puis après l'homonymie, voici une autre façon pour Fog de choisir ses célèbres victimes : un sosie !

— Du calme, tempérai-je, on va essayer de ne pas s'emballer trop vite. Je vous rappelle que les deux premiers meurtres ont eu lieu ici, à San Diego, et là vous me parlez d'un show qui a lieu à Vegas.

— Il y a forcément un lien, Elvis, j'en suis certain, clama Alex en secouant la tête. Écoute, tu m'as baratiné, je ne sais combien de fois, que tu ne croyais pas aux coïncidences !

— OK, décidai-je après quelques secondes de réflexion, on lance la machine. On appelle nos collègues de Vegas, on contacte le casino et on localise immédiatement la « fausse » Donna Summer. C'est notre seule piste pour l'instant.

— Il est trois heures du matin, remarqua Lloyd, et même dans une ville comme Vegas, ça ne va pas être facile de secouer tout le monde en pleine nuit.

— On fera le maximum, Lloyd, on n'a pas le choix. J'aimerais quand même que l'un d'entre vous continue à travailler sur des hypothèses parallèles ; il y a peut-être d'autres sosies de cette chanteuse ici, à San Diego. Et, pendant que vous y serez, commencez aussi à creuser du côté de Christophe Colomb et de Rocky Graziano.

— OK, noté, lança l'un des officiers en quittant la salle, je m'en occupe, comptez sur moi, lieutenant.

Pendant que je donnais les dernières consignes, Alex s'éclipsa cinq minutes, puis réapparut les bras chargés de gobelets de café brûlant qu'il se mit à distribuer à la ronde.

— J'ai ici toutes les coordonnées du Flamingo, m'annonça Lloyd en me tendant une petite liasse de feuilles. Je viens de les imprimer.

— Et la police de Vegas ?

— On les appelle, vous devriez les avoir en ligne dans quelques instants.

— Merci Lloyd. Je vous laisse contacter le casino, je m'occupe des flics locaux.

Je me souvenais avoir lu dans une revue professionnelle, il y a quelque temps déjà, que la police métropolitaine de Las Vegas, le LVMPD, était l'une des plus importantes du pays, côté effectifs. Il devait donc certainement y avoir moyen de joindre un gradé, même en pleine nuit. Et, en effet, l'un des officiers me tendit presque aussitôt un téléphone, en me faisant un signe de la main, le pouce levé. Le type au bout du fil se présenta comment étant le sergent David McBride. Au son de sa voix, je sentis une personne déterminée et réceptive, qui me laissa exposer l'objet de mon appel sans m'interrompre un seul instant. Tout en lui expliquant la situation, un détail que nous n'avions que trop négligé était remonté à la surface de mes pensées. En effet, l'inscription de Lena Johannsson avait été enregistrée auprès d'une agence de voyages de Las Vegas. C'était donc la seconde fois que cette ville revenait sur le devant de la scène, dans cette enquête. Mais comme cette inscription avait été faite il y avait plus de trois mois, de surcroît dans une ville comme Las Vegas qui devait voir passer quelques dizaines de millions de visiteurs chaque année, je n'avais pas poussé plus loin. En même temps, je me doutais bien que Fog avait choisi Las Vegas pour l'anonymat qu'elle procurait. Et je ne m'étais donc pas plus intéressé que ça à cette piste, obnubilé que j'étais par la violence des meurtres et des indices laissés derrière lui par Fog. Je conclus mes explications à McBride en abordant avec lui ce pan de l'enquête que j'avais fait passer au second plan. Je l'entendais taper sur un clavier tout en m'écoutant et me demandais en mon for intérieur s'il avait, finalement, prêté toute l'attention nécessaire à mon long discours. Cependant, une fois mon monologue achevé, il entreprit de récapituler les faits avec clarté et précision.

— Donc, si j'ai bien compris, conclut-il, vous souhaitez que je vous retrouve une Donna Summer plus vraie que nature, qui travaille comme sosie au Flamingo ?

— Vous avez parfaitement résumé le problème, McBride, c'est bien ça.

— Très bien, lieutenant. J'envoie immédiatement une voiture de patrouille au casino. Le show est largement terminé, à l'heure qu'il est, mais on va pouvoir accéder à la liste du personnel et identifier ainsi l'artiste qui interprète le rôle, OK ?

— Je compte sur vous, McBride, je sais que vous ferez le maximum. Mais agissez vite. Il y a urgence.

Je raccrochai en soupirant, après avoir exigé d'être rappelé dès que les équipes du LVMPD auraient investi le Flamingo et obtenu les informations demandées. De son côté, Lloyd était toujours en conversation téléphonique. Il semblait très agité et ne répondait que par de rares onomatopées. Ses traits étaient tirés par la fatigue et même sa belle chemise bleue semblait avoir soudain déteint au lavage. Il raccrocha enfin et un silence glacial refroidit instantanément l'atmosphère de la salle. Tirant sur les poils de sa moustache en un geste machinal, il se tourna vers l'assistance, en arborant une mine de condamné à mort. Lloyd se décida enfin à briser le silence, au moment où Alex, que je voyais bouillir intérieurement, était sur le point de l'agripper par la cravate pour lui faire cracher ses mots.

— Nous sommes sur la bonne piste. L'une des deux chanteuses qui assurent le show, tous les soirs, en tant que sosie de Donna Summer, s'appelle Mary Weiss Stone. En fait, pour être précis, le spectacle *Legends in Concert* tourne avec deux sosies de chaque star, qui alternent selon un planning très précis. Et, ce soir, c'est Mary Weiss Stone qui devait être sur scène.

— Qui… devait ? articulai-je, en me retenant au mur pour ne pas glisser au sol.

— Oui. Son petit ami a appelé le casino, ce matin, pour prévenir qu'elle était malade. Elle a été remplacée au pied levé par l'autre sosie.

Encore une coïncidence trop énorme pour qu'elle soit fortuite. Mais je sentais que Lloyd avait gardé une dernière carte dans sa manche. Il marqua un temps d'arrêt avant de l'abattre, tel un couperet :

— Ce n'est pas tout. Mary Weiss Stone travaillait à Vegas, mais n'en était pas originaire, comme c'est le cas de la plupart des artistes qui se produisent dans les casinos du Nevada. Elle retournait dans sa ville natale dès qu'elle avait quelques jours de congés. Et…

— … et sa ville natale, c'est San Diego, acheva de conclure Alex qui, comme nous tous, avait anticipé l'ultime partie de la phrase.

32.

L'adresse de Mary Weiss Stone que nous avait communiquée le casino était située à l'extrémité nord de San Diego. Alex avait déniché un plan de la ville qu'il avait déplié sur l'un des bureaux et pointait du doigt l'endroit.

— C'est là. 410, Lomica Drive. Je vois le coin. Des petits pavillons en stuc, des mignons petits jardins avec un gazon taillé à ras et des vérandas comme dans les magazines de déco. Le paradis terrestre, quoi.

Ignorant le cynisme habituel de mon coéquipier, je réfléchissais à toute allure. J'avais, entre-temps, eu un appel du brigadier McBride, qui m'avait donné quelques informations transmises par la patrouille qu'il avait envoyée au Flamingo. Entre autres précisions, il m'avait appris que Mary Weiss Stone travaillait du vendredi au lundi, soit quatre shows par semaine. Elle devait donc chanter ce soir, en effet, puisque nous étions le vendredi 17 mai. Sauf en de rares exceptions, elle avait pour habitude d'arriver à Las Vegas dans l'après-midi, par le vol de la Southwest Airlines qui partait de San Diego à treize heures quarante-cinq et atterrissait une heure un quart plus tard à l'aéroport McCarran de Las Vegas. Donc, si Fog tenait à respecter son plan macabre, il lui restait encore une dizaine d'heures pour accomplir son crime. À moins qu'il ne soit déjà trop tard, puisqu'il était désormais quatre heures du matin.

— Il existe une troisième possibilité, amigo, articula Alex. C'est que notre enfoiré soit en train de charcuter notre Donna Summer, là, en ce moment, pendant qu'on se regarde tous dans le blanc des yeux, en se tournant les pouces.

— D'accord. On envoie les patrouilles les plus proches à l'adresse de Mary Weiss Stone. Urgence prioritaire. Et on y fonce, nous aussi.

Cependant, si Fog était encore présent au domicile de la supposée prochaine victime, l'arrivée nocturne, et toutes sirènes hurlantes, de véhicules de police dans le quartier allait immanquablement le faire fuir. Mais s'il existait la moindre chance de sauver Mary Weiss Stone, il ne fallait plus tergiverser. La salle se vida en quelques secondes, nous précipitant toutes et tous dans les véhicules disponibles. Sans nous concerter, tel un vieux couple aux habitudes rodées par le temps, Alex prit le volant et enclencha la sirène, tandis que j'essayais de contacter l'une ou l'autre des voitures de patrouille, qui devaient être sur le point d'arriver dans Lomica Drive, au domicile de la chanteuse. Au bout d'un temps qui me parut infiniment long, la radio embarquée crachouilla une flopée de sons inintelligibles. Au milieu des parasites, je distinguai néanmoins quelques mots, puis, enfin, un timbre masculin plus distinct. J'augmentai le volume au maximum, tout en intimant le silence à Alex qui fonçait en direction du nord de la ville, en déballant une bordée d'injures aux rares véhicules qui croisaient notre route. En quelques phrases, la voix masculine – qui appartenait à un sergent nommé Shane Kelly – nous expliqua que les abords du domicile semblaient calmes et tranquilles. Une demi-douzaine de voitures étaient garées dans la rue, mais aucune âme n'était visible. Quant à la maison de Mary Weiss Stone, elle était plongée dans le noir, ce qui n'était plus tout à fait le cas des autres pavillons aux alentours, où plusieurs lumières venaient de s'allumer aux fenêtres, d'après le tableau que nous décrivait le sergent Kelly.

— Que fait-on, lieutenant ? On sonne à la porte ? Ou bien on vous attend ? On a réveillé tout le quartier, en débarquant comme ça en pleine nuit, c'était couru d'avance.

La tension était palpable dans la voix de l'officier, et je me mordis les lèvres pour ne pas répondre trop vite. D'un côté, si Fog se terrait encore auprès de sa proie, chaque seconde comptait. Mais si par malheur nous arrivions trop tard, je voulais être le premier, pour une fois, à pénétrer sur la scène de crime. Et, enfin, si nous nous étions trompés sur toute la ligne, nous serions quittes pour nous excuser auprès de Mary Weiss Stone de l'avoir réveillée en pleine nuit, surtout si elle était réellement souffrante, comme l'avait indiqué son ami en téléphonant au casino pour prévenir de son absence. Les pensées s'entrechoquaient dans mon esprit embrumé. C'est Alex qui me délivra de mes cogitations en brandissant vers moi sa grosse main droite, paume ouverte et les cinq doigts bien écartés.

— On y sera dans cinq minutes, Elvis, grommela-t-il, le regard rivé vers l'horizon noir qui nous faisait face.

— Ne touchez à rien, Kelly, on arrive, décidai-je finalement, en fermant les yeux.

33.

Conformément aux commentaires d'Alex, Lomica Drive ressemblait en tout point aux dizaines d'autres rues pavillonnaires typiques d'une banlieue américaine modèle pour classes moyennes. Un quartier résidentiel et tranquille, à l'abri de l'agitation du centre-ville, lové autour d'une petite zone commerciale à peine éclairée pendant la nuit. Tout juste avais-je aperçu l'enseigne clignotante d'un 7-Eleven ouvert vingt-quatre heures sur vingt-quatre. Je me demandais même si des caméras de surveillance étaient disposées à certains endroits stratégiques du quartier, ce dont je doutais. De nouveau, Fog avait bien choisi son endroit, si toutefois il était décidé à frapper ici. Mais, pour l'heure, rien ne pouvait le laisser penser. Cinq voitures de police occupaient maintenant le secteur, dont trois qui bloquaient les issues principales du pâté de maisons, leurs gyrophares bleutés se réfléchissant sur les façades claires des maisons. Notre arrivée avait achevé de réveiller les dormeurs récalcitrants, et c'est une foule compacte et interloquée qui se pressait à présent aux fenêtres de tous les pavillons.

Ou presque.

L'un des rares à demeurer plongé dans le noir était celui du 410, Lomica Drive. L'adresse de Mary Weiss

Stone. Pendant que nos collègues se déployaient autour de la zone, je me glissai le long de la façade de la maison, en direction de la porte d'entrée, pendant qu'Alex enjambait la petite haie qui délimitait le jardin, pour atteindre l'arrière de la bâtisse. L'éclairage public était inexistant et la lune invisible. Pour la première fois depuis le début de cette enquête, j'avais sorti mon arme de service de son holster, ce qui me semblait malgré tout absurde. Dans ma main gauche, je serrai une petite lampe de poche, faisceau dirigé au sol, mon seul guide pour me diriger dans la pénombre qui m'entourait. Parvenu aux abords immédiats de la maison, je marquai un temps d'arrêt et tendis l'oreille. En vain. Aucun bruit n'était perceptible. L'adrénaline commençait à circuler dans mes veines, à doses de plus en plus massives. Je me collai contre la porte et tentai de faire jouer la poignée, sans résultat. L'endroit paraissait désert et je me mis, l'espace d'un instant, à espérer que Mary Weiss Stone avait été trop souffrante pour rester seule chez elle et avait choisi d'aller passer la nuit chez son ami ou dans sa famille. Soudain, un bruit strident, provenant de l'intérieur de l'habitation, déchira le silence en me faisant sursauter. Je mis un quart de seconde à comprendre qu'il provenait du téléphone, qui cessa au bout de quelques sonneries. Presque au même moment, l'ombre massive d'Alex se matérialisa à mes côtés, sa grosse main agitant son portable, tel un hochet dans la main d'un bébé.

— J'ai craqué, murmura-t-il, je voulais savoir si elle était dans cette putain de maison. Mais personne n'a décroché. Et derrière, tout est fermé aussi, la seule porte qui donne sur l'arrière est verrouillée.

J'acquiesçai d'un signe de tête, tout en cherchant une solution pour pénétrer dans la maison. Légalement, nous n'avions aucune autorisation pour débarquer ainsi dans un lieu privé, surtout à quatre heures du matin. Pourtant, il fallait en avoir le cœur net. Car si jamais notre Donna Summer à paillettes était encore en vie, ailleurs que derrière ces quatre murs, il était vital de la localiser avant ce soir, minuit.

— Tant pis, gros, on assumera s'il le faut. Je suis comme toi, je ne tiens plus. On va entrer. Pas par ici. Par l'arrière. Elle est comment, ta porte verrouillée ?

— Elle est costaude, mais elle est en grande partie vitrée. Ça va être jouable. J'ai vu pire.

— Vas-y, je te couvre, ordonnai-je tout en resserrant la pression sur la crosse de mon arme.

Joignant le geste à la parole, j'emboîtai le pas à Alex, qui avait déjà retiré son gros blouson de cuir. Tant bien que mal, il l'enroula autour de son avant-bras droit, jusqu'au-dessus du coude. Armé de ce bélier de fortune, il ne lui fallut que deux tentatives pour que la vitre se fissure, puis explose, dans un violent fracas de verre brisé. Je m'attendais à entendre une alarme se déclencher, or, rien ne se produisit. Avait-elle été coupée à dessein par la propriétaire des lieux ? Et pour quelle raison ? Ou bien avait-elle été désactivée par quelqu'un d'autre ? Car, malgré la tranquillité apparente du quartier, je ne connaissais aucun foyer américain digne de ce nom qui aurait choisi de faire l'impasse sur une telle protection. Tout en essayant d'oublier, pour le moment, cette série de questions sans réponses, je tentais d'éclairer du mieux possible l'intérieur de la maison, pendant qu'Alex crachait quelques mots dans sa radio pour prévenir nos coéquipiers de l'imminence de notre intrusion. Le faisceau de ma lampe me permit de distinguer, dans un premier temps, les contours d'une pièce qui semblait être une sorte de salon. Faisant face à un immense canapé recouvert de coussins, un écran plat trônait contre l'un des murs, sur un meuble en acajou encombré de DVD. Probablement l'endroit où notre sosie visionnait les images de la vraie Donna Summer, afin de s'en imprégner et d'en être la véritable réincarnation. Un instant, je m'interrogeai sur la part de schizophrénie qu'un tel métier impliquait ou, du moins, générait chez un être humain normalement constitué, mais l'heure n'était pas à ce genre de considération psychologique. Après un dernier temps d'arrêt pour prêter l'oreille, et ne rien entendre d'autre que la lourde respiration d'Alex derrière moi, j'enjambai tant bien que mal la porte-fenêtre brisée, en prenant garde de ne pas me couper sur les débris acérés qui pointaient dangereusement autour du chambranle, et pénétrai dans le salon. Aucune odeur n'y était perceptible, en dehors d'une légère fragrance féminine. Je localisai facilement l'interrupteur et fis jaillir la lumière.

Et tombai nez à nez avec Donna Summer.

34.

Elle me faisait face. Elle m'entourait. Elle me regardait. Elle était partout. Sur les murs, sur les coussins du canapé, sur les étagères de la pièce, le visage de l'ex-star du disco me souriait. Des centaines de photographies, des dizaines d'affiches de concerts, mais aussi quelques tenues de scène encadrées religieusement et des disques d'or recouvraient chaque centimètre carré du salon. Un musée à la gloire de la chanteuse. Un véritable sanctuaire, fascinant et angoissant à la fois.

— Tu comptes lui demander un autographe, à Donna Summer, ou bien on continue d'explorer la baraque ?

Les paroles d'Alex me ramenèrent à la réalité. Un rapide coup d'œil au rez-de-chaussée nous confirma l'absence de qui que ce soit dans la salle à manger attenante au salon-musée ou dans la petite cuisine qui donnait elle-même sur un minuscule hall d'entrée. De là partaient un étroit couloir, mais aussi un escalier qui, lui, menait à l'étage supérieur. En revanche, aucune cave n'avait été prévue lors de la construction du pavillon. Le couloir débouchait sur une discrète salle de bains, totalement déserte elle aussi. Quant aux quelques placards, qu'Alex inspecta rapidement, ils ne dissimulaient rien d'autre qu'une impressionnante collection de chaussures et de vêtements féminins. Pourtant, le casino de Las Vegas avait bien indiqué que c'était l'ami de Mary Weiss Stone qui avait prévenu de son état souffrant. Il me semblait étonnant que ni objets ni vêtements, dans les pièces que nous venions de visiter, ne rappellent, même succinctement, une présence masculine en ces lieux. Pendant que j'envoyais mentalement cette dernière interrogation rejoindre la longue liste des questions sans réponses, j'entrepris d'escalader les marches en direction de l'étage, talonné de près par mon coéquipier qui avait, lui aussi, l'arme au poing. Peut-être plus pour se donner une contenance que pour nous protéger, d'ailleurs, car un silence presque rassurant continuait à nous entourer. Cependant, dès que mon pied droit foula la moquette du palier, je compris immédiatement. L'air s'était soudain épaissi, et une puanteur fétide avait brutalement remplacé celle du parfum féminin qui nous avait escortés jusqu'à présent.

Une odeur lourde, chaude, métallique. Une odeur écœurante.

Celle du sang.

Dans un état second, je parvins à faire quelques pas en avant, en direction de la porte qui me faisait face, et appuyai mécaniquement sur l'interrupteur de la pièce. Au milieu de sa chambre à coucher, Donna Summer – ou plutôt son clone de casino – gisait, allongée sur son lit, les bras en croix, vêtue de sa plus belle robe de soirée, en lamé or et argent. Ses longs cheveux de jais, frisés et soyeux à la fois, étaient déployés autour de sa tête, tel un macabre soleil noir. Elle portait d'immenses boucles d'oreilles serties de brillants, qui scintillaient sous l'éclairage nu du plafonnier. Le côté esthétique de cette mise en scène tranchait avec l'atrocité des mutilations dont Mary Weiss Stone avait été victime. Car, comme dans les deux premiers homicides, la signature était la même : gorge tranchée, cavités orbitales vides, pouces et gros orteils sectionnés. Dans un souci du détail poussé jusqu'à l'immonde, les yeux de la victime avaient été méticuleusement disposés sur la table de chevet. L'oreiller, les draps et les couvertures avaient tenté d'absorber tout le sang qu'ils pouvaient, sans réussir, néanmoins, à l'empêcher de suinter sur la moquette blanche. Un sang rouge carmin, encore visqueux. Un liquide épais, qui n'avait pas encore fini de sécher. Je m'approchai du corps, tandis qu'Alex se tenait prudemment à distance de la scène de crime et beuglait dans sa radio des ordres que je distinguais difficilement, incapable d'y prêter attention. Du bout des doigts, j'effleurai la jambe droite du cadavre. La peau était encore tiède, presque élastique. Autrement dit, le meurtre remontait à quelques heures à peine, entre minuit et une heure du matin.

Fog avait tenu sa promesse.

— Il a toujours un temps d'avance sur nous, cet enfoiré, soupira Alex en s'approchant enfin du lit, tandis que la maison se transformait en ruche policière. Tu lui as ouvert la bouche, au fait, pour vérifier s'il a écrit un truc sur la langue ? enchaîna-t-il en se penchant vers ce qui subsistait du visage de la victime.

— Non, on va laisser le légiste s'en occuper, mais regarde derrière toi : si tu cherches une signature, tu en as une juste à tes pieds. Là, en bas, sur la porte.

Les trois lettres *F*, *O* et *G*, écrites à l'hémoglobine, se dessinaient en effet clairement sur le linteau blanc, à mi-hauteur entre le sol et la poignée de porte. Les photographes de la police scientifique mitraillaient déjà la victime et la pièce pendant que les techniciens se livraient de leur côté à une collecte des empreintes. Je secouai la tête, persuadé de l'inutilité de cette quête. Sur les trois premières scènes de crime, en comptant l'assassinat de Bruce Aquino, aucune trace suspecte n'avait été relevée. Toutes les analyses effectuées s'étaient révélées négatives. Et je ne voyais pas pourquoi il en irait différemment cette fois-ci. Je me sentis soudain incapable de tenir le moindre propos cohérent, ni même de réfléchir. Sans trop comprendre ce qui m'arrivait, je me retrouvai assis dans un véhicule de service conduit par mon coéquipier, roulant en direction du sud de la ville. Vingt minutes plus tard, Alex me déposa en bas de chez moi, sur Gold Coast Drive, puis redémarra dans l'aube naissante. Silencieux pendant tout le trajet, il m'adressa simplement quelques mots de réconfort en me quittant, me faisant jurer de dormir deux ou trois heures avant de le retrouver à la brigade, en fin de matinée. Je le remerciai d'un geste silencieux et entrepris de gravir la volée de marches qui menait à mon appartement. Au moment où je fouillais les poches de ma veste à la recherche de mes clés, j'eus la divine surprise de voir la porte s'ouvrir brusquement devant moi, mue par la grâce de Sue qui me guettait sur le palier, fraîche et éveillée, parfumée au jasmin et délicieusement enveloppée dans son peignoir orange.

— Viens, il faut qu'on parle, murmura-t-elle en m'attirant vers elle pour déposer un baiser sur le coin de mes lèvres.

35.

Sue avait mal préjugé l'état de décrépitude avancé dans lequel le meurtre de Mary Weiss Stone m'avait plongé, mélange de déprime, d'impuissance et de renoncement. Devant le pathétique spectacle que j'offrais à ses yeux, elle jugea préférable de remettre à plus tard la conversation qu'elle avait songé à entamer.

— Bon, écoute, Elvis, annonça-t-elle sur un ton qui ne permettait aucune objection, il est déjà six heures du matin, au cas où tu ne le saurais pas. Je te donne trois ou quatre heures, maximum, pour revenir à la vie. Tu as le choix : douche froide, sieste, café en intraveineuse, tu te débrouilles comme tu veux, mais je veux te voir remonter la pente au plus vite, OK ?

Sans protester, je décidai sagement de suivre ses conseils dans l'ordre qui plus est – et quand neuf heures sonnèrent à l'horloge de la cuisine, c'est attablé devant mon deuxième café (que j'avais finalement choisi de prendre dans une tasse et non en seringue, ce qui n'aurait pas été une si mauvaise idée) que je reprenais goût à l'existence. À mon réveil – car j'avais réussi à fermer l'œil pendant près de trois heures –, j'étais prêt à affronter l'interrogatoire auquel Sue avait promis de me soumettre. Et, comme je le pensais, elle se lança tête baissée, sans vaines précautions oratoires :

— Elvis, ça ne peut plus durer. Tu vas laisser ta carrière dans cette enquête !

— Oui, et on fait quoi des prochaines victimes de Fog ? On le laisse continuer tranquillement à assassiner son cheptel de personnalités ?

En quelques phrases, je résumai les événements de la nuit dernière. Sue m'écoutait religieusement, sans m'interrompre, les lèvres serrées en un mince filet sombre et le regard perdu dans le vide. Un long silence s'ensuivit, que ni l'un ni l'autre n'osa briser. Enfin, Sue se décida à se lever de sa chaise et entreprit de tourner en rond autour de moi, tout en poursuivant à haute voix ses réflexions :

— Cet homme… Fog… Tu le connais.

— Certainement, mais impossible de retrouver ni dans ma mémoire ni dans mes dossiers le moindre détail qui pourrait me relier à lui. Par ailleurs, tu ne m'as pas encore dit ce que tu pensais de son mode de fonctionnement ?

— Tu parles des mutilations ? Ou du choix de ses victimes ?

— Pour moi, les deux se tiennent. Et, si tu veux connaître mon intime conviction…

— Je ne demande que ça !

— C'est le nom qu'il s'est donné qui m'interpelle le plus.

— Fog ? D'accord, on avait dit à l'époque que le brouillard avait été l'ennemi de Charles Lindbergh, lors de sa traversée de l'Atlantique, mais il y a autre chose derrière, j'en suis certaine. Comme si… Je ne sais pas comment t'expliquer le fond de ma pensée, mais je trouve les crimes et les mutilations trop violentes, trop obscènes, trop sanglantes, trop théâtrales si tu préfères. Et puis j'ai un peu de mal à suivre son raisonnement quant au choix de ses victimes.

— Attends, Sue, tu plaisantes ? C'est toi-même qui nous as entraînés sur cette liste de personnalités américaines qui serait son fil conducteur, en les associant à leurs dates de décès. Et, sans toi, on aurait probablement mis bien plus longtemps à faire le lien entre les meurtres !

— J'entends bien, mais laisse-moi revenir à ce que je tentais de t'expliquer.

— Son nom ? Fog ?

— Exactement. Peut-être faut-il prendre le mot « brouillard » au pied de la lettre. Au premier degré, si tu préfères. Le brouillard qui dissimule sa véritable identité.

— Je ne te sens pas convaincue par cette explication. Je me trompe ?

— Disons qu'elle ne me satisfait pas totalement.

— Et donc ?

— J'ai pensé à une autre possibilité. Et je te demande de m'écouter sans m'interrompre, s'il te plaît.

— Bien entendu, répondis-je en me levant à mon tour pour me rapprocher de Sue, afin de ne pas perdre la moindre miette de son discours.

— Avant tout, sache que ce que je vais te raconter là ne sera pas publié dans mon journal. Il s'agit du fruit de réflexions personnelles, que je mets volontiers à ta disposition et dont l'usage que tu en feras m'importe peu. En fait, depuis le début, j'éprouve un sentiment très étrange. Comme si nous étions, nous tous, les acteurs involontaires d'un mauvais film. Comme si Fog nous entraînait ailleurs, loin de la vérité, loin du véritable mobile de cette série de meurtres.

Devant mon air probablement ahuri, Sue poursuivit en articulant chaque syllabe, pour m'imprégner encore davantage, si besoin était, de ses paroles :

— Car, finalement, Elvis, des trois meurtres que Fog a commis jusque-là, en dehors de celui du chauffeur de l'université j'entends, lequel a été, selon toi, le plus violent ? Le plus élaboré ? Le plus mis en scène ?

— Le premier, répondis-je après quelques secondes de réflexion. Celui de Lena Johannsson. C'est celui qui lui a demandé le plus de sang-froid, d'après moi. Et le plus de préparation, également.

— Et c'est également le seul meurtre qui le relie à toi, ne l'oublie pas.

— Absolument. L'adresse électronique à mon nom, *elvis.cochran@yahoo.com*. Que Fog n'a d'ailleurs jamais réutilisée ou consultée depuis. Et aucun courrier électronique ne m'y a été adressé, en dehors des inévitables spams.

— Ça ne fait que conforter mes soupçons. En plus, c'est le seul des trois meurtres qui a un lien direct avec un autre incident antérieur : le kidnapping de la petite Suédoise, à SeaWorld.

— Pour l'instant, oui. Il est évidemment trop tôt pour savoir si le meurtre de la nuit dernière a un rapport quelconque avec un ancien fait divers. En revanche, du côté de la jeune Ness, non, en effet, aucune corrélation avec le passé n'a été découverte, en dehors de son homonymie. Mais ce n'est pas tout. Il y a également les indices du premier meurtre, Sue.

— Les indices ? Tu veux parler de ceux laissés volontairement en évidence par Fog, c'est bien ça ?

— Oui. Il en a laissé deux, à deux endroits différents qui plus est : la fausse montre de Charles Lindbergh, attachée au poignet de la victime, mais aussi la poupée du parking de l'aéroport, qui symbolisait le bébé kidnappé.

— Ça commence à faire un paquet de bonnes raisons de s'intéresser encore plus au premier meurtre, tu ne crois pas ?

— Nous travaillons dessus avec la même énergie que pour les autres homicides, je peux te l'assurer.

— Je n'en doute pas une seule seconde, Elvis, mais tu ne m'enlèveras pas de la tête l'idée que c'est ce premier meurtre qui était, pour Fog, le plus important.

— Je ne demande qu'à envisager cette hypothèse, mais alors pourquoi les autres crimes ?

— C'est là où je voulais en venir, Elvis : peut-être est-ce là le véritable sens de son surnom. Le brouillard. Celui qui dissimule tout.

— Un brouillard qui cacherait le premier crime, c'est ça ? murmurai-je, tandis qu'un détail que j'avais, une fois de plus, un peu trop négligé refaisait doucement surface dans mon esprit.

— Oui. J'ai l'intime conviction que les deux autres meurtres que Fog a perpétrés ensuite l'ont été, en quelque sorte, pour nous éloigner du crime originel.

— Nous ? relevai-je, en réprimant un léger sourire.

— Il me semble que tu n'as pas eu à te plaindre de ma modeste contribution à l'enquête, jusqu'à présent, je me trompe ?

Ignorant cette dernière remarque, je me raccrochai au détail qui avait resurgi des catacombes de ma mémoire. Il s'agissait d'un événement un peu passé inaperçu, mais qui remontait, justement, au meurtre de la jeune Suédoise. Un détail lié aux indices laissés par Fog.

Les poupées.

Notre seul témoin à ce jour, le chauffeur de bus ensuite assassiné, avait déclaré avoir roulé sur une poupée en plastique, sur le parking de l'aéroport. J'avais envoyé une équipe sur place rechercher d'éventuelles traces de ce jouet et récupérer les enregistrements de vidéo surveillance – sans résultat. Sauf que Bruce Aquino avait ensuite affirmé avoir revu des poupées, dans un carton, à l'arrière d'un pick-up. Mais comme il avait été retrouvé mort le soir même, nous avions dirigé l'enquête vers son assassinat et son environnement proche, négligeant l'aspect « technique » de son témoignage, à savoir la présence de ces jouets dans le véhicule. Des jouets. Au pluriel. Or, aucune poupée n'était réapparue sur les scènes de crime suivantes. À moins que…

— Elvis, ça fait un moment que j'ai perdu ta trace. Tu es toujours avec moi ?

La voix de Sue me fit sursauter. Levant les yeux vers ma compagne, je lui racontai en quelques mots mes interrogations.

— Si c'est bien Fog que le chauffeur de bus a aperçu dans le pick-up, il existe forcément une explication à la présence des jouets dans le coffre, Elvis.

— Oui. Et je crois savoir laquelle. Grâce à toi, Sue.

36.

La lumière du jour me sembla très agressive, quand je me décidai enfin à quitter mon domicile pour prendre la route du SDPD. Il était à présent dix heures du matin et le ciel brillait d'un bleu éclatant, sans la moindre trace de nuages. Je pris quelques secondes pour humer le parfum de l'air déjà tiède, mélange d'essences de pins et d'eucalyptus. À force de vivre en décalage et de me noyer corps et âme dans cette enquête qui ne me laissait aucun répit, j'avais presque oublié la beauté d'un printemps californien. Avec un plaisir non dissimulé, je m'assis derrière le volant de ma Cox, dont j'avais pris soin de baisser la capote, et tournai la clé de contact avec délectation. Pendant que je descendais l'Interstate 15 vers le sud de la ville, j'entrevis enfin une infime lueur d'espoir au milieu du fatras dans lequel j'étais plongé. Car Sue, j'en étais à présent intimement convaincu, avait vu juste. Le meurtre de Lena Johannsson était la clé. Les ramifications qui y étaient liées étaient trop nombreuses, en comparaison avec les deux autres homicides qui avaient suivi. Et puis il y avait cette histoire de poupées qui ne cessait de me hanter. Après avoir déposé l'une d'entre elles sous les roues du véhicule, à l'aéroport, il avait ensuite pris la direction du campus de l'université, afin de guetter sa proie et d'attendre le moment propice pour l'assassiner. Ce qui induisait deux détails très importants auxquels aucun d'entre nous n'avait prêté attention jusqu'à présent : s'il avait plusieurs poupées à disposition dans son camion, c'est que Fog avait l'intention d'en utiliser d'autres. Alors, pourquoi se balader avec un tel chargement, si c'était pour n'utiliser qu'une seule de ces poupées ? Il aurait été plus prudent pour lui de ne garder qu'un jouet à portée de main, celui qu'il comptait mettre en évidence sur le parking de l'aéroport. Je ne voyais qu'une seule explication à ce mystère : c'est parce qu'il venait de récupérer son carton de poupées. Probablement auprès de l'un des nombreux services de fret, disponible au sein de la zone aéroportuaire de San Diego. Donc, soit Fog avait voulu minimiser les risques d'être vu, en ne se rendant qu'une seule fois à l'aéroport, à la fois pour réceptionner son colis et surveiller ensuite l'arrivée de sa proie sur le sol américain. Soit il avait été victime d'un retard de livraison, qui avait dû l'obliger à faire d'une pierre deux coups, au risque de tout rater. Instinctivement, je penchais pour la première hypothèse, au vu de la minutie avec laquelle Fog avait planifié ses actes barbares. Quoi qu'il en soit, il me fallait creuser de ce côté-là et envoyer au plus vite une équipe sur place. De mon côté, j'avais entrevu une théorie qui pouvait expliquer le pourquoi de la présence du carton à poupées, mais je tenais d'abord à la soumettre à mon coéquipier Alex, avant de la vérifier sur le terrain. Un bref regard sur ma montre m'indiqua qu'il était tout juste dix heures trente quand je me garai sur la seule place de parking disponible, au deuxième sous-sol du SDPD. Encore un signe positif du destin, pensai-je en empruntant l'ascenseur. Mais, alors que j'hésitais entre rejoindre directement mon bureau ou passer par le hall d'accueil afin de prendre le pouls de la matinée, les deux portes de l'ascenseur s'écartèrent devant moi, dévoilant la silhouette athlétique de Marco Di Mucci, dont le visage aux traits marqués et aux paupières gonflées le faisait presque ressembler à ses patients, en à peine plus vivant. Je m'en voulais d'avoir déserté les lieux trop rapidement, la nuit dernière, et de ne pas avoir attendu son arrivée sur la scène du crime. Je m'attendais à ce qu'il m'en fasse le reproche, même déguisé. Cependant, il eut le bon goût de ne pas remuer son couteau dans ma plaie.

— Elvis, souffla-t-il en m'apercevant, j'allais partir me coucher, mais tu tombes bien. Je préfère qu'on discute un peu de vive voix, tous les deux. Cela dit, si tu es pressé, le rapport d'autopsie est posé sur ton bureau.

— Non, Marco, je t'écoute. Viens par ici et raconte-moi tout.

D'un geste, je l'invitai à me suivre jusqu'au parking et à monter sur le siège passager de ma Coccinelle.

— On sera tout aussi tranquilles que dans mon bureau.

— Oui, et en plus, on peut fumer en toute impunité ici, sourit-il en désignant du menton la capote baissée et en extirpant un cigarillo cubain de la poche de sa veste.

Tout en tirant quelques bouffées, Di Mucci entreprit de me dresser un tableau exhaustif des derniers moments de la vie de Mary Weiss Stone.

— Bon… Pour commencer, j'imagine que tu ne seras pas surpris d'apprendre que j'ai retrouvé sa langue bien planquée au fond de la gorge.

— Sectionnée ?

— Oui, et très proprement, en plus.

— Sans oublier l'inscription.

— Oui. Trois caractères, écrits à l'aide d'un marqueur noir, ou un feutre de bureau du même type : le chiffre 3 et les lettres *R* et *D*. *Third*. La troisième. Rien de surprenant non plus, si tu me permets. Tu trouveras toutes les photos que tu voudras là-haut, expliqua-t-il en désignant le deuxième étage du bâtiment d'un geste vague, en agitant son cigarillo.

— Je ne te remercierai jamais assez de ta bonté naturelle. Autre chose, Doc ?

— Elle ne s'est pas débattue ni réveillée. Je n'ai retrouvé aucun résidu, ni sous ses ongles ni sur ses dents. En revanche, elle avait absorbé des somnifères en grande quantité. J'ai envoyé son contenu stomacal au labo, mais je peux déjà t'assurer qu'on y trouvera de quoi endormir un cheval.

— Je ne te suis pas…

— Oui, excuse-moi. Tu n'as certainement rien remarqué cette nuit, car les longues manches et le bas de sa robe dissimulaient ses poignets et ses chevilles. Elle a été attachée avec une fine corde de nylon qui lui a entaillé la peau, très profondément. Il y a des photos, dans le dossier. Elle a également des traces de colle, autour de la bouche. Il a dû la bâillonner avec du ruban adhésif, ou un truc dans ce genre, après l'avoir forcée à avaler de quoi la faire sombrer dans un profond sommeil.

Marco avait raison, j'avais omis de regarder en détail le corps qui gisait sur le lit, obnubilé que j'étais par le massacre auquel Fog nous avait habitués. Mais je compris immédiatement la signification de ce détail crucial.

— Ce qui veut dire, enchaînai-je, qu'elle a passé une grande partie de la journée d'hier attachée et endormie.

— Quelques heures, oui, au moins. Ce qui n'a pas été le cas des autres victimes. Tu vois une explication à ça, Elvis ?

— Je n'en vois qu'une seule. Fog voulait la tuer après minuit. Le 17 mai, précisément. Aujourd'hui même. Mais comme il devait être certain que sa victime fût bien chez elle, au moment où il avait choisi de l'assassiner, il a pris soin de l'immobiliser avant. C'est aussi simple que cela.

Devant l'air interloqué du médecin légiste, j'entrepris, en quelques phrases bien choisies, de résumer à Di Mucci les conclusions auxquelles nous étions arrivés quant aux dates des meurtres et leur concordance avec les dates de décès de certaines personnalités de l'histoire américaine. Après m'avoir écouté religieusement, Marco hocha la tête plusieurs fois, avant de poursuivre son récit :

— Je pense qu'il l'a attachée au radiateur de la salle de bains. Tes collègues de la police scientifique ont retrouvé des traces d'urine, de salive et de sueur sur le sol et le carrelage mural. De sang aussi, bien évidemment. Tout est en cours d'analyse, mais pour moi, il ne fait aucun doute que ces substances corporelles appartiennent à la victime.

L'image de Mary Weiss Stone, ligotée dans sa salle de bains, dans l'attente d'être mise en pièces par Fog, s'imprima dans mon cerveau. Je balayai cette vision en secouant la tête, et me concentrai de nouveau sur mon interlocuteur.

— Donc, en résumé, reprit Di Mucci, Fog s'introduit chez sa victime hier, dans la journée. Plus précisément dans la soirée, je dirais. Il la met hors d'état de nuire, sans pour autant la tuer. Puis il revient, juste après minuit, et c'est à ce moment-là qu'il l'assassine.

— Et au préalable, complétai-je, il aura appelé le casino de Vegas, où elle est censée se produire le soir même, pour prévenir de son absence, en prétendant être un ami. On va vérifier le listing des appels de Mary Weiss Stone, et je te parie qu'on découvrira que l'appel a été passé avec le téléphone de la victime. Ce type est diabolique.

— Exactement. Et il parvient à s'introduire chez elle, à deux reprises, sans éveiller de soupçons. Ni auprès d'elle, la première fois, ni auprès de ses voisins non plus. Un tueur invisible. Un assassin hors du commun ou, au contraire, un homme ordinaire, des plus banals. Un Monsieur Tout-le-monde, qui passe inaperçu partout où il va. Il me semble qu'aucune trace d'effraction n'a été relevée nulle part, sur aucune des scènes de crime, je me trompe ?

— En effet, Doc. Et alors ?

— Mon cher Elvis, si tu me permets une remarque personnelle, je n'ouvrirais ma porte qu'à un voisin, ou encore une connaissance, ou bien aussi à quelqu'un que j'ai déjà croisé, par exemple. Ou alors…

— Continue.

— Ou alors, à quelqu'un d'ordinaire, une personne qui inspire confiance : le facteur, un livreur de pizza, un employé du gaz ou que sais-je encore, tu vois ? Le genre de type que tu croises tous les jours dans ta rue, sans même y prêter attention.

Seul un vieux réflexe de pudeur m'empêcha de serrer Marco Di Mucci dans mes bras et de l'embrasser sur les deux joues.

37.

Alors que je tentai le plus discrètement possible de rejoindre le deuxième étage du bâtiment, la douce voix du capitaine Kaulana me cueillit, agréable comme un seau d'eau glacée, à l'instant précis où ma main se posait sur la poignée de porte de mon bureau.

— Cochran ! Au rapport ! Immédiatement !

— Bonjour, chef, marmonnai-je, tout en tournant les talons et en emboîtant le pas de mon supérieur hiérarchique. J'allais justement passer vous voir ce matin, vous tombez bien.

— Gardez votre mauvaise foi pour quelqu'un d'autre, lieutenant, et dites-moi plutôt où vous en êtes dans votre enquête. Notez que je persiste à dire « votre » enquête, mais je vous préviens que je ne pourrai pas vous couvrir éternellement. Il me faut des résultats. Immédiatement.

Je décidai de garder le silence, jusqu'au moment où je me trouvai installé dans le bureau du capitaine, qui se garda bien de me proposer le moindre petit café. Après une profonde inspiration, je déballai tout. Même si je savais que Kaulana avait passé la matinée à parcourir les derniers rapports d'enquête, j'entrepris de lui exposer en détail ma propre analyse de la situation. Il eut le bon goût de ne pas m'interrompre trop souvent, sauf pour éclaircir quelques points de détail. De mon côté, j'évitai de mettre en avant la part prépondérante qu'avait prise Sue dans l'enquête. Au bout de trois quarts d'heure d'un exposé que j'espérais exhaustif, Kaulana me fit savoir que notre conversation était terminée.

— Vous êtes sur la bonne voie, Cochran, tenta-t-il de me rassurer, alors que je franchissais le seuil de son bureau. Ne me décevez pas.

J'en étais encore à ruminer ces dernières paroles, quand je pénétrai enfin dans mon bureau.

— Tu pourrais frapper avant d'entrer, tu m'as fait peur ! Monsieur a bien dormi ?

La voix caverneuse d'Alex, vautré dans l'un des deux fauteuils, me surprit. Nous n'avions pas échangé le moindre mot depuis le trajet de la veille et ma joie de le revoir devait se lire sur mon visage, puisqu'il enchaîna de plus belle :

— Tu as, en tout cas, une mine superbe, me voilà rassuré. Bon, quel est le programme de la journée ?

Je n'osais lui retourner le compliment, tant son visage mangé par une barbe de trois jours et les cernes qui lui creusaient les yeux faisaient peur. Quant à la ceinture de son vieux jean délavé, elle luttait vaillamment pour ne pas se laisser déborder par un ventre qu'une femme enceinte de huit mois n'aurait pas renié. Je tentais, néanmoins, de dissimuler mon malaise devant son état physique en lui balançant une tape amicale sur l'épaule tout en m'asseyant en face de lui. Je lui résumais mon entretien de la matinée avec Kaulana, avant d'aborder l'idée qui me trottait dans la tête depuis trop longtemps déjà.

— Tu te souviens des poupées ?

— Celle que le chauffeur du bus avait retrouvée sous ses roues, à l'aéroport, tu veux dire ?

— Oui, mais pas seulement. Si tu te rappelles bien, il avait aussi parlé d'un carton, qu'il avait aperçu à l'arrière d'un pick-up.

— OK, et alors ?

— Alors, pourquoi n'a-t-on pas retrouvé d'autres poupées, ailleurs ? Chez la petite Ness ? Ou chez le sosie de Donna Summer ?

— Parce qu'on ne les a pas cherchées, peut-être ? proposa Alex, d'un ton sans conviction.

— Parce qu'il ne voulait pas qu'on les découvre trop vite.

J'avais prononcé cette dernière phrase presque par réflexe, mais je compris immédiatement que j'avais touché du doigt le cœur du mystère des poupées. Cette hypothèse m'avait déjà effleuré l'esprit, en discutant avec Sue ce matin, mais je l'avais mise de côté en attendant de pouvoir la vérifier sur le terrain. Retrouver une poupée sur chaque scène de meurtre signifiait que l'homicide de la jeune Suédoise était, sans nul doute possible, le point de départ de cette série de crimes. Paradoxalement, d'ailleurs, puisque la plupart des tueurs en série tendaient vers un aboutissement, une apothéose ultime, un feu d'artifice final, en quelque sorte. Fog, lui, avait commencé par la fin, et avait ensuite remonté la rivière de ses fantasmes morbides en déclinant son mode opératoire. C'est pour ça que j'étais intimement persuadé qu'il nous avait laissé des traces, des indices, à travers les poupées par exemple, pour mieux nous le faire comprendre. Encore fallait-il que nous mettions la main sur les jouets, afin de corroborer cette thèse. Si Alex semblait plutôt dubitatif, j'étais, moi, certain d'être dans le vrai.

— Je m'occupe des poupées, si tu préfères. Tu n'as qu'à rejoindre l'équipe qui bosse sur Christophe Colomb ou sur Lafayette, proposai-je, en espérant que ma suggestion ne soit pas trop vexatoire.

— Non, merci, Elvis, j'ai pas envie de me taper l'annuaire à la recherche d'un descendant d'un navigateur ou de je ne sais quel héros. C'était qui, ce Lafayette, d'ailleurs ? Un Français, non ?

— Oui, mais il a joué un rôle important dans la guerre d'Indépendance, si j'ai bonne mémoire. Tu sais quand même qu'il y a des villes qui portent son nom, dans notre pays ? Et des centaines de noms de rues, aussi.

— Bon, peut-être, n'empêche qu'il n'est pas américain.

— Christophe Colomb était, lui aussi, tout sauf américain, je te le rappelle. Il est né en Italie, il est mort en Espagne, il a navigué partout dans le monde. Une vie passionnante, non ?

Ma brève leçon d'histoire n'eut pas le don de dérider mon coéquipier qui, tout en marmonnant quelques jurons, finit par se lever avec difficulté de son siège, pour attraper le téléphone du bureau qui s'était mis à sonner. De mon côté, je me décidai à parcourir, en diagonale, la pile de dossiers qui s'accumulaient sur mon bureau, à la recherche d'une éventuelle mention de poupées dans les meurtres de Karen Ness et de Mary Weiss Stone. Pendant que je m'usais les yeux sur les centaines de pages dactylographiées qui s'empilaient devant moi, je gardais une oreille attentive à la conversation d'Alex. Il finit par raccrocher, en grommelant un vague remerciement à son interlocuteur, puis se tourna vers moi :

— C'était l'un des techniciens du labo. Ils ont retrouvé des fibres sous les ongles de la dernière victime, Mary Machin Stone.

— Weiss. Mary Weiss Stone.

— Voilà. Des fibres de corde, si tu veux savoir. Certainement celle qui aurait servi à la maintenir attachée.

Je sentis soudain mon pouls s'accélérer. C'était la première fois qu'un indice significatif était relevé sur l'une des scènes de crime, depuis le début de la série de meurtres.

— Très intéressant. Tu en sais plus ?

— Non, mais surveille tes e-mails : le type que j'ai eu en ligne est en train de t'envoyer l'analyse complète, macrophotos et tout le bazar à l'appui.

Bondissant sur mon ordinateur, j'ouvris ma boîte de réception avec une certaine nervosité, sous le regard impatient d'Alex qui avait entrepris de contourner le bureau pour se glisser à mes côtés et ne rien perdre de la précieuse information. Quelques instants plus tard, la messagerie cracha l'e-mail tant attendu. Mais la déception fut très vite à la hauteur de nos espérances : Fog avait choisi d'utiliser une corde en polypropylène, de couleur blanche, d'un diamètre de trois millimètres et d'une résistance à la rupture de cent cinquante kilos. Autrement dit, la plus banale des cordes de bricolage. Quant aux photographies jointes au message, elles montraient simplement la magnifique qualité des fibres. Une véritable publicité pour l'usine qui avait produit cette corde. Le soupir de dépit d'Alex me confirma qu'il en était arrivé, lui aussi, à la même déduction.

— Tu parles d'une avancée, railla-t-il. Je te trouve la même corde dans n'importe quel magasin Vons, moi, et quand tu veux. Quelle trouvaille extraordinaire !

— Répète ce que tu viens de dire ?

— Quoi ? À propos de cette saleté de corde ?

— C'est ça.

— Je viens de te dire que, pour trois dollars, je t'en ramène un rouleau de n'importe quel magasin.

— Non, tu n'as pas parlé de n'importe quel magasin. Tu as cité une enseigne particulière.

— Oui, enfin, Vons, Costco ou je ne sais quoi, c'est pareil !

— Ce n'est pas pareil, Alex, non. Rappelle-toi, le premier jour de l'enquête. À l'université. Il y a un supermarché Vons juste à côté, à cinq minutes du campus, à peine.

— Ne t'emballe pas trop vite, Elvis, j'ai dit ça au hasard. Et puis il y a plein d'autres Vons à San Diego.

— Il n'y en a pas des centaines non plus. On va vérifier ensemble.

Joignant le geste à la parole, je me penchai de nouveau sur mon ordinateur et tapai le nom de l'enseigne dans un moteur de recherche. Une demi-seconde plus tard, le résultat nous sauta aux yeux : il y avait une vingtaine de magasins Vons à San Diego ; parmi eux figurait celui qui était voisin du campus.

— Je ne crois pas aux coïncidences, Alex. Allez, suis-moi, je t'emmène faire un tour au supermarché. Tu as un jeton pour le chariot ?

38.

Avant de quitter la brigade, je m'assurai que les différentes équipes qui enquêtaient sur les potentielles futures victimes de Fog n'avaient pas besoin de ma présence. C'était mon nouvel ami, le lieutenant Lloyd, qui chaperonnait cette tâche ingrate.

— Le seul avantage, me confessa-t-il entre deux portes, c'est que si l'on part du principe que vous avez vu juste, ça nous laisse trois jours de répit devant nous pour tenter de localiser la prochaine cible de Fog.

Nous étions en effet le 17 mai et aucun policier attaché à cette partie de l'enquête n'avait pu déterminer de personnalité marquante qui serait décédée un 18 ou un 19 mai. De fait, la prochaine date butoir nous amenait directement au lundi 20 mai.

— Vous oubliez une chose, Lloyd. C'est que, pour le meurtre du sosie de Donna Summer, Fog a pris soin d'immobiliser sa future victime chez elle, pour qu'il soit certain de pouvoir l'assassiner le jour J. Et rien, absolument rien, ne nous permet de penser qu'il changera de méthode, cette fois-ci.

— En d'autres termes, Cochran, vous êtes en train de supposer que la prochaine personne qu'il a choisi d'assassiner pourrait déjà être entre ses mains, à l'instant où je vous parle ?

— C'est une hypothèse qu'on ne peut, hélas, négliger. Et, croyez-moi, j'espère vraiment me tromper, sur ce coup-là.

Laissant Lloyd et son équipe à leurs investigations, je rejoignis Alex sur le parking, où il avait pris place à bord d'un véhicule de service.

— Un petit coup de sirène et de gyrophare ne sera pas inutile pour traverser la ville à cette heure-ci, qu'en penses-tu ?

Il était en effet midi passé, et la circulation promettait d'être dense.

— J'en pense le plus grand bien. Ce sera toujours mieux que ta radio country. Et passe-moi ton téléphone portable, par la même occasion, s'il te plaît. J'ai dû laisser le mien dans mon bureau, je ne le retrouve pas.

— Monsieur a des exigences de princesse, gloussa-t-il en me tendant son appareil, pendant que je parcourais quelques dossiers que j'avais pris le soin d'emporter avec moi, en les entassant du mieux possible dans un vieux carton ramassé dans un coin du bureau.

— Qu'est-ce que tu cherches ? L'adresse d'un restaurant ? Si c'est ça, inutile de t'embêter avec ta paperasserie, il paraît qu'il y a un nouveau japonais qui a ouvert, pas très loin de…

— Je cherche le numéro de téléphone de l'ami de la deuxième victime, l'arrêtai-je, avant que ses envies de nourriture ne prennent trop le pas sur sa vocation première de flic.

Je savais, cependant, que je n'allais pas pouvoir échapper à un arrêt dans un quelconque fast-food de la ville, et ce dans un délai rapproché, mais avant ça, je voulais avancer sur deux points précis de l'enquête. À commencer par mon idée fixe du moment : les poupées de Fog. Pendant qu'Alex se faufilait à travers le flux des voitures avec la dextérité d'un pilote expérimenté, je mis enfin la main sur le dossier du meurtre de Karen Ness, dans lequel était noté le numéro de téléphone portable de son fiancé,

Kevin Gardiner. Tandis que je tapais les chiffres sur mon clavier, je coupai la sirène, aussi bien pour ne pas effrayer mon interlocuteur que pour être certain de l'entendre, et réciproquement. De toute façon, nous étions presque arrivés à destination. Mais, au moment où Kevin Gardiner répondit, une idée me traversa l'esprit.

— Monsieur Gardiner ? Lieutenant Cochran, police de San Diego. Ne quittez pas, s'il vous plaît.

Posant ma main sur le combiné, je me tournai vers Alex, qui s'était mis à siffloter tranquillement, comme s'il partait en vacances.

— Continue vers le nord, Alex. On va faire un crochet par le domicile de Mary Weiss Stone, d'abord.

— Encore ton obsession des poupées ?

— De plus en plus. Allez, fonce.

Je repris la conversation téléphonique avec mon interlocuteur, en commençant par m'excuser de l'appeler ainsi sans avoir de véritable fait nouveau à lui annoncer. Je piochai dans ma collection de phrases toutes faites pour lui expliquer que l'enquête se poursuivait, que plusieurs équipes étaient mobilisées vingt-quatre heures sur vingt-quatre et que nous espérions un dénouement proche. Je sentis, au ton de sa voix, que mes arguments glissaient sur lui comme sur une armure en titane. Probablement était-il encore shooté aux antidépresseurs et autres drogues aux effets neuroleptiques, ce dont je ne pouvais le blâmer, au vu du décès récent de sa fiancée. Après ces préliminaires d'usage, il me confirma ce que nous craignions déjà : l'appel téléphonique pour un supposé dépannage, qui l'avait expédié à l'autre bout de la ville le soir du meurtre de sa compagne, s'était révélé totalement faux : une fois arrivé devant le magasin de téléphonie qui avait – soi-disant – urgemment besoin des services d'un réparateur, il avait trouvé porte close et rideau baissé. Je l'écoutai patiemment raconter l'incompréhension et la colère qu'il avait ressenties devant cette situation et posai enfin la question qui me brûlait les lèvres :

— Ce que je vais demander va probablement vous paraître absurde, monsieur Gardiner, mais j'ai besoin d'une réponse claire et précise. Prenez donc le temps de réfléchir, s'il vous plaît.

— Je vous écoute, lieutenant.

— Très bien. Alors, voilà : avez-vous trouvé un objet, disons, étonnant ou original, dans les affaires de… de Mlle Ness ?

Après un silence qui dura si longtemps que je crus dans un premier temps que la communication avait été coupée, Gardiner finit par répondre, en cherchant ses mots :

— Un objet… comment ? Que voulez-vous dire par original ? Étonnant ? Comme quoi ? Je ne comprends pas.

— Comme un jouet, par exemple ? Une poupée ?

Nouveau silence. Puis nouvelle réponse balbutiante.

— Karen n'était pas… Elle n'avait pas de souvenirs d'enfance, chez elle. Chez nous, je veux dire.

— Où êtes-vous actuellement, monsieur Gardiner ?

— Chez mes parents. Je ne suis pas retourné chez nous depuis que… Depuis…

Même si je comprenais son émotion, le discours haché de mon interlocuteur commençait doucement à m'irriter. Je voulais nous épargner une visite au domicile de Karen Ness, dans l'immédiat tout au moins, mais je sentais que nous n'allions pas pouvoir y échapper. Je lâchai un vague merci et raccrochai, aussi déçu qu'un électeur républicain le jour de l'investiture de Joe Biden.

— Tout ça pour en arriver là, conclut Alex, en freinant devant une pizzeria, située juste à l'entrée du quartier résidentiel du domicile de Mary Weiss Stone. Pendant que mon coéquipier se précipitait à l'intérieur du restaurant, j'en profitai pour contacter par radio les équipes qui patrouillaient dans le secteur afin de prévenir de notre arrivée.

— C'est chaud, par ici, lieutenant, me répondit un officier. La maison de la victime est cernée par les journalistes. Y a même un hélicoptère de la Fox 5 qui passe au-dessus, toutes les quinze minutes. Et je ne vous parle pas des dizaines de curieux qu'on essaye d'empêcher d'approcher trop près.

Dépité, je réprimai un juron. Mais nous ne pouvions que nous en prendre à nous-mêmes sur ce coup-là. Autant nous avions à peu près réussi à limiter les dégâts, côté publicité, pour le deuxième meurtre, autant la nouvelle de l'assassinat de la nuit dernière, précédé par notre débarquement en fanfare dans ce quartier résidentiel et tranquille, avait embrasé la ville comme une traînée de poudre. Je m'en rendais compte à présent. Après avoir raccroché, je me coulai derrière le volant pour laisser ma place à Alex, qui tentait d'ouvrir la portière tout en extirpant de son carton d'emballage une pizza encore fumante, au diamètre à peine moins large que la roue d'un tracteur. Après avoir franchi le dernier point de contrôle qui matérialisait la zone de protection autour de la maison, je me garai à quelques mètres de la porte d'entrée, sous le crépitement des flashs et des questions balancées à la volée par la nuée de journalistes présents. Nous étions parvenus à retenir, fort heureusement, plusieurs informations essentielles, comme le nom de code que s'était attribué le tueur, mais je savais, par expérience, qu'il ne nous restait plus beaucoup de temps avant qu'il n'apparaisse à la une des médias. Ignorant la foule affamée et hurlante, je me précipitai à l'intérieur de la maison, suivi d'un Alex soufflant comme un phoque et frustré d'avoir dû abandonner une partie de son déjeuner dans la voiture.

— Ça se mange aussi froid, la pizza, non ? tentai-je de le consoler tout en escaladant l'escalier qui menait à la chambre de la victime.

— Oui, mais c'est moins bon. Je trouve que la chaleur développe la subtilité du parfum de l'origan.

Le sergent de garde qui nous avait accueillis sur le pas de la porte nous regarda avec des yeux ronds, probablement surpris par le côté surréaliste de notre conversation, mais son étonnement fut de courte durée. Avant que nous ayons pu atteindre le palier du premier étage, il nous intima l'ordre de faire demi-tour, en s'excusant de son audace :

— Désolé de vous interrompre, messieurs, mais vous devriez voir ça, avant d'aller plus loin, fit-il en pointant du doigt la serrure de la porte d'entrée. Vous ne serez pas déçus, croyez-moi.

39.

— Bon, et alors, qu'est-ce qu'elle a donc de si particulier, cette putain de serrure ? grogna Alex après s'être accroupi pour étudier en détail la poignée de la porte d'entrée. Aucune empreinte digitale n'y a été relevée, c'est ça ? C'est pour nous annoncer ce scoop que tu nous as obligés à redescendre ?

J'avoue que, de mon côté, le bref examen auquel je m'étais livré n'avait rien éveillé en moi de particulier. Et j'avais envie de tout, sauf de jouer aux devinettes avec un officier de garde. Celui-ci dut sentir monter notre exaspération, car il se hâta d'éclairer notre lanterne :

— Non, vous avez raison pour les empreintes. J'ai discuté avec les techniciens du laboratoire, la poignée a probablement été nettoyée, car elle est impeccable. Vous ne trouvez pas bizarre, vous, qu'il n'y ait aucun système de fermeture, et surtout aucune clé ?

— C'est exact, sergent, finis-je par admettre, après quelques secondes de réflexion. Et qu'est-ce que vous en déduisez ?

— J'en déduis, coupa Alex, que ça ne veut rien dire. Elle avait peut-être pour habitude de fermer la porte d'entrée à clé et de l'emporter ensuite dans sa chambre à coucher. Qui sait si elle ne la planquait pas sous son oreiller ?

— Non, lieutenant, il n'y avait aucune clé dans le lit.

— OK. Alors, c'est qu'elle est forcément dissimulée ailleurs, cette foutue clé. Vous avez fouillé le tiroir de la table de chevet ?

— Oui, bien entendu. Là aussi, pas trace de la moindre clé. On y a seulement trouvé des trucs que n'importe quelle femme conserve à portée de main, la nuit : un mouchoir, une montre, une lampe de poche. Des bijoux, également : un petit collier en or avec un pendentif en forme de goutte d'eau et des boucles d'oreilles assorties. Dans le tiroir supérieur de la table de chevet, on a aussi ramassé une poupée d'enfant. Peut-être qu'elle avait une fille en bas âge ? Ça serait moche, pour la gamine. Je dis ça, mais je n'ai pas vu de chambre d'enfant, dans la maison, ce qui voudrait dire que…

La fin de la phrase se perdit dans une bordée de jurons d'Alex. Tandis que j'étouffais moi-même un cri de triomphe, mon coéquipier avait attrapé le jeune officier par le col de sa chemise bleu marine, en continuant de hurler comme un damné :

— Qu'est-ce que tu nous racontes, petit ? Une poupée ? Mais tu ne pouvais pas nous le dire plus tôt ? Raconte !

Marqué – au propre comme au figuré – par la brusque montée d'adrénaline de mon sanguin collègue, il fallut quelques minutes à notre cerbère de service pour nous expliquer, une fois de plus, l'historique de la découverte d'une poupée dans la chambre à coucher de Mary Weiss Stone. Malheureusement, tout le contenu du tiroir avait été emporté au laboratoire de la police scientifique pour analyse. Peu importe, j'étais à présent certain que Sue avait vu juste. Tout découlait du meurtre de Lena Johannsson, le 12 mai dernier, à l'université. Il y avait cinq jours seulement. Cinq fois vingt-quatre heures, qui semblaient s'être étirées en cinq années, tant je me sentais écrasé sous le poids de cette enquête. Remontant à l'étage, je m'assis sur le rebord du lit et me frottai les tempes, en un geste dérisoire pour tenter de faire circuler les idées qui se bousculaient à l'intérieur de mes méninges épuisées. Tout en m'efforçant de contrôler au mieux ma respiration, je regardai autour de moi, inspectant chaque détail de la chambre. Le sang avait à présent entièrement séché, dessinant de grotesques et sombres arabesques. J'imaginais les dernières secondes de celle qui faisait se lever les foules des casinos de Las Vegas, dissimulant sa personnalité derrière la voix et les habits scintillants d'une ancienne reine du disco aujourd'hui disparue, elle aussi. Mary Weiss Stone avait dû voir sa mort venir à elle, lentement, insidieusement, viscéralement : attachée, assommée, puis réveillée pour finir égorgée et mutilée. La plus violente des sorties de scène. Pourtant, elle avait accueilli son assassin chez elle, sans la moindre méfiance, lui avait ouvert la porte, peut-être même offert un verre ? La première remarque du sergent de garde quant à l'absence de clé dans la serrure me revint à l'esprit et me fit réagir, telle une piqûre de rappel. Redescendant précipitamment l'escalier, je me décidai enfin à m'intéresser un peu plus sérieusement à la porte d'entrée, même si mes connaissances en la matière étaient fort limitées. Alex, de son côté, avait disparu ; je le soupçonnais fortement d'être parti terminer son déjeuner dans un endroit discret, à l'abri des regards. Sous l'œil avisé de l'officier de garde, je commençai mon examen approfondi du linteau. La porte semblait être en bois massif, fabriquée dans un panneau plein. Aucun système de blindage ne la renforçait. Et aucun verrou supplémentaire, en dehors de la serrure, n'avait été rajouté, signe que l'habitante du lieu ne jugeait pas utile de se protéger outre mesure. En revanche, la clé semblait, en effet, avoir disparu. De deux choses l'une : soit celle-ci était cachée quelque part dans la maison, et nous allions tôt ou tard remettre la main dessus ; soit Fog l'avait emportée en partant, ce qui signifiait qu'il était entré par-là et que sa victime lui avait ouvert sans difficulté aucune. J'éprouvais un très net penchant pour la seconde hypothèse, qui venait en écho aux propos du légiste, quelques heures plus tôt, lors de notre discussion dans ma Cox. « … Je n'ouvrirais ma porte qu'à un voisin, ou encore une connaissance, ou bien aussi à quelqu'un que j'ai déjà croisé, par exemple… », avait-il affirmé, en élargissant ensuite le champ des possibles aux livreurs de pizza et autres employés du gaz. Ou à d'autres uniformes, pensai-je. Perdu dans mes réflexions, je n'avais pas vu qu'Alex était revenu tourner autour de moi. C'est quand il se racla la gorge que je levai la tête vers lui. Il arborait le sourire gourmand d'un chat qui venait d'avaler une volée de moineaux, et je devinai aussitôt les raisons de son air félin. Agitant un sac en plastique transparent sous mon nez, dans lequel reposait une poupée d'enfant, Alex eut le verbe triomphant :

— Tu voulais voir le bébé de Lindbergh de plus près ? Le voilà, amigo ! J'ai réussi à joindre la voiture qui l'emmenait au labo et à la convaincre de faire demi-tour pour nous ramener le machin ici. Tu m'offres quoi, pour me remercier ?

40.

Une tape dans le dos suffit, heureusement, à contenter Alex. Inutile, en effet, de s'épancher en remerciements et en congratulations, car la découverte de cette poupée n'était, finalement, qu'une simple confirmation et non pas un fait nouveau. Elle ne devait pas faire oublier l'essentiel : Fog continuait à nous entraîner derrière lui, dans son sillage. Où il le voulait. Quand il le voulait. Et il ne faisait aucun doute qu'une fouille un peu plus poussée de la maison de la deuxième victime, Karen Ness, allait révéler la présence, plus ou moins bien dissimulée, d'une poupée en tout point similaire à celle découverte dans le tiroir de la table de chevet de Mary Weiss Stone. Plus concrètement, le jouet ramené par Alex était d'une affligeante banalité, moulé dans un mauvais plastique rose vif, une teinte qui évoquait plus celle d'une tranche de bacon frite que l'épiderme d'un nouveau-né. Un produit fabriqué à la chaîne dans une quelconque usine asiatique et envoyé ensuite par containers entiers vers les États-Unis et le reste du monde. Une impression confirmée quelques secondes plus tard, quand je parvins enfin à déchiffrer l'inscription gravée en caractères minuscules dans le plastique, sous le pied droit de la poupée : *Made in China*. Je soupirai, résigné. Remonter à la source de ce genre de produit était à peine moins compliqué que de tenter de convaincre un sénateur républicain de voter une loi sociale. Et il ne fallait pas non plus espérer creuser trop profondément la piste des boîtes asiatiques d'import-export de la zone aéroportuaire, là où Fog était probablement allé récupérer son lot de poupées, en toute discrétion et en complète impunité. Je jetai un regard nerveux à ma montre, qui indiquait treize heures trente. J'hésitai, l'espace d'un instant, titillé par l'envie de traverser la ville pour dénicher par moi-même, de mes propres yeux, la poupée laissée par Fog chez Karen Ness, mais la sagesse finit par l'emporter.

— Tu y crois vraiment à ton idée du meurtre originel, Elvis, n'est-ce pas ? m'interrogea Alex, alors que nous étions de retour dans notre véhicule, en train de rouler de nouveau vers le nord de la ville, en direction de l'université internationale de San Diego.

— Plus que jamais. Pas toi ?

Il hésita quelques instants avant de répondre, en se grattant la nuque en signe d'intense réflexion.

— Je ne demande qu'à te suivre sur ce terrain, tu sais bien, mais explique-moi pourquoi Fog s'amuse à balancer des indices qui nous mettent sur la voie du premier crime ? Moi, à sa place, je me la jouerais discrète, pas toi ?

— Je crois que c'est plus fort que lui. Il veut à tout prix nous prouver qu'il existe. Il a un terrible besoin de reconnaissance. Appelons ça une forme exacerbée de narcissisme. C'est assez fréquent chez les tueurs en série, tu sais, ce besoin de crier à la face du monde qu'ils sont les plus forts et les plus intelligents.

— Un malade mental, quoi.

— Un schizophrène, plutôt, pour être précis. Parce que, au fond de lui, il sait très bien que c'est stupide, et même risqué, de nous lancer ce genre de défi, de nous semer des indices sur sa piste et, ainsi, de nous ramener au meurtre de la Suédoise. Mais il ne peut pas s'en empêcher.

Pendant qu'Alex méditait en silence, le panneau vert indiquant la sortie 14 se matérialisa enfin devant moi. Quittant l'Escondido Freeway, je m'engageai sur la bretelle menant à Pomerado Road et, au bout de deux kilomètres, tournai enfin à gauche, en direction de l'immense centre commercial de Scripps Ranch, peu fréquenté en ce début d'après-midi. Je n'eus aucun mal à me garer à deux pas de la porte d'entrée du supermarché Vons, dont l'enseigne – d'immenses lettres rouges sur fond blanc – était visible à des kilomètres à la ronde. Bien qu'habitant à quelques blocs de là, je n'y avais jamais mis les pieds, sauf en de très rares occasions pour venir y remplir le réservoir de ma voiture. Avec Sue, nous essayions de fuir au maximum ces temples de la consommation, afin de tenter de privilégier au maximum les petits commerces de proximité. J'allais donc découvrir un territoire quasi inconnu, mais, pour une fois, je m'en félicitais presque. Alors que je m'engouffrais dans les entrailles climatisées et aseptisées du magasin, avec un Alex toujours étonnamment silencieux sur les talons, la promiscuité du lieu avec celle du premier meurtre ainsi qu'avec mon domicile privé me sembla plus évidente que jamais. Je marquai un temps d'arrêt pour fermer les yeux et visualiser l'agencement de la zone d'habitation. Je vivais dans l'appartement de Gold Coast Drive, au nord de la ville, depuis mon installation à San Diego l'année dernière. Mon quartier était situé à l'ouest de l'autoroute qui coupait littéralement San Diego en deux, du nord au sud : l'Escondido Freeway. Pour rejoindre le siège du SDPD, situé à proximité de Balboa Park, j'empruntais immuablement le même chemin, direction plein sud. Je ne traversais donc jamais cette frontière de bitume pour me rendre dans cette gigantesque zone commerciale froide et impersonnelle. L'université internationale de San Diego était, quant à elle, située juste au-delà des derniers magasins, au sommet d'une vaste colline et dissimulée par un bois d'eucalyptus et de cyprès. Autrement dit, à l'échelle d'une ville comme San Diego, mon domicile, le lieu du premier meurtre et ce centre commercial de Scripps Ranch tenaient dans un mouchoir de poche. Encore une coïncidence qui était trop belle pour être fortuite. Mais quel était ce point commun entre moi-même, Elvis Cochran, lieutenant au San Diego Police Department, et le meurtre sauvage d'une Suédoise dont l'un des ascendants était célèbre dans le monde entier grâce à ses exploits aéronautiques ? Soudain, une nouvelle façon d'envisager ce premier homicide me traversa l'esprit : et si Lena Johannsson avait été attirée sur le campus uniquement parce qu'il était situé à proximité immédiate de mon domicile ? Dans ce cas, cela voudrait dire qu'il était inutile de se focaliser sur le personnel de l'université ou sur ses étudiants et donc de reconsidérer l'assassinat de Lena Johannsson à travers une seule focale : moi.

— Je t'observe en silence depuis dix minutes et ce que je vois ne me plaît pas du tout.

La voix sourde d'Alex se fraya lentement un passage à travers mes oreilles. Sans répondre, je regardai autour de moi. Les toilettes se situaient à l'autre bout de la galerie commerciale, juste avant la sortie de secours.

— Ne bouge pas, je reviens, finis-je par articuler, en me dirigeant vers les lavabos.

J'éprouvais le besoin urgent de plonger mon visage dans l'eau froide. Côté stimulation intellectuelle, le résultat fut quasi immédiat. En revanche, le reflet que je contemplais dans le miroir faisait peur à voir : mes pupilles n'étaient plus que deux minuscules points noirs, engloutis au milieu de cernes profonds, et la peau de mon visage évoquait la texture – mais aussi la couleur – du papier journal. Mais ce n'est pas ce tableau-là qui m'inquiétait le plus. Non, c'était la première partie de la phrase que venait de prononcer mon coéquipier qui me rongeait. « Je t'observe en silence depuis dix minutes… », avait-il prononcé.

Observé. En silence.

Soudain, j'eus l'impression physique, presque palpable, de sentir un regard posé sur ma nuque. Je me retournai vivement, mais l'endroit était désert. Je vérifiai, cependant, sous la porte de chacune des cinq cabines de toilettes que comptait la pièce, à la recherche d'une présence éventuelle, – en vain. J'étais bel et bien seul. Néanmoins, l'impression désagréable d'être scruté perdurait. Je quittai les lieux à reculons, troublé et encore plus désorienté qu'en y entrant. Alex m'attendait à quelques pas de la porte, les bras croisés et le regard plus sombre que jamais. Sans lui laisser le temps d'ouvrir la bouche, je l'entraînai dans un coin et lui déballai le fond de ma pensée :

— Il m'observe, Alex. Depuis le début. Depuis la première heure.

— Qui ça ? Le Père Noël ?

— Fog, abruti. Je le sais, à présent. Je le sens. Il est là, tapi quelque part, à scruter mes moindres faits et gestes, à me regarder me vautrer dans cette enquête sans fin.

D'un geste ample, je désignai les clients de l'hypermarché qui déambulaient autour de nous.

— Il est peut-être là, anonyme, au milieu de tous ces gens, à guetter chacun de mes pas. Ou caché dans son pick-up, sur le parking du magasin, à attendre que nous ressortions d'ici pour nous suivre. Ou encore bien planqué devant chez moi, qui sait, à surveiller mes allées et venues ? J'en suis certain, Alex, c'est moi qui l'intéresse, avant tout. C'est moi qu'il veut toucher.

— Tu veux dire que tu... que tu risques d'être sa prochaine victime ? Tu commences à me faire peur, amigo. Je n'aime pas ça du tout.

— Non, rassure-toi, gros. S'il avait voulu m'assassiner, je ne pense pas qu'il aurait emprunté des chemins aussi compliqués pour parvenir à ses fins. Il existait des moyens plus directs et, surtout, plus faciles. En fait, je crois que, ce qui lui plaît, c'est de provoquer le chaos autour de moi.

— Et ce qui l'excite encore plus, c'est de te voir t'y noyer, conclut Alex en reniflant, d'un air dégoûté.

41.

Au point où nous en étions arrivés, il fallait tenter quelque chose. Une idée venait de me traverser l'esprit. En quelques mots bien choisis, je parvins à convaincre Alex de nous séparer :

— Toi, tu fais ce qui était prévu ici, chez Vons : tu vas vérifier s'ils vendent bien de la corde en nylon comme celle qui a servi à attacher Mary Weiss Stone, et tu me trouves quelqu'un de la sécurité du magasin, pour savoir combien de temps ils conservent leurs archives vidéo. Mais, avant, tu vas me surveiller.

— Comment ça ? Qu'est-ce que tu as derrière la tête ?

— Je vais essayer de rejoindre le campus de l'université. Mais pas par la route. Je vais escalader la colline. Pendant ce temps, tu vas observer chaque mouvement, autour de toi. Je veux que tu sois attentif à chaque personne.

— Ben voyons ! Il doit juste y avoir environ deux cents personnes dans le centre commercial, cet après-midi. Ça va être un jeu d'enfant, ton truc ! Dès que je vois un type lâcher son chariot pour te coller au train, je l'arrête aussitôt, promis, et je lui passe les menottes.

— Je n'y crois pas beaucoup non plus, mais ça vaut la peine d'essayer. Je ne m'attends pas à ce que Fog surgisse soudain de la foule pour me courir après, ce serait trop simple et trop beau. Noël tombe rarement en mai, c'est vrai. Mais s'il nous colle aux talons, comme je le pense, ça lui semblera étrange de nous voir soudain nous séparer. Et il réagira peut-être.

— Ouais, soupira Alex, on peut toujours essayer, si ça peut te faire plaisir. Mais tu ne veux pas plutôt qu'on te place sous surveillance, vingt-quatre heures sur vingt-quatre ? On mettrait une équipe devant chez toi, une autre attachée à tes basques et on pourrait même placer ton téléphone sur…

— Non, coupai-je sèchement, s'il est aussi intelligent qu'il nous l'a prouvé jusqu'à présent, il va tout de suite remarquer le manège. Alors que si on agit par surprise, on peut espérer le déstabiliser. Et il faut le faire là, tout de suite.

À court d'arguments, Alex acquiesça du bout des lèvres et tourna les talons, avant de disparaître au milieu de la foule. Remontant le flux coloré et bruyant des badauds, j'atteignis enfin la lumière du jour, en tâchant de modérer mon allure, malgré mon envie féroce de foncer à travers le parking et d'attaquer la petite montée vers l'université. Je m'efforçai également de ne pas regarder par-dessus mon épaule et de paraître le plus naturel possible, tout en m'éloignant du grand bâtiment pour gagner l'arrière du parking, mais je brûlais au plus profond de moi. J'éprouvais la désagréable impression d'être l'objet de la curiosité de tous les clients de l'hypermarché, ce qui était totalement insensé, je le savais aussi. Ou alors était-ce déjà le regard de Fog que je ressentais, vrillé sur moi ? Plus perturbé que jamais, j'arrivai enfin à l'extrémité du parking, en espérant que les rares vigiles que j'avais aperçus en train de moisir au soleil n'avaient pas capté mon manège. Heureusement, il y avait quelques véhicules garés tout au bout, à la limite de l'endroit où le bitume se transformait en herbe jaunie, et c'est vers eux que je me dirigeai, l'air aussi détaché que possible. Je m'adossai au plus imposant d'entre eux, un énorme 4 × 4 Dodge Durango qui devait, à coup sûr, appartenir au directeur du Vons. Il était étonnant que sa présence en ces lieux déserts n'ait pas été détectée par une quelconque caméra ou l'un des cerbères de service. En même temps, cette absence de réaction confortait l'hypothèse selon laquelle Fog aurait pu passer par ce chemin pour rejoindre l'université, dimanche dernier. Et sans se faire remarquer par quiconque. Avant de m'élancer à l'assaut de la colline, je repensai à Sue, qui avait elle-même emprunté ce sentier le lendemain du premier crime, afin de nous démontrer, à Alex et à moi-même, la facilité d'accès à l'université. Nous avions ensuite envoyé une équipe sur place, collecter d'éventuels indices, mais les rapports d'enquête que j'avais parcourus depuis étaient d'un vide abyssal. Aucun indice, aucune trace, aucun résultat n'était apparu. Une dernière fois, je balayai rapidement du regard le parking, mais, malgré la vue dégagée qui s'offrait à mes yeux, je ne distinguais pas la moindre présence humaine à l'horizon. Ne sachant pas s'il fallait m'en réjouir ou, au contraire, m'en inquiéter, je traversai en quelques enjambées rapides un terre-plein herbeux et me retrouvai, presque aussitôt, à la lisière d'un petit bois qui montait en pente assez raide vers une colline. À peine atteignis-je le couvert des cyprès et des eucalyptus que l'impression d'être observé disparut aussitôt. Illusion ou réalité ? Je décidai de ne pas m'encombrer de pensées inutiles et entamai l'ascension. L'air était doux et le délicat parfum qui se dégageait de la végétation alentour aurait presque pu faire passer mon expédition pour une agréable promenade de printemps. Après avoir parcouru une dizaine de mètres à peine, je me rendis compte que j'avais, tout naturellement, emprunté un étroit sentier qui semblait idéalement tracé pour rejoindre le campus. Je pouvais nettement distinguer, un peu plus haut, le passage de cet étroit chemin serpentant à travers les arbres et les buissons. Un sentier qui s'était formé naturellement, à travers l'épaisse végétation, creusé au fil des années par les milliers de chaussures d'étudiants qui l'empruntaient chaque jour. Je ne fus donc pas surpris de croiser, une centaine de mètres plus haut, un groupe de jeunes filles qui descendaient vers le parking, d'un pas décidé, sans prêter la moindre attention à ma présence. Au fur et à mesure de ma progression dans les sous-bois, je croisai encore deux autres groupes d'élèves avant, enfin, de déboucher sur un espace dégagé. Comme cela avait été le cas pour Sue, le trajet ne m'avait pas pris plus de cinq minutes. Les premiers bungalows du campus n'étaient situés qu'à une dizaine de mètres de l'endroit où je me tenais. J'étais parvenu à rejoindre l'université en toute discrétion et sans aucun effort. Je regardai autour de moi, mais personne ne semblait surpris de ma présence en ces lieux. De rares étudiants arpentaient silencieusement les allées du campus ; d'autres encore étaient assis sur les marches de leur bungalow, téléphone portable vissé à l'oreille ou livre ouvert sur les genoux. Rien ne laissait imaginer qu'un meurtre atroce avait eu lieu ici, quelques jours plus tôt. Avant de me diriger à l'instinct à travers le campus, à la recherche du bâtiment principal, je pris le temps de m'épousseter et de remettre un semblant d'ordre dans ma chevelure. Je ne pouvais pas, en effet, concevoir une visite en ces lieux sans prendre le temps d'aller saluer la délicieuse directrice de l'université. La Madone était heureusement présente dans son bureau, comme me le confirma l'hôtesse qui m'accueillit à l'entrée du grand bâtiment principal aux murs orangés, que j'avais fini par dénicher après plusieurs tâtonnements dans le labyrinthe des allées. Quelques instants après, le sourire d'Anne Beaulieu illuminait le hall d'accueil. D'une poignée de main ferme et décidée, elle me salua avec chaleur et m'invita à la suivre dans son bureau. Comme lors de notre précédente rencontre, sa tenue vestimentaire, savant mélange d'influences italiennes et françaises, me troubla plus que de raison. Quant à son regard, j'essayais au maximum de ne pas m'y perdre afin de garder les idées les plus claires possibles. Après deux ou trois échanges de banalités, je lui expliquai, en quelques phrases choisies, la raison de ma venue, sans toutefois entrer dans d'inutiles détails. Elle m'écouta sans m'interrompre, heureuse, toutefois, d'apprendre que l'enquête semblait progresser. J'avais, certes, légèrement enjolivé le tableau, mais je n'avais pas vraiment le choix. Un regard sur mon téléphone portable me confirma ce que je craignais : la batterie avait rendu l'âme et l'objet était à présent inutile. Quand je lui demandai l'autorisation d'utiliser un téléphone afin de prendre des nouvelles de la surveillance que j'avais confiée à Alex, Anne Beaulieu me tendit son propre téléphone portable, en toute simplicité.

— Je vous laisse tranquille, lieutenant, vous n'aurez qu'à prévenir ma secrétaire quand vous aurez terminé. Je serai dans les parages, ne vous inquiétez pas.

Tout en me demandant si Anne Beaulieu avait tenté de mettre une dose d'ironie dans cette dernière phrase, je composai fébrilement le numéro d'Alex. Il répondit à la première sonnerie, mais je compris, au son de sa voix, que ma merveilleuse intuition n'avait rien donné.

— À part deux ou trois femmes qui t'ont suivi du regard et dévoré des yeux, personne n'a bronché quand tu es parti grimper sur ta colline, ironisa mon coéquipier.

— Bon… Et la corde ? Et les vidéos ?

— Pour la corde, c'est oui. Pour les vidéos, c'est non. Ça te va ?

— Je prends ce que tu me donnes, gros. Merci, en tout cas. Je reste persuadé que ça valait la peine d'essayer.

Avant de raccrocher, je fis promettre à Alex de passer me chercher à l'université d'ici un quart d'heure.

— Attends-moi sur le parking visiteurs. Je termine mon entretien avec madame la directrice et j'arrive.

— Prends ton temps, surtout, je m'en voudrais de te priver d'une si douce compagnie.

Je retrouvai Anne Beaulieu dans le hall d'accueil, en grande conversation avec un petit groupe d'élèves. Mais dès qu'elle me vit sortir de son bureau, elle les abandonna pour se précipiter vers moi. Ou alors était-elle pressée de récupérer son téléphone portable ? Comme je n'avais pas forcément envie de connaître la réponse à cette interrogation, je lui rendis son appareil et la remerciai pour son accueil avant de prendre congé. Anne Beaulieu poussa la bienséance jusqu'à m'accompagner sur le parking, où notre Chevrolet de service était, pour le moment, invisible.

— Je peux vous poser une question, lieutenant ?

— Je vous en prie, fis-je, l'intérêt soudain éveillé.

— Pensez-vous que vous aurez bientôt arrêté le meurtrier ?

— Je ne peux rien vous promettre, madame Beaulieu, mais, croyez-moi, toutes les forces de police de la ville sont mobilisées à cet effet.

Ma réponse était garantie pure langue de bois et digne d'un politicien de bas étage, mais c'est la seule qui m'était venue à l'esprit.

— Je vous dis ça, lieutenant, poursuivit-elle en posant délicatement sa main sur mon bras, car je suis terrorisée. Imaginer qu'un fou se promène en liberté, dans notre ville, m'est proprement insupportable !

— Je vous comprends.

— Voyez-vous, je vais certainement vous faire une remarque très égoïste, mais mon mari et moi avions envisagé une escapade de deux jours, ce week-end ; or, dans ces conditions, cette perspective est littéralement au-dessus de mes forces.

Le fond de l'air me sembla soudain glacial et mon cœur rata un ou deux battements. Un mari ? Anne Beaulieu était donc mariée ? Je n'avais pourtant pas aperçu d'alliance à aucun de ses dix doigts, même si ce n'était pas une indication fiable, preuve en était. Elle dut prendre mon silence gêné pour un encouragement, car elle continua de plus belle à me dévoiler sa vie privée :

— L'été dernier, nous avons décidé d'acheter un bateau. Un voilier de six mètres, pour faire du cabotage.

Et, comme les beaux jours reviennent, nous avions envie de pousser jusqu'à l'île de Santa Catalina. Vous connaissez l'endroit, lieutenant ?

Je savais que ce caillou, situé à quelques encablures des côtes, au nord-ouest de San Diego, était l'une des destinations préférées – voire obligatoires – de tout plaisancier californien qui se respecte, mais mes connaissances en la matière étaient à peu près les mêmes qu'en biologie moléculaire. Mes origines géographiques et sociales ne m'ayant pas entraîné vers la pratique intensive de tels loisirs nautiques, je dus reconnaître que, non, je n'avais jamais posé le moindre orteil sur ce caillou isolé. Néanmoins, un signal d'alarme venait de s'allumer dans l'un des recoins sombres de mon cerveau.

— Pouvez-vous me répéter ce que vous venez de dire, madame Beaulieu ?

L'étonnement se lisait à présent dans le regard abyssal de mon interlocutrice, mais elle eut la patience de répéter ses propos :

— Je... Je vous disais que mon mari et moi avions envisagé une croisière vers l'île de Santa Catalina, le week-end prochain.

La lumière qui brillait en moi devenait de plus en plus intense.

— Continuez, je vous en prie. Vous me parliez aussi de votre bateau ?

— Nous avons récemment acheté un petit voilier, oui. Un six-mètres, très facile à manier. Mais c'est mon mari qui possède le permis bateau, je me contente de l'assister et de profiter du voyage.

La lumière m'éclaira enfin de toute sa force, brutalement. Violemment. Douloureusement.

— Comment avez-vous baptisé votre embarcation, madame Beaulieu ?

— C'est mon mari qui a choisi le nom. Je vous avoue que j'ai eu un peu de mal à m'y faire, car je le trouve un peu… comment dire… présomptueux, surtout pour un modeste voilier !

— Mais encore ?

— Il s'appelle le *Santa María*.

— Le *Santa María*, répétai-je automatiquement, d'une voix atone.

— Oui, lieutenant. Comme la caravelle de Christophe Colomb.

42.

Aujourd'hui, avec le recul, je dois avouer que je garde un souvenir très confus des heures qui suivirent ce moment. Seuls certains instants fugaces surnagent encore dans ma mémoire, comme l'arrivée hollywoodienne de mon coéquipier dans un crissement de pneus : un Alex totalement ahuri, qui mit de longues minutes à comprendre pourquoi je m'obstinais à vouloir faire entrer Anne Beaulieu dans notre voiture de service, et à la maintenir allongée sur la banquette arrière. La même Anne Beaulieu qui tentait de se débattre en hurlant, persuadée que j'étais en train de l'arrêter et de l'embarquer de force. Je me souviens aussi de l'attroupement qui s'était formé autour de nous, et de notre départ précipité au milieu de la foule des étudiants qui grossissait à vue d'œil, soudainement attirée par cet interlude. Après, c'est le trou noir, ou presque. Je commençais à reprendre pied au moment où le capitaine Kaulana avait déboulé en hurlant dans la salle d'interrogatoire dans laquelle j'avais réussi à entraîner Anne Beaulieu.

— Bon Dieu, Cochran, vous êtes devenu fou ! C'est quoi ce bordel ? De quel droit avez-vous amené cette personne ici, dans nos locaux ? Ne me dites pas que c'est elle, votre suspect ?

Mon arrivée au SDPD, en cette fin d'après-midi où beaucoup de flics quittaient leur service et étaient remplacés par les équipes de nuit, n'était pas passée inaperçue, bien au contraire. Pour gagner du temps, Alex avait opté pour l'option « gyrophare et sirène », afin d'éviter à notre passagère un long trajet, à la fois pénible et forcément humiliant. Il me semblait pourtant avoir tout fait pour la rassurer et lui expliquer le pourquoi de ma brutale réaction. Mais, à la vue de son visage qui me semblait toujours aussi ravagé et de la colère de mon supérieur hiérarchique, je décidai de reprendre mes explications depuis le début, en prenant soin de peser chaque mot, chaque virgule, et même chaque silence :

— Madame Beaulieu, commençai-je en m'ingéniant à la fixer, droit dans les yeux, ma réaction a certainement dû vous sembler brutale, voire disproportionnée, mais elle ne découle que d'une seule et unique volonté : vous protéger.

— Me… protéger ? De quoi ? De qui ? De votre… votre tueur en série, c'est ça ?

— Exactement. Et c'est pour ça que j'ai décidé de vous soustraire, immédiatement, à votre environnement professionnel. Je tenais absolument à vous savoir ici, en lieu sûr.

— Mais pourquoi moi, lieutenant ? enchaîna Anne Beaulieu, d'une voix de plus en plus aiguë, à la limite de la rupture. Quel rapport avec cette série de crimes ? D'accord, il y a eu le terrible meurtre de notre future étudiante suédoise, sous les fenêtres de mon bureau, pourtant, de là à me retrouver mêlée de près à cette histoire, il y a un fossé que… que je ne réussis pas à franchir !

— Je vais vous expliquer, articulai-je le plus calmement possible, tout en guettant, du coin de l'œil, l'assentiment de Kaulana, qui me fit aussitôt comprendre, d'un léger signe de tête, que je pouvais continuer à avancer sur ce terrain glissant. Je poursuivis, rassuré ; pendant que je commençais à parler, mon auditoire grossissait doucement. Les officiers présents dans les bureaux ne voulaient rien manquer de ce nouvel épisode de leur série préférée. Même le lieutenant Lloyd, que je pensais pourtant en mission sur le terrain, m'honora d'un signe de tête par l'entrebâillement de la porte. Il me fallut de longues minutes pour résumer les faits et présenter nos théories sur le mode opératoire de Fog. Au fur et à mesure de mon exposé, relayé parfois par Alex – qui s'était naturellement joint à nous après être allé chercher du café pour toute l'assemblée –, Anne Beaulieu sembla se reprendre et sa voix récupéra un peu de sa profondeur habituelle.

— Si je vous comprends bien, messieurs, conclut-elle, alors que je venais de lui demander si tout était plus clair à présent, dans son esprit, vous semblez penser que le nom de notre bateau, à mon mari et à moi-même, pourrait avoir un rapport quelconque avec le projet meurtrier de… de Fog, comme vous l'appelez ?

— Bien plus que ça, madame Beaulieu. Et c'est aussi pour cette raison que je tenais à vous faire ces confidences ici même, dans un endroit fermé et protégé, où je sais que les fuites seront impossibles. Nous sommes aujourd'hui le 17 mai. Dans trois jours, nous serons donc le 20 mai, date anniversaire de la mort de Christophe Colomb. Et je crains fort que Fog ne choisisse ce jour-là pour commettre son prochain crime.

— Tu ne m'avais pas parlé d'un autre type, qui serait mort, lui aussi, un 20 mai ? m'interrompit Alex.

— Oui, tu as raison. Le marquis de Lafayette.

— Lafayette ? Comme cette ville, en Louisiane ? Ils ont une super équipe de base-ball, les Ragin' Cajuns, qui…

— Oui, le coupai-je, le nom de la ville vient de ce personnage historique. Mais, pour l'instant, aucune concordance n'a été découverte qui pourrait éventuellement nous conduire vers quelqu'un, ici, à San Diego. N'est-ce pas, lieutenant ? lançai-je en me tournant vers Lloyd, qui travaillait sur cet aspect de l'enquête avec son équipe.

Surpris, ce dernier se racla la gorge avant d'énoncer, d'une voix monocorde, l'état actuel de ses connaissances en la matière :

— Il existe une rue Lafayette, dans le nord-ouest de la ville, tout près du musée de l'Air et de l'Espace. À proximité immédiate, nous avons également un hôtel Lafayette, qui…

— … qui propose très régulièrement des soirées jazz fort sympathiques et d'excellente qualité, ajouta Alex, notre expert en vie locale.

— Et qui n'est pas le seul établissement de la ville à avoir été baptisé ainsi, si vous voulez tout savoir, surenchérit Lloyd sans tenir compte de l'interruption, puisque, tenez-vous bien, mesdames et messieurs, nous avons dénombré pas moins d'une trentaine de sociétés et autres entreprises diverses et variées qui portent le nom de Lafayette rien qu'ici, à San Diego : une école élémentaire, un fast-food, un bar, une boîte de communication, un loueur de voitures… Vous voulez que je vous en dresse la liste entière, ou je m'arrête là ?

— Ça ira très bien comme ça, Lloyd, merci de votre intervention. Je crois que nous avons tous compris l'ampleur de la tâche. Non, crois-moi, Alex, prononçai-je en me tournant vers mon coéquipier, le lien avec Christophe Colomb est trop évident pour qu'il en soit autrement. La *Santa María* était l'une des trois caravelles du navigateur. Et c'est le nom de votre voilier, également, madame Beaulieu. Vous qui êtes, de surcroît, la directrice de l'université où Fog a commis son premier homicide. Aucun doute n'est permis, croyez-moi.

— Dois-je en déduire, lieutenant, que vous supposez que le prochain meurtre aura pour cadre notre bateau ?

— J'en suis intimement convaincu. Mais pas seulement, madame Beaulieu, poursuivis-je en m'approchant d'elle, presque à la toucher.

— Vous me faites soudain très peur…

— Loin de moi l'idée de vous effrayer, madame, mais c'est pourtant la vérité : Fog n'a pas seulement choisi votre voilier pour y commettre son prochain assassinat. Il a également choisi sa prochaine victime.

— Et sa prochaine victime, ce sera vous, conclut Alex, sans autre forme de procès.

43.

Anne Beaulieu était à présent en sécurité et c'était tout ce qui m'importait. J'avais pris le temps de parcourir son dossier, et je savais qu'elle habitait dans le périmètre immédiat du campus. Avec son mari, probablement, mais rien n'était certain. Et des enfants ? Je n'en avais aucune idée, mais c'était pour l'heure le moindre de mes soucis.

— Nous allons vous placer sous haute protection policière, madame Beaulieu, déclama le capitaine Kaulana de sa voix grave. Et ce à partir de cet instant précis, ajouta-t-il, tout en composant un numéro sur son téléphone portable et en s'éloignant de quelques pas pour lancer des ordres à son interlocuteur.

Le regard vide d'Anne Beaulieu me confirma qu'elle était totalement dépassée par les événements. Pourtant, après un instant de réflexion, c'est d'un ton presque assuré qu'elle me lança, les yeux rivés aux miens :

— Lieutenant Cochran, non. C'est impossible. Je ne peux pas m'arrêter de vivre normalement à cause de… de ce fou en liberté. Je refuse.

— Il ne s'agit pas de demeurer cloîtrée chez vous, madame Beaulieu, ou de vous séquestrer ici, mais simplement de vous assurer une protection rapprochée pour deux ou trois jours. Rien de plus.

— Oui, mais vous disiez à l'instant que c'est le nom de mon bateau qui faisait le lien avec la série de meurtres sur laquelle vous enquêtez. Dans ce cas, il suffirait que j'annule ma sortie et que j'évite de l'utiliser pendant quelque temps, non ?

D'un lourd mouvement, Alex s'approcha doucement et s'interposa entre la directrice de l'université et moi-même et, en soupirant bruyamment, il annonça la couleur :

— Non, madame Beaulieu, ce n'est pas aussi simple que ça. Nous avons affaire à un chasseur. Un redoutable prédateur. Un tueur hors du commun. Peu importe que vous vous trouviez sur votre bateau à vous, à bord du *Titanic* ou même sur la Lune. S'il veut vous assassiner et s'il veut relier le meurtre à Christophe Colomb, à Lafayette ou à qui il voudra, il trouvera un moyen, croyez-moi.

L'ami Alex venait de nous faire la démonstration, si besoin était, de sa lourdeur légendaire, mais je devais avouer que, si la forme méritait quelques ajustements, le fond était, hélas, d'une cruelle vérité : Fog pouvait frapper n'importe où, n'importe quand, n'importe comment.

Mais pas n'importe qui.

Ses meurtres suivaient une logique implacable. Et si sa prochaine victime désignée était Anne Beaulieu, ça voulait dire que… Un brusque éclair traversa soudain mon esprit : pour la première fois depuis le début de l'enquête, nous avions une légère avance sur notre tueur en série. Bien entendu, Fog savait que nous allions, tôt ou tard, parvenir à faire le lien entre ses meurtres sordides et certaines dates de l'histoire des États-Unis. Peut-être même avait-il anticipé notre découverte et en jouait déjà, mais s'il existait ne serait-ce qu'une infime chance de le devancer, il fallait la saisir. Sans perdre un instant. Mes réflexions m'avaient mené à l'écart du petit groupe. Kaulana étant toujours au téléphone, je décidai de garder ces pensées pour moi. D'une voix que je tentai de rendre la plus ferme et la plus convaincante possible, je

me rapprochai d'Anne Beaulieu, qui semblait de nouveau prostrée sur sa chaise.

— Madame la directrice, commençai-je en cherchant à capter son regard, vous venez de dire que vous ne vouliez pas vous arrêter de vivre normalement, malgré les menaces qui semblent peser sur vous, c'est bien ça ?

Après de longues secondes de ce qui me sembla le fruit d'une intense réflexion, et non d'un quelconque abattement, la bouche d'Anne Beaulieu articula la confirmation que j'attendais :

— Absolument, lieutenant. Vous m'avez bien comprise. Rien ni personne ne m'empêchera d'avancer.

— Très bien, acquiesçai-je, sous le regard perplexe d'Alex. Dans ce cas, j'ai une proposition à vous faire, madame Beaulieu. C'est à prendre ou à laisser, bien entendu, et je ne veux, en aucun cas, vous influencer.

Un bruit sourd, dans mon dos, me confirma qu'Alex venait de se laisser tomber sur un fauteuil.

— Qu'est-ce que tu nous as encore inventé, Elvis ? Balance, on est tous suspendus à tes lèvres.

Kaulana, qui venait de raccrocher, se jeta à son tour dans la conversation :

— Je crains de comprendre, Cochran... Je commence à vous connaître, et je...

— Pardonnez-moi de vous couper la parole, capitaine, mais nous n'avons plus une seconde à perdre, si nous voulons avoir une chance d'empêcher Fog de commettre son quatrième meurtre rituel. C'est la première fois, depuis l'assassinat de Lena Johannsson, la jeune Suédoise du campus, que nous avons un court temps d'avance sur Fog.

— Très bien, Cochran, renifla Kaulana, et alors ?

— Alors, si vous me le permettez, madame Beaulieu, poursuivis-je en posant une main que j'espérais ferme et assurée sur l'épaule de la directrice de l'université, avec votre accord, je vais donc vous exposer ma proposition. Depuis notre première rencontre, je sais que vous êtes une personne de confiance et, j'en suis certain aussi, une femme de caractère et de courage.

Du coin de l'œil, je pouvais voir mon pachyderme d'acolyte en train de mimer un joueur de violon, en me fixant d'un œil moqueur. Sans prêter attention à son cinéma, je poursuivis, imperturbable :

— Avec votre accord, madame Beaulieu, nous allons vous placer sous protection policière. Mais pas en résidence surveillée. Vous continuerez à vivre votre vie, le plus normalement possible. Vous irez travailler, vous irez faire vos courses, vous rentrerez chez vous chaque soir, et vous irez même…

— … vous irez même passer le week-end sur votre bateau, chère madame, compléta Craddock, d'un sourire qu'il voulait certainement rassurant, mais qui tendait davantage vers la grimace.

— En somme, Cochran, résuma Kaulana, vous voulez transformer madame la directrice en appât, c'est bien ça ?

— Je n'aurais peut-être pas utilisé ce terme-là, capitaine, mais je pense que c'est une carte qui mérite d'être jouée. Je sais qu'elle comporte un risque certain, pourtant, je connais aussi la qualité des forces de police de notre ville, et je sais que, grâce à nos équipes, madame Beaulieu sera en parfaite sécurité.

J'avais, sournoisement je l'avoue, utilisé le coup de la brosse à reluire pour flatter mon supérieur hiérarchique et le caresser ainsi dans le sens du poil. Il grommela quelques mots inintelligibles, mais, quand son regard brillant croisa de nouveau le mien, je sus que j'avais gagné la première manche. Restait, à présent, à remporter la seconde, en convainquant Anne Beaulieu d'entrer à son tour dans la danse et d'assumer le rôle que je voulais lui faire jouer. Comme je l'avais pressenti, elle se montra enthousiaste à cette idée.

— Je supporterais tout, sauf l'idée de vivre dans une prison dorée, lieutenant. Et je peux d'ores et déjà vous assurer que mon mari ne souhaite qu'une chose, lui aussi :

que cet assassin soit mis hors d'état de nuire. Y contribuer serait, pour nous deux, la récompense ultime, soyez-en certain !

Au vu de l'envolée presque lyrique de cette dernière phrase, j'eus peur, un instant, qu'Alex nous ressorte sa panoplie de violoniste, mais il n'en fit rien, heureusement, et se contenta de lever la main en guise d'objection :

— Très bien, madame. Mettons que vous acceptiez la proposition qui vient de germer dans l'esprit dérangé de mon collègue. Mettons que vous soyez d'accord pour poursuivre vos activités comme si de rien n'était, sous haute, mais discrète protection policière. Mettons que votre mari ne voie pas d'inconvénient à avoir une dizaine de flics planqués dans son jardin ou dans son lit. Mais cette démarche, aussi courageuse qu'elle soit, ne peut engager que votre couple. Il est hors de question d'y mêler d'autres personnes.

— À quoi pensez-vous, en disant ça, lieutenant ? questionna Anne Beaulieu en plissant le front d'un air perplexe qui la rendait encore plus désirable.

— À ce week-end en bateau, sur le *Santa Monica*.

— *Santa María*, corrigeai-je en levant les yeux au ciel.

— Si tu veux. Alors, OK pour ce week-end en bateau, d'autant plus que c'est probablement à ce moment-là que Fog a choisi de… de frapper, mais hors de question d'impliquer d'autres personnes. On prend tous déjà suffisamment de risques, inutile d'en remettre une couche.

J'approuvai silencieusement la tirade d'Alex. Pendant que Kaulana exposait à présent à Anne Beaulieu, sur un registre plus technique, les premières mesures concrètes de la protection policière dont elle allait, dorénavant, faire l'objet, je réfléchissais à la situation familiale de notre « appât », qui venait d'indiquer au capitaine qu'elle n'avait pas d'enfant, ce qui allait grandement nous faciliter la tâche. Malgré moi, j'essayai d'imaginer à quoi pouvait bien ressembler son mari. J'envisageai de provoquer une rencontre assez vite, tant pour le briefer sur ce qui l'attendait à présent que pour assouvir ma curiosité, mal placée en un tel moment, j'en convenais en mon for intérieur, mais hélas incurable. Néanmoins, pour l'instant, je préférais prendre un peu de recul afin de laisser Kaulana et son équipe occuper le terrain et gérer la protection du couple Beaulieu. Comme Craddock, j'étais intimement convaincu que si Fog devait tenter de commettre son cinquième meurtre, il choisirait la date du 20 mai et ciblerait le *Santa María*. Inutile de perdre de l'énergie d'ici là, tout au moins en ce qui nous concernait, Alex et moi. Sans avoir besoin de nous concerter, nous nous comprenions instinctivement et j'appréciais cette osmose. Abandonnant Anne Beaulieu à la compagnie de Kaulana et de ses équipes, nous nous apprêtions à reprendre l'ascenseur pour rejoindre mon bureau, quand un jeune stagiaire en uniforme bleu me sauta dessus, avec l'air affolé du type qui vous informe que les Nord-Coréens viennent d'envoyer un missile nucléaire sur New York. Je n'étais pas loin de la vérité, car il m'annonça qu'une femme me réclamait à l'accueil et menaçait de s'immoler par le feu si je ne la recevais pas dans les cinq minutes.

— C'est beau l'amour, ricana Alex en me balançant un coup de coude complice.

— C'est pathétique, surtout. Je te rejoins dans dix minutes, le temps d'éteindre l'incendie.

Sue n'avait pas encore mis ses menaces à exécution, à la grande surprise du stagiaire, qui ne m'avait pas lâché d'une semelle, tandis que je dévalais l'escalier. Je le remerciai d'un pouce levé pour sa protection rapprochée et, sans laisser à Sue le temps d'ouvrir la bouche, je l'entraînai à l'extérieur, sur le parking, à l'écart des oreilles et des yeux indiscrets.

— Sue, pris-je les devants, en mentant comme un certain candidat républicain lors d'un débat télévisé, je montais justement dans mon bureau pour t'appeler discrètement.

— Elvis, je veux simplement la vérité. Où en sommes-nous ?

La question me déstabilisa. De quoi voulait-elle parler ? De notre couple ? De l'enquête ? De la dette extérieure des États-Unis ? Je décidai de répondre en me basant sur la deuxième hypothèse et tombai juste, fort heureusement. En quelques mots, je résumai au mieux les derniers soubresauts de l'enquête, sans pour autant dévoiler le plan que nous avions élaboré. Sue m'écouta sans m'interrompre un seul instant, ce qui n'augurait, en général, rien de bon. Mais c'est presque en silence qu'elle regagna finalement sa voiture, sans se retourner. Sans un geste d'amour non plus, mais il ne fallait peut-être pas que je sois trop exigeant, compte tenu de la situation.

44.

Une grande partie des forces policières de la ville avait été mobilisée ainsi qu'une brigade spécialisée en surveillance rapprochée, basée à Los Angeles. L'ensemble de ces équipes était réparti sur le campus et aux alentours du domicile de notre « appât », mot que je répugnais à employer, même si je devais reconnaître que je n'avais pas encore trouvé un meilleur terme. De notre côté, avec une équipe resserrée, composée d'Alex, de Vince Lloyd et de quelques autres policiers expérimentés, nous avions entrepris de nous replonger dans les zones d'ombre qui persistaient en périphérie de la série de meurtres elle-même. Trois d'entre elles, selon moi, méritaient qu'on s'y attaque enfin avec énergie : le suicide de l'homme qui avait enlevé Lena Johannsson, douze ans plus tôt, le mystère de la disparition de son dossier et enfin celle qui me tenait le plus à cœur car elle me concernait directement et personnellement : l'adresse électronique qui avait été spécialement créée pour recevoir le bon d'échange de la jeune Suédoise et qui portait mon nom. Au moment de la découverte de cette provocation, j'avais bien entendu mis deux enquêteurs sur le coup. En pure perte. Deux flics du LVMPD – le Las Vegas Metropolitan Police Department – avaient été dépêchés au sein de l'agence de voyages, où la réservation du séjour avait été faite, et avaient passé au crible les relevés téléphoniques, les e-mails et les enregistrements vidéo du jour de la réservation, sans succès. L'interrogatoire du personnel de l'agence de voyages n'avait abouti à rien, lui non plus. Las Vegas demeurait, plus que jamais, la ville qui pouvait absorber et digérer n'importe qui, dans un total anonymat. D'un commun accord avec mon équipe, je décidai d'abandonner cette piste pour recentrer l'enquête sur ma propre personne. Il existait deux possibilités : soit Fog avait fortuitement relevé mon nom dans un média quelconque et m'avait donc choisi au hasard, pour le simple plaisir de provoquer la police de San Diego, soit lui et moi avions un vieux compte à régler et c'était ce litige qu'il nous fallait découvrir. Mon intuition penchait nettement vers cette seconde hypothèse, car je ne croyais toujours pas aux coïncidences. Surtout quand elles étaient éclaboussées de sang. Or, quelle était la finalité de ce lien avec moi ? Me mettre à l'épreuve ? Mais dans quel but ? Salir ma réputation en me collant dans les pattes une série de meurtres énigmatiques que je serais incapable de résoudre ? Me voir disparaître de l'échiquier policier de la ville de San Diego ? Dans ce cas, à qui profiterait mon éventuelle mutation vers le Kansas ou le Nebraska, terres sinistrées s'il en était ? Et quand bien même cette hypothèse serait la bonne, j'en revenais toujours à cette conclusion : valait-elle la peine de verser autant de sang, dans d'atroces mises en scène ? Non, quelque chose ne collait pas. Depuis le début de la série de meurtres, un détail m'échappait. Je le sentais pourtant là, à portée de main, sans être capable de le cerner. Comme s'il était si infime que je ne pouvais m'en saisir. Ou, au contraire, si énorme, si monstrueux, que, aveuglé, je ne parvenais pas à le voir. Dépité, je me laissai tomber sur un fauteuil et m'abandonnai à mes coéquipiers. Pendant que Lloyd et Alex me bombardaient de questions et tentaient de passer au tamis ma vie privée et ma vie professionnelle, un expert en informatique du SDPD balayait la sphère Internet à la recherche d'une éventuelle occurrence relative à mon nom. Mais, comme il y a quelques semaines, quand, en compagnie de Sue et dans l'intimité de notre chambre à coucher, nous avions remué mes souvenirs à grandes brassées, mon esprit fut incapable de faire ressortir le moindre détail ou élément suspect de mon passé de flic ou d'homme. Ou plutôt, si, car j'avais quand même exercé correctement le métier que j'avais choisi et envoyé derrière les barreaux une flopée de types qui ne méritaient que ça. Aucun d'entre eux, pourtant, n'occupait une place prépondérante dans ma mémoire. J'avais toujours considéré n'être que l'un des rouages de la bonne marche de notre société et me comparais davantage, toute modestie mise à part, à un noble artisan qu'à un collectionneur de scalps. Néanmoins, comme me le matraquait Alex depuis le début de mon interrogatoire, il fallait nous résigner à ressortir tous les dossiers dont je m'étais occupé et dans lesquels mon nom apparaissait, à quelque niveau que ce soit. Même si la tâche me paraissait colossale, je savais qu'il avait raison, et décidai d'affecter trois nouvelles personnes à cette mission qui s'annonçait longue et fastidieuse. Enfin, il demeurait un pan de mon existence qu'il convenait de ne pas négliger : ma vie privée.

— Je suis certain qu'il existe, quelque part dans ce merveilleux pays, un mari jaloux ou une ex-fiancée désespérée qui rêvent de te voir un genou à terre, gloussa Alex en me filant une grande claque entre les omoplates.

— Je ne dis pas, concédai-je, mais de là à massacrer plusieurs personnes, il y a une marge, tu ne trouves pas, grizzli ? OK, admettons qu'il existe un véritable lien entre Fog et moi. Mais il y a un autre point commun qui émerge, au milieu de cette série de meurtres, ne l'oublions pas : il y a douze ans, la première victime a été la proie d'un kidnapping qui a presque réussi, je vous le rappelle, messieurs, précisai-je à mon auditoire. Ma question est la suivante : pourquoi cette tentative d'enlèvement ?

— Nous le savons, Cochran, répondit Lloyd. À cause de son lien de parenté avec Lindbergh, l'aviateur.

— Tout à fait d'accord avec toi, Vince. Mais permets-moi de reposer la question différemment : qu'est-ce qui fait qu'une descendante de Charles Lindbergh soit victime d'une tentative d'enlèvement à laquelle elle échappe miraculeusement, avant de se retrouver démembrée et mutilée, une douzaine d'années plus tard ?

— Je ne suis pas un *profiler*, Elvis, et encore moins un historien, soupira Lloyd. On peut imaginer une multitude de raisons qui ont pu pousser un malade mental à avoir massacré cette fille parce qu'elle était l'arrière-petite-fille d'un aviateur célèbre.

— Une seule raison me suffira, Lloyd, répondis-je en attrapant l'épais dossier « Charles Lindbergh » qui traînait dans un coin de mon bureau, fruit du travail détaillé d'un agent spécialement détaché à cet effet, un dénommé Peter Jones, qui venait tout juste de quitter la pièce. Alex, qui croisa mon regard à ce moment-là, comprit immédiatement le fond de ma pensée et se mit à brailler avec la force d'un ouragan du Middle West :

— Quelqu'un peut me ramener Jones dès qu'il aura fini de pisser ? Merci !

Deux minutes plus tard, autour d'une table, le Jones en question nous déballait le récit de la vie de Charles Lindbergh, héros de l'Amérique. Je me rendais compte que, depuis le début de la série de meurtres, je n'avais pas pris le temps d'étudier en détail cet aspect-là de l'enquête et je sentais confusément que le moment était arrivé de réparer cette erreur.

— Par quoi souhaitez-vous que je commence ? lança d'emblée le jeune officier, dont la coupe en brosse et les trois poils qui lui faisaient office de moustache ne parvenaient pas à vieillir les traits.

— Par tout ce que tu trouveras utile de nous apprendre, gamin, répliqua Alex en refrénant un monstrueux bâillement.

— Je vous ferai une synthèse de tout ça, si vous le voulez, reprit Jones en nous désignant l'immense pile de documents qu'il avait récoltés, mais selon moi, il y a deux faits marquants dans la vie de Lindbergh qui méritent qu'on s'y attarde. Il y a d'abord la traversée de l'Atlantique en solitaire, entre New York et Paris, qui va faire de lui une star mondiale. C'était en 1927 et je crois qu'on ne se rend pas compte de l'impact que cet exploit a eu à l'époque. À son retour, il est devenu un véritable héros national, plus célèbre que les stars d'Hollywood, plus vénéré que n'importe quelle rockstar aujourd'hui, plus...

— On a compris, le coupa Alex. Tu parlais de deux faits marquants. C'est quoi le deuxième ?

— Le deuxième fait est directement lié au premier : deux ans après son exploit, il est toujours sur son nuage médiatique, quand il se marie avec une riche héritière, une certaine Anne Spencer Morrow. Un an après son mariage, le couple aura un premier enfant, prénommé Charles Jr.

— En toute modestie, grommela mon coéquipier.

— C'est à ce moment que va survenir un événement clé, qui va donner à cette affaire une ampleur énorme et dramatique, poursuivit Jones, sans se laisser démonter. Alors qu'il a tout juste fêté ses vingt mois, le gamin est kidnappé, le 1er mars 1932.

Je laissai Jones parler, mais je connaissais bien entendu l'histoire, comme la grande majorité des citoyens américains. Elle faisait partie de l'ADN de notre pays, une plaie béante que le temps et l'histoire n'avaient jamais vraiment réussi à cicatriser. Cependant, j'écoutai religieusement l'officier poursuivre, à l'affût d'un détail que j'aurais peut-être ignoré ou oublié.

— Une rançon avait été demandée, qui, après négociations avec le ravisseur, était montée jusqu'à soixante-dix mille dollars, une somme colossale pour l'époque.

— C'était pourtant le temps de la Grande Dépression, mais la famille Lindbergh a quand même payé, précisa Lloyd.

— En effet. Mais le versement de la rançon n'a servi à rien. Le bébé a été retrouvé mort deux mois après son enlèvement, le 12 mai 1932. Le plus terrible, finalement, c'est que l'enquête a ensuite démontré que le gamin avait été assassiné juste après son kidnapping. Pourtant, c'est cette date de décès du 12 mai qui a été, officiellement, retenue.

— OK, et ensuite ? On a retrouvé le coupable ?

L'impatience d'Alex se lisait sur son visage.

— J'y arrive, mais avant, je veux vous faire part d'un détail intéressant, que j'ai découvert en remuant le passé : à l'époque, le pays entier s'est passionné pour l'enquête, d'autant plus que Charles Lindbergh avait offert une récompense supérieure à la rançon à toute personne susceptible de retrouver son fils. Et figurez-vous qu'un certain Al Capone, qui était derrière les barreaux au moment de l'enlèvement, avait proposé ses services en échange de sa libération.

— Al Capone, le retour, prononçai-je, soudain rêveur. Ce qui nous ramène au meurtre de Karen Ness.

— Oui, la fille qui a été retrouvée dans sa baignoire, sous des tonnes de whisky, rappela Alex.

Un crime qui nous renvoyait à Eliot Ness, le pourfendeur d'Al Capone. La boucle était bouclée, ou presque. D'un mouvement du menton, j'invitai l'officier Jones à poursuivre son récit.

— Je vous passe les détails et les rebondissements de l'enquête, qui a duré des années. Toujours est-il qu'en 1934, un certain Bruno Hauptmann est arrêté et condamné pour l'enlèvement et le meurtre de Charles Jr. Le procès a été suivi dans le monde entier. Les journalistes de l'époque l'avaient qualifié de « procès du siècle », c'est dire. En tout cas, même si ce type n'a cessé de clamer son innocence, il a malgré tout été exécuté, sur la chaise électrique, le 3 avril 1936. Le pire, si j'ose m'exprimer ainsi, c'est que même aujourd'hui, près de cent ans après, la culpabilité d'Hauptmann fait toujours l'objet de débats et autres controverses.

— Tu veux dire qu'il y a toujours des gens qui ne croient pas en la culpabilité de ce type... Haupt... Comment tu as dit ? grommela Alex.

— Hauptmann. Il était d'origine allemande. Il faut dire aussi que plus de deux cents personnes s'étaient dénoncées, en revendiquant l'enlèvement et l'assassinat du bébé. Tout ça a entraîné pas mal de confusion et d'agitation, comme vous pouvez l'imaginer et c'est ce qui fait que, encore aujourd'hui, certains pensent que c'est un innocent qui a été envoyé sur la chaise électrique.

— D'accord, mais si l'on part du principe que c'était lui, le véritable assassin, articula Lloyd en détachant ses mots, on pourrait imaginer que l'un de ses admirateurs – pardonnez-moi l'expression – ou carrément l'un de ses descendants, pourquoi pas, a décidé de poursuivre l'œuvre de ce Hauptmann[1] en massacrant des gens, en se référant à Lindbergh et à d'autres personnages historiques, et en plaçant des poupées à leur côté, pour rappeler Charles Jr., le bébé kidnappé et assassiné. Il rend ainsi un hommage macabre au meurtrier, en quelque sorte.

— C'est une hypothèse qui se tient, approuva Alex.

— Effectivement. Mais, dans ce cas, il en existe également une autre, enchaînai-je, alors que tous les regards convergeaient vers moi. Et elle me semble d'une incroyable évidence.

1. En réalité, Bruno Hauptmann (1899-1936) a eu, en 1933, un fils prénommé Manfred. Devenu adulte, celui-ci a épousé une certaine Erika. Le couple – probablement pour être enfin tranquille et vivre « anonymement » à l'écart de la société – a ensuite rejoint la communauté Amish, en Pennsylvanie. Il n'a plus jamais donné signe de vie.

SAMEDI 18 MAI

45.

Étonnamment, ma courte nuit semblait avoir été réparatrice, puisque c'est d'un pas presque assuré que je franchis le seuil de l'immeuble du SDPD, sous un ciel déjà azur qui invitait à tout sauf à s'enfermer derrière les murs d'un bâtiment encore désert, à cette heure matinale. Pendant le trajet qui m'avait mené à mon lieu de travail, j'avais pris le temps de me repasser le film de la journée d'hier et de ressasser le plan que j'avais échafaudé. Kaulana avait donc décidé de placer Anne Beaulieu et son mari sous protection rapprochée, ce qui me laissait – psychologiquement du moins – totalement tranquille et serein, d'autant plus que j'étais certain, au fond de moi, que Fog resterait inactif et invisible jusqu'à la date du 20 mai. Ce qui nous offrait un répit de quarante-huit heures pour avancer. Mais avancer vers quoi ? Ou plutôt vers qui ? Et dans quelle direction ?

Les deux hypothèses émises hier soir allaient faire l'objet d'une enquête minutieuse, même si nous étions tous convaincus que réactiver une piste vieille de près d'un siècle allait être un véritable casse-tête pour les deux équipes affectées à cette tâche ingrate. Le premier café tiède avalé n'ayant été d'aucune efficacité, je m'apprêtai à gagner mon bureau pour relire la totalité des procès-verbaux, depuis le meurtre de la Suédoise jusqu'à celui du sosie de Donna Summer, à défaut d'une meilleure idée. J'avais la vague impression qu'une lecture à tête reposée de l'ensemble du dossier Fog ne serait pas inutile. J'allais appuyer sur le bouton de l'ascenseur quand, soudain, mon sixième sens (ou, plus probablement, le reflet d'une silhouette sur le métal dépoli de la cabine) m'obligea à tourner la tête.

— Je ne crois pas aux fantômes, lançai-je. Ni aux revenantes.

— Ça tombe bien, répondit Sue, moi non plus.

— Comment as-tu fait pour arriver jusqu'aux ascenseurs ?

— J'ai marché droit vers toi. Personne n'a osé me freiner.

— C'est bien ce que je craignais. Bon, montons dans mon bureau, l'invitai-je en attrapant ma compagne par le coude.

— Non. J'ai mieux à te proposer. Et, vu ta tête ce matin, je pense qu'une promenade au grand air te fera le plus grand bien.

— J'ai dormi comme un bébé, pourtant. Seul, certes, mais je ne te demanderai pas pourquoi.

— Tu as tort. Tu serais surpris de ma réponse. Allez, suis-moi et fais-moi confiance, pour une fois, enchaîna-t-elle en tournant les talons, sur un ton qui ne laissait aucune place à une quelconque argumentation.

Quelques minutes plus tard, alors que nous roulions plein ouest à travers la ville qui s'éveillait doucement, Sue reprit l'initiative de la conversation. Comme souvent, je me surprenais à hésiter entre exprimer l'admiration que je portais à ma compagne pour son aplomb et son culot, ou bien fustiger la faiblesse dont je faisais preuve en acceptant ainsi de la suivre, au détriment de mon devoir de bon flic qui se voulait exemplaire et imperturbable. Finalement, devant le flot verbal qui se déversait dans mes oreilles, je pris le parti du silence, comme trop souvent, et laissai Sue m'exposer les raisons de sa présence matinale sur mon lieu de travail.

— Rassure-moi, osai-je cependant l'interrompre, alors qu'elle entreprenait de m'expliquer ses dernières heures apparemment agitées, tu as passé la nuit planquée dans un recoin de la brigade ? Il me semble que c'est là-bas que je t'ai vue hier soir, pour la dernière fois.

— C'est dans les sous-sols du journal qui m'embauche que j'ai passé une grande partie de ma soirée et de ma nuit, Elvis. Pas dans un lit. Les deux heures de sommeil que je me suis octroyées, je les ai passées là, précisa-t-elle en pointant son pouce vers l'arrière de sa voiture, et je t'assure que la banquette d'une Sunfire n'est pas l'endroit le plus confortable qui soit pour dormir.

De nouveau, j'évitai lâchement d'argumenter et me concentrai sur le récit de Sue. Il en ressortait que ma journaliste de compagne avait passé la quasi-totalité de la nuit à explorer l'intranet du journal, mais également les archives du quotidien et d'autres zones plus ou moins avouables du Web, selon ses propres dires.

— Ne me dis pas que tu es allée te promener sur le Dark Web ?

— Je n'ai jamais dit ça, Elvis. Mais sache que j'ai, moi aussi, quelques contacts qui sont tout à fait capables, eux, d'accéder à des sites qui méritent le détour.

— Eux ? Qui ça, eux ? insistai-je, alors que les gratte-ciel de la marina de San Diego se découpaient dans le pare-brise.

— Eux. Tes collègues. Les flics de San Diego.

— J'en suis un, moi aussi, je te le rappelle.

— Laisse-moi d'abord terminer, soupira Sue tout en ralentissant pour chercher une aire de parking à proximité du port de plaisance de la ville, qui venait de se matérialiser en contrebas de la marina.

Finalement, après avoir tourné en vain et pesté contre l'impossibilité de trouver une place disponible, Sue décida de se garer à un emplacement réservé aux livraisons, devant un magasin d'accastillage encore fermé pour l'instant.

— Je compte sur mon lieutenant préféré pour m'éviter la fourrière, ironisa-t-elle, en détachant sa ceinture de sécurité.

— Je compte sur toi pour m'expliquer ce que nous faisons ici, répliquai-je en me dirigeant vers un banc qui surplombait l'océan.

— Elvis, tu le sais aussi bien que moi, mais j'ai vraiment l'impression que tu as besoin d'une piqûre de rappel, excuse-moi de te le dire, et ce n'est pas ton ami Alex qui va te l'administrer : il nous faut revenir en arrière.

— Au début de l'enquête ? Au meurtre de la jeune Suédoise ?

— Exactement. Tout part de là. C'est elle le lien avec Fog. N'oublie pas ce qui lui est arrivé, il y a douze ans.

— Oui. Son enlèvement avorté.

— C'est ça. Un enlèvement qui se serait transformé en meurtre, j'en suis certaine, si ce projet sinistre avait été mené à son terme.

— Je suis d'accord avec toi. Elle l'a échappé belle et a gagné douze ans de vie. Mais tout ne part pas de là, non, pardon de te contredire, Sue. Nous pouvons remonter bien plus loin dans le temps, crois-moi.

Et, profitant du léger avantage que m'avaient donné ces quelques mots, j'entrepris de raconter à Sue les avancées de la nuit dernière, en n'omettant aucun détail historique concernant l'enlèvement du fils de Charles Lindbergh et son tragique dénouement et en insistant sur les deux hypothèses, celle d'un *copycat killer* ou celle d'un assassin vengeur. Sue n'essaya même pas de faire semblant d'être étonnée et se borna à hocher la tête, silencieusement, son regard vide fixant un point précis, en contrebas de la marina. Finalement, elle se contenta d'un geste vague de la main, en direction du port de plaisance, où des centaines de bateaux immaculés et autres yachts rutilants attendaient paisiblement leurs heureux propriétaires. Tournant la tête à mon tour, je m'efforçai de distinguer ce qui avait pu ainsi hypnotiser le regard de Sue.

Et je compris.

46.

Au regard des relations que j'avais établies, entretenues et – j'osais le penser – développées jusqu'à un sentiment que d'aucuns qualifieraient d'amitié avec mon partenaire professionnel, je n'aurais pas dû être plus étonné que ça d'apercevoir son ombre, reconnaissable entre mille, déambuler sur les pontons du port, au milieu de la silhouette élégante des yachts et des voiliers. Cependant, et sans me concerter avec Sue, je sentis, instinctivement, que ma compagne avait été, tout comme moi, à la fois surprise de découvrir la présence d'Alex en cet endroit, mais également captivée par son manège qui tenait à la fois de la chorégraphie et de l'observation. Sa façon de se mouvoir évoquait un mariage improbable et contre nature entre un félin et un éléphanteau, l'acuité de l'un peinant à être contrebalancée par la lourdeur de l'autre. Ce fragile équilibre ne demandant qu'à être rompu, je me résolus à quitter mon banc pour aller à la rencontre de mon coéquipier, sous le regard réprobateur de Sue qui aurait certainement aimé profiter un peu plus longtemps du curieux tableau que nous offrait Alex.

— Ne me dis pas que tu penses déjà à ta retraite, plaisantai-je sans préambule, tout en englobant d'un geste large l'ensemble des bateaux qui nous faisaient face. Il va falloir en cumuler, des heures sup', pour t'offrir ne serait-ce que le plus petit de ces voiliers, grizzli.

— Ça n'a jamais été mon truc, répondit Alex sans paraître plus surpris que ça de ma présence matinale. Mais une bonne partie de pêche, je ne dis jamais non, surtout si du gros poisson mord à l'hameçon, gloussa-t-il, l'œil gourmand.

La gracieuse silhouette de Sue se matérialisa soudain à nos côtés et celle-ci attaqua bille en tête :

— On a eu la même idée, Alex, n'est-ce pas ?

— Ouais, on dirait bien. Dans quelques heures, le coin sera infesté de flics et je voulais m'en imprégner avant qu'il ne soit trop tard, acquiesça mon coéquipier. Et je tenais aussi à le voir, lui, précisa-t-il en désignant de son menton mal rasé un petit voilier aux courbes élégantes, amarré à son anneau juste en contrebas, dans le port.

— Le *Santa María*, souligna Sue.

— Le *Santa María*, répétai-je comme un mantra.

Même si une partie de mon cerveau avait déjà enregistré l'information, un autre recoin de mon hémisphère cérébral semblait être à la traîne.

— Le yacht de ta nouvelle copine, crut bon d'ironiser Alex, avec son habituelle finesse d'esprit.

— Ça s'appelle un mini-croiseur, Alex, rétorqua Sue, d'un ton qui ne permettait aucune repartie.

— Un yacht peut aussi être un mini-croiseur, tenta néanmoins de répliquer mon collègue.

— Pas celui-ci, non. Mais c'est un beau voilier, je te l'accorde, et les matériaux semblent assez nobles.

Laissant mes deux comparses à leur débat technique, je m'approchai le plus près possible du bateau, mais mes connaissances en la matière étant totalement inexistantes, je me contentai de me demander ce qui pouvait pousser des êtres humains apparemment normaux, nés sur la terre ferme, à s'embarquer sur cet amas de planches et de plastique pour aller se faire secouer et tremper sur l'eau. Plus objectivement, je devais cependant reconnaître que le *Santa María* détonnait positivement au milieu des autres voiliers arrimés à ses côtés. Sa quille rouge vif, son bardage en bois et ses deux voiles d'une blancheur immaculée attiraient immanquablement le regard. Je reportai mon attention sur le port de plaisance ; le caractère feutré, discret et élégant du lieu était impressionnant. Seul, le léger clapotis de l'eau contre les coques des navires troublait le silence. Aucune âme humaine ni aucun Dieu des océans ne semblait décidé à venir perturber cette douce quiétude. Soudain, je me mis à douter de mon plan. Ma méconnaissance de l'endroit m'avait poussé à prendre une décision certainement trop hâtive. Objectivement, je ne voyais pas comment il serait possible que des dizaines de policiers investissent les lieux, en toute discrétion, sans se faire repérer par notre meurtrier. Et, comme si elle lisait dans mes pensées, j'entendis soudain la voix de Sue rompre la sérénité de l'endroit, d'un ton étonnamment détaché :

— OK, très bien. On a eu la même idée, tous les trois : celle de faire un saut ce matin ici, histoire de voir à quoi ressemble ce qui pourrait être le cadre du prochain meurtre de Fog. La marina. Le port. Le bateau d'Anne Beaulieu. Parfait, c'est fait. Et après ? On fait quoi ?

— L'étape suivante ? renifla bruyamment Alex, signe chez lui d'une profonde irritation. On se planque dans un voilier, à proximité du bateau du couple Beaulieu, et on attend après-demain que notre tueur se pointe. Avec le troupeau de flics qu'il y aura dans le coin, il n'aura même pas le temps de poser un orteil sur le rafiot qu'il sera déjà bon pour le couloir de la mort. Moi, je dis : bravo !

— Bon, c'est quoi ton plan, Elvis, sérieusement ? répliqua Sue. Tu veux utiliser la directrice de l'université comme appât, c'est bien ça ? C'est quoi ce délire ?

— Si tu as une autre solution, je suis preneur, éludai-je tout en me demandant en mon for intérieur si les dernières valeurs policières qui survivaient en moi ne venaient pas de se diluer à jamais.

Le visage crispé de mon coéquipier et le regard perdu de ma compagne achevèrent de river en moi ce sentiment.

— Moi, j'ai une bien meilleure idée, Elvis, et tu vas m'écouter, car tu n'as pas le choix, me cloua Alex sur place, bien plus violemment qu'un coup de poignard entre mes omoplates.

47.

Il était à présent près de vingt heures et je venais de rejoindre mon domicile. Au terme de cette journée qui, après avoir démarré sur des bases chancelantes, avait finalement abouti à un compromis séduisant, je sentais pourtant dans ma bouche comme un vilain arrière-goût. Et j'en connaissais la raison.

Sue. Encore elle. Toujours elle.

Le statut de journaliste de Sue m'avait obligé à lui demander, une fois de plus, de prendre du recul et de s'éloigner autant que possible de l'enquête. Après notre petite escapade matinale sur le port de San Diego, nous étions repartis tous les deux en direction de Balboa Park et du siège du SDPD, où je devais retrouver Alex pour reconsidérer le plan B que son cerveau avait échafaudé. Mon coéquipier avait éludé les questions de Sue avec une étonnante délicatesse, qui n'avait pas pour autant réussi à calmer ses velléités d'enquêtrice. Heureusement, le court trajet qui nous ramenait en centre-ville ne lui avait pas permis de faire le tour de toutes les hypothèses qui lui traversaient l'esprit.

— Elvis, gronda-t-elle, tu te fais trimballer par ton pote et je n'aime pas ça. C'est toi qui mènes cette enquête, pas Alex ! C'est à toi de prendre les initiatives et pas à lui, désolée de te le dire. Tu me fais penser à un chien qui court après la baballe que lui lance son maître. Ressaisis-toi ! Ne fais pas cette tête-là, s'il te plaît.

— Alex n'a pas tort de proposer une solution de remplacement, objectai-je sèchement, piqué au vif par les propos de ma compagne. Nous sommes à deux jours de la date supposée du prochain meurtre de Fog et je suis certain qu'il a déjà choisi sa future cible.

— Effectivement. Anne Beaulieu.

— Oui. C'est une évidence.

— Il la poursuivra car il ne peut plus s'arrêter, à présent. Même si…

— Même si on l'arrête avant ? ironisai-je, un peu trop lourdement.

Le soupir affligé de Sue me confirma que j'étais, en effet, allé trop loin dans le second degré. Elle poursuivit son analyse :

— Même si – et tu le sais aussi bien que moi, Elvis – tout est lié au premier meurtre, celui de Lena Johannsson. Elle est venue ici, il y a douze ans, elle a manqué de se faire enlever, puis certainement assassiner, et elle retourne à San Diego une fois devenue adulte, en se faisant inviter à un stage d'anglais. Ensuite, à peine arrivée, elle se fait littéralement massacrer. Les autres homicides ne sont que de l'enfumage ou, au mieux, une malheureuse série, pardon pour les victimes, mais c'est la vérité.

Je savais que Sue avait raison. Les faits parlaient pour cette hypothèse-là : Fog avait voulu tuer la jeune Suédoise et il y était parvenu, une grosse décennie après un premier échec qu'il avait mis du temps à digérer. Les meurtres qui avaient suivi pouvaient s'expliquer, selon moi, par deux raisons, qui se complétaient d'ailleurs très bien : la première était que Fog s'était « pris au jeu », si j'ose dire, les hasards du calendrier lui servant sur un plateau une possibilité de nouveaux crimes, eux aussi reliés à l'histoire du pays. Dans son esprit malade, c'était une occasion rêvée pour ne pas s'arrêter en si bon chemin, une fois son premier meurtre accompli, et de se glisser ainsi dans la peau d'un tueur en série hors du commun. La seconde raison était, quant à elle, directement liée à ma personne : en me « jetant » en pâture cette série de crimes monstrueux dans les pattes, et en me laissant m'y noyer progressivement, Fog était en train de considérablement freiner, voire de briser, ma carrière professionnelle. Certes, je n'avais pas d'ambition démesurée, mais la possibilité de me voir grimper un jour dans la hiérarchie du SDPD fondait à présent comme neige au soleil. Et le fait que le tueur ait délibérément créé une adresse électronique à mon nom était une preuve flagrante de son envie de m'impliquer directement et de me faire couler à pic ensuite. Le caractère violent et sanglant de ces meurtres était à la fois son exutoire, mais également une façon de marquer les esprits de chacun. Force était de constater qu'il avait parfaitement réussi son coup. Pendant que je manœuvrais la Cox sur le parking de la brigade, je me tournai une nouvelle fois vers ma journaliste préférée et lui assenai une ultime mise en garde :

— Je ne te remercierai jamais assez de ton aide, Sue, mais je veux que tu prennes du recul, à présent. Tu n'as plus rien à faire dans cette enquête. Merci de bien vouloir nous laisser le champ libre.

Le regard glacial que me lança ma compagne en retour aurait suffi à ralentir le réchauffement climatique de la planète pour quelques décennies. D'un geste brutal, elle s'extirpa de l'habitacle et disparut en claquant violemment la portière, sans avoir desserré les dents. Je soupirai, résigné. J'avais appuyé trop fort là où il ne fallait pas, mais je n'avais pas d'autre choix, tout en étant parfaitement conscient que Sue allait me faire payer très cher mon avertissement. Renonçant à tout espoir de la rattraper, je regagnai mon bureau sans me presser. À peine avais-je poussé la porte que la voix caverneuse d'Alex m'accueillit, son propriétaire confortablement assis dans mon fauteuil et les pieds négligemment posés sur le dessus de mon bureau.

— Monsieur Cochran me fera-t-il le plaisir d'écouter le plan de génie que son brillant coéquipier va lui proposer pour sauver la vie de la belle Anne Beaulieu ?

Puis, d'un geste précis mû par la force de l'habitude, il posa deux tasses de café fumant devant nous et se mit à m'exposer son projet.

48.

Avant d'introduire la clé dans la serrure, je collai mon oreille au chambranle. Je n'avais pas aperçu la Pontiac de Sue en arrivant, mais comme ma compagne m'avait habitué à ne plus m'étonner de rien, je ne tenais pas à la réveiller en rentrant chez moi et risquer d'essuyer ses foudres, une fois de plus. Mais le profond silence qui me parvint en retour me confirma que j'allais pénétrer dans un appartement vide.

Très vide.

Sue avait profité de l'après-midi pour venir ici et effacer toute trace de sa présence en ces lieux. La penderie de l'entrée était restée entrouverte sur une collection de cintres nus, tandis que les tiroirs de la chambre à coucher bâillaient sur un abysse sidéral. La salle de bains n'avait pas échappé à la razzia, ma brosse à dents en bambou étant la seule rescapée de cette rafle. Enfin, un regard dans les placards de la cuisine me confirma que Sue avait poussé le vice très loin, jusqu'à emporter les sachets du thé à la cardamome qui lui servait de drogue douce. Hébété, je me traînai jusqu'au salon pour m'effondrer sur le sofa, la tête entre les mains et le souffle court. L'idée de téléphoner à Sue m'effleura bien l'esprit, mais je savais qu'elle ne répondrait pas à mon appel. Par réflexe, je décidai de contacter l'autre pendant de ma vie et tentai de joindre Alex, sans succès ; je savais que mon coéquipier était, comme moi, en déficit de sommeil et qu'il avait probablement profité du léger répit que nous offrait cette enquête pour grappiller de précieuses heures de repos. La sagesse me recommandait de faire de même, mais la désertion de Sue avait fait monter en moi une dose d'adrénaline qui rendrait impossible toute velléité de sommeil. Après quelques instants d'hésitation, je choisis de me préparer un thermos de café, que j'emportai dans le placard amélioré que j'avais tenté de transformer en bureau. Négligeant l'ordinateur, je sortis un vieux bloc-notes et plusieurs stylos de couleur d'un tiroir et entrepris de coucher sur le papier les idées qui se bousculaient dans ma tête. Précisément, je tenais à peser le pour et le contre des deux plans que nous avions échafaudés. D'un côté, la certitude que la concordance entre la date du 20 mai, jour de la mort de Christophe Colomb, et le nom du voilier d'Anne Beaulieu était trop évidente pour que notre tueur en série ne choisisse pas ce jour pour commettre son prochain crime. De l'autre, le constat purement matériel de la situation du port de San Diego, que nous avions pu vérifier ce matin de visu : l'endroit était une véritable souricière, dans laquelle il serait impossible à Fog d'entrer et, encore moins, d'agir. Sans compter qu'avec la surveillance renforcée qui était en train de se déployer, aussi bien autour de la marina qu'en son sein, y compris à l'intérieur même du bateau (où deux officiers allaient se dissimuler), il était impossible qu'Anne Beaulieu puisse être la cible d'une tentative de meurtre en ces lieux.

Impossible.

C'est ce constat imparable qui avait fait germer un plan B dans la tête d'Alex et qui avait fini par contaminer la mienne. Nous avions passé une grande partie de l'après-midi à le peaufiner, mais j'avais malgré tout besoin de prendre du recul afin de trancher entre les deux options. Et le départ de Sue allait, au moins, m'offrir cette possibilité. L'idée alexienne était la suivante : partant du principe que Fog était tout sauf stupide, il semblait clair que notre tueur en série savait que nous avions fait le lien entre la date du 20 mai et le voilier des Beaulieu, et qu'il n'allait pas se jeter aussi facilement – et aussi béatement – dans la gueule du loup. Cependant, il existait un risque que Fog change de modus operandi et se transforme en sniper. Je n'y croyais pas beaucoup, surtout au regard des massacres sanglants de ses précédents meurtres, mais nous ne pouvions nous permettre de négliger cette infime possibilité. C'est pourquoi une équipe de tireurs d'élite du SWAT avait été appelée en renfort et allait, elle aussi, se dissimuler à proximité immédiate du port, dans les immeubles voisins investigués et sécurisés. En revanche, Alex avait attiré mon attention sur l'inconscience de mon idée originelle.

— Elvis, avait-il insisté, les yeux dans les yeux et une main solennellement posée sur mon épaule, je suis d'accord avec toi sur l'identité de la prochaine victime. Comme toi, je suis certain qu'Anne Beaulieu est dans le viseur de Fog, mais même si on sécurise parfaitement le port, il n'existe pas de risque zéro et tu le sais aussi bien que moi. Tu ne peux pas exiger un tel investissement de la part d'une civile. Je suis désolé, mais c'est impossible.

— J'ai longtemps échangé avec Anne Beaulieu et son mari, avais-je contre-attaqué. Ils sont conscients des risques encourus, mais nous font totalement confiance. Ils savent que la sécurité sera exemplaire. Et, de mon côté, je suis certain de nos équipes et de nos forces d'intervention.

— Tu as raison sur ce point, OK, mais je ne peux pas te couvrir sur ce coup-là, Elvis. Ne compte pas sur moi. Désolé, amigo.

— Je ne te demande pas de me couvrir, Alex. Kaulana nous a donné son accord pour gérer l'opération, je te le rappelle, avais-je insisté en me levant.

Je m'étais dirigé vers la fenêtre de mon bureau, en tournant ainsi ostensiblement le dos à Alex pour mieux marquer ma désapprobation.

— Kaulana ne pense qu'à sa carrière, avait grogné Alex avec une mine de dégoût. Il veut protéger ses arrières, sauver sa place au chaud et même viser plus haut, Elvis, ne sois pas dupe. Tout est bon à prendre, dans sa position, crois-moi.

— Je sais bien, avais-je concédé, sachant pertinemment qu'Alex avait visé dans le mille avec cet argument. Mais, concrètement, on fait quoi ?

— Concrètement, on va faire chacun un pas vers l'autre, avait annoncé mon coéquipier en se levant à son tour, son fauteuil grinçant de plaisir à cette soudaine libération. OK pour garder l'« opération Marina » active. On ne change pas ce qui est prévu. On ne touche à rien. Sauf à la cible.

— La cible ? avais-je fait, presque par réflexe car j'avais senti venir le coup suivant.

— La cible, oui. Anne Beaulieu. On va la remplacer. Il y a suffisamment d'officiers femmes, dans nos effectifs, qui puissent faire illusion. On va la faire monter sur son rafiot au crépuscule, on va lui visser une perruque et un chapeau sur la tête, on va lui coller des lunettes de soleil sur le nez, ou que sais-je encore, mais je te jure que Fog n'y verra que du feu.

Je ne savais pas si la folie était contagieuse, mais celle d'Alex m'avait gagné, petit à petit.

— Écoute, Elvis, avait-il renchéri en m'agrippant par les épaules et en rivant de nouveau ses yeux aux miens. Je sais que ce plan peut paraître dingue, mais s'il existe une seule chance sur un million de coincer Fog, c'est celle-ci – et pas une autre – qu'il faut saisir.

— Très bien, avais-je fini par concéder. Et son mari ? Il reste à bord du voilier, dans ton plan ?

— Non, pareil, il dégage aussi, lui. Fog n'a tué que des femmes, pour l'instant, mais rien ne nous dit qu'il ne va pas se mettre à massacrer les couples, maintenant qu'il est chaud. On va lui trouver un joli remplaçant, au mari, fais-moi confiance.

En toute honnêteté, le plan d'Alex avait commencé à capter sérieusement mon attention. Néanmoins, je n'avais pu m'empêcher de gratter un peu, pour la forme.

— Mettons que je valide ton idée, Alex. L'« opération Marina » est, cependant, lancée depuis hier soir et je ne pense pas que Kaulana accepte de chambouler ce dispositif à la dernière minute, surtout si on lui explique ton plan…

— On s'en fout de Kaulana, avait éludé Alex d'un vague geste de la main. Laisse-moi gérer, je m'occupe de tout. J'ai suffisamment de relations au sein du SDPD pour régler ça sans qu'il s'en aperçoive.

— Et on en fait quoi, du « vrai » couple Beaulieu, dans ton plan, Alex ?

— On se les garde, Elvis. Dans un endroit sûr, qu'on aura dégoté ensemble. On va les protéger nous-mêmes, en version *bodyguard*, tu vois un peu le truc ? Comme dans le film avec Whitney Houston, si tu te rappelles ? Du coup, si cet enfoiré de Fog a vraiment choisi d'assassiner Mme Beaulieu en ce 20 mai, il va falloir qu'il nous passe dessus ! Et là, crois-moi, il trouvera à qui parler, avait-il gloussé, l'œil gourmand. Qu'en penses-tu ? Si ce n'est pas l'idée du siècle, ça y ressemble quand même sacrément, non ?

— Très bien, avais-je approuvé. Mais si on se plante de bout en bout, Alex ? Tu y as pensé ?

— Alors, on ira pêcher le thon au large des côtes mexicaines, avait ricané mon coéquipier en me balançant une tape monstrueuse dans le dos, le visage hilare.

L'idée que cette perspective n'était pas pour lui déplaire avait achevé de me convaincre que ma propre carrière ne tenait plus, effectivement, qu'à un maigre fil.

DIMANCHE 19 MAI

49.

Le soleil de printemps qui pointait à travers les fenêtres restées ouvertes me réveilla sur les coups de huit heures et, après une douche bienfaitrice et un nouveau café serré, j'étais d'attaque. Un regard à mon téléphone portable me confirma que Sue avait choisi de demeurer invisible, mais je décidai sagement de ne pas m'encombrer l'esprit avec ce problème d'ordre privé, pour le moment du moins. En revanche, Alex avait tenté de me joindre aux aurores, mais les brumes du sommeil dans lesquelles je flottais encore m'avaient préservé de son appel matinal. Après avoir composé le numéro de mon ami, je grimpai dans la Cox en coinçant mon mobile entre mon oreille gauche et mon épaule, et démarrai tranquillement en direction du centre-ville. Alex décrocha à la deuxième sonnerie, la voix enjouée et le vocabulaire plus fleuri que jamais :

— Ça ne te dérange pas de faire la grasse matinée pendant que d'autres travaillent, j'espère ? J'ai hésité à venir te porter ton petit déjeuner au lit, mais j'en connais une qui aurait été certainement trop jalouse !

Ne sachant pas si mon coéquipier faisait allusion à Sue ou à sa propre épouse, Doris, je m'abstins de commenter et attaquai immédiatement. Ma nuit de réflexion avait eu le mérite, entre autres choses, de ramener à la surface de mon esprit un aspect de l'enquête que nous avions délaissé. Obnubilés par la concordance évidente entre la date du 20 mai – mort de Christophe Colomb – et celle du nom du voilier du couple Beaulieu – le *Santa María* –, nous avions foncé tête baissée dans cette hypothèse, en négligeant les autres possibilités de dates historiques qu'offrait le calendrier de ce milieu de mois de mai. Cependant, tel un épais brouillard qui se dissiperait soudain, je m'étais brusquement souvenu que le nom du marquis de Lafayette était apparu dans nos discussions. Une équipe d'officiers avait d'ailleurs été mise à contribution sur cette option, mais je n'avais reçu aucun retour depuis, ni oralement ni par écrit.

— Ouais, Elvis, tu as raison, admit finalement Alex, après quelques secondes de réflexion. Quand on s'est tous vus, la dernière fois, avec ton pote Lloyd et les autres, on avait noté ce nom, Lafayette, pour la date de demain. Mais rien n'est remonté à la surface, depuis. Je vais me rencarder et je te redis, promis.

— Merci. Tu es un amour. J'arrive dans dix minutes, de toute façon, gros. Mais au fait, tu as essayé de m'appeler ce matin, non ? Une urgence ? Un souci ?

— Non, juste le plaisir de te parler dès le réveil, rien d'autre, susurra Alex en réprimant un gloussement. Ton café est chaud. Dépêche-toi.

Devant tant d'enthousiasme à l'idée de me revoir, je ne pouvais faire autrement que d'accélérer et, quelques minutes plus tard, c'est un Alex égal à lui-même – hirsute, débraillé, mais radieux comme un évangéliste – qui m'accueillit à bras ouverts sur le seuil du bâtiment. Conformément à la promesse de mon partenaire, un mug de café m'attendait dans la salle commune, quasiment déserte à cette heure encore matinale, où Alex m'avait entraîné d'autorité.

— J'ai donné rendez-vous à l'une des personnes de l'équipe Lafayette, qui travaille sous les ordres de Lloyd et qui a accepté de venir ce matin pour tes beaux yeux, annonça Alex. Ils sont deux officiers à bosser dessus, mais je n'en ai localisé qu'un seul, pour l'instant. Ils étaient à fond sur le terrain, ces dernières heures, d'après ce que j'ai compris.

À peine ces derniers mots avaient-ils été prononcés qu'une jeune sergente en uniforme bleu marine pénétra dans la pièce et se dirigea vers nous sans hésiter, nous salua d'une voix posée, puis alluma la tablette qu'elle tenait à la main. Gill Green – c'était le nom qui figurait sur son badge – prit place entre nous et entreprit de nous détailler minutieusement le long et fastidieux travail d'investigation qu'elle avait mené, avec l'un de ses collègues, pour étudier l'éventualité du choix d'une victime reliée au marquis de Lafayette. Tout en l'écoutant avec attention, je félicitai mentalement Alex de sa réactivité, même si je ne croyais pas vraiment en une autre option que celle qui viserait, demain, Anne Beaulieu. Malgré tout, je devais reconnaître l'exhaustivité du travail que nous exposait Gill Green, le nom de Lafayette étant l'un des plus populaires aux États-Unis, comme l'avait justement souligné Lloyd lors de notre dernière réunion. La liste des « Lafayette » de la ville était véritablement impressionnante et nous regardions défiler un inventaire sans fin de laveries automatiques, de restaurants, d'hôtels et de sociétés en tout genre sous les doigts agiles de notre experte, qui faisait glisser devant nos yeux une longue série de photos, tout en les commentant d'une voix professorale.

— Il existe également une dizaine de personnes qui portent ce patronyme, précisa Gill Green et, si l'on se réfère aux précédents meurtres, cette hypothèse n'est pas à négliger. C'est pourquoi le lieutenant Lloyd a décidé de placer sous surveillance discrète l'ensemble de ces citoyens. En revanche, il n'a rien prévu de particulier pour les entreprises que je viens de vous présenter, conclut l'officier en éteignant sa tablette, signe que son exposé était terminé et son temps certainement compté, à présent.

— Des questions, messieurs ? lança Gill Green en se levant et en réajustant son chignon.

J'observai discrètement Alex, en priant mentalement pour que l'animal ne se soit pas endormi pendant l'exposé, mais son regard semblait, au contraire, étonnamment vif et pétillant.

— Merci, c'était parfait, nous vous remercions d'avoir pris le temps de venir jusqu'à nous ce matin, mademoiselle Green, annonça mon collègue en se levant à son tour, sur un ton exagérément poli que je ne lui connaissais que trop, signe chez lui de sa hâte à nous débarrasser au plus vite de notre interlocutrice.

Pendant que la jeune femme tournait les talons, je lui adressai à mon tour un vague remerciement, tout en me disant que cette piste menait à une impasse, comme le pensait également Alex, avec sa réponse hypocritement bienveillante.

M'apprêtant à quitter la salle commune qui commençait à trop se remplir à mon goût pour regagner le calme feutré de mon bureau, je vis Alex se diriger vers l'un des distributeurs de barres chocolatées, l'œil gourmand et le sourire aux lèvres.

— Je te prends un truc, Elvis ? suggéra-t-il, sachant pertinemment que ma réponse serait négative.

Sans attendre que mon coéquipier daigne me rejoindre, l'estomac calé par une énième saleté industrielle, je me dirigeai vers les ascenseurs. Soudain, je manquai de heurter de plein fouet un officier en uniforme qui se ruait vers la salle de repos. Surpris, je reconnus la sergente Gill Green, qui venait juste de nous quitter, les traits graves et le visage fermé.

— Pardonnez-moi de vous déranger, lieutenant, mais je peux vous parler un instant, en aparté ? débita-t-elle d'un ton bien plus nerveux que celui qu'elle avait utilisé pour nous présenter son enquête.

Sans répondre, je l'entraînai vers le local technique de la brigade. Une fois à l'écart, j'invitai d'un mot Gill Green à se confesser :

— Oui ?

Son trouble manifeste contrastait avec le calme professionnel dont elle venait de faire preuve, quelques instants plus tôt.

— Lieutenant Cochran, murmura-t-elle, je n'ai pas osé vous le dire immédiatement ce matin, mais je ne crois pas trop en cette théorie du 20 mai.

— Moi non plus, reconnus-je spontanément, du moins pas en l'option « Lafayette ».

— Ce… ce n'est pas le vrai problème, non. Le souci, c'est aujourd'hui, lieutenant.

— Aujourd'hui ? répétai-je, tout en sentant une sueur glacée se mettre à couler le long de ma colonne vertébrale.

— Oui. Aujourd'hui, confirma l'officier en rivant son regard au mien et en m'empoignant l'avant-bras, d'une main incroyablement ferme. Nous sommes le 19 mai. Et je pense avoir découvert l'identité de la prochaine victime de Fog.

50.

Je savais qu'au moment où je prendrais ma retraite – en imaginant que je puisse entrevoir le bout de ce tunnel professionnel un jour –, je me souviendrais de ce 19 mai comme l'un des jours les plus noirs de ma carrière. D'aucuns jugeraient que la monumentale erreur commise à cette date-là était collective, que les torts étaient partagés. Mais, au fond de moi, il était clair que j'étais le seul et unique coupable de la mort d'une innocente. Il me serait facile de blâmer les équipes de Lloyd, qui étaient censées se focaliser sur cette partie-là de l'enquête, mais l'honnêteté m'oblige à reconnaître que nous avions, toutes et tous, foncé sur la date du 20 mai, tel un troupeau de taureaux chargeant un chiffon rouge. La concordance entre le nom du navire d'Anne Beaulieu et la date de la mort de Christophe Colomb nous avait tous aveuglés.

Ou presque.

Tous, à l'exception de Gill Green. En quelques phrases, elle m'avait expliqué son travail exhaustif sur l'option « Lafayette », supervisé par le lieutenant Lloyd : recherches informatiques, sorties sur le terrain, appels téléphoniques… Une tâche fastidieuse, réalisée sans compter ses heures dans l'un des bureaux sans fenêtre du sous-sol, en compagnie d'un autre officier anonyme.

Puis, ce matin aux aurores, lors d'une énième vérification sur Internet, mue par une impulsion subite, un clic sur la page Wikipédia du 19 mai.

— J'ai parcouru la liste des événements marquants qui ont eu lieu à cette date, reprit-elle, le regard hagard comme au sortir d'un mauvais rêve, en me focalisant plus particulièrement sur les décès.

— Mademoiselle Green, la priai-je en jetant discrètement un œil sur ma montre, le temps nous est compté. Dites-moi simplement qui est mort un 19 mai. Maintenant.

Je sentais que les nerfs de la jeune inspectrice avaient été soumis à rude épreuve depuis ce matin. Gill Green extirpa une feuille de papier de format A4, pliée en deux, de la poche intérieure de son uniforme, et me la tendit d'un geste fatigué. Je la dépliai fébrilement et découvris aussitôt qu'il s'agissait de l'impression de la page Wikipédia consacrée aux événements du 19 mai. À mi-hauteur, une ligne avait été surlignée, d'un coup de feutre jaune fluo.

Une ligne. Un nom et un prénom. Une évidence.

Malgré moi, je m'entendis cependant demander, en pointant du doigt le nom qui avait été mis en exergue, tout en ravalant ma salive :

— Comment pouvez-vous être certaine qu'elle sera la prochaine victime de notre meurtrier ?

Gill Green me répondit par la bande :

— J'ai parcouru les rapports sur votre tueur. Fog. Il a déposé des poupées sur les scènes de crime, après chaque homicide.

— Oui, sur les scènes de crime ou sur des lieux en relation avec le meurtre, tout au moins, confirmai-je en me remémorant le jouet déposé derrière les roues du taxi de Lena Johannsson.

— En relation avec le bébé kidnappé et assassiné de Charles Lindbergh.

— Certainement, concédai-je, prudent, ne sachant sur quel terrain miné Gill Green était en train de m'entraîner. Et alors ?

— Et alors, lieutenant, je sais que cette personne a beaucoup souffert, expliqua-t-elle en reprenant un peu de sa belle assurance et en tapotant le nom surligné sur la feuille.

— Souffert ? Précisez vos pensées, s'il vous plaît, la pressai-je, en regardant de nouveau ma montre avec insistance.

— Oui, je sais qu'elle a subi des fausses couches, qu'elle a eu un bébé mort-né, mais aussi un autre qui n'a pas survécu plus de deux jours. Des drames qui ont marqué sa vie.

— D'accord, répondis-je, un peu en mode pilotage automatique. Et on peut la localiser où, si vous avez vu juste ?

— C'est là le problème, lieutenant : il n'y en a pas qu'une. J'ai identifié sept femmes qui portent ce nom, ici à San Diego et dans les environs immédiats de la ville.

Un ultime regard à ma montre me confirma que ce 19 mai allait être l'une des pires journées de ma vie. Il était presque neuf heures, et le temps jouait en notre défaveur : même en déployant l'ensemble des forces de police disponibles dans la ville, les chances de sauver la – probable – prochaine victime de Fog étaient infimes. Le poids qui s'abattit sur mes épaules à ce moment-là entérina le fait que ma carrière était bel et bien derrière moi, à présent. Malgré tout, je réussis à fuir le local technique où j'avais entraîné Gill Green et, le souffle court, me dirigeai vers la salle Brown pour lancer cette nouvelle et – je le souhaitais plus que tout au monde – ultime course contre la montre.

Nous devions bien ça à Mme Jacqueline Kennedy.

51.

Après avoir décrété le branle-bas de combat au sein du SDPD pour lancer l'« opération Jacqueline Kennedy », les vingt pénibles minutes passées ensuite dans le bureau du capitaine Kaulana me semblèrent d'une longueur infinie. Mais je savais que les circonstances imposaient ce sacrifice de temps et, en l'absence d'Alex – que je n'avais pas réussi à localiser malgré trois appels sur son téléphone portable –, je me devais d'endosser le rôle de paratonnerre et de subir la volcanique colère de mon supérieur hiérarchique.

— Vous savez que j'ai décidé de vous couvrir sur ce coup-là, Cochran, m'apostropha-t-il en raccrochant son téléphone, une fois donné son aval aux équipes en place et envoyé à chaque adresse répertoriée d'une Jacqueline Kennedy locale (ou Jackie, en élargissant au surnom) une voiture de patrouille, en urgence absolue et toutes sirènes hurlantes. Mais il faudra quand même m'expliquer un jour ces tergiversations. Aux dernières nouvelles, vous nous aviez lancés sur une opération de surveillance rapprochée d'un témoin-appât, qui devait avoir lieu demain, et vous faites brusquement volte-face ce matin pour nous envoyer rechercher une hypothétique Jackie Kennedy à travers la ville ?

— Je ne fais pas volte-face, chef, me risquai-je à le contredire, tandis que je sentais mon téléphone vibrer dans la poche revolver de ma veste, car il faut vraiment continuer cette opération sur le port de plaisance, demain. Mais la priorité est, pour l'instant, de retrouver vivantes les sept Jacqueline ou Jackie Kennedy qui ont été identifiées…

— … par les équipes de Lloyd, me coupa-t-il sèchement, son regard noir plongé dans le mien.

L'idée même de tenter d'expliquer à Kaulana à quel point il était loin de la vérité me semblait tellement futile. J'éludai la réponse d'un vague geste de la main et me reconcentrai sur l'essentiel.

— Je vous promets un rapport détaillé et circonstancié sur tout ça, chef, mais pour le moment, je vous demande l'autorisation d'aller sur le terrain. Nous n'avons plus de temps à perdre. Les équipes sont parties vers chacune des adresses potentielles de ces Mme Kennedy, mais je pense qu'on peut mieux cibler encore les recherches, et continuer par ailleurs à préparer le piège de demain.

— Ah oui ? Et avec quelles femmes et quels hommes, Cochran ? On va appeler qui en renfort ? Le LAPD ? Le FBI ? L'armée ? J'ai déjà remué ciel et terre pour avoir une équipe du SWAT demain, autour de votre voilier, je ne sais pas si vous mesurez le travail que ça représente ?

Je me retins de lui répondre qu'il était payé pour ça, justement, mais mon sens aigu de la hiérarchie m'empêcha d'aller au bout de mes pensées. Un bip, suivi d'une nouvelle vibration de mon téléphone, me donna fort heureusement l'occasion de lever le camp. L'écran affichait le numéro d'Alex, suivi d'un message sans équivoque : « Urgent ! » Agitant l'appareil sous le nez de Kaulana, je bafouillai une vague excuse et tournai les talons, sans autre forme de procès. Mon sens aigu de la hiérarchie venait sérieusement d'en prendre un coup, mais l'heure n'était pas à ce genre de réflexion. À peine avais-je franchi la porte qu'Alex me rappela, le souffle court, sans pouvoir se départir de sa légendaire finesse :

— Bon, m'annonça-t-il d'emblée, pendant que certains prennent le café et les petits fours avec leur boss, d'autres se tuent au travail et parviennent même à localiser une Mme Kennedy plus vraie que nature.

Réprimant un soupir affligé, je laissai mon coéquipier poursuivre, toute interruption étant synonyme de perte de temps. La question suivante me cueillit de plein fouet :

— Ça te dit, un tour en hélico, Elvis ?

Prenant mon nouveau silence pour un encouragement, Alex enchaîna :

— Rendez-vous sur le toit dans cinq minutes, amigo. J'embarque deux ou trois trucs et on file. Je te raconterai pendant le vol. Décollage immédiat pour Del Mar.

Les informations s'entrechoquaient dans ma boîte crânienne. Del Mar était une petite cité balnéaire, rattachée au comté de San Diego et située à une quarantaine de kilomètres au nord de la ville, en direction de Los Angeles. Si c'était là-bas que Fog avait décidé de tuer de nouveau, c'est qu'il avait forcément une excellente raison de s'y exiler. Soit l'étau se resserrait autour de lui, l'obligeant ainsi à élargir son morbide territoire, soit il avait déniché à Del Mar la seule Jacqueline Kennedy de la région digne de figurer à son tableau de chasse. Ces deux hypothèses pouvaient d'ailleurs très bien se confondre. C'est en ruminant ces noires pensées que je gagnai aussi vite que possible le dernier étage du building et la plateforme hélico qui y avait été aménagée. Emmitouflé dans sa grosse veste en cuir, qui avait dû être neuve à l'époque de la guerre du Vietnam, Alex m'attendait en trépignant au pied de l'appareil, dont les pales commençaient doucement à se mettre en action.

— Bienvenue à bord, me lança-t-il d'une voix enjouée, en me poussant littéralement dans l'hélicoptère et en me désignant la place à la droite du pilote.

Puis, tant bien que mal, il grimpa à son tour dans l'appareil et s'écroula derrière moi, le souffle court. Quelques instants plus tard, nous volions à vive allure, cap au nord.

52.

Une fois nos casques-microphones vissés sur le crâne, Alex entreprit de m'exposer les raisons de ce vol précipité vers le nord du comté.

— L'avantage, c'est qu'il était encore assez tôt quand on a réagi, m'expliqua-t-il en se penchant vers moi. La fille qui est venue nous voir ce matin a répertorié sept femmes portant le nom de Jacqueline Kennedy, à San Diego, en se basant sur notre fichier interne. Il se trouve qu'on a pu en avoir cinq au téléphone, depuis, et on leur a demandé de se barricader chez elles, en leur envoyant en même temps la voiture de patrouille la plus proche.

— Très bien, mais il en reste deux, si je sais encore compter ? le coupai-je, trop sèchement certainement.

— Oui, mais la sixième a une bonne excuse pour ne pas nous répondre : elle est décédée en mars dernier. De sa belle mort, je précise : elle avait près de quatre-vingt-dix ans. C'est son fils qui habite sa maison, à présent. Nos fichiers ne sont pas à jour, que veux-tu…

Préférant ne pas relever le cynisme exacerbé de mon coéquipier, je soupirai et l'invitai à continuer son exposé.

— Et il nous reste donc la dernière Jackie Kennedy de la liste, celle qui nous attend à Del Mar, précisa-t-il, tandis que notre hélico semblait déjà amorcer sa descente. Elle n'a pas répondu à nos appels de ce matin, ni sur son fixe si sur son portable. Sa maison est située sur Mercado

Drive, observa-t-il en regardant son carnet froissé, extirpé de sa veste. Au numéro 13917, très exactement. C'est sur les hauteurs de la station, en retrait du littoral.

La voix métallique du pilote nous interrompit soudain pour nous annoncer l'imminence de l'atterrissage.

— Je vais me poser sur le parking du Jack in the Box, nous expliqua-t-il, sans que je puisse néanmoins distinguer le restaurant en question. On est dimanche et, à cette heure-ci, même s'il est ouvert pour le petit déjeuner, il ne semble pas y avoir grand monde, détailla-t-il au moment où l'appareil touchait le sol dans une immense et bruyante brassée d'air. Bonne chance, messieurs, conclut notre pilote, tandis que nous quittions aussi vite que possible l'habitacle étriqué de l'engin.

Je m'apprêtai à saisir mon téléphone, sur lequel j'avais enfin installé une application de géolocalisation, pour afficher un plan de la commune et tenter de repérer au plus vite l'adresse de notre Jacqueline Kennedy, quand une voiture de la police du comté apparut à la sortie du parking, gyrophare en action. D'un geste, le chauffeur en uniforme nous invita à monter à l'arrière.

— Mon coéquipier est resté devant la maison, mais il n'y a personne qui répond, nous expliqua-t-il sans prendre la peine de se présenter ni de nous saluer.

Et, sans attendre de commentaires de notre part, il redémarra au quart de tour, actionnant sa sirène, sous le regard intrigué des quelques promeneurs matinaux. En mon for intérieur, je me demandai si une arrivée plus discrète n'aurait pas été préférable, mais je n'étais plus maître de rien depuis trop longtemps pour oser émettre la moindre suggestion. Quant à Alex, il avait abandonné toute velléité d'humour noir et arborait sa mine renfrognée des mauvais jours. Deux minutes plus tard, notre chauffeur freina en catastrophe devant une très belle maison, haute d'un étage, qui semblait être sortie de terre tout récemment, à l'instar de ses deux fières voisines. Lisant dans mes pensées, notre collègue coupa la sirène et le gyrophare, puis se transforma en agent immobilier et nous expliqua que ce quartier, appelé Del Mar Heights, avait été réaménagé par la municipalité et un promoteur privé, pour en faire une zone résidentielle haut de gamme, mais dont les travaux en cours gâchaient encore un peu l'aspect général. Les tranchées ouvertes à même le sol, juste devant le trottoir, confirmaient les dires de notre nouvel ami et il fallait enjamber un fossé dont émergeaient des tas de câbles colorés avant d'atteindre la maison. Un deuxième policier en uniforme faisait les cent pas sur Mercado Drive, en caressant nerveusement son arme de service qui pendait fièrement à sa ceinture. Il était dix heures passées et notre arrivée en fanfare ne semblait pas avoir bouleversé la tranquillité dominicale du quartier. Seul le passage imperturbable et régulier de quelques joggeurs en tenue fluo animait un peu la rue. D'un pas prudent, en une chorégraphie presque parfaite, Alex et moi avions décidé de nous rapprocher du pavillon de ladite Jacqueline Kennedy. Je m'aperçus soudain que j'ignorais tout de sa personne : âge, situation familiale, groupe ethnique, profession ? Le mystère était total. Peut-être mon coéquipier en savait-il un peu plus, mais il n'avait pas trouvé – ou pris – le temps d'éclairer ma lanterne. De toute manière, l'urgence était ailleurs. L'ensemble résidentiel ne disposait pas de jardin à l'avant, l'entrée principale donnant directement sur la rue, via une porte métallique, à la droite d'un grand garage pour deux véhicules qui occupait la quasi-totalité du rez-de-chaussée. Ce dernier était surmonté d'une imposante terrasse, sur laquelle j'apercevais l'ombre d'un parasol. Les pièces de vie devaient être situées juste en retrait, dans le prolongement. Les volets roulants de la construction étaient tous baissés et aucun signe de vie n'émanait des lieux. Une étroite allée gazonnée courait à droite de la maison, pour rejoindre l'arrière du bâtiment. S'approchant de la façade, Alex ressortit son carnet et empoigna son téléphone. Il composa un premier numéro, sans succès puis un second, sans avoir plus de chance. Du doigt, il me désigna la bâtisse en secouant la tête, d'un air dépité. Deux possibilités : soit notre Jacqueline Kennedy s'était absentée, soit nous arrivions trop tard et allions très vite tomber sur une nouvelle scène de crime. C'était aussi basique et binaire que ça. La mine grave, Alex se rapprocha de moi, sous le regard décontenancé de nos deux policiers locaux, qui ne savaient pas quelle attitude adopter.

— J'ai vérifié mes notes, commença par m'expliquer mon coéquipier en agitant son petit carnet sous mon nez. Cette Jackie Kennedy devrait être chez elle, bordel ! Elle habite seule, aux dernières nouvelles, et travaille dans une pharmacie, à trois blocs d'ici.

— Je te rappelle que nous sommes dimanche, gros, et qu'elle n'est peut-être pas à son travail, du coup. Elle est d'ailleurs probablement partie rendre visite à ses parents, proposai-je, sans croire une seule seconde à ma pauvre hypothèse.

— Je n'en sais rien, ma pharmacie à moi est ouverte sept jours sur sept. On va vérifier tout ça, mais ça ne sent pas bon du tout, par ici, Elvis. Vraiment pas bon.

J'acquiesçai machinalement et reportai de nouveau mon attention vers cette maison fermée et silencieuse, qui semblait nous narguer au milieu de cette zone pavillonnaire lisse, propre et aseptisée. J'imaginais très bien le quartier dans quelques mois, une fois les travaux achevés. Un petit paradis, urbain et maritime à la fois, pour une catégorie de population aisée et triée sur le volet. Je m'apprêtai à sonner à la porte principale, tandis qu'Alex – tout en enfilant son brassard « Police » et en sortant son arme de service, qu'il tenait serrée le long de son bras – faisait signe à nos deux acolytes locaux de contourner le bâtiment par l'arrière, via l'étroite allée gazonnée. J'étais moi-même sur le point de sortir mon brassard quand l'un des deux officiers, celui qui nous avait servi de chauffeur, se mit à se racler la gorge de façon trop ostentatoire pour être naturelle. En agitant les bras, il nous désigna quelque chose qui semblait lui barrer le chemin, à l'entrée de l'allée. Le signal d'alerte qui s'alluma instantanément dans mon cerveau entraîna aussitôt une remontée de bile amère vers ma bouche. Croisant le regard d'Alex, le froid que je pus y déceler à cet instant me confirma que notre connexion était, décidément, totale.

— Ne touchez à rien, réussis-je à prononcer malgré tout, par pur réflexe professionnel.

Un conseil inutile, tant notre malheureux confrère était tétanisé par sa découverte. Quant à son collègue, qui le suivait avec précaution, il semblait lui aussi avoir été pétrifié sur place. Il est vrai que la vue d'une poupée recouverte de sang à peine séché n'était pas une vision à laquelle un policier municipal de Del Mar était coutumier.

Ni même deux lieutenants du SDPD, mais ça, c'était notre problème.

53.

Lorsque nous nous étions retrouvés, avec l'ensemble des forces vives encore disponibles en ce dimanche soir sinistré, l'abattement et la résignation se lisaient sur chaque visage. Même les légendaires envolées volcaniques de Kaulana ne déchiraient plus le silence qui régnait dans la salle Brown qui nous accueillait. En ce qui concernait Lloyd et son équipe, leur discrétion n'avait d'égal que leur énorme raté quant à cette date du 19 mai. Mais, en vérité, ni moi ni personne n'aurait osé blâmer qui que ce soit en particulier. Les chaînes d'info, les médias en ligne et autres réseaux sociaux venaient d'annoncer le quatrième meurtre de Fog, donnant un écho retentissant à notre naufrage collectif. Malgré le contexte, j'avais tenté de téléphoner à Sue depuis la voiture qui nous ramenait de Del Mar, mais seule sa messagerie avait daigné répondre à mes appels successifs et insistants. Finalement, c'est Di Mucci qui décida de prendre la parole, de sa belle voix grave et posée. En quelques phrases, il nous annonça ce que tout le monde craignait, mais que je savais déjà, pour l'avoir vérifié de mes propres yeux sur la scène de crime :

— C'est bien lui… C'est écrit sur la langue, comme pour les précédentes victimes. Un 4, un *T* et un *H*. *4TH*. La quatrième. Je précise que Jacqueline Kennedy était décédée, à ce moment-là. Égorgée avec probablement le même instrument que pour les trois autres victimes.

Jacqueline Kennedy… L'homonyme de l'ancienne épouse de l'un des hommes les plus emblématiques de notre pays et de notre histoire. Un nom tellement classique, tellement populaire et tellement entré dans la mémoire collective qu'il avait glissé sur nous telle une goutte d'eau sur une plume d'oiseau. Un patronyme qui était porté par des dizaines de milliers de personnes à travers le pays, des lettres qu'on retrouvait gravées sur des centaines de plaques de rue, de frontons d'école ou de bâtiments gouvernementaux. Pendant que le coroner poursuivait son exposé, je repensai à la fragilité et à l'ironie du destin. Jacqueline Kennedy, la quatrième victime de Fog, était née en janvier 1964, soit quelques semaines à peine après l'assassinat de JFK. Je n'étais évidemment pas certain de ça, mais j'imaginais bien les futurs parents en train de réfléchir au choix du prénom de leur bébé à venir et le fruit de leur réflexion les mener à choisir ce prénom, hommage à cette jeune veuve, héroïne malgré elle d'une tragédie comme seul notre pays savait en produire.

M. et Mme Kennedy – s'ils étaient encore de ce monde, ce que j'ignorais totalement – allaient-ils eux-mêmes se rendre compte que, si le choix du prénom de leur fille avait été différent, celle-ci serait peut-être encore en vie, en ce dimanche soir ? Je préférai ne pas m'étendre sur cette hypothèse et me reconcentrai sur la voix de Di Mucci.

— La violence du crime est identique à celle des meurtres précédents, poursuivait-il du même ton monocorde. Égorgement, puis énucléation et enfin découpe des pouces des mains et des pieds, qu'il disperse ensuite à travers la scène de crime, au sens large : cette fois-ci, on a retrouvé un orteil dans la poubelle de la salle de bains de la victime et un autre dans la cuvette des toilettes. Il a probablement utilisé le lavabo pour se nettoyer un peu avant de partir, même s'il portait évidemment des gants.

— Tu peux nous dire à quelle heure remonte le crime ? lança Alex, avachi sur une chaise, elle-même adossée au mur du fond de la salle.

— Elle a été tuée ce matin, assez tôt : entre cinq heures et six heures, au maximum. Je suis certain que Fog l'a tirée de son sommeil. Elle était à jeun.

— Oui, elle était d'ailleurs encore en pyjama, quand on l'a découverte, indiquai-je en prenant la parole pour la première fois depuis le début de la réunion. Elle avait simplement enfilé une robe de chambre par-dessus.

— Et elle avait un flingue à la main, compléta Alex d'un ton grave.

Sa remarque soudaine provoqua quelques murmures dans l'auditoire fatigué. Je précisai que Jackie Kennedy ne l'avait, d'une part, pas utilisé et qu'il était par ailleurs normal qu'une femme qui vivait seule puisse posséder ce genre d'accessoire chez elle.

— C'était un Beretta 85 de défense, expliquai-je. Il se trouvait probablement dans le tiroir de sa table de nuit, qui était ouvert. J'imagine qu'elle a été réveillée par… par Fog. Le volet roulant de la chambre à coucher était aux trois quarts relevé et la porte-fenêtre, qui donne sur le jardin à l'arrière, entrebâillée. Aucune trace d'effraction n'a été relevée. Et la porte d'entrée, blindée et sécurisée, n'a pas été touchée.

— Aucune trace d'effraction ? releva Lloyd, qui semblait soudain s'éveiller d'un long coma. Un type se pointe chez elle au petit matin, elle se réveille, enfile une robe de chambre en attrapant une arme et décide finalement de lui ouvrir sa maison en grand ?

— Le même constat que sur les trois scènes de crime précédentes, en effet, confirmai-je. Soit les victimes connaissaient leur assassin – ce qui reste une possibilité, même si on n'a pas vraiment avancé là-dessus –, soit Fog a trouvé le moyen de gagner rapidement leur confiance, jusqu'à se faire ouvrir les portes.

— Vous n'avez pas avancé sur grand-chose, je vous le confirme, renchérit Kaulana, en se rappelant à notre bon souvenir. Et j'imagine que vous n'avez ni témoins, ni enregistrements vidéo, ni empreintes, ni je ne sais quoi de concret à nous soumettre ?

— En effet, acquiesçai-je. Nos équipes et celles de Del Mar ont ratissé large, sans résultat. Le quartier était totalement endormi, en ce dimanche matin, et comme il fait l'objet d'une rénovation complète, en ce moment, aucune caméra de surveillance n'a encore été réinstallée.

— Un endroit idéal pour massacrer quelqu'un, assena Alex en soupirant.

— Et aucune empreinte visible. Les techniciens du labo sont en train d'analyser tout ce qui a pu être récolté, mais on ne devrait pas avoir d'éléments concrets avant demain soir, au mieux.

— C'est merveilleux, Cochran, merci beaucoup, conclut Kaulana, en se levant de son siège pour arpenter la salle d'un pas nerveux. Attendons, alors, puisque nous ne savons faire que ça.

En mon for intérieur, je savais déjà que ces analyses poussées n'allaient aboutir à rien. Fog avait été trop intelligent, jusqu'alors, pour nous laisser la moindre trace involontaire de son passage. Seules les poupées abandonnées derrière lui sur les différentes scènes de crime, mais totalement inexploitables pour l'instant, pouvaient être considérées comme d'éventuels indices. En outre – et grâce à Sue, je devais le reconnaître –, j'étais intimement convaincu que cette série de meurtres découlait du premier, celui de Lena Johannsson, et, par extension, était liée à l'histoire de Charles Lindbergh. Enfin, Fog m'avait placé directement au cœur de son processus meurtrier, soit par vengeance personnelle – mais pourquoi moi ? –, soit pour humilier la police de San Diego. Et, en ce sens, il avait parfaitement réussi son coup.

Pour le moment.

Je ne l'avais pas dit à Alex, mais, ce matin encore, j'avais eu la désagréable sensation d'être observé. Le quartier de Del Mar avait été entièrement bouclé dès la découverte du corps mutilé de Jackie Kennedy, les accès routiers et même maritimes à la station balnéaire contrôlés, en pure perte. De plus, nous n'avions pas réussi à dessiner ne serait-ce qu'un semblant de portrait-robot, ni réaliser le moindre profilage fiable, malgré l'accumulation des meurtres et des scènes de crime. Alors, qui rechercher ? Que vérifier ? Sur quels critères ? Pourtant, je sentais confusément une présence, une ombre et même un frémissement : l'impression diffuse que Fog était à portée de main et qu'il allait se décider à entrer en contact avec moi. Peut-être n'était-ce qu'une vue de mon esprit, mais j'avais envie de m'y accrocher. Demain, nous serions le 20 mai, et si Fog continuait à son rythme sanglant, nos deux routes allaient forcément se croiser, car j'étais fermement décidé à veiller personnellement à la sécurité d'Anne Beaulieu. La voix de Kaulana me secoua soudain, telle une douche glacée au réveil. Absorbé par mes pensées, j'avais complètement perdu le fil de la réunion, et c'est quand j'entendis prononcer mon nom pour la seconde fois que je me mis enfin à réagir.

— Cochran, vous dormez ou quoi ? Je vous demandais ce qu'il en était du plan Beaulieu, pour demain ?

Les grands esprits finissant toujours par se rencontrer, j'étais heureux d'entendre Kaulana aborder enfin ce sujet. En quelques minutes, je m'appliquai à expliquer à l'assemblée le plan que j'avais échafaudé, en omettant cependant la variante proposée par Alex. Nous n'en avions plus reparlé ensemble depuis et je tenais à revoir avec lui deux ou trois points qui me semblaient indispensables, avant de mettre en marche notre propre plan. Les questions qui fusèrent, une fois mon exposé terminé, étaient davantage d'ordre logistique et stratégique que d'ordre moral. Personne, dans l'assistance, ne semblait s'offusquer d'utiliser des civils comme appât pour mettre fin aux agissements d'un tueur en série. Finalement, tout cela ne faisait que confirmer ce que je pensais, depuis un petit moment déjà : nous étions une belle bande de hyènes.

LUNDI 20 MAI

54.

Quand j'ouvris les yeux, en ce matin du 20 mai, ma première pensée alla en direction de Sue. La veille au soir, en quittant la brigade, j'avais de nouveau tenté de lui téléphoner – en vain. Je devais reconnaître que sa présence et son regard sur l'enquête me manquaient cruellement. Et cette constatation amère avait résonné encore davantage, tandis que je m'étais écroulé, exténué, dans un lit trop vide et trop froid, après m'être assuré une nouvelle fois que le couple Beaulieu était sous surveillance rapprochée, comme convenu, à leur domicile de Pomerado Road.

Un regard dans le miroir, accroché à la porte de la penderie de l'entrée, me confirma ce que je craignais déjà : je faisais peur à voir, malgré mes efforts pour tenter de maintenir l'illusion. Cernes sous les yeux, barbe de trois jours, cheveux qui n'avaient pas croisé la route d'un peigne depuis ma dernière visite chez le coiffeur, sans oublier mon indémodable et éternel triptyque jean-polo-veste, de la même couleur noire, mais qui avait à présent tendance à tirer vers un mélange marron-vert du plus bel effet. Heureusement, la vision de ma Cox, garée le long du trottoir opposé, arriva à accrocher un semblant de sourire sur mon visage… qui se figea aussitôt quand je me projetai dans la journée qui se dessinait. Nous étions enfin arrivés à ce 20 mai, jour anniversaire de la mort de Christophe Colomb, et je ne parvenais toujours pas à admettre qu'un malade mental en liberté s'était mis dans la tête d'assassiner une directrice de campus ce jour-là, sous prétexte que son bateau portait le même nom que celui du mythique navigateur. Et, tant qu'à faire, directement sur le voilier en question, le *Santa María*, pour pimenter un peu son jeu macabre. C'est en tout cas ainsi que nous avions imaginé le scénario idéal, tentai-je de me rassurer en plagiant le cynisme d'Alex, tandis que le moteur de ma pièce de collection à quatre roues se mettait à vrombir, de son doux ronronnement caractéristique. Au moment d'appuyer sur l'accélérateur, j'hésitai à allumer la radio pour accompagner mon trajet jusqu'au poste de police, mais écouter en boucle les sordides infos du matin était au-dessus de mes forces. Je cherchais une place libre devant le bâtiment de la police de la ville au moment où ma montre afficha huit heures passées de dix minutes. Mon téléphone se mit à me rappeler sa bruyante existence. Un regard sur l'écran m'indiqua que mon correspondant était impatient de me revoir.

— On y est, me gratifia la voix d'Alex en guise de salutations. C'est aujourd'hui ou jamais.

— Tu as raison : on y est. Tu es déjà dans les parages, gros ?

— Affirmatif, chef. Et surtout, tu ne bouges pas, j'arrive. Je t'emmène en virée chez tes nouveaux potes.

Et, sans me laisser le temps de répliquer, il raccrocha sèchement, trop heureux de son petit effet. Résigné, je repensai aux reproches de Sue, juste avant de claquer la porte de notre vie, lorsqu'elle m'avait sermonné au prétexte qu'Alex me trimballait à sa guise et que je n'étais bon qu'à acquiescer et à le suivre, tel un chien fidèle dévoué à son maître. Je devais reconnaître qu'elle avait visé en plein dans le mille, mais je me sentais incapable, ce matin, de contredire mon partenaire professionnel. Par ailleurs, et c'était le plus important à mes yeux, je voyais très bien où Alex tenait à me conduire, et je m'apprêtais à faire de même si son appel ne m'avait pas devancé.

Quelques instants plus tard, sa silhouette massive se dessina en ombre chinoise à travers l'une des vitres en verre fumé du bâtiment, au rez-de-chaussée. Ouvrant le chambranle, il me fit signe, à coups de grands gestes de bras, de rejoindre le parking secondaire, situé à l'arrière du building. M'exécutant une fois de plus, je regardai Alex s'affaler derrière le volant d'une voiture de service, le moteur déjà vrombissant et le gyrophare allumé. Je me laissai tomber à ses côtés, en inspirant une énorme bouffée d'oxygène.

— C'est parti pour la plus belle journée de ta vie, Elvis ! osa-t-il me lancer en démarrant, pied au plancher.

— On en reparlera ce soir à minuit, si tu veux bien, tempérai-je, mais je ne demande qu'à te croire.

— J'imagine que tu as deviné où je t'emmène prendre un café, enchaîna mon chauffeur, en bifurquant sur Balboa Drive, pour prendre la direction de la Sixième Avenue, plein nord, vers l'Interstate 15.

— Tu as des infos récentes ? répliquai-je, sans répondre directement.

— Brûlantes comme un barbecue du 4 Juillet, oui. Je me suis permis d'appeler les Beaulieu ce matin, avant de te faire signe. Ils vont merveilleusement bien, nos deux tourtereaux. Ils ont passé une douce nuit à leur domicile, sous la protection rapprochée de quelques collègues à nous, et sont prêts à nous accueillir pour le petit déjeuner : que demander de plus ?

— Qu'ils soient encore vivants est déjà une excellente nouvelle en soi, non ? Je te rappelle que nous sommes le 20 mai depuis quelques heures et rien ne nous garantissait que Fog n'allait pas remettre le couvert dès minuit passé.

Je savais qu'en prononçant cette phrase, je me faisais l'avocat du diable, car nous étions, toutes et tous au sein de la brigade, tombés d'accord pour estimer que notre tueur en série avait planifié l'exécution de son prochain meurtre sur le bateau d'Anne Beaulieu et de son mari et non pas à leur domicile ou ailleurs – mais cette certitude n'empêchait pas l'étroite protection mise en place depuis que le lien entre le nom de leur bateau et la date de la mort de Christophe Colomb avait été clairement établi. Cette pensée m'avait rassuré la veille au soir, mais à présent que nous roulions à vive allure en direction de la maison des Beaulieu, je ne pouvais empêcher mon esprit, pourtant très cartésien, de se mettre à cogiter sérieusement. Et si nous avions négligé un détail, un signe, un indice ? Et si Fog choisissait soudain de changer son mode opératoire ? Ou encore ses cibles ? J'abaissai la vitre droite de la voiture pour respirer un peu d'air frais et tenter de dissiper ainsi les noires pensées qui menaçaient de gangrener mon esprit, déjà bien abîmé. Le meurtre sauvage de Jackie Kennedy était encore si récent qu'il imprégnait chaque cellule de mon cerveau. Concentré sur la route, Alex était muré dans un silence assez inhabituel et pouvait sembler totalement hermétique à de telles considérations, mais je savais – par expérience – qu'il n'en menait pas large non plus. Un reniflement impromptu, un plissement nerveux des paupières, un rictus des lèvres : autant de signes révélateurs d'une intense perturbation intérieure. Heureusement, la fluidité de la circulation, associée à la sirène ponctuellement actionnée par Alex et à notre gyrophare, nous amena rapidement à l'extrémité nord de la ville, sur Pomerado Road, à quelques encablures à peine de l'université internationale de San Diego, là où tout avait commencé. Pour ce que j'avais pu recueillir comme informations, les Beaulieu occupaient un logement de fonction universitaire, un avantage accordé à la directrice du campus et dont le mari était heureux, j'imaginais bien, de pouvoir bénéficier lui aussi. Le couple n'avait pas d'enfant et vivait seul dans cette vaste maison rose pâle de style hispano-mexicain qui se détachait devant moi, sur un fond de ciel azur comme seule la Californie était capable d'en produire. La bâtisse, posée sobrement sur un carré de gazon coupé au cordeau, respirait le bonheur simple et la tranquillité solide de l'Amérique profonde. Aucune trace de présence policière n'était notable, ce qui était finalement plutôt rassurant, compte tenu de mes inquiétudes. Ni aucune autre présence humaine, d'ailleurs.

Mais la poupée en plastique, posée en évidence sur la pelouse devant la maison, semblait presque vivante.

55.

La poupée qui nous faisait face, en nous fixant de son regard vide et inexpressif, dégageait à la fois un sentiment de néant et un parfum de terreur, que ne semblaient pas ressentir les deux policiers en civil s'extirpant de leur voiture banalisée pour venir à notre rencontre.

— C'est quoi, ce truc ? s'enquit Alex, en désignant la poupée, sans prendre la peine de se présenter.

De mon côté, je bafouillai un vague salut et, sans attendre la moindre autorisation, me dirigeai vers le centre de la pelouse. Au même moment, la porte principale de la maison s'ouvrit brusquement, et deux autres flics déboulèrent vers moi, l'arme au poing et le verbe haut.

— À plat ventre, les mains sur la tête ! Ne bougez plus !

Dans un coin de mon cerveau, j'enregistrai avec espoir l'information suivante : si les policiers attachés à la surveillance des Beaulieu étaient ainsi à cran, c'est qu'il existait peut-être une chance infime qu'Anne Beaulieu et son mari soient encore de ce monde. Du coup, c'est presque avec enthousiasme que je m'exécutai et plongeai à plat ventre, le nez dans l'herbe, les deux bras bien croisés sur le sommet de mon crâne. Les beuglements d'Alex qui me parvinrent aussitôt me confirmèrent que mon acolyte était en forme olympique, ce qui était de bon augure au vu de la journée pour le moins compliquée qui se profilait. Son intervention bruyante et musclée eut le mérite de dissiper à la fois la tension et le malentendu et, un instant plus tard, le calme qui régnait de nouveau dans le quartier avait presque fait oublier l'incident de mon intrusion sur la pelouse des Beaulieu. Attablés autour d'un café, en compagnie de Mme la directrice et de son mari – qui répondait au doux prénom de Richard – nous échangions quelques politesses, tels de vieux amis qui venaient incidemment de se retrouver. Les policiers de faction étaient retournés à leur surveillance, nous laissant seuls, Alex et moi, avec le couple Beaulieu. Pendant que mon coéquipier rassurait nos hôtes à grands coups de phrases d'une banalité désarmante sur l'efficacité de la présence policière autour de leur maison et autres arguments pseudo-sécuritaires, j'essayais de trier les informations qui s'accumulaient sous ma boîte crânienne. La poupée découverte sur la pelouse semblait en tout point conforme à celles retrouvées sur les scènes de crime de Fog. Elle avait, bien évidemment, été aussitôt portée au labo pour y être expertisée et analysée, mais il ne faisait de doute pour personne qu'elle appartenait au même lot que les autres. En revanche, le fait que ce bébé en plastique ait été disposé en évidence devant la maison des Beaulieu était le signe que nous avions vu juste : Fog avait bel et bien décidé de cibler la directrice de l'université. Avec une subtilité supplémentaire : par ce geste, il nous indiquait clairement qu'il avait choisi sa prochaine victime, mais sans passer à l'acte… pour l'instant du moins. Une mise en situation qui rappelait celle du premier meurtre de la série, où la poupée n'avait pas été placée sur la scène du crime, mais découverte à l'aéroport, quelques heures avant que Fog ne commît son premier assassinat. Ce geste renforçait, si besoin était, l'hypothèse que nous envisagions depuis le début, à savoir un passage à l'acte sur le bateau des Beaulieu, le *Santa María*. Cette déduction appelait plusieurs constats : pour commencer, Fog surveillait de très près les faits et gestes du couple, et savait exactement où et quand il allait agir. Ensuite, il était venu, un peu plus tôt, disposer cet indice annonciateur de son prochain meurtre, en dépit de la garde rapprochée dont faisaient l'objet les Beaulieu. À moins que cette poupée n'ait été déposée il y a plusieurs jours déjà ? J'interrogeai en ce sens les Beaulieu, mais monsieur balaya immédiatement cette possibilité :

— Non, lieutenant, j'ai tondu le gazon hier matin et je peux vous assurer qu'aucune poupée ne s'y trouvait.

À voir ce quadragénaire tiré à quatre épingles, au brushing impeccable et aux ongles délicatement manucurés, sorte de clone de Richard Gere des années 1990 à la sauce française, j'avais un peu de mal à l'imaginer en train de passer la tondeuse. En revanche, il cadrait parfaitement avec le décor feutré de ce salon élégamment meublé.

— D'accord, finis-je par acquiescer. Et j'imagine que vous n'avez vu personne s'approcher de votre jardin ?

Cette fois-ci, c'est Anne Beaulieu qui prit la parole pour m'éclairer :

— Personne n'a pénétré dans notre propriété depuis que nous y avons été confinés, lieutenant. Je peux vous l'assurer.

— Personne sauf vos collègues, précisa son mari, en désignant du pouce la porte d'entrée derrière lui, devant laquelle s'était posté l'un des policiers de garde.

— OK, maugréa Alex, mais elle est quand même arrivée dans votre jardin, cette poupée, et ce n'est pas le bon Dieu qui est venu la poser sous votre nez, si ?

— Écoutez, lieutenant, reprit avec calme Richard Beaulieu, je ne sais pas comment cette poupée a atterri ici. Et cette pensée est angoissante, croyez-moi. Mais ce que je tenais à vous dire, également, c'est que nous avons une confiance totale dans nos forces de police locales, pour notre propre sûreté, mais aussi pour celle de nos concitoyens, en priant pour que vous puissiez mettre fin à cette série d'horribles meurtres. Vous venez de nous parler sécurité et je sais que vous avez raison : nous n'avons rien à craindre à vos côtés, j'en suis certain.

Dans un coin de ma tête, je notai que c'était le moment idéal pour enfoncer le clou, ce que mon coéquipier s'empressa de faire aussitôt, trop heureux de l'opportunité qui lui était offerte. En quelques phrases parfaitement amenées et excellemment tournées, Alex se mit à expliquer aux Beaulieu son fameux plan B, celui qui consistait à envoyer sur le bateau un « faux couple », composé de deux policiers en civil grimés et habillés de la façon la plus réaliste possible, tout en gardant sous notre protection rapprochée Anne Beaulieu et son mari, dans un endroit encore inconnu pour le moment. Le calme de Richard Beaulieu et de son épouse força mon admiration. J'aurais pensé que les Français étaient un peuple plus agité et davantage démonstratif, mais force était de constater que le couple qui me faisait face avait été sculpté dans un acier inoxydable. Les Beaulieu semblaient boire les paroles d'Alex et approuvaient, en hochant doucement la tête, chaque étape du plan que ce dernier leur détaillait avec la conviction d'un arracheur de dents. C'est au moment où Alex s'apprêtait, tant bien que mal, à se lever de sa chaise après avoir conclu son argumentaire que mon portable se mit à vibrer, au fond de la poche de mon jean, annonçant la réception d'un SMS. Un regard discret sur l'écran de mon téléphone me confirma ce que je craignais, depuis mon réveil : cette journée allait définitivement basculer vers le chaos.

56.

Dire que la lecture du message reçu avait provoqué en moi un séisme était en dessous de la vérité. Seul le regard d'une infinie profondeur d'Anne Beaulieu m'empêcha de perdre totalement pied. Le signal que je pouvais y lire était sans équivoque. C'est donc d'un pas que je tâchai de rendre le plus assuré possible que je me dirigeai vers une petite terrasse ombragée donnant sur l'arrière de la propriété, sous l'œil réprobateur des deux vigiles de service qui ne m'avaient pas encore pardonné ma magnifique traversée de la pelouse. L'endroit était aussi sobre que le reste de la maison ; la décoration ne semblait pas être le passe-temps préféré d'Anne et de Richard Beaulieu, à moins que le côté épuré de l'ensemble fût un style en soi, mais c'était vraiment le dernier de mes soucis. J'aurais bien aimé pouvoir m'isoler cinq minutes pour rappeler l'expéditeur du texto, mais je sentais intuitivement que ce n'était ni le lieu ni le moment. D'ailleurs, le couple Beaulieu venait à son tour de faire son apparition sur la terrasse, suivi de près par Alex qui semblait hésiter sur la suite du programme. Néanmoins, après un instant de flottement, il retrouva son habit de maître de cérémonie pour nous expliquer la suite des réjouissances :

— Bon… J'ai trouvé deux agents qui vont arriver dans vingt minutes, annonça-t-il en regardant sa grosse montre. Un couple, précisa Alex, l'œil de nouveau pétillant.

Ils vont débarquer ici en uniforme, sous prétexte de renforcer les équipes de surveillance déjà en place.

— Sauf qu'ils vont vite se déshabiller pour enfiler d'autres vêtements, c'est bien ça ?

D'un hochement de tête, Alex acquiesça à ma question et poursuivit, imperturbable :

— C'est ça. Des vêtements de… de marin, quoi ! Comme ceux qu'on pourrait porter sur votre bateau. On va rajouter un bonnet, une casquette, des lunettes de soleil, et le tour sera joué. Des objections ?

— Aucune, répondit Anne Beaulieu, d'une voix atone. Dites-nous simplement ce que vous attendez de nous, lieutenant, une fois que vos deux agents nous auront… remplacés.

— Bien sûr. Il y a deux possibilités, madame Beaulieu, se mit à expliquer Alex, en se mettant à faire les cent pas sur la terrasse, les mains croisées dans le dos et le regard rivé au sol. La première, c'est que notre ami Fog tombe dans le piège et colle au train de notre faux couple, pour le suivre jusqu'à votre bateau, là-bas, au port de plaisance. Il aura alors lui-même deux possibilités lui aussi, n'est-ce pas Elvis ?

Je n'étais pas du tout prêt à récupérer la patate chaude que venait de me balancer mon coéquipier, mais je m'efforçais de ne pas paraître surpris et, en parfait duettiste, j'enchaînai imperturbablement :

— En effet. Soit notre tueur est tellement à cran qu'il n'y verra que du feu, et il fera tout pour… pour aller au bout, même s'il sait bien évidemment que nous avons découvert que vous étiez sa prochaine cible. Il va donc suivre notre faux couple jusqu'au port de plaisance et tomber dans la souricière que nous sommes en train de lui tendre là-bas.

— Il n'imagine pas qu'un piège l'attend ? osa Anne Beaulieu.

— Il se croit au-dessus de tout ça, rétorqua Alex. Intouchable. Inatteignable. Immortel. Il va vouloir à tout prix poursuivre sa macabre série, et il est persuadé que rien ne l'arrêtera. C'est pour ça, d'ailleurs, que…

— … c'est pour ça, coupai-je, que nous pouvons aussi envisager que notre tueur ne sera pas dupe de notre supercherie et qu'il sait très bien que nous avons essayé de lui tendre un piège grossier.

— Absolument, reprit Alex, si l'ami Fog est moins stupide que nous l'imaginons, il ne va pas bouger une oreille et va sagement attendre que la protection rapprochée dont vous faites l'objet se dirige vers la marina et votre bateau. Il va certainement penser que deux flics ne pèseront rien face à sa détermination, mais il ne sait pas encore qu'il va tomber sur du cinq-étoiles, côté accueil. On saura le recevoir comme il le mérite, notre brouillardeux !

Les envolées lyriques et présomptueuses de mon coéquipier me portaient de plus en plus sur les nerfs et je n'avais qu'une envie : quitter cet endroit qui commençait sérieusement à m'oppresser. Je ne savais pas si c'était le contexte exacerbé, l'assurance imperturbable de Richard Beaulieu, la tension que je lisais dans les yeux de son épouse ou encore le message reçu quelques instants plus tôt, mais je ne tenais plus en place. Alex, cependant, ne semblait pas l'entendre de cette oreille.

— D'où la deuxième solution, que je vais vous exposer en détail, si vous me le permettez. Bon… Une fois que nos Beaulieu de carnaval auront filé, et leurs gardes du corps avec, il ne restera plus que nous quatre ici, du coup, vous me suivez ?

— Nous autres et ce « Fog » qui nous surveille, si j'ai bien compris, crut bon de préciser Richard Beaulieu.

— C'est bien ça, acquiesça Alex en se raclant la gorge, avant de poursuivre sur sa lancée. On sera donc quatre d'un côté et lui de l'autre. Et comme il a de la suite dans les idées, il va forcément vouloir passer à l'attaque, à un moment ou à un autre.

Je ne savais pas si mon partenaire se rendait compte de la violence de ses propos et s'il arrivait, ne serait-ce que l'espace d'un instant, à se mettre à la place du couple Beaulieu. Mais la détermination sourde dont semblaient faire preuve la directrice de l'université et son mari forçait le respect. Je me gardai prudemment d'intervenir et laissai Alex poursuivre l'explication de son plan B :

— Le souci, c'est qu'on ne sait pas encore quand il va oser venir à notre rencontre, l'animal. Il est actuellement onze heures du matin, ou presque, précisa-t-il en regardant sa montre, ce qui fait qu'il lui reste encore treize heures devant lui, si on part du principe qu'il tient à sa date anniversaire du 20 mai.

— Très bien, approuva Richard Beaulieu en posant délicatement la main sur le bras de son épouse, provoquant aussitôt en moi une décharge électrique le long de ma colonne vertébrale. Vous voulez donc nous faire comprendre, lieutenant, que nous allons rester ici jusqu'à ce soir, en attendant qu'un tueur en série se donne la peine de venir s'en prendre à nous ?

— Non, nous n'allons pas l'attendre ici les bras croisés, n'est-ce pas Alex ? me sentis-je obligé de préciser, pour tenter de dissiper le cynisme et la tension qui commençaient méchamment à planer au-dessus de notre petit groupe.

— Non, en effet, confirma mon coéquipier. La maison est trop grande et ni le lieutenant Cochran ni moi-même ne connaissons suffisamment les lieux pour vous garantir une sécurité absolue. Nous allons donc vous emmener ailleurs, si toutefois vous voulez bien vous donner la peine de nous suivre.

— Bien entendu, murmura Anne Beaulieu d'une voix lasse, mais où pensez-vous nous conduire ?

Alex se décida enfin à cesser d'arpenter la terrasse en tous sens et planta son regard dans celui des Beaulieu.

— L'endroit auquel je pense est un espace clos et protégé, où vous serez en parfaite sécurité. Je vous en fais le serment.

— Et on peut savoir où c'est exactement ? tentai-je, ne sachant que trop bien ce que l'esprit tordu de mon ami pouvait parfois produire.

— Bien sûr, Elvis, d'autant plus que tu le connais plutôt bien, cet endroit.

— Mais encore ?

— Et même parfaitement, Elvis, puisque tu y habites depuis près d'un an. J'espère bien que, depuis le temps, tu as fini par y prendre tes repères.

57.

La première partie du plan se déroula telle qu'Alex l'avait prévue. Son ancienneté dans la police de San Diego lui avait permis de nouer des relations privilégiées avec un certain nombre de ses collègues, qu'ils soient haut gradés ou simples officiers de service. Faire ainsi partie des meubles lui conférait une forme d'autorité naturelle dont mon coéquipier savait fort bien jouer, comme j'en avais encore eu la preuve ce matin, en voyant débarquer un couple de policiers en uniforme au domicile des Beaulieu. L'homme, un type longiligne, un peu dégingandé, l'air ahuri, traînait derrière lui un grand sac noir sur roulettes, et ressemblait autant à Richard Beaulieu que moi à Donald Trump. Alex – qui lisait dans mes pensées comme dans un livre ouvert – tenta aussitôt de me rassurer :

— Pas pu trouver mieux, amigo ! Mais je t'assure qu'une fois habillé en civil, Juan sera parfait, n'est-ce pas ?

Le Juan en question ne semblait pas aussi convaincu, mais il se contenta de nous serrer la main, en hochant la tête d'un air grave. Quant à sa coéquipière, son visage me revint immédiatement et je la saluai aussi chaleureusement que possible :

— Gill Green ! Quelle bonne surprise ! Merci d'être venue, vraiment. J'apprécie.

J'étais très sincèrement heureux de me retrouver face à la jeune inspectrice qui nous avait mis sur la piste de

Jackie Kennedy, même si nous n'avions pas pu empêcher son meurtre.

— Je tenais à apporter ma contribution à la résolution de cette affaire, lieutenant. J'ai l'impression d'avoir un compte personnel à régler avec… avec ce Fog et je veux y arriver. Merci de m'accueillir parmi vous.

La détermination qui se lisait dans son regard faisait plaisir à voir ; dans un coin de ma tête, je notai de toucher un mot à son sujet à Kaulana, pour lui demander de la soustraire à l'équipe dirigée par Lloyd, afin de l'intégrer à nos effectifs. Alex, de son côté, était déjà passé à autre chose. Je le voyais discuter avec les deux policiers qui montaient la garde devant la maison, à grand renfort de gestes. D'une oreille, je captais qu'il était question de véhicule banalisé et de protection rapprochée, de tireurs d'élite et autres snipers du SWAT. Bref, l'ami Alex était en train de baratiner nos collègues pour leur enfoncer dans le crâne l'idée qu'ils allaient devoir, à présent, escorter les Beaulieu jusqu'au port de plaisance. Le faux couple, en l'occurrence, mais personne n'en saurait rien, à part les intéressés eux-mêmes, les deux officiers déguisés et, enfin, Alex et moi. En mon for intérieur, je commençais à me dire que ce plan sentait plutôt bon, mais il n'était même pas encore midi et se réjouir à cet instant aurait été une impardonnable erreur. Perdu dans mes réflexions, je n'avais pas vu Gill Green et l'officier prénommé Juan disparaître dans l'une des pièces attenantes à la terrasse, en compagnie d'Alex, qui semblait posséder le don d'ubiquité. Quelques minutes plus tard, c'est un couple méconnaissable qui se matérialisa devant nous, habillé d'amples vêtements de type sportswear, qui auraient pu, en effet, être portés par un couple de plaisanciers. Côté couvre-chefs, Gill Green et son coéquipier avaient chacun opté pour une magnifique casquette estampillée *San Diego Yacht Club*, qui coiffait élégamment leurs deux perruques, couleur auburn pour elle et poivre et sel pour lui, qui rappelaient assez bien les véritables cheveux des deux modèles originaux. Enfin, une paire de luxueuses lunettes de marque française ornait le nez de chacun des faux époux Beaulieu.

— Ce ne sont pas de vraies binocles, ce sont des imitations, précisa Alex en lisant dans mes pensées, mais elles feront illusion, non ? Je les ai ramenées de Tijuana, il y a un bail. C'est toujours une virée sympa, le Mexique. Vous y allez parfois ?

Comme aucun d'entre nous ne se donna la peine de répondre, il soupira profondément et poussa doucement, mais fermement, le faux couple Beaulieu vers l'arrière de la maison, en leur adressant les ultimes consignes, tout en glissant un trousseau de clés dans la main de Juan.

— La Chevrolet Captiva que vous allez conduire est juste là, derrière cette porte. C'est la voiture habituelle de madame et de monsieur, précisa-t-il en désignant les Beaulieu d'un vague geste de la main. Il y a une télécommande sur le tableau de bord, pour ouvrir le portail du garage. Une fois dehors, vous filez droit vers la marina, sans vous retourner, sans vous presser, le plus naturellement du monde. Vous serez précédés et suivis par nos collègues, comme vous le savez. Allez, c'est parti !

— Et une fois arrivés, on s'installe à bord du voilier, comme prévu, c'est ça ? enchaîna Gill Green, davantage pour se rassurer que pour demander confirmation.

— C'est ça. Vous avez tout compris. Vous garez la bagnole sur le parking réservé aux plaisanciers et vous filez directement sur le voilier. Y a pas plus facile ! Il y aura du monde là-bas pour vous surveiller, discrètement mais efficacement, car on a sorti la grosse artillerie pour le coffrer, notre Fog. Et, ce soir, on dormira tous sur nos deux oreilles, grâce à vous !

J'aurais aimé partager l'optimisme démesuré de mon coéquipier, mais je ne parvenais pas à me défaire de cette chape de plomb qui planait au-dessus de nous. Le couple Beaulieu semblait lui aussi totalement écrasé. De nouveau, je jetai un regard discret à mon téléphone portable.

Aucun autre message n'était apparu sur l'écran, mais je ne pouvais m'empêcher de relire une nouvelle fois celui qui m'avait glacé, un peu plus tôt dans la matinée, et que je ne réussissais toujours pas à comprendre et encore moins à analyser. Heureusement, la voix caverneuse d'Alex me tira de mes sombres réflexions :

— La voie est libre, les amis ! lança-t-il à la cantonade, comme si nous étions à l'autre bout de la maison, alors qu'il était pourtant revenu à nos côtés, sur la terrasse intérieure. Elvis, maintenant qu'on est enfin tranquilles, tu veux bien nous faire l'honneur de ton hospitalité ?

Et, sans attendre mon accord, il s'éclipsa aussi vite que son quintal le lui permettait, en direction de l'endroit où était parquée notre voiture de service, devant la propriété des Beaulieu. Ce type n'était décidément pas issu du même moule qu'un être humain normal.

58.

La seconde partie du plan d'Alex me semblait de moins en moins lancée sur les rails de la réussite. Pourtant, une fois le faux couple Beaulieu parti en direction du port de San Diego, la voie paraissait dégagée pour que tout se déroule à merveille ou, du moins, selon le scénario envisagé par mon coéquipier. Ce dernier avait congédié les policiers de faction dans la maison des Beaulieu, prétextant qu'ils allaient être remplacés par Gill Green et l'officier qui l'accompagnait, le dénommé Juan. Les deux cerbères de service ne se firent pas prier et débarrassèrent le plancher aussitôt, sans se formaliser, nous laissant tous les quatre dans cette grande maison qui respirait à présent le vide et sonnait creux.

— Il reste deux autres officiers dehors, non ? fis-je, ne sachant pas trop si Alex s'en souvenait, malgré son air assuré.

— Oui, amigo, je m'en occupe. Je les connais bien, aucun souci. Dans trente secondes, on sera vraiment peinards et on pourra filer.

Joignant le geste à la parole, il s'éclipsa de nouveau, me laissant seul avec le couple Beaulieu. Le silence qui planait entre nous était assourdissant. Je cherchais vainement dans mon esprit en déroute une phrase rassurante à prononcer, mais j'étais aussi sec qu'une oasis de la Death Valley. Heureusement, quelques instants plus tard, c'est un Alex au visage radieux qui resurgit devant nous, en agitant un trousseau de clés sous notre nez.

— Votre chauffeur vous invite à monter dans une magnifique Chevrolet labellisée *Police de San Diego*, madame et messieurs, lança-t-il, plus grandiloquent que jamais.

Je savais que l'extravagance affichée par mon camarade n'était qu'une façon d'évacuer la pression, aussi bien de son côté que du nôtre, mais je n'étais pas certain que les Beaulieu soient sensibles à cet altruisme maladroit. Malgré tout, je m'efforçai de jouer le jeu au maximum, ne serait-ce que parce qu'il était à présent impossible de faire demi-tour. Je me retrouvai assis à l'arrière de la Chevrolet, à la droite d'Anne Beaulieu. Richard Beaulieu, de son côté, avait pris place à côté d'Alex. À chacun son garde du corps, pensai-je, tout en palpant discrètement mon arme de service, qui me gênait un peu sous l'aisselle gauche, mais dont la présence me rassurait, plus que jamais. Je savais qu'Alex était, lui aussi, prêt à dégainer en cas d'urgence, malgré son statut de chauffeur de cette improbable équipée. C'est au moment où il enclencha la marche arrière que le vernis qui recouvrait ce plan B se fissura.

Le craquement nous fit tous sursauter et, instinctivement, la main droite d'Anne Beaulieu se referma sur mon genou, provoquant en moi une nouvelle montée d'adrénaline, après celle provoquée par ce bruit soudain. Alex jura comme un charretier et, serrant violemment le frein à main, s'extirpa tant bien que mal du véhicule. De mon côté, j'étais tétanisé et incapable du moindre mouvement. Je savais au fond de moi quelle était l'origine de ce bruit sinistre. Malgré tout, après un instant de flottement, je parvins à m'extraire de la Chevrolet pour rejoindre Alex, accroupi en équilibre précaire à côté du pneu arrière gauche.

— Pas très solides, ces jouets en plastique, grogna mon coéquipier, en ramassant du bout des doigts ce qui semblait être un morceau de jambe.

— Il est là. Il nous observe. Il nous guette. Il n'est pas du tout parti du côté du port de plaisance, grizzli... Il est resté là.

Instinctivement, j'avais sorti mon arme, balayant des yeux le paysage autour de moi, sans trop savoir ce que je cherchais.

— Laisse tomber, chef, on s'en fiche, marmonna Alex en se redressant péniblement. C'est pour ça qu'on avait prévu un plan B, non ?

Sans répondre, je me dirigeai de nouveau vers l'avant du véhicule, après un dernier regard pour la poupée que la marche arrière d'Alex venait de faire exploser. Toujours assis dans notre Chevrolet de service, Anne Beaulieu et son mari paraissaient plus calmes que jamais. Le bel enthousiasme d'Alex avait fondu comme neige au soleil, faisant cruellement ressortir le côté pathétique de la situation. Me glissant à mon tour dans le véhicule, je me décidai à prendre la parole, pendant qu'Alex se dirigeait vers le sud de la ville, afin de rejoindre l'Interstate 15.

— Nous n'allons pas vous mentir, ça ne servirait à rien. Nous aurions pu penser que Fog allait tomber dans le piège et suivre vos « sosies », si je puis dire, jusqu'à votre bateau, mais il s'est montré bien plus intelligent que ça.

— Ça vous étonne, lieutenant ? interrogea soudain Anne Beaulieu, d'un ton qui ne me semblait pas ironique – avec son léger accent français, je n'en étais cependant pas totalement persuadé.

C'est Alex qui se chargea de répondre, toujours avec une voix éteinte que je ne lui connaissais pas :

— Ce type est tout sauf stupide, c'est certain. Mais, maintenant, il va être obligé de se dévoiler au grand jour. Il n'a plus le choix. S'il veut espérer aller au bout de son plan, c'est à visage découvert qu'il va devoir se montrer. Et nous serons là pour l'accueillir à bras ouverts, croyez-moi !

J'aurais voulu trouver un autre argument tout aussi convaincant mais mon cerveau semblait sclérosé et incapable de la moindre réflexion. Alors que les premières maisons de Gold Coast Drive se dessinaient derrière le pare-brise de la Chevrolet, je fixai de nouveau l'écran de mon téléphone. Le SMS reçu quelques heures plus tôt continuait à me narguer et à me hanter. Il tenait en huit mots :

`Je sais qui est Fog. Attention à toi.`

Seul point positif de ce message : Sue ne semblait pas m'avoir rayé de sa vie.

59.

Il était midi quand je refermai derrière nous la porte de mon appartement. J'étais trop tendu pour agir autrement que par un pur réflexe de survie, mais tirer le verrou et tourner la clé dans la serrure me procura comme une sorte de soulagement. L'appartement était situé au deuxième étage et une seule et unique porte permettait d'y accéder. Je commençais presque à me convaincre qu'Alex avait eu une idée de génie en le choisissant pour en faire la souricière qui attirerait Fog et nous permettrait de le mettre hors d'état de nuire. En revanche, au vu de la configuration des lieux, je ne voyais pas comment notre tueur pourrait passer à l'acte, sauf à être doué de capacités surnaturelles. Pour l'heure, le seul fantôme que je connaissais se prénommait Sue : malgré de nombreuses et discrètes tentatives pour la joindre, depuis son SMS préventif, je tombais sur sa messagerie. Du côté de mes compagnons d'infortune, il était inutile de chercher le moindre signe de réconfort. Alex était, comme trop souvent, parti en roue libre et faisait le show, à grand renfort de brassage d'air et de phrases toutes faites. Aussi à l'aise que si nous étions tous les quatre installés chez lui, il avait invité Anne et Richard Beaulieu à s'asseoir dans mon coin salon, bien calés côte à côte sur le canapé indien qui faisait face à la baie vitrée surplombant la rue. Le couple paraissait plus prostré que jamais, muré qu'il était dans un silence de plomb depuis la découverte de la poupée. Seul le tic nerveux qui agitait sporadiquement la lèvre inférieure de Richard Beaulieu témoignait de la tension qui l'habitait. Mon coéquipier, quant à lui, s'était glissé derrière le comptoir de ma cuisine, fourrageant dans les placards pour préparer du café, tout en expliquant sa recette du parfait *espresso* italien, en insistant sur le dosage, la qualité de l'eau et je ne sais quel autre critère inutile et, de toute façon, totalement incongru compte tenu du contexte. De mon côté, le front collé à la vitre, j'observais le rassurant spectacle de la vie qui s'écoulait dehors, paisiblement. Un couple de joggeurs qui trépignaient sur place, en attendant que le signal lumineux du passage piéton redevienne vert. Une jeune maman qui guidait sa poussette d'une main, l'autre serrant précieusement son téléphone portable contre l'oreille, un sourire radieux sur le visage. Un livreur de sushis en scooter qui sonnait à la porte de l'immeuble en face. Autant de scènes rassurantes d'un quotidien si éloigné du nôtre. Alex, dans sa tentative maladroite d'alléger l'atmosphère, était en train de me taper sérieusement sur les nerfs et je sentais que les Beaulieu, eux aussi, commençaient à se demander quel genre d'individu les avait fait renoncer à leur voilier. Je me décidai finalement à tourner les talons et à affronter la situation en face : il était grand temps que l'autruche s'oblige à sortir la tête du sable. Levant les yeux, je croisai le regard vide et inexpressif de Richard Beaulieu, et je m'en voulus aussitôt d'avoir pu éprouver un pincement de jalousie à son égard. Cet homme était terrorisé : la peur suintait par tous les pores de sa peau et ses tics nerveux redoublaient de vigueur. Quant à son épouse, elle n'était plus que l'ombre de la femme intouchable et inaccessible dont j'avais fait la connaissance, quelques jours auparavant. Même le café extrêmement serré, concocté par l'ami Alex, ne paraissait pas en mesure de les rassurer. Pourtant, en finissant ma tasse, je me sentais malgré tout un peu mieux et j'espérais qu'il en était de même pour nos deux otages involontaires, qui ne semblaient pas encore décidés à développer un syndrome de Stockholm à notre égard. C'est pourquoi je ne fus qu'à moitié surpris quand Richard Beaulieu rompit le silence.

— Cette situation est absurde, messieurs, prononça-t-il en se levant et en se mettant à arpenter la pièce d'un pas lourd. Je refuse d'attendre passivement qu'un tueur en série vienne nous assassiner, ma femme et moi, s'insurgea-t-il d'une voix ferme et décidée. Je pensais en être capable, mais je dois vous avouer que j'ai été trop présomptueux. J'aurais voulu vous aider, être à la hauteur de votre plan, servir vos desseins et, ainsi, contribuer à l'arrestation de ce meurtrier. Et mon épouse également, soyez-en assurés, ajouta-t-il en se plaçant derrière Anne Beaulieu, en posant une main protectrice sur sa nuque, d'un geste délicat. Mais, voyez-vous messieurs, nous sommes deux, justement, et je me refuse à présent à faire courir le moindre risque à qui que ce soit.

D'instinct, je sentis que la sortie inattendue de Richard Beaulieu n'allait pas plaire à Alex. Pour ma part, j'étais partagé entre, d'un côté, l'envie de croire au plan de mon collègue et de voir où cette initiative allait nous mener et, de l'autre, la prise de conscience du ridicule de notre présence dans mon appartement, à guetter l'arrivée d'un tueur en série, tout en sirotant une tasse de café. La riposte d'Alex ne tarda pas :

— Allons, cher monsieur, je comprends que vous soyez quelque peu inquiets, vous et votre dame, mais je ne vois pas où vous pourriez être plus en sécurité qu'ici. Il n'y a qu'un seul accès à cet appartement, et quiconque tentera d'y pénétrer sera aussitôt arrêté et mis hors d'état de nuire avant d'avoir pu remuer une oreille, croyez-moi.

— Il ne s'agit pas de ça, messieurs, renchérit notre interlocuteur. Je ne mets pas en doute vos qualités professionnelles, ni la pertinence de votre plan, mais mon épouse et moi ne nous sentons plus capables d'être vos auxiliaires, tout simplement.

— Ce n'est pas ce que vous m'avez laissé entendre cette semaine, et encore moins ce matin, insista Alex en quittant le tabouret sur lequel il avait trouvé refuge.

Mon coéquipier pesait chacun de ses mots, je le savais, et la couleur pourpre qui lui montait doucement – mais sûrement – au visage ne présageait rien de bon. S'approchant encore davantage du couple Beaulieu, sa voix devint soudain plus agressive.

— Pas facile de voir la vérité en face, n'est-ce pas ? Ce n'est pas donné à tout le monde d'affronter un tueur en série. Il en faut du courage et de l'intelligence. Et je vois bien que vous en êtes totalement dépourvus.

Je n'aimais pas du tout la tournure que prenait cet échange et j'allais tenter de calmer le jeu quand Anne Beaulieu se décida enfin à s'exprimer :

— Messieurs, restons calmes, s'il vous plaît. Comme vous l'imaginez fort bien, je suis tout à fait d'accord avec mon mari : à moi aussi, sur le moment, votre plan me paraissait séduisant et j'étais prête à y prendre part. Mais il faut regarder la vérité en face, justement, lieutenant Cochran, articula-t-elle en transperçant Alex d'un regard qui ne laissait planer aucune ambiguïté. Il est presque treize heures et je ne veux pas passer une minute de plus dans cet appartement. Votre… votre Fog ne se montrera pas, et vous le savez aussi bien que moi.

À ces mots, Alex secoua doucement la tête et un sourire énigmatique se dessina sur son visage. La phrase qu'il prononça nous plongea tous dans un bain de glaçons :

— Vous avez tort, madame Beaulieu. Il est ici, avec nous. Depuis le début.

60.

Alex prit soin de nous fixer chacun à tour de rôle, d'un air à la fois satisfait et mauvais que je ne lui connaissais pas encore.

Pas avant aujourd'hui. Pas avant de comprendre que Fog et mon coéquipier – mais aussi mon ami – ne formaient, en fait, qu'une seule et même personne.

Le film de la semaine défilait à toute allure dans ma tête, à la même vitesse que s'emboîtaient, les unes après les autres, les pièces de ce puzzle macabre, enfin reconstitué. La gorge serrée, je venais de saisir qu'un pan énorme de ma vie s'était à jamais écroulé. Et les larmes qui me montaient aux yeux avaient le goût de la tristesse, de la trahison et de l'abandon. Le brouillard dans lequel je flottais depuis une semaine se déchirait enfin, et ce qu'il dissimulait n'était pas beau à voir. Mais, malgré la laideur de l'instant, malgré la faille béante qui venait de s'ouvrir sous mes pieds, je me sentais soulagé de pouvoir regarder la vérité en face. Il serait bien temps, dans un futur que j'espérais proche, d'analyser en profondeur les raisons de mon aveuglement, qui relevait aussi bien de la faute professionnelle que de la faillite personnelle. L'heure n'était pas à ces considérations. Bien calée sous mon aisselle gauche, mon arme de service me semblait soudain totalement inutile. Je savais que le moindre geste en direction d'Alex m'était impossible, d'autant plus qu'il nous pointait à présent avec son flingue, le regard toujours aussi moqueur et pervers, nous crachant sa haine au visage :

— Tu m'as profondément déçu, Elvis. Depuis le premier jour. Longtemps, pourtant, j'ai espéré que tu allais comprendre. Ça aurait un peu pimenté le jeu. Mais non, aveugle que tu es, avec tes stupides valeurs d'amitié, de partage et de loyauté. Je te le dis comme je le pense : tu es vraiment un mauvais flic, un petit lieutenant principal qui se noie dans un costume trop grand pour lui. Tu n'as pas capté que j'avais toujours un coup d'avance sur toi ? Sur vous tous, les petits flicards de San Diego ?

À mes côtés, le couple Beaulieu semblait immergé dans un abîme d'incompréhension. Je m'efforçai d'éviter le regard qu'Anne et son mari me lançaient pour plonger mes yeux dans ceux de Fog. Rassemblant ce qui me restait de forces – et de dignité –, je tentai de gagner du temps et de sauver ce qui pouvait encore l'être.

— Alex… Tu vas gentiment reposer ton arme et autoriser M. et Mme Beaulieu à partir d'ici. Ensuite, quand on sera seuls, on prendra le temps de parler, d'homme à homme. Tu en as besoin et moi aussi.

La réponse qu'il me balança en retour me confirma que la psychologie ne faisait pas partie de mes qualités premières.

— Tu vas crever avec tes illusions, Elvis. Tu n'es qu'un pauvre type… Quand je pense que tu me disais que tu te sentais observé, s'esclaffa-t-il, hilare comme jamais. Que Fog te surveillait ! Forcément, puisque je te collais au train, abruti ! J'ai tout fait pour te mettre la pression, mais tu n'as jamais été en mesure de l'affronter. Tu t'es toujours reposé sur moi ou, pire encore, sur ta ratée de journaliste. Je ne sais pas si tu me fais honte ou pitié.

La couleur du visage d'Alex avait viré au rouge vif et ses yeux semblaient rouler dans leur orbite, mus par l'excitation. Une grosse veine bleue battait à sa tempe gauche sous l'effet de la tension et la sueur commençait à perler à son front. Baissant les yeux vers la main droite qui tenait son arme, je constatai le tremblement inquiétant qui la secouait et je sus d'instinct que le moindre geste inconsidéré de ma part serait fatal. La seule solution que j'entrevoyais, à court terme, était de continuer à le faire parler, en espérant ainsi un relâchement qui me permettrait de bondir sur lui. Une distance que j'estimais à moins de trois mètres nous séparait, et je sentais qu'en me jetant de tout mon poids vers l'avant, je pouvais au moins m'interposer entre Fog et les Beaulieu. Tout en priant pour que la première balle qu'il me destinerait n'atteigne pas un organe vital, mais il était encore trop tôt pour ce genre de considération. Heureusement, je n'avais même pas besoin de le relancer : Fog semblait intarissable et son débit devenait de plus en plus saccadé et exalté.

— Je vais te raconter comment ça va se passer, Elvis, et tu vas en avoir pour ton argent !

Il s'adressait directement à moi, semblant avoir totalement oublié la présence du couple Beaulieu, mais je me trompais lourdement, à mon grand désespoir.

— Je vais commencer par me débarrasser de l'autre bellâtre, là-bas, grogna-t-il en grimaçant, désignant du menton Richard Beaulieu, dont le visage – qui virait au blanc cireux depuis un moment déjà – se décomposa encore davantage, un vilain rictus faisant trembler sa lèvre inférieure. Rien qu'une balle entre les yeux et on n'en parlera plus. Vous verrez, je vise juste : ce ne sera pas douloureux. Vous devriez me remercier, je suis la bonté incarnée.

Le cri étouffé d'Anne Beaulieu qui suivit cette déclaration me glaça le sang. Alex, lui, semblait de plus en plus amusé par la situation et poursuivait de la même voix enjouée, en concentrant à présent son attention sur son interlocutrice :

— Oui, madame la directrice, je ne vous ai pas oubliée, rassurez-vous : je vous ai réservé ma spécialité maison.

Mon ami ici présent, le lieutenant Cochran, pourra vous la décrire aussi bien que moi, tellement il est habitué à ramasser la merde que je sème derrière moi. D'abord, je commencerai par vous renverser la tête en arrière, afin de bien dégager votre cou et votre gorge, histoire d'être certain que ma lame de rasoir glissera facilement d'une oreille à l'autre. Bon, ça chatouille un peu au début et c'est salissant vers la fin, mais au moins vous serez bien morte quand je sortirai mon sécateur pour vous découper les pouces et les gros orteils. Vous noterez que je vous épargnerai ainsi bien des souffrances inutiles. Après, je m'attaquerai à vos beaux yeux, qui seront encore plus admirables une fois arrachés de leur orbite, croyez-moi. Je fais ça très proprement, à la cuillère, d'un geste précis, et je sectionne ensuite le nerf optique en tirant dessus, délicatement mais fermement : j'adore le bruit qu'il fait quand il cède enfin, comme un élastique qui craque, vous voyez ce que je veux dire ?

La nausée qui me gagnait m'empêchait d'envisager le moindre mouvement, même si je ressentais confusément au fond de moi que l'attention que portait à présent Fog à Anne Beaulieu m'offrait une réelle fenêtre d'action.

— Et, cerise sur le gâteau, je m'occuperai enfin de votre langue. Je la devine fine et charnue à la fois, délicate et douce, comme je les aime. Bon, OK, elle ne vous servira plus tellement, ensuite, mais je me ferai un plaisir de vous l'arracher malgré tout, en l'extrayant doucement du fond de votre bouche et en coupant ensuite le muscle à sa base, toujours avec mon merveilleux sécateur. Vous voudriez peut-être le voir, pour mieux vous y préparer ?

Sans transition, joignant le geste à la parole, il se mit à farfouiller dans les poches intérieures de son blouson de cuir, à la recherche de son outil. C'était le moment ou jamais, je le savais. À l'instant où je bandai l'ensemble de mes muscles encore en état de fonctionner, prêt à plonger en direction du bras armé de Fog, la sensation fulgurante que je vivais les derniers instants de ma vie m'effleura brutalement. Le quart de seconde que prit cette pensée pour traverser mon cerveau suffit à me freiner légèrement, mais pas à ralentir le corps qui bondit soudain, dans mon dos, pour se jeter à la gorge de Fog : Richard Beaulieu avait, lui aussi, décidé de profiter de la légère distraction du tueur en série pour tenter le tout pour le tout. Surpris par cette attaque soudaine, Alex recula brusquement pour brandir son pistolet et lâcha le sécateur qu'il venait de dénicher dans l'une des poches intérieures de sa veste. Au moment où les mains jointes de Richard Beaulieu atteignirent le visage de Fog, trois coups de feu claquèrent, coup sur coup, et les deux corps entremêlés s'écroulèrent sous mes yeux, dans un bruit de verre brisé, la table basse de mon salon n'ayant pas supporté le poids conjugué des deux hommes. Dans un ultime réflexe, j'avais enfin réussi à dégainer mon arme de service et à reculer d'un pas pour protéger Anne Beaulieu, mais elle avait déjà plongé à terre, hurlant de terreur en agrippant le vieux tapis de selle indien qui me servait de nappe, en guise de dérisoire protection. C'est à ce moment précis que la porte du couloir s'ouvrit en grand, livrant passage à une silhouette, dont la forme qui se dessinait dans le contre-jour me rappela vaguement quelqu'un. Elle aussi brandissait un revolver, mais elle paraissait bien campée sur ses deux jambes et une autorité naturelle émanait de sa personne. Les mots qu'elle prononça d'une voix ferme et décidée m'atteignirent en plein cœur, couvrant les gémissements qui provenaient des deux corps enchevêtrés sur le sol de mon salon. Les cris d'Anne Beaulieu avaient cessé, remplacés par une litanie de mots prononcés en français, parmi lesquels je ne distinguai que le prénom « Richard ».

— Le cauchemar est terminé, madame Beaulieu, annonça la nouvelle arrivante en s'avançant vers nous, l'arme enfin baissée, mais toujours pointée en direction des deux corps enchevêtrés, alors qu'une flaque de sang commençait à dessiner de vilaines arabesques sur le parquet de mon salon.

— J'ai bien fait de te laisser un double des clés de mon appartement, je savais que ça te servirait un jour, parvins-je à articuler.

— Je t'aime, Elvis, me répondit Sue en m'attirant contre elle.

Le brouillard qui recouvrait San Diego venait enfin de se lever.

61.

— Quand as-tu compris qu'Alex et Fog ne faisaient qu'un ?

Nous étions de retour à la brigade, en cette fin d'après-midi, après que l'équipe en charge de la scène de crime qu'était devenu mon appartement nous avait enfin autorisés, Sue et moi, à quitter les lieux. Le capitaine Kaulana avait été obligé d'affronter les médias juste après nous avoir isolés à l'écart de l'agitation ambiante, dans un local technique sans fenêtres qui abritait une partie des serveurs informatiques du bâtiment. Pour la première fois depuis un temps qui m'avait semblé infini, nous nous retrouvions en tête-à-tête et cette question essentielle me brûlait les lèvres. Plutôt que de me répondre directement, Sue m'interrogea :

— Quand tu es arrivé à San Diego, l'an dernier, il a été comment avec toi ? Tu ne m'as jamais vraiment raconté votre rencontre, vos premiers échanges.

Me replongeant dans le fouillis de mes souvenirs, je tâchai d'expliquer à Sue l'accueil amical et enthousiaste qu'Alex m'avait réservé dès le premier jour de mon intronisation au poste de lieutenant principal du SDPD.

— Et ça ne t'a pas paru suspect ? Le type est là depuis… quoi… vingt ans, facile, et on lui colle dans les pattes un autre flic, qui vient de Chicago de surcroît – autrement dit, de la planète Mars, pour un Californien pur jus comme lui – et qui lui pique la nomination à laquelle il aurait pu prétendre, mais qui, malgré tout, accueille son concurrent direct à bras ouverts ?

— Alex faisait, en quelque sorte, partie des meubles, si tu vois ce que je veux dire, argumentai-je sans trop de conviction. Je n'ai jamais eu l'impression de prendre sa place et encore moins de le considérer comme hiérarchiquement inférieur. Kaulana nous a collés ensemble dès la première enquête qui a suivi mon arrivée à San Diego, et comme tout s'est plutôt bien passé, il a gardé cette habitude, en fonction des possibilités de nos plannings.

— Mais c'est bien Alex qui t'a fait venir sur la première scène de crime, à l'université, la semaine dernière ?

— C'est vrai, tout en sachant que Kaulana nous aurait probablement affectés ensemble sur cette enquête.

— Cependant, c'était aussi une manière de lui forcer la main, non ?

— Si tu veux, concédai-je. Et, du coup, Alex me gardait sous les yeux tout au long de l'enquête et pouvait ainsi parfaitement suivre son évolution.

— Ou plutôt être le témoin privilégié de ta noyade programmée, ironisa ma compagne. Il te l'a dit, cet après-midi, rappelle-toi : te voir t'enfoncer lamentablement dans cette enquête qu'il maîtrisait de bout en bout était, pour lui, une jouissance absolue. Il avait une emprise sur toi que tu n'imaginais pas. Je l'ai compris assez vite, mais tu ne voulais rien entendre. Il te manipulait comme si tu étais son jouet. C'est devenu si flagrant et si violent, quand nous l'avons retrouvé au port de plaisance au moment du repérage du bateau des Beaulieu, que j'ai préféré disparaître pour mieux veiller sur toi. Et pour vous surveiller, tous les deux. J'avais quelques sérieux doutes, Elvis, car sa présence sur les lieux, à cette heure matinale, était tout sauf normale. J'ignore s'il savait qu'on allait débarquer à notre tour, ou bien s'il était venu en simple observateur, mais je sentais qu'il était excité, Elvis.

— Tu as totalement raison, Sue, acquiesçai-je. Et, au-delà de ça, grâce à son implication dans l'enquête, il était toujours le premier à revenir sur les scènes de ses propres crimes, tout en plaçant dans ma tête chaque nouvelle pièce de ce puzzle à la bonne place.

— Et en sachant que si l'on retrouvait son ADN sur les lieux des différents meurtres, sa seule présence au sein de l'enquête pouvait tout naturellement l'expliquer, compléta Sue en déposant un baiser sur le coin de ma bouche.

Au moment où j'allais répondre aux lèvres de Sue, une série de petits coups frappés à la porte de notre local de refuge calmèrent aussitôt nos tendres envies. Le visage impassible du lieutenant Lloyd s'afficha dans l'encadrement.

— Pardon de vous déranger, mais je file au domicile d'Alex avec l'équipe, procéder à une fouille en règle. Ça te dit de venir t'aérer un peu, Elvis ?

— Avec plaisir ! lançai-je, heureux de me sentir toujours impliqué dans l'enquête.

— Et moi ? Je peux vous accompagner ? lança Sue, avec l'enthousiasme d'une lycéenne qui s'inviterait au bal de promo sans y être autorisée.

— Mademoiselle Baker, je vous rappelle que, jusqu'à nouvel ordre, vous êtes accusée de coups et blessures par arme à feu sur un officier de police dans l'exercice de ses fonctions et, par conséquent, en état d'arrestation, soupira Lloyd, en forçant trop sa voix, je le sentais. Sue s'engouffra aussitôt dans la brèche en le fixant dans le blanc des yeux.

— Lieutenant, j'ai tout enregistré sur le téléphone portable que vous avez saisi. Il ne faudra qu'une seule écoute à n'importe quel juge pour me libérer aussitôt de ces charges.

La seconde de flottement qui suivit fut fatale à Lloyd, qui baissa le regard en soupirant et, d'un geste de la main, nous invita à le suivre. J'en profitai pour prendre des nouvelles du couple Beaulieu, mais également de celui qui, quelques heures plus tôt, était encore mon coéquipier. Et, je le pensais très sincèrement, mon ami. Ma douleur n'en était que plus vive et je savais qu'il me faudrait beaucoup de temps avant de pouvoir panser les plaies qui s'étaient ouvertes en moi. Pendant que nous roulions vers le sud de la ville, en direction de la commune de Chula Vista, où Alex avait acheté un petit pavillon près de vingt ans auparavant – d'après les souvenirs qui me restaient de nos discussions communes –, Lloyd nous expliqua qu'Anne Beaulieu et son mari étaient toujours en observation à l'hôpital de La Jolla, au service psychiatrique : aucune balle n'avait été tirée par Alex et seul le traumatisme de la situation pouvait avoir laissé d'éventuelles traces. En revanche, Sue n'avait pas raté sa cible : avec une balle dans l'omoplate droite et deux autres dans le poumon, mon ex-collègue était en ce moment même allongé sur une table d'opération, dans le même hôpital, mais son pronostic vital ne semblait pas engagé.

— Il a perdu beaucoup de sang, mais vu sa corpulence, l'animal est résistant et il s'en sortira, expliqua Lloyd en slalomant habilement au milieu des véhicules qui encombraient l'Interstate 5.

Pendant qu'il se concentrait sur sa conduite, j'en profitai pour cuisiner davantage ma compagne :

— D'accord, je suis arrivé comme un cheveu sur la soupe, alors qu'Alex aurait peut-être, enfin, été nommé lieutenant principal, mais ça me semble quand même très léger, comme motivation. Et je ne vois toujours pas le lien avec Charles Lindbergh, désolé, ma chère Sue.

Le sourire de ma compagne me parut soudain moins spontané et plus travaillé, mais ce n'était probablement qu'une vue de mon esprit. Elle se cala confortablement contre la portière, se tourna d'un quart de tour vers moi et, de cette voix ferme et assurée que je lui connaissais si bien et qui m'avait séduit dès nos premiers échanges, se mit à m'expliquer :

— L'homme que tu connais sous le nom d'Alex Craddock est né ici même, à San Diego, comme tu le sais. C'est le nom de jeune fille de sa mère qu'il a choisi d'utiliser à son retour du service militaire, comme la loi le lui autorise. Son père avait fait pareil, d'ailleurs, dans les années 1950.

— Je ne te suis pas… Son père s'appelait comment ?

— Schoeffler. C'est un nom d'origine allemande, mais peu importe. Il ne voulait surtout pas porter le véritable nom de son père, qui était Hauptmann. Dans les années 1950, même après la guerre, ce nom de famille était encore très mal accepté, ici à San Diego. Et j'imagine que tu sais pourquoi.

Sue me cloua sur place : elle venait de m'offrir la pièce de puzzle qui me manquait. Muet d'admiration, je la laissai poursuivre :

— Oui, messieurs, précisa ma brillante journaliste, Alex Craddock est le descendant direct de l'assassin du bébé de Charles Lindbergh. Il est l'arrière-petit-fils de Bruno Hauptmann, qui fut condamné à mort, puis exécuté sur la chaise électrique, en 1936, alors qu'il clamait son innocence.

— C'est donc pour se venger de cette énorme erreur judiciaire que… qu'Alex s'est mis dans la tête de tuer la descendante directe de Charles Lindbergh, Lena Johannsson, murmurai-je, la bouche sèche.

— Absolument, Elvis. Il avait déjà essayé de l'assassiner il y a douze ans, lors de son premier séjour en Californie, mais il avait échoué. J'ai vérifié dans les archives du journal : les médias de l'époque avaient annoncé la venue, à San Diego, des descendants suédois de Lindbergh, et ça avait dû donner des idées à Alex. Après son échec, il a pris le temps de cogiter et d'élaborer un plan plus sûr, qui a fini par fonctionner, malheureusement. Je pense, sans jouer les psys de bas étage, que ta nomination au poste qu'il convoitait a été le déclencheur.

— Pourquoi les autres meurtres, alors ? Pourquoi ce rapport macabre avec les dates de décès de personnages célèbres de notre histoire ? Eliot Ness, Donna Summer, Jackie Kennedy ?

— Je ne suis ni enquêtrice professionnelle ni profileuse au FBI, Elvis, mais Alex – et j'espère qu'il le confirmera quand il sera à nouveau en état de parler – a dû réaliser, un peu comme nous finalement, que la date du 12 mai, celle de la mort du bébé Lindbergh, était suivie par d'autres dates clés et, lancé comme il l'était, il n'a pas voulu s'arrêter ou n'a pas pu stopper la spirale infernale dans laquelle il s'était engouffré. Un véritable tueur en série, Elvis, simplement.

— Qui, pour finir, a massacré ainsi cinq personnes, en comptant le chauffeur de bus, conclus-je, le cœur au bord des lèvres.

À ces mots, Lloyd se retourna vers nous et agita son téléphone portable sous notre nez.

— Six personnes, pardon de te contredire, Elvis : l'équipe de déminage qu'on a envoyée par précaution sur place, avant la fouille complète de la maison, m'a appelé juste avant qu'on parte : on a retrouvé un corps de femme, démembré et énucléé, avec la langue arrachée, dans le congélateur du garage de Fog… ou d'Alex Craddock, comme tu préfères.

Les frissons qui parcoururent ma colonne vertébrale à cet instant précis ne devaient rien à la climatisation de la voiture de Lloyd. Ravalant ma salive, je réussis néanmoins à articuler :

— Attends, Vince… Laisse-moi deviner : une femme plutôt corpulente, et pas très grande ? La cinquantaine environ, les cheveux noirs coiffés en chignon ?

Lloyd confirma mes propos, d'un hochement de tête. Sue, quant à elle, me dévisageait avec surprise, mais je savais qu'elle avait compris, elle aussi.

— Fog voulait que sa première victime, Lena Johannsson, soit parfaitement… exécutée, repris-je. Il ne voulait pas se rater, si j'ose dire. Et, pour ça, il a eu recours à un cobaye.

— Un cobaye ? répéta Lloyd, les yeux rivés à son rétroviseur.

— Oui, son épouse. Elle se prénommait Doris. C'est elle qu'il a utilisée. C'est sur elle qu'il a essayé son monstrueux rituel. C'est elle, la première victime de Fog.

Épilogue

Le patio de l'hôtel Stella del Mar de San Felipe était désert, en ce début d'après-midi de septembre. Assis derrière son comptoir, le malheureux réceptionniste de service aurait donné la moitié de son salaire, je le sentais, pour pouvoir profiter du chaud soleil mexicain confortablement allongé sur l'un des transats disposés autour de la piscine. À mes côtés, Sue trépignait d'impatience et admirait avec gourmandise les photos affichées sur le mur, derrière la réception.

— J'espère surtout que tu vas enfin pouvoir déconnecter un peu, risquai-je, tout en sachant pertinemment que je parlais dans le vide.

De nouveau, l'incapacité de ma compagne à couper les ponts avec son univers professionnel me fascinait et m'irritait à la fois, mais après l'été pour le moins explosif que nous venions de vivre, je ne pouvais décemment pas la blâmer. Je savais surtout que le lien que Sue avait réussi à conserver avec son employeur, malgré – ou à cause de – l'agitation médiatique et judiciaire dont elle avait fait l'objet, ces derniers mois, avait été pour elle une immense bouffée d'oxygène, voire parfois une véritable bouée de sauvetage. De mon côté, j'avais également été présent sur tous les fronts et, par la force de ces vents contraires, nos moments d'intimité avaient été aussi rares que nous l'avions craint. C'est pourquoi je misais beaucoup sur cette semaine de vacances pour, enfin, nous retrouver en tête-à-tête et panser les plaies que le temps n'avait pas encore permis de cicatriser. À commencer par celle, toujours béante, qui avait été ouverte par mon ex-collègue et ami, Alex Craddock, né Schoeffler. Côté forme physique, il était acquis que les trois balles tirées par Sue dans mon appartement ne lui laisseraient aucune séquelle sérieuse à long terme, si ce n'est certaines difficultés respiratoires. Côté psychiatrique, en revanche, les dégâts semblaient irréparables. À titre personnel, je n'avais pas encore été autorisé à revoir Alex, et quoi qu'il en soit, je ne savais toujours pas si j'en avais réellement envie. Je savais, en revanche, que ce dernier avait demandé à me parler, mais l'enquête n'étant pas encore close, sa requête n'avait pas abouti. Ensuite, peut-être dans quelques années seulement, il y aurait le procès et, enfin, le verdict. Puis la condamnation. Dès l'annonce de l'arrestation de Fog, l'opinion l'avait exécuté sur la place publique. Lynché. Assassiné à son tour. Forcément, par extension, de nauséabondes éclaboussures m'avaient atteint, mais j'avais su m'enfermer dans une bulle salutaire, à laquelle Sue et deux ou trois proches – parmi lesquels le capitaine Kaulana, dont j'avais découvert avec surprise la bienveillance – avaient eu accès. Autant j'avais été en dessous de tout au long de l'enquête, autant mon travail post-arrestation avait été efficace et salué par mes supérieurs hiérarchiques. Aujourd'hui, plus de trois mois après la mise hors d'état de nuire de Fog, seules de rares zones d'ombre persistaient. La perquisition menée au domicile d'Alex, le jour même où Sue lui avait tiré dessus – et avait sauvé trois vies par la même occasion – avait permis de lever de nombreux voiles et d'apporter des réponses concrètes à une grande partie des questions qui étaient restées en suspens. En plus de la découverte macabre dans le congélateur familial du corps de Doris Craddock, la maison d'Alex avait révélé bien des surprises. Le mobile principal de Fog consistait à venger son ancêtre, Bruno

Hauptmann, de ce qu'il considérait comme une erreur judiciaire. Cette cicatrice indélébile dans l'histoire de la famille Craddock-Schoeffler avait dû se transmettre et se propager de génération en génération, pour croître telle une tumeur maligne dans le crâne de mon ex-coéquipier. Il résultait des différentes expertises psychiatriques auxquelles il avait été soumis depuis son arrestation qu'il souffrait d'un syndrome pathologique sévère remontant à l'enfance, et qui se caractérisait par un désir profond de supériorité qu'aucun moment sa vie – aussi bien sur un plan personnel que professionnel – n'avait pu lui offrir. La liste de ses échecs était longue et j'avais découvert – avec un mélange de honte et d'incompréhension – que celui que je considérais jusqu'à récemment comme un ami était, en fait, un quasi-inconnu. Ce qui me fascinait le plus, peut-être, c'est qu'Alex avait traversé la vie derrière son masque sans que personne n'ait pu déceler le monstre schizophrène qu'il était. Comme un nombre important de mes collègues, il avait directement intégré la police, ici même à San Diego, après un passage discret par la case « service militaire », où il s'était surtout illustré par sa capacité à passer inaperçu. Côté vie privée, il avait assez rapidement rencontré, puis épousé une camarade de lycée, Doris Paterson, qui lui avait donné quatre enfants. Tous avaient quitté le foyer familial depuis longtemps. Je ne les avais jamais croisés avant que le tragique destin ne s'en charge, lorsqu'il avait fallu les contacter pour leur annoncer l'indicible horreur commise par leur géniteur. Lors de ses premières classes au sein de la police municipale de la ville, le jeune officier Craddock n'avait jamais fait preuve d'une ambition démesurée, alors que pourtant tous les voyants semblaient au vert : quotient intellectuel nettement au-dessus de la moyenne, esprit d'équipe admirable, salué par ses pairs et par ses supérieurs hiérarchiques, le tout assorti d'une disponibilité totale, toujours prêt à enchaîner les gardes de nuit les plus ingrates ou les planques les plus improbables. Côté états de service, Alex Craddock avait traversé les années avec la même discrétion dont il avait fait preuve sous les drapeaux, sans coup d'éclat notable ni réussite remarquable, si ce n'est un physique de plus en plus imposant, entre obésité maladive et soucis cardiovasculaires qui, à chaque visite médicale, menaçaient de l'expédier vers une retraite anticipée. En revanche, son enthousiasme permanent et sa capacité à se rendre indispensable l'avaient rapidement transformé en pilier de la maison où, au fur et à mesure des promotions obligatoires, il était finalement arrivé au grade de lieutenant, où il avait stagné de nombreuses années. Cette longévité exemplaire lui avait permis, peu à peu, de se constituer un incroyable réseau interne, aussi bien au niveau du SDPD, dont il avait noyauté chaque service, chaque étage, chaque bureau, mais également au sein même de la ville de San Diego – voire du comté tout entier –, où il avait ses entrées et ses passe-droits. L'enquête avait notamment démontré qu'Alex était présent, au sein de la brigade, au moment de l'arrestation du jeune Mexicain qui avait tenté de kidnapper Lena Johannsson à SeaWorld, douze ans plus tôt. Sans pouvoir encore en apporter la preuve pour le moment, la coïncidence était trop belle pour qu'elle puisse laisser place au doute : c'était Alex qui avait « aidé » le malheureux Chicano à se pendre avec une corde à linge, lors de sa garde à vue. Et il était tout aussi logique d'imaginer que le dossier complet de cette affaire d'enlèvement avorté, qui avait mystérieusement disparu des scellés – comme nous l'avait annoncé Lloyd – avait été subtilisé par Alex, toujours grâce à son omniprésence et à son immense réseau. Enfin, c'était un jeu d'enfant pour mon ex-collègue de récupérer aux douanes, en toute discrétion, le carton de poupées « *Made in China* », qu'il avait d'ailleurs commandées sous le nom de Schoeffler, preuve de sa totale assurance et de son orgueil démesuré. Alex avait commis une seule erreur : celle de transporter sa cargaison de poupées à l'arrière de son pick-up, à la vue de tous, ou presque. Une fois le jouet déposé derrière le van, sur le parking de l'aéroport, il avait probablement négligé de refermer correctement le carton et celui-ci s'était ouvert le long du trajet jusqu'à l'université, dévoilant ainsi accidentellement son contenu : une erreur de débutant (ou un trop-plein de confiance ?) qui l'avait obligé à faire taire à jamais son seul témoin gênant : Bruce Aquino, le chauffeur du minibus. Le carton de poupées avait été découvert au domicile d'Alex ; il en restait encore quatorze, ce qui ne prouvait pas forcément que la série de crimes était censée se poursuivre : il avait simplement pu souhaiter, dans sa logique macabre, garder des poupées totalement identiques pour chacun des meurtres, en référence au petit corps immuable et figé dans le temps du bébé Lindbergh.

Le bruit de la clé de notre chambre, délicatement agitée sous mon nez par une Sue ironique, finit par me ramener à notre réalité mexicaine.

— Et c'est toi qui oses me demander de déconnecter, alors que ton esprit est resté de l'autre côté de la frontière ? Laisse-moi rire !

Je devais humblement reconnaître que ma compagne avait visé dans le mille et, m'inclinant devant tant de clairvoyance, je la suivis jusqu'à ce qui allait être notre nid d'amour pour une semaine. La chambre qui nous avait été attribuée, bien que de taille modeste et d'un confort basique, était miraculeusement décorée sans trop d'ostentation, ce qui était plutôt rare dans ce coin où les touristes californiens pullulaient, à la recherche d'un folklore mexicain de carte postale. Elle était située au rez-de-chaussée et donnait directement sur un patio ombragé, où il devait faire bon rêvasser après le dîner. C'est d'ailleurs à cet endroit précis que le crépuscule nous surprit quelques heures plus tard, enlacés et seuls au monde, avant que les premiers nuages nocturnes ne viennent masquer la lune de septembre. La nuit qui suivit cette première soirée mexicaine nous offrit le repos et l'abandon que nous étions venus chercher, ici même à San Felipe, au cœur de cette station balnéaire sans âme, posée juste de l'autre côté de la frontière américaine mais si loin, pourtant, de notre univers quotidien. Le soleil était déjà haut dans le ciel quand, le lendemain matin, je réussis à m'extraire péniblement des draps encore tièdes pour aller entrouvrir les rideaux de notre chambre et admirer les reflets de l'océan Pacifique qui scintillaient au loin. Sue avait insisté pour pouvoir bénéficier de cette vue depuis notre lit et je devais reconnaître que le spectacle qui s'offrait à mes yeux, en ce doux matin de fin d'été, en valait la peine. La veille au soir, avant de regagner notre bulle, j'avais demandé au réceptionniste de nous faire servir le petit déjeuner dans notre chambre. Il avait un peu hésité pour la forme, mais un billet de cinq dollars, glissé au creux de sa main, avait transformé ses réticences en sourire. Je devais simplement lui téléphoner à l'heure désirée, ce que je m'empressai de faire, pendant que Sue émergeait à son tour de sa nuit cotonneuse.

— *Buenos días mi amor*, me lança ma compagne, tout en m'attirant vers elle pour un long baiser, qui ne s'acheva qu'au moment où quelques coups discrets, frappés à la porte, mirent un terme à notre étreinte qui menaçait de dégénérer.

Sue profita de ce temps mort pour disparaître dans la salle de bains, tandis que je me dirigeais avec un enthousiasme gourmand vers la porte de notre chambre pour récupérer notre *desayuno* mexicain. L'employé de service n'avait probablement pas voulu nous déranger et s'était contenté de poser le plateau sur le pas de la porte avant de s'éclipser. Affamé comme je l'étais, mon regard glissa avec plaisir sur les différents mets colorés qui composaient notre futur repas matinal. Rien ne semblait manquer au menu : *huevos rancheros frijoles*, crêpes de maïs, confiture de banane et jus d'orange pressée, sans oublier une énorme carafe de café brûlant. Pour la première depuis une éternité, je me sentais pleinement heureux : les vacances pouvaient enfin commencer.

Ou presque.

Il me restait une dernière chose à faire. Après avoir déposé le plateau sur ma table de chevet, je collai une oreille sur la porte de la salle de bains, histoire de vérifier que Sue poursuivait toujours ses ablutions matinales. Le bruit de l'eau de la douche, conjugué à la voix de ma compagne, qui massacrait allègrement *Livin' on a Prayer* de Bon Jovi, me confirma que j'avais encore quelques minutes devant moi. Pieds nus, je quittai la chambre le plus discrètement possible, en prenant bien soin de ne pas claquer la porte et d'emporter avec moi la clé. Bondissant jusqu'à la réception, je saluai l'employé d'un énergique « *Hola, señor !* » et me mis aussitôt à fureter dans le tourniquet, posé sur le comptoir, sur lequel quelques vieilles cartes postales fatiguées attendaient un improbable acheteur. Je choisis la moins moche d'entre elles – une vue de port de San Felipe au coucher du soleil – et demandai également un timbre, un stylo et une enveloppe. Je tendis au réceptionniste un billet de dix dollars, qu'il accepta sans sourciller et, quelques instants plus tard, j'étais de retour entre les quatre murs de notre chambre. À mon grand soulagement, Sue ne semblait pas avoir remarqué mon absence. Malgré tout, je décidai de ne pas tenter le diable et dissimulai mes achats matinaux dans l'une des poches de mon sac de voyage.

Je trouverais bien un autre moment de répit, dans la journée, pour écrire à mon vieil ami Alex.

Remerciements

Voir son rêve se transformer en réalité est l'une des émotions les plus fortes qu'une vie puisse offrir, et je tiens à remercier l'ensemble des jurés du Grand Prix des Enquêteurs, organisé par les Éditions Robert Laffont et le Figaro Magazine, de m'avoir permis de vivre cet immense bonheur. Patrick Baudot, Philippe Bilger, Philippe Blanchet, Robert Boudjemadi, Maryvonne Chapalain, Rémi Costagliola Di Polidori, Didier Decoin, président de l'académie Goncourt, Jean-Jacques Delemarle, Janine Drai, Pierre-Louis Durand, Me Léon Lef Forster, Patrice Georges-Zimmermann, Me Julie Granier, Olivier Marchal, Colette Oper, Dr Olivier Pascal, Mathieu Simoné, Alain Vasquez ainsi que Guy Savoy, membre d'honneur : je vous serai éternellement reconnaissant de cet inestimable cadeau.

Mes chaleureux remerciements vont également à toutes les équipes des Éditions Robert Laffont pour leur bienveillance, leur soutien, leur regard et leur confiance : Sophie Charnavel, Glenn Tavennec, Camille Racine et Claire Poulin ; ainsi que l'ensemble des personnes qui ont œuvré à la publication et à la diffusion de mon roman : les services correction, graphisme, artistique, fabrication et commercial.

Un immense merci aussi à mes lecteurs, bien évidemment, dont certains – parmi les premiers – ont aussi été mes correcteurs, qui m'ont porté dès le début, qui ont cru en moi et à qui je dois énormément, mais également à tous les libraires qui me font l'honneur de faire vivre, eux aussi, mon livre.

Enfin, je tiens à remercier du fond du cœur ma famille : Laetitia ma compagne, Nathan et Gabin mes enfants, Timothée et Arthur mes beaux-enfants, ainsi que ma mère, ma sœur et mon beau-frère pour leur amour, leur présence à mes côtés, leurs encouragements et leur indéfectible soutien.

J'espère n'avoir oublié personne et, à toutes et à tous, je renouvelle mes éternels remerciements.

PARUS DANS
LA BÊTE NOIRE

NOÉMIE ADENIS
Le Loup des ardents (Grand Prix des Enquêteurs 2021)
Le Jardin des anatomistes

KATERINA AUTET
La Chute de la maison Whyte (Grand Prix des Enquêteurs 2020. Prix littéraire de la Renaissance française 2020)
Les Deux Morts de Charity Quinn

CÉDRIC BANNEL
Baad (Prix du Meilleur Polar des lecteurs de *Points* 2017)
Kaboul Express
L'Espion français

JACQUES-OLIVIER BOSCO
Brutale
Coupable

RHYS BOWEN
Son Espionne royale
Tome 1, *Son Espionne royale mène l'enquête*
Tome 2, *Son Espionne royale et le mystère bavarois*
Tome 3, *Son Espionne royale et la partie de chasse*
Tome 4, *Son Espionne royale et la fiancée de Transylvanie*
Tome 5, *Son Espionne royale et le collier de la reine*
Tome 6, *Son Espionne royale et les douze crimes de Noël*
Tome 7, *Son Espionne royale et l'héritier australien*
Tome 8, *Son Espionne royale et la reine des cœurs*
Tome 9, *Son Espionne royale et les conspirations du palais*
Tome 10, *Son Espionne royale et le baron irlandais*
Tome 11, *Son Espionne royale au service de Sa Majesté*

FRANCK CALDERON, HERVÉ DE MORAS
Là où rien ne meurt

Julia Chapman
Les Détectives du Yorkshire
Tome 1, *Rendez-vous avec le crime*
Tome 2, *Rendez-vous avec le mal*
Tome 3, *Rendez-vous avec le mystère*
Tome 4, *Rendez-vous avec le poison*
Tome 5, *Rendez-vous avec le danger*
Tome 6, *Rendez-vous avec la ruse*
Tome 7, *Rendez-vous avec la menace*
Tome 8, *Rendez-vous avec le diable*
Tome 9, *Rendez-vous avec la justice*

Karen Cleveland
Toute la vérité

Daniel Cole
Ragdoll
Tome 1, *Ragdoll* (Prix Griffe noire du polar de l'année 2017)
Tome 2, *L'Appât* (Prix Bête noire des libraires 2018)
Tome 3, *Les Loups*
Pietà

Collectif, sous la direction de Lisette Lombé, Elvira Masson, Fabrice Rose et Delphine de Vigan
Histoires de femmes – Les Ondes

Sandrone Dazieri
Tu tueras le Père
Tu tueras l'Ange
Tu tueras le Roi
La Danse du gorille
Le Mal que font les hommes

Lara Dearman
La Griffe du diable
L'Île au ciel noir

Alain Decker
Jours de ténèbres (Grand Prix des Enquêteurs 2023)

INGRID DESJOURS
Les Fauves
La Prunelle de ses yeux

CLAIRE FAVAN
Serre-moi fort (Prix Griffe noire du meilleur polar français 2016)
Dompteur d'anges
Inexorable

REBECCA FLEET
L'Échange
La Seconde Épouse

DOMINIQUE FORMA
Coups de vieux

OLIVIER GALLIEN
Dans la neige ardente (Prix Bête noire des libraires 2022)

AMY GENTRY
Les Filles des autres
De si bonnes amies

MARIA GRUND
La Fille-renard

PATRICE GUIRAO
Le Bûcher de Moorea
Les Disparus de Pukatapu
Rivage obscur

L. S. HILTON
Maestra
Domina
Ultima

INGAR JOHNSRUD
Les Adeptes
Les Survivants

Elizabeth Key
Sept mensonges

Quntos KunQuest
Cette vie-là – Les Ondes

Mathieu Lecerf
La Trilogie du démon
La Part du démon (Prix Bête noire des libraires 2021 ; Prix Nouvelles Voix du polar 2022, roman français)
Au Royaume des cris
La Mort dans l'âme

Sara Lövestam
Chacun sa vérité (Grand Prix de littérature policière 2017, domaine étranger. Prix Nouvelles Voix du polar 2018, roman étranger)
Ça ne coûte rien de demander
Libre comme l'air
Là où se trouve le cœur

Fabio Mitchelli
Une forêt obscure
Le Tueur au miroir
Le Loup dans la bergerie (Prix Méditerranée Polar 2021)

Nadine Monfils
Les folles enquêtes de Magritte et Georgette
Nom d'une pipe !
À Knokke-le-Zoute !
Les Fantômes de Bruges
Liège en eaux troubles
Leffe-toi et marche
Charleroi du crime

Nicole Neubauer
Sous son toit

Vincent Ortis
Pour seul refuge (Grand Prix des Enquêteurs 2019)
Patiente

Gin Phillips
Le Zoo (Prix Transfuge du meilleur polar étranger 2017)

Antoine Renand
L'Empathie (Prix des lecteurs Gouttes de Sang d'Encre 2019.
Prix Nouvelles Voix du polar 2020, roman français)
Fermer les yeux
S'adapter ou mourir
L'Empathie, t. 2

Fabrice Rose
Tel père, telle fille (Prix Bête noire des libraires 2020)
Le Plan

Rydahl & Kazinski
La Mort d'une sirène

Romain Slocombe
La Trilogie des collabos
L'Affaire Léon Sadorski (Prix Libr'à Nous 2017, catégorie polar)
L'Étoile jaune de l'inspecteur Sadorski
Sadorski et l'Ange du péché
La Trilogie de la guerre civile
La Gestapo Sadorski
L'inspecteur Sadorski libère Paris
J'étais le collabo Sadorski

Thibaut Solano
Les Dévorés
Les Noyés du Clain

Dominique Sylvain
Panique en Armorique

Clémentine Thiebault
En votre intime conviction – Les Ondes

Dato Tourachvili
Génération denim – Les Ondes

Danielle Trussoni
Le Maître des énigmes

Ilaria Tuti
Sur le toit de l'enfer (Prix Bête noire des libraires 2019. Prix Nouvelles Voix du polar 2020, roman étranger)
La Nymphe endormie
À la lumière de la nuit
Fille de cendre

Harriet Tyce
Blood Orange

Damien et Sibylle Véron
Tiphaine où es-tu ? – Les Ondes

Adrienne Weick
La Septième diabolique (Grand Prix des Enquêteurs 2022)

Annette Wieners
Cœur de lapin

Composition et mise en pages
Nord Compo à Villeneuve-d'Ascq

Pour plus d'information :

www.lisez.com

Imprimé sur du papier issu de forêts gérées durablement.

Achevé d'imprimer en août 2023
par Normandie Roto Impression s.a.s.
61250 Lonrai (Orne)
N° d'édition : 65851/01 – N° d'impression : 2302817

Imprimé en France